La belle effrontée

Connie Mason

La belle effrontée

Traduit de l'américain
par Catherine Plasait

Titre original :

BOLD LAND, BOLD LOVE
Love Spell Books, published by
Dorchester Publishing Co., Inc., New York

À tante Ruth et oncle Harry Schmidt,
à Dixie et Ted Clevenger,
pour leur aide inestimable
et parce que je les aime.
À Marcia Mason,
ma troisième fille.

Première partie

TERRE FAROUCHE

1807

1

Penchée sur la grosse lessiveuse fumante, ses pieds mal chaussés solidement plantés dans la boue, Casey O'Cain essuya la sueur de son front d'un revers de manche. Avec les autres détenues, elle travaillait derrière les baraquements du 102e régiment, le corps de la Nouvelle-Galles-du-Sud, plus connu sous le sobriquet de « régiment du Rhum » à cause de son penchant pour le trafic d'alcool.

Des boucles de cheveux roux collaient à ses joues, des taches de son se dessinaient sur sa peau rougie par le soleil, et ses yeux d'un vert lumineux reflétaient sa détresse tandis qu'elle effectuait ses tâches : laver le linge sale des soldats du régiment.

Elle était tellement absorbée par son travail qu'elle ne remarqua pas deux hommes en conversation avec le lieutenant Potter, cet officier qui la regardait un peu trop souvent d'un air de convoitise. Il était responsable des prisonnières et, en temps normal, elles ne le voyaient que lorsqu'il aboyait des ordres ou les injuriait.

— Que puis-je pour vous, monsieur Penrod ? demandait-il.

— Annie nous quitte dans deux semaines, répondit l'aîné des deux hommes. Elle a terminé son temps. Bien sûr, elle a hâte de s'installer sur ses trente acres de terre avec son époux qui est déjà libéré. Je lui cherche une remplaçante.

Roy Penrod, un bel homme de cinquante-cinq ans, balayait du regard le groupe de femmes qui s'affairaient dans la chaleur étouffante de Sydney. À son côté, son fils Dare se détourna, les sourcils froncés, avec un évident mépris.

— Il va vous falloir choisir entre des traîtresses, des voleuses et des prostituées, père, dit-il. Toutes à demi mortes de faim et infestées de vermine. Nous avons eu de la chance avec Annie, mais je doute que vous trouviez une perle comme elle parmi celles-ci.

Roy lui jeta un coup d'œil réprobateur.

— Il nous faut pourtant quelqu'un pour cuisiner et faire le ménage. À moins que ton frère et toi n'ayez envie de vous en occuper.

— Je crains que mon travail à la ferme ne m'en laisse pas le temps, riposta Dare.

Arrivé à Sydney en 1792, à l'âge de quinze ans, en compagnie de son frère qui en avait sept et de leur mère à la santé précaire, Dare Penrod paraissait avoir grandi dans la brousse australienne. Pourtant, il n'avait vécu que quinze ans en Nouvelle-Galles-du-Sud. Il y avait rejoint son père, un fonctionnaire qui s'y était installé avec le capitaine Phillips et le premier arrivage de prisonniers, en janvier 1788.

Conscient de l'importance de l'agriculture dans ce pays nouveau et inexploité, Roy Penrod avait demandé, et obtenu, cinq mille acres de terre ainsi que quarante détenus pour l'aider dans les travaux de la ferme. Celle-ci se trouvait au bord de la rivière Hawkesbury, près de la toute récente ville de Parramatta, et les céréales y poussaient à merveille. Suivant l'exemple du capitaine John Macarthur – qui avait par la suite donné sa démission de l'armée –, il importait des moutons et croisait différentes races. Bien que son cheptel ne pût se comparer à celui de

Macarthur, il était considéré comme l'un des gros exploitants qui fournissaient viande et blé à l'armée. Le gouverneur William Bligh avait pour lui la plus grande estime et l'invitait souvent dans sa résidence officielle.

Roy, amusé par la réflexion de son fils, reporta son attention sur le lieutenant Potter.

— Ce sont les seules femmes disponibles ?

— Oui, grommela Potter, vexé. Qu'espériez-vous ? Les plus robustes sont placées dès leur arrivée, mais vous en trouverez bien une ou deux capables de vous rendre service. Vous n'avez qu'à choisir.

— Que diriez-vous de celle-ci, père ? intervint Dare en désignant une personne d'âge moyen qui se débattait avec un paquet de linge sale.

Les femmes jeunes l'avaient remarqué : elles prenaient des poses afin d'attirer son regard. Même les plus mûres ne manquaient pas d'apprécier son physique avantageux. Vêtu d'une culotte de daim qui moulait ses cuisses robustes, de bottes et d'une veste de toile, Dare avait de quoi faire battre les cœurs. Ceux des filles de fermiers, celui de la fille de Bligh… et, bien sûr, ceux des prisonnières qui le contemplaient avec avidité.

Sa chevelure brune prenait des reflets bleutés sous le soleil tandis qu'il examinait les femmes de son regard perçant, gris ardoise. Grand, il donnait une impression d'autorité mêlée d'un soupçon d'arrogance.

Il avait le visage hâlé par le grand air, la bouche ferme et sensuelle, le menton volontaire. Son visage viril et sombre s'adoucissait quand il riait, mais on ne pouvait ignorer la puissance et l'énergie qui se dégageaient de toute sa personne.

Roy suivit la direction de son regard. La femme avait sans doute une quarantaine d'années. Frêle, vêtue de haillons et nu-pieds, elle semblait néanmoins efficace.

— De quoi est accusée cette détenue, lieutenant ? demanda Roy.

— Martha Combs ? dit Potter sans enthousiasme. Elle a volé un jambon et trois saucisses.

— Sans doute pour nourrir sa famille, compléta Roy, critiquant ouvertement la justice anglaise.

Le lieutenant, indifférent, haussa les épaules.

— Pour la Couronne, un crime est un crime, un voleur est un voleur. Cette femme a volé, et on l'a condamnée à la déportation, voilà tout.

— Une fois lavée et nourrie convenablement, elle pourrait nous convenir, déclara Dare en étouffant un bâillement. Au moins, ce n'est pas une meurtrière.

Le lieutenant lui jeta un coup d'œil complice.

— Il y en a de plus jeunes, suggéra-t-il. Avec trois hommes en bonne santé dans la famille, et la pénurie de femmes que nous connaissons, vous pourriez en préférer une autre. Martha n'est pas du genre à réchauffer un lit. Mais chacun ses goûts.

— Vous pensez, lieutenant, que mon père, mon frère ou moi pourrions séduire l'une de ces... malheureuses créatures ? demanda Dare, sévère. Ce sont certainement toutes des prostituées, affligées de je ne sais quelles maladies vénériennes.

— Ça suffit, Dare ! l'admonesta son père, habitué à son vif tempérament. Nous n'abusons pas de nos servantes, reprit-il à l'intention de Potter. Si vous tenez à votre peau, évitez à l'avenir ce genre de réflexion. Mon fils a le sang chaud et il déteste être calomnié.

Le lieutenant rougit, furieux d'être ainsi rabroué, mais il rongea son frein. Il n'avait jamais aimé Dare Penrod, et il trouvait là une raison de plus de le détester. D'abord, la famille était beaucoup trop proche du gouverneur, et beaucoup trop tolérante vis-à-vis des anciens détenus. En outre, bien des fermiers commençaient à considérer Dare comme leur chef.

— Si c'est Martha que vous voulez, je vais organiser son transfert, dit sèchement Potter.

L'attention de Dare fut soudain attirée par une mince jeune femme qui trébuchait sous le poids d'une lessiveuse, qu'elle allait vider dans le caniveau prévu à cet effet. Elle s'approchait des trois hommes, les yeux fixés au sol afin de voir où elle mettait les pieds et de mener sa tâche à bien. Cependant, le destin en décida autrement.

Ses maigres forces la lâchèrent. Elle s'agrippa aux poignées de la grosse bassine, mais celle-ci lui échappa et se renversa, éclaboussant les bottes de Dare d'eau sale.

Il poussa un juron et fit un bond en arrière tandis que Casey, emportée par son élan, se retrouvait par terre dans la boue. Il lui lança un regard dégoûté.

— Petite garce ! s'écria le lieutenant. Tu l'as fait exprès !

Dare contemplait son pantalon souillé et ne prêta guère attention à Potter qui relevait brutalement la fille. Le lieutenant la frappa, si violemment qu'elle serait tombée s'il ne l'avait tenue par le bras. Il allait cogner de nouveau quand son poignet se trouva bloqué par une main de fer.

— Vous avez perdu la tête, lieutenant ? lança Roy d'un ton tranchant. Cette petite est trop fragile pour supporter vos coups. Lâchez-la.

Surpris d'entendre son père voler au secours de la fille, Dare se tourna enfin vers elle. Malgré la boue dont elle était couverte, il était clair qu'elle était jeune. Ses cheveux flamboyants cascadaient jusqu'à sa taille, elle était en haillons et elle aurait pu aussi bien marcher pieds nus, vu l'état de ses souliers. Elle était mince, trop mince, mais pas désagréable à regarder.

Arrivée à la colonie pénitentiaire depuis peu, Casey attendait d'être affectée au service d'un fermier pour les travaux de la maison ou des champs.

Ce n'était pas pire que ce qu'elle avait imaginé, se disait-elle, fataliste. Elle avait tué un homme, et la justice réclamait son dû. Sa mère était morte depuis longtemps, son père avait été pendu pour rébellion contre la Couronne, aussi cela n'avait-il guère d'importance qu'elle fût condamnée à passer le reste de sa vie dans un pays sauvage peuplé d'une poignée de militaires et de fonctionnaires, de quelques fermiers et de centaines de criminels endurcis.

Soudain, elle leva vers Dare ses yeux scintillant comme des émeraudes, frangés de cils bruns. Il lui rendit un regard dur. Quelque chose en elle le perturbait, et il n'aimait pas du tout ce sentiment. Pourquoi l'expression de cette criminelle – sans doute prostituée, de surcroît – le mettait-elle dans cet état ?

Sa silhouette menue, fagotée dans une robe de laine tachée et déchirée, ne laissait pas deviner la force qui l'avait soutenue durant ces mois d'enfer. Et cela n'avait pas commencé le jour où elle avait embarqué sur le vaisseau pénitencier pour six mois de pénible traversée, mais plusieurs semaines plus tôt, quand son père avait été arrêté à Dublin.

En vérité, Seamus O'Cain, professeur à l'université, n'avait pas commis le crime dont on l'accusait. Il s'était contenté d'exhorter à la prudence certains jeunes Irlandais qui s'insurgeaient contre l'injustice des Anglais à leur égard. Pourtant, son nom avait été cité parmi les révoltés et, après une parodie de procès, il avait été condamné à mort. Seamus O'Cain était un homme calme, un lettré, qui adorait sa fille et lui avait enseigné davantage que ce qu'on apprenait habituellement aux jeunes filles.

Casey avait ensuite commis l'erreur de s'en mêler, d'aller voir le juge dans ses appartements privés afin de plaider la cause de son père. Le juge, conquis par sa jeunesse et sa beauté, lui avait proposé d'exiler son père, sous certaines conditions. Elle avait écouté ses indécentes propositions en secouant la tête, incrédule. Comment un homme si digne pouvait-il suggérer de telles horreurs ? Innocente, malgré ses vingt printemps, Casey avait encore beaucoup à apprendre sur les hommes !

Elle était trop choquée pour émettre la moindre protestation, et le juge avait pris son silence pour un acquiescement. Il désirait tant cette jolie rousse qu'il en avait le souffle court. Au moment où il posait ses grosses mains sur elle, Casey s'était débattue comme une furie. Déjà il l'entraînait vers un sofa, il tentait de la déshabiller, il la couvrait de baisers humides ! Elle avait tenté de se dégager, mais elle n'était pas de taille à résister. Alors elle avait avisé un gros vase, était parvenue à s'en emparer et, dans un effort surhumain, l'avait abattu sur la tête du juge...

Mais elle n'avait pas prévu que le magistrat tomberait, que son crâne heurterait le marbre d'un guéridon, et qu'il mourrait.

Vu les circonstances, il était inutile d'expliquer qu'elle défendait sa vertu... Après un jugement sommaire, elle avait été accusée de meurtre au premier degré et, comme elle était jeune et belle, condamnée à la déportation. Mais il lui était plus pénible encore d'accepter le fait que son père avait été pendu avec les meneurs de la révolte, et que ses efforts pour le sauver avaient été vains...

Aujourd'hui elle était là, dépenaillée, épuisée par l'interminable traversée et le travail qu'elle accomplissait parmi les autres détenues. En cette année 1807, la nourriture était rare dans la colonie pénitentiaire. Vêtements, outils, bétail étaient quasiment inexistants, sauf pour les quelques privilégiés qui avaient les moyens d'acheter l'indispensable aux navires marchands. Curieusement, le gouvernement continuait d'envoyer des prisonniers, mais il ne faisait rien pour améliorer leurs conditions de vie. Quand un cargo jetait l'ancre à Port Jackson, le régiment du Rhum était là pour acheter les marchandises, et les revendre en imposant son prix, moyennant de confortables bénéfices.

— Vous perdez votre temps à la défendre, monsieur Penrod, dit Potter. C'est une meurtrière. Elle a tué un magistrat en Irlande, et son père a été pendu pour avoir fomenté une rébellion contre la Couronne. En plus, c'est une catin : elle a essayé de séduire le juge. Quand il a refusé de se laisser influencer par ses charmes, elle l'a assassiné de sang-froid.

Consterné, Dare observait la fragile jeune femme dont les yeux brûlaient de haine. S'ils avaient été des armes, Potter serait mort sur-le-champ. Comment cette malheureuse créature avait-elle encore la force de défier quelqu'un ?

— Quel est son nom ? demanda Roy.

L'étiquette de meurtrière ne collait pas, songeait-il. Catin peut-être, mais pas criminelle.

— Vas-y, ma fille, grommela Potter. Dis-le-lui.

Elle leva les yeux vers l'homme qui était venu à son secours.

— Mon nom est Casey, monsieur. Casey O'Cain.

— Vous êtes une meurtrière, Casey ?

— Je... j'ai tué un homme, en effet, répondit-elle, le menton haut. Mais je...

— Vous voulez Martha Combs, ou pas ? coupa grossièrement Potter. Laissez-moi celle-ci. Je ne tarderai pas à la mater. Personne ne veut d'une meurtrière comme servante. Elle risquerait de vous égorger pendant votre sommeil.

Son regard lascif s'attardait sur les seins de Casey, mal protégés par la robe élimée. Roy savait exactement de quelle manière Potter avait l'intention de la mater.

— Je la prends! décréta-t-il. Et Martha Combs aussi. Ce serait bien d'avoir une personne de plus, pour aider Meg.

— Père! explosa Dare, indigné. Cette fille a tué une fois, elle recommencera sans doute! Vous voulez vraiment une créature de ce genre dans votre maison? Le lieutenant le dit lui-même, nous ne serons jamais en sécurité.

Roy haussa les épaules.

— Regarde-la, Dare. Elle ne ferait pas de mal à une mouche... En outre, si elle a tué, elle avait sûrement une bonne raison. N'est-ce pas, Casey?

La jeune fille acquiesça sans mot dire. C'étaient les premières paroles amicales qu'elle entendait depuis des mois.

— Vous pensez bien qu'elle ne va pas dire le contraire, grogna Dare. Vous êtes trop bon, père. Ne vous laissez pas prendre à son regard triste. Oubliez-la. Si vous l'amenez à la maison, elle corrompra tous nos travailleurs avec ses manières de catin.

Cette fois, Casey ne put se contenir davantage. Elle en avait assez d'écouter ces arrogants personnages parler d'elle comme si elle n'était pas là!

— Je ne suis pas une prostituée! grinça-t-elle. J'ai tué un homme, mais c'était un accident. Je ne voulais pas sa mort.

— Vous voyez, elle sort ses griffes, la tigresse! ricana Potter. Tu ne m'as pas trompé une minute, avec tes airs dociles. Je sais bien quelle est ta vraie nature... Allez, retourne à ton travail, ma fille. Il n'y a pas de place pour toi chez des gens respectables.

— J'ai dit que je la prenais, répéta Roy avec fermeté. Préparez les papiers pour ces deux femmes.

Potter, surpris, ouvrit la bouche pour protester, puis y renonça. Sur un signe de tête, il se dirigea à

17

grandes enjambées vers les baraquements. Il s'arrêta en route pour dire quelques mots à Martha Combs.

Quand il fut hors de portée de voix, Dare se tourna vers son père, ignorant totalement Casey qui se tenait immobile près d'eux.

— Vous avez perdu l'esprit, père? Comment pouvez-vous introduire cette... meurtrière dans notre demeure? Vous connaissez les faiblesses de Ben... Voulez-vous que votre fils cadet se laisse séduire par cette fille? De plus, nous avons besoin d'une seule domestique pour remplacer Annie, et Martha semble convenir parfaitement. Meg s'occupe fort bien de la maison.

— Fais-moi confiance, Dare. Les apparences sont parfois trompeuses... Regarde ton ami Robin. Il a été déporté pour un écart de conduite si dérisoire que c'en est grotesque. Et ce n'était qu'un gamin, à l'époque.

— Il ne s'agissait pas de meurtre! Cette fille a avoué qu'elle avait tué un homme. Que vous faut-il de plus?

— Je ne t'ai jamais vu aussi intransigeant, Dare, dit Roy, contrarié. D'habitude, tu évites les jugements à l'emporte-pièce. Qu'est-ce qui te chiffonne, chez Casey?

Celle-ci tressaillit lorsque Dare posa sur elle son regard dur, mais elle resta bien droite. Se prenait-il pour le Bon Dieu? Il ne valait pas mieux que les autres... En revanche, son père semblait différent. À moins qu'il n'ait une idée derrière la tête, comme le juge?

— Je... j'ai l'impression que nous le regretterons, marmonna Dare, incapable d'expliquer l'animosité qu'il ressentait envers la jeune femme.

— Nous verrons bien, décréta Roy avant de se tourner vers Casey. Allez faire un brin de toilette. Nous partirons bientôt. Et dites à Martha de préparer ses affaires. Je m'appelle Roy Penrod, voici mon fils, Dare. Nous possédons une ferme près de Parramatta, et j'espère que vous y serez heureuse.

— Tout vaut mieux que ceci, monsieur Penrod, répliqua Casey, reconnaissante. Vous ne le regretterez pas, je vous le promets. Et votre fils se trompe, je ne suis pas une catin.

Sur ce, elle tourna les talons dans un envol de jupe poussiéreuse, non sans jeter un coup d'œil mauvais à Dare par-dessus son épaule.

Elle était suffisamment femme pour reconnaître que le jeune homme était très séduisant, mais aussi dangereux avec cet air froid, indifférent, qui intriguait et effrayait en même temps. Les yeux gris ardoise semblaient pénétrer jusqu'au plus profond de son âme, mettre ses défauts à nu. Dieu merci, c'était au père qu'elle aurait affaire, et non au fils. Le cœur de Dare Penrod ignorait sans doute toute forme de compassion…

Dare la regardait s'éloigner, la tête haute, gracieuse malgré la saleté qui la couvrait de la tête aux pieds. Soudain une idée s'imposa à lui, qu'il ne parvint pas à chasser… Non, c'était impossible ! Pourtant, il fallait qu'il en ait le cœur net.

— Qu'attendez-vous au juste de Casey, père ? Vous… vous n'avez pas l'intention d'en faire votre maîtresse ?

L'idée lui parut tellement extravagante que Roy éclata de rire. Mais, bien vite, l'amusement fit place à la colère.

— Si tu n'étais pas mon fils, Dare, tu prendrais mon poing dans la figure. Je n'éprouve pour Casey que de la pitié. Et tu viens de m'insulter gravement.

— Je vous demande pardon, père, s'excusa Dare, un peu penaud. Je n'aurais jamais dû suggérer une telle chose. Mais cela vous ressemble si peu d'agir avec… légèreté.

— Et toi, cela ne te ressemble pas de protester si énergiquement sans raison.

— Le meurtre ne vous paraît pas une raison suffisante ?

Roy observait son fils, se demandant comment une frêle jeune fille pouvait provoquer chez lui une réaction aussi virulente. Avait-il raison en prétendant qu'elle n'apporterait que des ennuis dans leur maison ? À moins que Casey ne l'ait inconsciemment touché, et qu'il refuse de se l'avouer...

De toute façon, Roy était certain que quelque chose allait changer, à partir de ce jour. À tort ou à raison, il avait pris une décision. Quoi qu'il arrive, il s'y tiendrait.

2

Le chemin vers Parramatta était cahoteux, la chaleur insupportable, et le bœuf qui tirait le chariot était si lent que Casey serait allée plus vite à pied. À cette époque, les seuls beaux attelages de la colonie appartenaient au gouverneur et aux hauts fonctionnaires comme le lieutenant-colonel Johnston, commandant en chef du régiment du Rhum. Même les chevaux étaient rares. Pourtant, Dare Penrod avait réussi à en obtenir un, qu'il montait comme s'il faisait corps avec l'animal.

Casey s'était soigneusement débarbouillée, mais elle n'avait pas eu le temps de laver son unique tenue, si bien qu'elle commençait sa nouvelle vie vêtue de sa robe crasseuse. Pour tout bien, elle possédait une brosse à cheveux et un médaillon, héritage de sa mère qui ne quittait pas son cou.

Martha n'était guère plus gâtée, mais au moins ses vêtements étaient-ils propres.

Dans cet état, Casey n'avait rien de séduisant, et elle ne pouvait reprocher à Dare de la classer d'emblée dans la catégorie des malfrats ordinaires, voleurs et autres gredins, que l'on envoyait en colonie pénitentiaire. Elle se promit de l'éviter durant ses années de service, car elle ne voulait avoir aucun contact avec l'arrogant fermier, bien qu'elle fût obligée de reconnaître qu'il était étonnamment viril et attirant. Trop beau, trop sûr de lui, décida-t-elle. Rien à voir avec les braves et honnêtes garçons de son Irlande natale.

Casey avait été fort courtisée, naguère. Et il y avait eu Timothy O'Malley, un robuste gaillard, qui avait demandé sa main. Il semblait probable qu'ils finiraient par se marier, mais la révolte avait changé leurs plans. Tim avait été jeté en prison avec d'autres insurgés, et déporté sur le même bateau qu'elle. Elle ne l'avait guère vu, depuis qu'ils avaient débarqué en Australie. Toutefois, ils s'étaient rencontrés de temps à autre sur le bateau, malgré les règles strictes de séparation entre les hommes et les femmes. Sans lui, le voyage aurait été plus éprouvant encore.

— M. Penrod a l'air plutôt gentil.

La voix de Martha la fit sursauter, et elle eut un sourire pour s'excuser de sa distraction.

— Nous verrons cela à l'usage, répondit-elle sans s'engager. Parfois, les premières impressions sont trompeuses.

— Je trouve que nous avons de la chance de quitter Sydney, surtout avec une famille comme les Penrod. Ça pourrait être pire. Je ne sais pas si tu t'en rends compte, mais le lieutenant Potter avait des vues sur toi. Tu risquais bien de finir dans son lit.

— Sûrement pas ! protesta Casey.

Pourtant, elle savait à quoi pensait Potter chaque fois qu'il posait sur elle son regard lubrique...

Elle observa sa compagne. Celle-ci n'était pas laide, seulement trop maigre. Casey savait qu'elle avait été déportée pour vol. Les deux jeunes femmes s'adressaient la parole épisodiquement, mais n'avaient jamais abordé de sujets personnels. Martha semblait avoir dépassé la quarantaine, sa chevelure châtaine se striait de gris, et ses yeux sombres paraissaient immenses dans son visage émacié. Casey se demanda à quoi elle ressemblerait, si on la nourrissait et l'habillait convenablement.

— C'est quelqu'un, le jeune M. Penrod ! fit rêveusement Martha, le regard tourné vers Dare qui chevauchait près du chariot.

— Encore faut-il apprécier l'arrogance ! grommela Casey. Il nous traite comme la lie de l'humanité.

Martha parut surprise.

— Oh non, Casey, tu te trompes ! Il n'était que gentillesse lorsqu'il m'a parlé, pendant que tu faisais ta toilette. Vous avez dû démarrer sur de mauvaises bases, tous les deux. Je dois reconnaître que la bassine d'eau sale n'était pas un bon début ! Mais tu verras, il changera d'attitude.

— J'en doute, rétorqua Casey en lançant un coup d'œil au dos du jeune homme.

Comme par hasard, il se retourna à cet instant précis.

— Vous voulez me parler, miss O'Cain ? demanda-t-il froidement en haussant un sourcil.

— Non !

— J'espère que ce n'était pas à mon père que vous destiniez ce regard venimeux, dit-il avec un claquement de langue.

Avant qu'elle pût trouver une réplique appropriée, il avait lancé son étalon en avant, soulevant dans son sillage un nuage de poussière.

— Quel sale type ! marmonna Casey. Un pur mérinos dans toute sa splendeur !

C'était le terme péjoratif dont on affublait souvent les immigrants anglais.

Martha s'abstint sagement de discuter davantage. Pourtant elle s'interrogeait sur cette étrange animosité, visiblement réciproque.

Il n'y avait guère que vingt-cinq kilomètres entre Sydney et Parramatta, cependant le voyage semblait interminable. Dare avait disparu au loin. Soudain, un bruit étrange attira l'attention de Casey vers les arbres qui bordaient la route. Des perroquets conversaient gaiement dans le feuillage. On aurait dit des pierres précieuses – saphirs, émeraudes, rubis – qui voletaient de branche en branche. Décidément, cet étrange pays recelait bien des surprises ! C'était la première fois que Casey sortait de Sydney, et sa curiosité était insatiable.

Du haut d'un eucalyptus, une pie lança son cri, tandis qu'un martin-pêcheur battait des ailes.

Puis il y eut un autre son, qui la fit sursauter. De rudes cavaliers jaillirent des taillis, en poussant des hurlements et en brandissant des gourdins !

Roy réagit aussitôt et porta la main à son arme. Il tira un coup, mais avant qu'il ait eu le temps de recharger, deux hommes l'avaient jeté à terre.

— Des broussards ! cria Martha, les yeux agrandis de peur.

À juste titre, car les broussards étaient des prisonniers évadés qui s'étaient réfugiés dans la nature, et n'en sortaient que pour piller et violer.

Les deux femmes se serrèrent l'une contre l'autre au fond du chariot.

— Eh, venez voir ce qu'on a là, les gars ! dit l'un des bandits, sans doute le chef, en se dirigeant vers l'arrière du chariot.

— Ces personnes sont sous ma protection ! cria Roy en se débattant, afin de se libérer des deux individus qui le clouaient au sol. Je vous interdis de poser la main sur elles !

Le chef ne lui accorda pas la moindre attention.

— Bon Dieu, Bert, regarde-moi la rousse ! s'exclama un autre broussard en fixant Casey, béat d'admiration. C'est quelque chose !

— Ouais, Artie, t'as raison. Sors-la du chariot pendant que Sam et Whitey détellent le bœuf. On lui trouvera bien un emploi. Et la fille, on saura quoi en faire aussi, pour sûr !

Son sourire salace était plus qu'explicite…

Comme Artie tendait la main vers Casey, elle le prit par surprise et le repoussa, afin de sauter du chariot et de courir se réfugier sous le couvert des arbres. Elle entendait derrière elle une course effrénée, mais elle ne se retourna pas. Les branches, les épineux s'accrochaient à sa jupe, à sa peau, pourtant ce n'était rien comparé à ce qui l'attendait entre les mains de ces malfrats.

— Courez, Casey ! Courez ! cria Roy d'une voix étranglée.

Ces encouragements lui donnèrent des ailes. Elle volait littéralement à travers les broussailles.

Elle avait les poumons en feu, la respiration douloureuse. Mais ses efforts furent vains. Elle n'était pas de taille à échapper à son robuste poursuivant. Une main brutale lui saisit les cheveux, et elle hurla tandis que Bert la jetait à terre avant de la traîner plus profondément dans les bois.

— Je t'ai eue, garce ! se vanta-t-il quand il s'arrêta enfin.

— Lâchez-moi, espèce de monstre ! cria-t-elle en se démenant. Vous ne savez pas que je suis une condamnée, comme vous ?

Elle aurait aussi bien pu se taire, car cela ne troubla pas un instant le bandit.

— T'es une femme, non ? Irlandaise, je dirais. J'ai toujours eu un faible pour les rouquines. Un vrai petit chat sauvage, hein ?

Casey tentait toujours de se dégager, et elle n'entendit pas les coups de feu qui venaient de la route. Mais Bert réagit sur-le-champ. Avec un juron, il lâcha sa prisonnière. Aucune fille, même aussi tentante que celle-là, ne valait qu'on risque sa vie pour elle.

— Je te retrouverai ! menaça-t-il. Je sais où tu vas. Et je t'aurai, un jour ou l'autre...

Bouleversée, Casey se contenta de lui lancer un regard noir alors qu'il disparaissait sous les feuilles. Un cavalier approchait. Il mit vivement pied à terre.

— Miss O'Cain... Casey, ça va ? Qu'est-ce que cette canaille vous a fait ? demanda-t-il, penché sur sa pauvre petite silhouette.

— Je... je vais bien, balbutia Casey en essayant de retrouver un peu de dignité.

Durant sa course folle, son corsage s'était déchiré en plusieurs endroits.

— Vous êtes arrivé à temps, souffla-t-elle.

Dare, fasciné, ne pouvait regarder ailleurs. Jamais il n'aurait imaginé qu'elle était aussi bien faite. Elle avait une peau lisse comme l'albâtre, ses seins étaient petits et délicieusement ronds, avec deux boutons comme des cerises. Quand il revint à son visage, ses yeux brillaient.

Casey rougit et tenta de ramener les pans de son corsage sur sa poitrine, mais elle ne parvint pas à se couvrir convenablement.

— On ne vous a jamais dit qu'il est mal élevé de fixer une femme de cette manière ? lança-t-elle sèchement. Prêtez-moi votre veste.

Avec un sourire canaille, il se débarrassa de sa veste qu'il posa sur ses épaules. Il fut étonné par la fragilité de ses os, sous ses doigts. Casey ne put retenir un frisson au contact de ses mains chaudes, qui s'attardaient un peu trop longtemps sur elle. Une sorte d'éclair la traversa, et elle se demanda s'il avait ressenti la même chose. Comme en réponse, il la lâcha brusquement, et une ride se creusa entre ses sourcils.

— Merci, murmura-t-elle en s'enfermant dans la veste, heureuse d'échapper à son regard.

Elle connaissait suffisamment les hommes pour discerner leur désir, et elle recula de quelques pas. Elle n'avait pas échappé à des broussards pour être violée par un «pur mérinos». Surtout un qui la méprisait. Elle avait eu bien du mal à préserver sa virginité, au cours des derniers mois. C'était toute la richesse qui lui restait, et elle n'avait aucune intention de s'en défaire.

— Vous avez peur de moi? s'étonna Dare.

— Je n'ai peur d'aucun homme! rétorqua-t-elle crânement. Mais je ne suis pas idiote. Je suis consciente de ma faiblesse, comparée à votre force.

Honteux du désir qui s'était emparé de lui à l'instant où il avait posé les yeux sur cette... meurtrière, Dare se détourna.

— Vous n'avez rien à craindre de moi, Casey. J'ai bien trop de jugement pour succomber à vos charmes discutables.

— Oh! Espèce de...

Heureusement, les mots lui restèrent dans la gorge, car un autre cavalier les rejoignait.

— Ça va, Dare?

— Très bien, Ben. Père et Martha?

— Père souffre de quelques égratignures, mais rien de grave. Quant à Martha, ils ne l'ont pas touchée. Et au sujet de... de...

— Elle s'appelle Casey. Casey O'Cain.

Plus jeune que Dare, Ben ressemblait à la fois à son père et à son frère. Cependant, les yeux gris de Dare étaient souvent sombres, tandis que ceux de Ben pétillaient de gaieté, d'humour, et il arborait un sourire joyeux. Un peu moins grand que son frère, il était tout aussi costaud et portait sa chevelure brune nouée sur la nuque par un lacet de cuir.

Pour l'instant, il couvait Casey d'un regard franchement admiratif, et si elle rougit, elle ne se sentit aucunement insultée.

— Tu ne m'avais pas dit qu'elle était si jolie, frère, plaisanta Ben.

— Je ne t'ai pas parlé d'elle, répliqua sèchement Dare qui, pour quelque étrange raison, n'appréciait pas l'intérêt de Ben pour cette fille. Ce jeune fou est mon frère, poursuivit-il à l'intention de Casey. Je l'ai rencontré sur la route, quand je suis parti en éclaireur. Il chassait avec quelques-uns de nos employés. Lorsque nous avons entendu le coup de feu, nous sommes revenus vers le chariot.

— Par chance, nous sommes arrivés à temps ! déclara Ben d'un ton important. Ce n'est pas l'accueil que vous méritiez, Casey, mais j'espère que vous serez heureuse chez nous, ajouta-t-il avec un clin d'œil.

— Casey n'est pas notre invitée, lui rappela Dare. C'est une simple domestique, une prisonnière, condamnée pour meurtre. Ramène-la au chariot, pendant que je me lance à la recherche du bandit qui l'a attaquée... Et les autres ? Ils se sont enfuis ?

— Tous, sauf deux. Tom Healy et Buck Conroy les raccompagnent à Sydney. Je suis sûr que le régiment sera ravi de les mettre au trou ! Sois prudent, Dare, et ne t'inquiète pas pour Casey, je m'occupe d'elle.

Dare se remit en selle.

— Je te verrai à la maison. Et... nous aurons une petite conversation, Ben.

Il fit claquer les rênes et disparut au milieu des arbres.

La jeune fille devinait le sujet de cette « conversation ». Dare parlerait du crime qu'elle avait commis, et conseillerait à son frère de se tenir éloigné d'elle. Dommage, car elle avait bien besoin d'un ami, or Ben semblait digne de confiance...

— Ne vous tracassez pas pour lui, dit le jeune homme, décontenancé par la brusquerie de son frère. Il est parfois un peu rude, mais c'est un type formidable. Tout le monde l'adore. Son meilleur ami est un forçat libéré, et les déportés qui travaillent chez nous sont traités le mieux possible. Ne vous inquiétez pas. Père n'est pas un maître exigeant.

— Merci, monsieur, répondit Casey, réconfortée.

— Appelez-moi Ben, dit-il avec un sourire gamin. Si vous dites « monsieur », j'aurai l'impression que vous vous adressez à mon père... Maintenant, retournons au chariot.

Il la déposa sans peine sur la selle avant de monter derrière elle.

Le reste du trajet se déroula sans encombre. Roy, malgré quelques ecchymoses, conduisait le chariot, tandis que Ben chevauchait à leur côté. Les broussards avaient disparu.

Ils traversèrent Parramatta avant la nuit, sans s'arrêter. La ville se composait de quelques bâtiments de brique et de bois construits par des forçats, groupés de chaque côté de la route.

Ils atteignirent la ferme Penrod peu après. La propriété s'étendait à l'infini le long de la rivière. La maison était vaste, entourée de barrières, avec des enclos et des troupeaux de moutons qui paissaient à flanc de colline. Des poules picoraient dans la cour, un grand eucalyptus ombrageait la demeure à un étage que Casey trouva imposante, particulièrement dans ce pays sauvage, où peu de fermiers réussissaient.

Ben aida les deux femmes à descendre du chariot, et ils entrèrent dans la maison par la porte principale. Le hall d'entrée traversait la demeure, avec trois pièces de chaque côté.

Une petite femme replète, à l'air avenant, se précipita vers eux.

— Je commençais à m'inquiéter, monsieur, dit-elle à Roy. Vous rentrez plus tard que d'habitude. Et je vois que vous avez ramené deux femmes pour prendre ma place…

Soudain, elle vit les marques sur le visage de son maître.

— Mon Dieu ! Que s'est-il passé ?

— Des broussards. Apportez-moi du désinfectant.

— Tout de suite, monsieur. Mais… où est Dare ? Il n'est pas blessé, j'espère ?

— Mon frère appréciera certainement votre sollicitude, Annie, dit Ben en riant, mais il va bien. Il est resté là-bas pour chercher le malfrat qui a attaqué Casey.

— Le désinfectant, Annie, rappela Roy à la servante. Je ferai ensuite les présentations.

Annie se hâta d'obéir, et elle ne tarda pas à revenir avec le nécessaire.

Les présentations faites, Casey décida qu'Annie lui était sympathique. Ronde, jolie, elle devait être âgée de trente-cinq ans et n'avait pas l'air d'une criminelle.

Une fois Roy soigné, on emmena Martha et Casey à la cuisine afin qu'elles se restaurent, tandis que la famille dînait dans la salle à manger. Casey ignorait si Dare était rentré. D'ailleurs, elle était trop lasse pour s'en préoccuper…

On attribua à Martha une petite pièce sous l'escalier de service, près de la cuisine, mais Casey fut conduite à l'étage, dans une chambre au bout du couloir. Jusqu'au départ d'Annie, deux semaines plus tard, il n'y avait pas de pièce disponible au rez-de-chaussée, car l'autre chambre était utilisée par Meg, une prisonnière de son âge que Casey avait croisée brièvement.

Meg ne lui avait pas paru très amicale. Blonde, bien en chair et effrontée, elle lui rappelait une servante qu'elle avait vue dans une auberge de Dublin. Elle imaginait le regard concupiscent de Dare sur cette fille, consciente de ses appas, qui ondulait des hanches entre la salle à manger et la cuisine.

Mais quelle importance ?

Trop lasse pour procéder à une toilette complète, Casey ôta la veste de Dare et se jeta sur le lit, où elle s'endormit immédiatement. Ses dernières pensées furent pour les longues années de servitude qui l'attendaient… et pour le bel et arrogant Dare Penrod, qui lui rendrait la vie plus dure encore.

3

— Réveillez-vous, Casey ! M. Roy vous demande, et Martha est déjà debout depuis des heures.

Casey se retourna dans le lit, pour trouver Annie penchée sur elle.

— Je ne savais pas qu'il était si tard, répondit-elle en réprimant un bâillement. S'il vous plaît, Annie, dites à M. Penrod que je descends dès que j'aurai fait ma toilette.

Elle allait enfiler la veste de Dare, mais Annie reprit :

— M. Roy m'a dit de vous emmener d'abord au débarras. Il y a plusieurs malles pleines des vêtements de sa défunte épouse, et il propose que vous choisissiez ceux que vous voulez porter. Personne n'a pu les utiliser, jusqu'à présent. Meg et moi sommes trop rondes, mais ces toilettes devraient vous aller.

— Comme c'est gentil ! s'écria Casey, ravie. Je me demandais combien de temps je devrais me promener avec ces guenilles sur le dos ! Dites-moi où se trouve le débarras, j'irai dès que je serai lavée. Vous n'avez pas besoin de m'attendre.

— La dernière porte à droite, au fond du couloir. Juste après la chambre de Dare. Choisissez ce qui vous plaira, puis vous descendrez prendre le petit déjeuner. Ensuite, vous irez voir M. Roy.

Au seul nom de Dare, Casey se raidit, pleine d'appréhension.

— Je… je me dépêche, promit-elle.

Annie se trompa sur la cause de sa nervosité.

— N'ayez pas peur, Casey. Si vous travaillez correctement et si vous suivez les règles, vous serez bien traitée, ici.

Elle hésitait, cherchait les mots appropriés.

— Meg dit que vous avez tué un homme, poursuivit-elle. J'ignore si c'est vrai – et cela ne me regarde pas – mais tout le monde dans cette maison, sauf les Penrod, a été condamné. Certains ont commis des crimes plus graves que les autres. Cependant, aux yeux de la justice, c'est la même chose.

«Il vous suffit d'obéir, et tout ira bien, le temps passera vite. Dans deux semaines, je serai une femme libre. J'avais volé pour nourrir ma famille, et j'ai payé. Avec Matt, l'homme que je vais épouser, nous allons mettre en commun les trente acres qui nous sont attribuées et nous nous forgerons une nouvelle vie. Vous pourrez faire pareil, quand vous aurez purgé votre peine.

— Je me rappellerai vos conseils, Annie, dit Casey avec un sourire. Je vous remercie. Et je n'ai pas l'intention de créer des difficultés à qui que ce soit… Mais, dites-moi, qui a informé Meg de mon crime ? M. Penrod, ou l'un de ses fils ?

— Je crois qu'il s'agit de Dare, répondit Annie, vaguement embarrassée. Meg est… plutôt familière, surtout avec Dare, si vous voyez ce que je veux dire. Elle a dû lui extirper le renseignement avant qu'il ait deviné où elle voulait en venir… Bon, maintenant j'y vais. C'est l'heure du petit déjeuner. N'oubliez pas : venez à la cuisine dès que vous serez décemment vêtue.

Un quart d'heure plus tard, à genoux par terre, Casey fouillait joyeusement dans les malles rangées le long du mur. Elles contenaient toutes les toilettes dont une femme pouvait rêver, et la taille semblait parfaitement lui convenir. De toute évidence, Mme Penrod avait été une personne fort menue. Casey se demanda quand elle était morte, et comment.

Elle avait pris soin de choisir des vêtements simples et pratiques, qu'elle avait pliés et posés à côté d'elle, lorsqu'elle tomba sur la toilette la plus ravissante qu'elle eût jamais vue : une robe de satin vert, avec une jupe très large, des manches ballon et un profond décolleté. Elle ne put résister à l'envie de l'essayer. Annie avait dit que la famille était à la table du petit déjeuner, aussi ne serait-elle sûrement pas dérangée. Elle se débarrassa du peignoir qu'Annie lui avait prêté et enfila la robe chatoyante.

Seulement, elle ne pouvait pas se contempler...

Elle se souvint brusquement qu'il y avait un petit miroir au-dessus de la table de toilette, dans sa chambre. Elle ramassa le tas de vêtements et ouvrit la porte. Elle allait se regarder rapidement, avant de ranger la robe dans la malle.

Mais elle heurta de plein fouet Dare Penrod, qui passait dans le couloir.

— Par le diable ! tonna-t-il en reculant sous le choc.

Les vêtements s'éparpillèrent à leurs pieds, et il haussa les sourcils en parcourant Casey du regard. Elle était ravissante ! Mais... elle portait une toilette de sa mère. Sans compter la garde-robe entière, que cette petite voleuse était en train de subtiliser !

— Où allez-vous, avec les affaires de ma mère ?

Casey pâlit. Il était terriblement impressionnant, dur, sévère.

— Je... je...

Elle avait du mal à recouvrer sa voix.

— Votre père m'a dit de prendre ce que je voulais.

— Non seulement voleuse, mais menteuse ! Vous n'êtes pas là depuis vingt-quatre heures, et déjà vous vous emparez de ce qui ne vous appartient pas.

Casey avala sa salive avec peine.

— Je ne suis pas une voleuse. Ni une menteuse. Demandez à votre père, si vous ne me croyez pas.

Tout à coup, elle se retrouva poussée dans le débarras par un Dare furibond, qui ferma la porte derrière eux.

— Enlevez ça ! ordonna-t-il. Les affaires de ma mère sont bien trop belles pour quelqu'un comme vous.

La jeune fille ouvrit la bouche afin de protester, mais son courage s'envola devant son regard implacable.

— Sortez d'abord, répliqua-t-elle.

— Je n'ignore rien de vous, dit-il avec un mauvais sourire, et vous êtes beaucoup trop maigre à mon goût.

— Je suppose que vous préférez les créatures pulpeuses du genre de Meg ?

Quelle mouche la piquait ? se demanda Casey, effrayée de sa témérité. Elle se moquait bien des goûts de Dare en matière de femmes !

— On pourrait dire ça, rétorqua-t-il. Au moins, Meg n'a tué personne.

— Pourquoi me détestez-vous ? Vous ne me laissez aucune chance. Je n'ai pas tué volontairement. Je suis innocente.

Elle était si désemparée, si émouvante que Dare faillit oublier qu'elle était une criminelle. Et une catin. Elle avait déjà sûrement formé le projet de séduire son père, voire son frère. Il fallait qu'il démasque sa véritable nature, car les autres étaient abusés par sa beauté.

À moins qu'il ne se trompe de tactique ? Peut-être devrait-il la laisser essayer ses charmes sur lui, afin de prouver ensuite qu'elle était bien ce qu'il pensait... S'il feignait de s'intéresser à elle, peut-être renoncerait-elle à son frère et à son père. Or il se considérait le seul capable de lui résister.

Casey, méfiante, l'observait entre ses cils. Elle vit un étrange sourire flotter sur ses lèvres.

— Je ne vous déteste pas, Casey. Au contraire, vous... m'intriguez, et je vous trouve fort agréable à regarder...

Ils se faisaient face. Soudain il la saisit par la taille, l'attira à lui. Puis il lui releva le menton pour prendre ses lèvres.

Elle fut surprise par la force des émotions qui s'emparaient d'elle, sous la pression exigeante de la bouche de Dare. Le sang battait à ses tempes, elle tremblait de tout son être. Jamais on ne l'avait embrassée ainsi. Quand il franchit la barrière de ses dents, elle crut s'évanouir.

La main de Dare se posa sur son sein, dont la pointe se dressa tandis qu'il la caressait à travers le satin de la robe. Elle ouvrit les yeux, troublée, et, dans la pénombre de la pièce, ils virèrent au vert sombre, mystérieux, fascinants. Un doux gémissement lui échappa.

Qui ramena Dare à la réalité.

Ce qui ne devait être qu'une expérience était vite devenu un jeu dangereux, où il risquait de se perdre. Casey O'Cain était une talentueuse séductrice, qui avait bien failli lui faire oublier qui il était, et ce qu'il avait l'intention de démontrer. Elle avait fait naître en lui un désir qui menaçait de le priver de son libre arbitre. Il mourait d'envie de la prendre tout de suite, sur le sol. À en juger par sa réponse à ce baiser, elle n'aurait pas protesté.

Il la repoussa brutalement, dissimulant ses émotions sous un masque glacial. Il réagissait en collégien ! Comment pouvait-il se laisser bouleverser à ce point par un simple baiser ? Il n'était pas question qu'il permette à Casey de deviner combien elle le troublait. Il n'allait tout de même pas succomber aux charmes d'une meurtrière !

Il prit un air d'indifférence polie pour déclarer :

— Vous avez une capacité de réponse étonnante, pour une femme qui se prétend innocente. Ou bien faisiez-vous allusion à votre condamnation pour meurtre ? Je crois, Casey, que vous êtes tout sauf innocente. En matière de meurtre… ou d'autre chose. Maintenant, allez-vous ôter la robe de ma mère, ou dois-je m'en charger moi-même ?

Il avait un sourire carnassier, et la jeune fille se mordit la lèvre pour retenir les paroles acerbes qui lui venaient à l'esprit. Les yeux brûlant de haine, elle le maudissait en silence pour ses caresses, ses baisers, sa duplicité. Elle avait envie de l'insulter, mais elle craignait les représailles. Elle était liée à ces gens, jusqu'à ce que sa peine soit purgée, et elle ne pouvait s'offrir le luxe d'offenser le fils de son employeur.

— Que se passe-t-il, ici ?

Absorbés par leur querelle, ni l'un ni l'autre n'avait entendu Roy entrer.

Dare se tourna vers son père, un peu embarrassé.

— Je vous avais bien dit que c'était une erreur d'amener cette femme dans notre maison, père. Je viens de la trouver en train de voler dans les malles.

— Tu aurais dû m'en parler, Dare, avant de l'accuser. Je l'ai autorisée à prendre ce dont elle a besoin. Elle était vêtue de haillons, comme tu l'as constaté, et les vêtements de ta mère ne servent à rien. Je suis heureux de voir qu'ils lui vont si bien… Toutefois, ajouta Roy à l'intention de la jeune fille, vous feriez mieux de choisir des tenues plus confortables. Cette robe vous sied à merveille, cependant il est préférable de la garder pour des occasions particulières.

Casey se sentit rougir jusqu'à la racine des cheveux.

— Je n'avais pas l'intention de la garder, monsieur, murmura-t-elle. Elle est si belle que je n'ai pu résister à l'envie de l'essayer. Je n'ai jamais rien vu de plus élégant, mais je voulais la ranger immédiatement.

— C'est inutile, Casey. Vous pouvez la garder, ainsi que tout ce qui vous plaira. Seulement, réservez-la pour un moment plus approprié.

— Oui, monsieur.

Casey risqua un coup d'œil en direction de Dare, qui semblait sur le point d'exploser, et elle s'empressa de sortir après avoir récupéré les vêtements épars.

— Quand vous aurez déjeuné, venez me retrouver dans mon bureau, lança Roy. Je me suis déjà entretenu avec Martha.

La jeune fille partie, il tourna vers son fils un visage courroucé.

— Bon sang, Dare, laisse cette fille tranquille ! Tu crois que je n'ai pas remarqué que tu la tarabustes sans cesse ? Qu'a-t-elle fait, pour te mettre dans cet état ?

Dare sentait le doute s'insinuer de nouveau dans son esprit. Il avait déjà questionné son père à ce sujet, pourtant il avait besoin d'être rassuré.

— Quels sont vos projets pour Casey, père ? Vous êtes un homme robuste, et il faut bien reconnaître qu'elle est attirante…

Roy fulminait.

— Mon Dieu, Dare, tu as vraiment l'esprit mal tourné ! C'est la dernière fois que je te le dis : je n'ai aucune vue sur cette jeune personne. J'ai simplement l'impression qu'elle vaut mieux que tu ne l'imagines. J'ai l'intention de découvrir pourquoi elle a tué, et quand j'y serai parvenu, tu seras le premier étonné.

— Je vois que son charme a déjà agi sur vous, père, marmonna Dare.

— Ce n'est pas moi qui suis séduit par cette petite, à mon avis, fit remarquer Roy. Tiens-toi à l'écart, Dare. Ce n'est pas Meg. Jusqu'à présent, je ne t'ai pas reproché de coucher avec cette fille, parce qu'elle semble consentante. Si c'est ce qu'elle souhaite, je continuerai à fermer les yeux.

— Quelle noblesse d'esprit! ironisa Dare. Meg est une catin, et Casey également. Mais ne vous inquiétez pas, Casey ne m'attire pas… Pouvez-vous en dire autant?

— Bon sang, Dare! Garde pour toi tes mauvaises pensées. Je tiens à ce que tu traites convenablement Casey et Martha. Tu n'as pas eu à te plaindre d'Annie et Meg, alors pourquoi Casey poserait-elle un problème?… Mais je suis sûr que tu as à faire. Moi-même, je vais me mettre au travail, si tu veux bien m'excuser.

Dare, contrarié, regarda son père s'éloigner à grands pas. Que lui arrivait-il? Depuis qu'il avait posé les yeux sur cette fille, il avait les nerfs en pelote. Et quelle pulsion perverse l'avait poussé à l'embrasser? Peut-être le simple besoin d'une femme dans son lit… Si Meg était indisponible ce soir, il se rendrait à la ferme des McKenzie, où il savait que Mercy l'accueillerait à bras ouverts. Le père de la jeune fille lui avait souvent laissé entendre qu'il verrait d'un bon œil une union entre sa fille et lui. Mercy semblait le désirer aussi.

Peut-être était-il temps pour lui de se marier?

Vêtue d'une sage robe grise, plus en rapport avec ses fonctions, Casey entra dans la cuisine où elle trouva Meg, Annie et Martha en train de prendre le petit déjeuner à la grande table carrée. Elle s'assit près d'elles, et Annie alla lui chercher une assiette qu'elle avait gardée au chaud dans le four.

— Je vois que vous avez trouvé votre bonheur, dit-elle.

— M. Roy ne m'a jamais proposé de mettre les vêtements de sa femme, maugréa Meg, boudeuse.

— Tu ne rentrerais pas dedans ! pouffa Annie. Moi non plus, d'ailleurs, et Martha est trop maigre. Heureusement, M. Roy avait quelques longueurs de tissu de côté. Martha pourra se confectionner quelques tenues, comme nous l'avons fait, toi et moi.

— Ça ne sera pas aussi joli que ce que porte Casey, se plaignit Meg. C'est injuste !

— Ça suffit, Meg ! la réprimanda Annie. Vous allez vivre et travailler ensemble, en bonne entente !

Meg jeta un coup d'œil torve à Casey, mais elle n'osa pas protester davantage. Quand Annie serait partie, les choses changeraient. Elle n'aurait plus à rendre de comptes qu'aux Penrod. Or elle savait comment s'y prendre, avec eux.

Un peu plus tard, Casey frappa à la porte du bureau.

— Entrez, mon petit ! répondit Roy.

Il était assis à sa table de travail. Tout le mobilier de la demeure avait été fabriqué par des prisonniers, comme la maison elle-même et les bâtiments annexes.

Roy Penrod, contrairement à d'autres fermiers, avait les moyens de faire tourner son exploitation.

La plupart des colons de la région ne possédaient pas assez de capital et devaient subir en permanence les offres de rachat du régiment de Nouvelle-Galles-du-Sud. Cependant, depuis que Bligh avait été nommé gouverneur de la province, en 1806, la situation semblait s'arranger quelque peu. Malgré cela, le régiment du Rhum avait la mainmise sur l'économie, et les conflits entre le gouvernement et les intérêts personnels s'envenimaient. Bligh tentait de respecter la politique britannique, mais il était contrecarré par l'armée dont le chef, le lieutenant-colonel Johnston, était résolument hostile à la réinsertion des affranchis.

Avec un sourire nostalgique, Roy fit asseoir Casey sur une chaise à haut dossier. Il y avait des années qu'il avait vu son épouse dans cette robe grise... C'était différent pour la robe de satin vert, car jamais Claire ne l'avait portée devant lui. Elle venait de l'acheter, quand elle avait entrepris le long voyage qui lui avait été fatal.

— Vous êtes très belle, dit-il enfin. Je suis heureux que ces toilettes servent à quelqu'un.

— Je vous remercie. Votre femme devait être mince, car elles me vont à la perfection.

— Je dirais plutôt frêle, soupira Roy. Si je m'en étais rendu compte, jamais je ne lui aurais demandé de me rejoindre en Australie. Elle est morte peu après la traversée. Dieu merci, Dare et Ben ont survécu. Depuis, nous sommes seuls, tous les trois.

— Je... je suis navrée, murmura Casey.

Roy s'éclaircit la gorge.

— C'était il y a bien longtemps, et il ne sert à rien de ressasser le passé... Si nous parlions de vos tâches ?

Casey acquiesça, inquiète.

— Martha m'a avoué qu'elle était une piètre cuisinière et préférerait d'autres attributions. Meg n'est pas un cordon-bleu non plus. Alors il ne reste que vous...

La jeune fille se détendit.

— Papa jurait que j'étais la meilleure cuisinière de Dublin! déclara-t-elle. Peut-être exagérait-il un peu, mais il n'était pas le seul à apprécier mes talents. Tim s'arrangeait toujours pour se faire inviter le dimanche...

Elle s'interrompit en s'apercevant que son bavardage était sans intérêt. Elle rougit légèrement, et Roy se surprit à regretter de ne pas avoir vingt ans de moins.

— Alors, c'est décidé. Martha s'occupera des gros travaux et du jardinage, tandis que Meg continuera à prendre la maison en charge.

Croyant que l'entretien était terminé, Casey fit mine de se lever, mais il l'interrompit d'un geste.

— Afin de persuader Dare que vous n'allez pas nous égorger pendant notre sommeil, je crois qu'il faut que nous parlions un peu de votre condamnation, Casey...

— Vous savez déjà pourquoi j'ai été déportée, répondit-elle, mal à l'aise. Que voulez-vous apprendre de plus, hormis le fait que les craintes de votre fils ne sont pas fondées?

— J'ai l'impression que le lieutenant Potter ne nous a pas tout dit. J'ai du mal à vous imaginer en meurtrière. Voulez-vous me raconter?

— Que votre fils pense donc ce qu'il veut! s'entêta Casey.

Du diable si elle allait satisfaire la curiosité morbide de Dare Penrod! S'il n'était pas capable de l'accepter telle qu'elle était, tant pis pour lui!

— J'apprécie l'intérêt que vous me portez, monsieur, reprit-elle. Mais je n'ai pas envie d'évoquer ce drame pour l'instant. Un jour, peut-être...

Il hocha la tête.

— Il y a beaucoup de possibilités pour vous, ici, en Nouvelle-Galles-du-Sud. Vous pourrez vous organi-

ser une vie agréable. Si vous étiez restée en Angleterre, vous seriez en train de moisir en prison, ou de
pendre au bout d'une corde. Depuis les guerres colo-
niales, l'Angleterre ne peut plus déporter ses condamnés vers l'Amérique, et elle a choisi l'Australie à la
place. Bientôt, petite, vous serez libre de mener la vie
que vous souhaitez, comme Annie. J'espère que vous
comprenez le sens de mes paroles. Et si vous avez
envie de vous confier à moi, je serai toujours là pour
vous écouter.

— Je vous remercie, monsieur.

— Appelez-moi M. Roy, comme tous mes employés.
Et un bon conseil, Casey : évitez Dare au maximum.
C'est normalement un gentil garçon, mais vous semblez le prendre à rebrousse-poil, sans que j'en comprenne la raison.

— Je m'y efforcerai, monsieur Roy, promit Casey
du fond du cœur.

En effet, elle agaçait Dare. Mais, dans ce cas, pourquoi l'avait-il embrassée comme s'il y prenait plaisir ? C'était trop compliqué pour elle, décréta-t-elle
en quittant le bureau.

Les jours suivants, Casey ne pensa qu'à se fami-
liariser avec ses nouvelles tâches. Annie lui apprit
quels étaient les plats préférés de la famille, et
jusqu'à présent, tout se passait au mieux. Elle
voyait peu Dare, tandis que Ben venait lui rendre
visite dans la cuisine dès qu'il avait quelques
minutes.

La jeune fille l'aimait beaucoup. Il était amical,
drôle et, contrairement à son frère, plein de consi-
dération pour elle. Elle apprit qu'il s'occupait principalement des récoltes, alors que Dare se consacrait
à l'élevage. Roy supervisait les finances et le travail
des condamnés, dont il avait la responsabilité.

Casey ne fut pas longue à comprendre que la terre était riche et que les céréales poussaient facilement, ce qui changeait du sable noir et aride de Sydney. À Sydney, il n'y avait ni vergers ni prairies, seulement des fourmis géantes et des moustiques. Même dans les environs de Parramatta, la terre était pauvre, souvent inondée par les crues des torrents qui dégringolaient des Blue Mountains.

En cette année 1807, la vie en Nouvelle-Galles-du-Sud se concentrait sur une étroite bande de terre, large de soixante-quinze kilomètres et longue de deux cent cinquante, bordée par les Blue Mountains à l'ouest et la mer à l'est. Bien que les montagnes ne soient pas très hautes, personne n'avait encore trouvé le moyen de franchir ces pics impressionnants. On racontait que les hommes qui avaient pénétré dans ces montagnes n'en étaient jamais revenus. Même les aborigènes ignoraient ce qu'il y avait de l'autre côté…

Un matin, plusieurs semaines après son arrivée, Casey se trouvait seule à la cuisine. Annie était partie, Martha travaillait au jardin et Meg, comme bien souvent, avait disparu. Occupée à pétrir du pain, elle n'entendit pas la porte s'ouvrir et se refermer, des pas approcher, et elle sursauta quand une grosse voix interrompit sa rêverie :

— Alors, c'est vous qui perturbez Dare ? Maintenant que je vous vois, je comprends mieux… Je mourais d'envie de vous rencontrer. D'habitude, rien ne tracasse mon ami, mais depuis un moment, quelque chose lui met les nerfs en boule, et je soupçonne que ce «quelque chose», c'est vous.

Casey se retourna vivement, et la farine se répandit sur le plancher.

— Vous… vous m'avez fait peur ! Qui êtes-vous ?

— Robin Fletcher, pour vous servir, dit-il en souriant avec une grande révérence. Ancien condamné, à présent fier de posséder trente acres de bonne terre vers le nord.

Malgré elle, Casey ne put s'empêcher de répondre à son sourire. Cet homme était amical, chaleureux. Il dégageait une force indéniable. Avec sa silhouette élancée, ses cheveux cendrés et ses pétillants yeux bleus, il avait un air désinvolte, mais les apparences pouvaient être trompeuses, et elle songea qu'il devait être un ennemi redoutable si les circonstances l'exigeaient.

— Je suis Casey O'Cain, dit-elle.

— Je sais. Une Irlandaise, qui a gardé une pointe d'accent. Et une véritable beauté. Bienvenue en Nouvelle-Galles-du-Sud, Casey O'Cain.

Elle s'essuya les mains sur son tablier.

— Voulez-vous une tasse de thé, monsieur Fletcher ? Nous n'en avons plus beaucoup, mais tout de même assez pour tenir jusqu'au prochain cargo.

— Non, merci, petite. J'imagine que Dare sait que je suis ici, et il doit se demander où j'ai disparu. Il est passé chez moi, la semaine dernière, et depuis je meurs d'envie de vous connaître. Mais appelez-moi Robin. Je suis un ancien condamné, comme vous, alors laissons tomber les cérémonies.

— Vous ne ressemblez pas aux hommes qu'on jette dans les prisons de Londres, dit-elle impulsivement. Qu'avez-vous fait ?

— Je pourrais vous retourner la question. Comme vous le savez, les déportés sont le rebut de la société, mais certains d'entre nous ont été condamnés pour des crimes mineurs. Le mien était de braconner dans les forêts de l'une des grandes familles d'Angleterre. Je n'étais qu'un gamin, à l'époque... Dare ne m'a pas parlé de votre affaire, mais il a laissé entendre que c'était grave. Maintenant que je vous ai vue, je pense qu'il exagérait.

— Non. Je suis même étonnée qu'il ne vous ait pas dit que j'ai tué un homme. Il adore le raconter, d'habitude.

L'incrédulité se lisait sur le visage de Robin.

— Il y a sûrement une erreur. Je doute que vous soyez capable de commettre un meurtre...

— Tu as toujours été fort mauvais juge de la nature humaine, Robin !

Dare était nonchalamment appuyé au chambranle de la porte. Visiblement, il avait assisté à une partie de la conversation.

— Il y a des preuves contre Casey, poursuivit-il, et tu l'as entendue elle-même avouer qu'elle avait assassiné un homme. Que veux-tu de plus ?

— Tu es une vraie brute, parfois, Dare ! lui reprocha Robin avec un regard d'excuse à la jeune fille. As-tu seulement pris le temps d'écouter sa version des faits ? Par expérience, je sais que les événements ne sont pas toujours ce qu'ils paraissent être.

— On croirait entendre père, ricana Dare. Je ne suis pas totalement dénué de pitié, tu sais. Casey jouira des mêmes opportunités que les autres déportés qui nous ont été confiés. On lui offrira une chance d'être réhabilitée.

Casey le fusilla du regard. La tension entre eux était presque palpable, et c'était plus que de l'animosité, songea Robin.

— Tu es trop dur avec elle, vieux, dit-il afin d'alléger l'atmosphère.

Casey semblait sur le point d'exploser. Robin préféra changer de sujet :

— Allons chercher Ben et partons à la chasse. Tu as bien besoin d'un jour de repos, et moi aussi... Tu sais, le régiment du Rhum est venu deux fois à la ferme, cette semaine. Ils veulent mes terres, et ils me harcèlent impitoyablement. Ils ne s'arrêteront que lorsqu'ils auront annexé toutes les propriétés cultivables, sans se soucier des nombreux fermiers qu'il faudra pour cela escroquer ou persécuter... Qu'en dit le gouverneur Bligh ? Ne peut-il rien faire ?

Casey oubliée, Dare répondit :

— Bligh s'efforce d'aider les colons, mais le régiment du Rhum détient le pouvoir depuis trop long-temps pour qu'il parvienne à le briser. À l'origine, le 102e régiment a été envoyé afin de faire régner l'ordre dans les colonies.

— Et maintenant, ils font tout leur possible pour saboter le travail de Bligh, soupira Robin. D'un côté il y a des hommes libres, privilégiés, riches, qui ne pensent qu'à obtenir le contrôle sur le commerce et sur les détenus, qu'ils traitent comme des esclaves. De l'autre, le gouvernement qui veille sur l'emploi et la réhabilitation des déportés. Ce n'est pas un pro-blème facile à résoudre. Les fermiers pauvres et les déportés libérés sont exploités par Macarthur et le régiment du Rhum. Si seulement il y avait davantage d'hommes honnêtes, comme ton père et toi !

— Il est bien connu que chaque membre du régi-ment du Rhum a fait fortune en détournant la loi à son avantage. Et il est vraiment regrettable qu'ils aient obtenu le monopole des importations, surtout celle du rhum.

— Le rhum, répéta Robin, amer. Le fléau de notre économie... Les gens du régiment sont les seuls qui possèdent de l'argent ou de l'or pour en acheter, quand un bateau arrive. Je suis obligé d'accepter du rhum en paiement des produits de ma ferme et, lentement mais sûrement, je vais être forcé de vendre ma propriété.

Casey ne put s'empêcher de se mêler à la conver-sation.

— Mais c'est injuste ! s'exclama-t-elle. Les condam-nés qui ont purgé leur peine ont le droit d'exploiter la terre qu'ils ont gagnée !

Robin eut un petit sourire désenchanté.

— Les émancipés n'ont pas droit à grand-chose. Si la décision appartenait au régiment, nous resterions des esclaves. Et actuellement, nous vivons dans une « économie d'échange » basée sur la tyrannie et le rhum...

Casey s'était préparée pour la nuit quand on frappa à sa porte. Depuis le départ d'Annie, elle occupait la petite chambre confortable à côté de la cuisine, dont une fenêtre donnait sur la rivière.

Pensant que c'était Martha qui venait lui dire bonsoir, elle ne prit pas la peine d'enfiler un peignoir et alla ouvrir dans une sage chemise de nuit en batiste, qui avait appartenu à Mme Penrod. L'erreur était compréhensible puisque, à part Martha, personne ne lui rendait visite dans sa chambre.

La porte fut poussée avec force, et Casey sursauta en reconnaissant l'intrus. Elle s'empourpra, puis son embarras se transforma en colère.

— Vous ! Que voulez-vous ?

Dare ne s'était pas attendu à ce spectacle. Dans la lumière diffuse de la lampe posée derrière la jeune femme, on devinait sa silhouette sous le fin tissu. Chaque courbe, chaque rondeur éveillaient un désir fou au creux de ses reins.

— Vous parler, répondit-il d'une voix enrouée.

Sans se soucier d'y être invité, il pénétra dans la chambre et referma derrière lui.

Casey s'empara de son peignoir qu'elle jeta sur ses épaules.

— Cela ne peut-il attendre demain ?

— Non. Je pars pour Sydney à l'aube. Robin et moi voulons nous entretenir avec le gouverneur des mauvais traitements infligés aux affranchis par le régiment du Rhum. Je suis certain qu'il nous aidera, dans la mesure du possible.

— Bon, dit Casey à contrecœur. Qu'y a-t-il donc de si important ? Je vous en prie, faites vite, car Martha doit passer me voir.

— Martha dort déjà. Il n'y a pas de lumière sous sa porte. Ne vous inquiétez pas, Casey. Nous ne serons pas dérangés.

Elle ne fut pas rassurée pour autant, au contraire ! Elle se méfiait de cet homme. Pire encore, elle se méfiait d'elle-même ! Il était trop beau, trop sûr de lui, il la troublait infiniment, et elle ne savait comment lutter contre cette émotion.

— Ai-je fait quelque chose de mal ? demanda-t-elle. Est-ce que ma façon de cuisiner ne vous convient pas, monsieur... Dare ?

— Laissez tomber le « monsieur », Casey. Oui, vous avez fait quelque chose de mal. Vous m'avez poussé à vous désirer si fort que j'en ai perdu le sommeil...

Pendant des semaines, son désir avait bouillonné sous la surface, et il avait l'impression qu'il allait devenir fou. Ce soir, il avait avalé suffisamment de rhum pour venir l'avouer à la jeune femme.

— Quoi ? s'écria-t-elle, certaine d'avoir mal entendu. Qu'avez-vous dit ?

— Je veux vous faire l'amour, Casey. Depuis le premier instant, il s'est passé quelque chose entre nous. J'ai d'abord cru qu'il s'agissait d'une profonde antipathie, mais je me suis rapidement rendu compte que cela n'avait rien à voir avec les sentiments. Plus je songeais à notre mutuelle attirance, plus je me rendais compte que le seul moyen de briser ce pouvoir étrange que vous avez sur moi était de vous faire l'amour, afin de vous sortir une fois pour toutes de mes pensées.

— Vous avez perdu l'esprit ! s'indigna Casey, effrayée par son air déterminé. Je n'ai pas l'intention de... de faire l'amour avec vous.

Il sembla amusé, et un sourire adoucit ses traits.

— Vous mentiriez si vous tentiez de nier que je vous trouble aussi, Casey. Je ne sais quel nom donner à cette attirance que j'éprouve pour vous, mais je sais que je vous désire.

— C'est impossible! Vous ne me témoignez que du mépris depuis le début. Comment osez-vous maintenant déclarer que vous…? Mon Dieu, Dare, quel genre d'homme êtes-vous donc?

— Un homme obsédé par une femme belle et expérimentée. Voilà des semaines que vous travaillez ici, et vous n'avez pas eu d'homme dans votre lit. Ne me refusez pas cette chance de vous effacer de ma tête. Vous ne serez pas déçue, Casey.

Elle recula de quelques pas.

— Vous… vous êtes lamentable! lança-t-elle. Trouvez quelqu'un d'autre pour apaiser vos bas instincts. Je suis certaine que Meg sera heureuse de les satisfaire.

— Sans doute, mais ce n'est pas Meg que je veux… Vous avez dû m'ensorceler, pour que je vous en dise autant. Les paroles de Robin m'ont éclairé sur ce que je veux de vous. Libérez-moi du sort que vous m'avez jeté, Casey, afin que je puisse exister de nouveau.

— Je… je ne jette aucun sort, Dare. Et je ne veux pas faire l'amour. Sortez… s'il vous plaît.

C'était un rêve, un rêve insensé, dont elle n'allait pas tarder à se réveiller!

Tous les hommes étaient-ils aussi changeants que Dare, ou bien était-il une exception? C'était un être surprenant, mais elle ne l'avait pas cru fou, jusqu'à ce qu'il fasse irruption dans sa chambre.

— Je ne tolérerai pas de refus, Casey, déclara-t-il en lui prenant la taille. Je connais bien les besoins d'une femme, et je saurai éveiller votre désir. Vous êtes plutôt amicale envers Robin, alors pourquoi pas envers moi?

Ces paroles arrogantes firent flamber la colère qui couvait en elle. Il la prenait pour une prostituée ? Il fallait qu'elle le détrompe, sur-le-champ !

— Je ne suis pas...

Les mots s'étranglèrent dans sa gorge car il l'enlaçait et lui infligeait un baiser, parfumé au rhum.

Elle reprit sa respiration quand le baiser se déplaça le long de sa joue, près de son oreille. Elle avait l'impression qu'il laissait une trace de feu sur sa peau. Lorsqu'il revint vers sa bouche, ce fut pour un baiser brutal, presque insultant, contre lequel elle resta sans force.

— Osez dire que vous ne me désirez pas... soufflat-il.

Elle refusa de répondre, et il la secoua doucement.

— Dites-le-moi, insista-t-il.

Elle détestait le reconnaître mais, malgré sa colère, malgré la brutalité de Dare, elle le désirait infiniment.

— Je... je ne peux pas.

Il l'embrassa de nouveau, et cette fois il la laissa pantelante, accrochée désespérément à lui. Avec un petit rire satisfait, il déboutonna le col de sa chemise de nuit, dénuda un sein ravissant. Il le prit dans sa paume, tandis que le petit bouton s'épanouissait sous ses doigts. Paniquée, Casey sentait la preuve de son désir pressée contre son ventre.

— Vous êtes une meurtrière et une catin, Casey, mais j'ai envie de vous. J'ai lutté suffisamment contre ma conscience, et j'en ai assez de perdre la tête à cause de vous.

La jeune fille reçut ces mots comme un seau d'eau glaciale en pleine figure.

— Vous êtes ivre ! Vous dites des choses que vous regretterez demain. Il n'y a entre nous qu'une haine mutuelle.

— Peut-être...

Dare s'employait à libérer son autre sein de la chemise. Il était tellement excité qu'il entendait à peine ce qu'elle disait.

Rassemblant toute sa volonté pour résister à la magie de ses doigts, de ses lèvres, Casey se dégagea, les mains à plat sur sa poitrine.

— Vous ne vous servirez pas de moi, Dare Penrod. Vous vous trompez du tout au tout. Je n'ai aucun besoin d'un homme, et si c'était le cas, vous seriez le dernier à l'apprendre !

Surpris, Dare recula, et Casey franchit la porte avant qu'il eût recouvré ses esprits. Elle traversa la cuisine en courant, s'élança dans le hall, espérant se perdre dans la nuit jusqu'à ce qu'il se lasse de la chercher.

Elle atteignait la porte d'entrée quand celle-ci s'ouvrit sur Ben, qui la reçut dans ses bras.

— Casey, pour l'amour du Ciel…

D'un coup d'œil, il vit sa chevelure dénouée, l'ouverture de la chemise qui découvrait la naissance de ses seins… Puis il leva les yeux, aperçut son frère qui s'arrêtait net. Et il comprit.

— Mon Dieu, Dare, comment oses-tu… ?

— Je…

Dare se vit soudain à travers les yeux de son frère… un spectacle tout à fait désagréable !

— Pas un mot, Dare ! gronda Ben, furieux. Je suis assez déçu comme ça, une explication vaseuse ajouterait encore à la honte.

Il mit un bras protecteur autour des épaules tremblantes de Casey, et ils passèrent devant Dare.

— Venez, Casey, je vous raccompagne à votre chambre. Et ne vous inquiétez pas pour Dare, je suis certain qu'il va revenir à la raison et vous présenter des excuses…

La jeune fille, soulagée, s'appuya à lui, certaine cependant que son arrogant de frère n'avait jamais présenté d'excuses de toute sa vie.

4

L'insomnie de Casey fut traversée de pensées et de désirs qu'elle n'osait identifier. Elle passa la nuit roulée en boule sous les draps, l'esprit enfiévré.

Elle revivait sans cesse la scène qui s'était déroulée plus tôt dans la soirée, la passion débridée que Dare avait éveillée en elle. Malgré elle, elle se demandait à quoi ressemblerait l'amour avec lui. Jamais elle ne s'était comportée de cette manière. Pour sa plus grande honte, elle s'était abandonnée un moment, avant de reprendre ses esprits. Elle était choquée de se dire que chaque fois qu'il poserait les yeux sur elle, il se rappellerait ce bref instant de folie où elle s'accrochait à lui, éperdue, frémissante sous ses caresses. Elle se promit que cela ne se reproduirait plus.

Au matin, elle apprit que Dare était parti pour Sydney...

Elle battait des blancs en neige à la cuisine, quand Meg déclara :

— Je n'aime pas du tout voir Dare s'en aller. Il s'est levé si tôt que j'étais trop fatiguée pour lui dire convenablement adieu.

Elle étouffa un bâillement excessif, qui suggérait que Dare s'était réveillé dans son lit.

Casey était furieuse, pourtant elle répondit avec une feinte indifférence :

— Il rentrera sans doute bientôt.

— N'imagine surtout pas que tu peux prendre ma place dans son… affection, gronda Meg, le regard venimeux. C'est un homme superbe, et il sait comment donner du plaisir à une femme.

Casey haussa les épaules.

— Je t'assure qu'il peut bien te donner du plaisir jour et nuit, je m'en moque ! Il ne me plaît pas du tout, ajouta-t-elle en lui tournant résolument le dos. N'est-il pas l'heure de mettre le couvert ?

Meg tourna les talons, non sans lancer par-dessus son épaule :

— Il y a une femme dans sa vie, tu sais. Mercy McKenzie. Son père a pris sa retraite, et il s'est installé dans le coin voilà quelques années. Je suis sûre qu'il finira par l'épouser.

Sans qu'elle comprît pourquoi, Casey ressentit un grand vide au fond du cœur.

Avant de s'en aller, Annie avait montré à Casey et à Martha un bassin formé par la rivière, non loin de la maison, où il faisait bon se baigner les jours de grosse chaleur. L'année avait été humide, il y avait suffisamment d'eau pour nager, et les deux femmes y venaient souvent quand elles avaient terminé leurs tâches de la matinée. Les autres détenus ainsi que les Penrod étaient au travail, à cette heure-là : ils ne risquaient pas de les déranger.

Meg n'appréciait guère cette distraction, aussi Martha et Casey se retrouvaient-elles généralement seules derrière la maison, là où la rivière marquait la frontière entre les champs cultivés et la brousse, à l'abri des regards indiscrets. Roy leur avait recommandé de se tenir à l'écart des prisonniers, dont la plupart étaient des criminels endurcis qui n'hésiteraient pas à profiter de l'aubaine.

Quelques jours après le départ de Dare, Martha et Casey se dirigèrent vers le bassin afin de jouir d'une détente bien méritée. Casey, ne gardant sur elle qu'une fine chemise de batiste, s'élança jusqu'à l'endroit le plus profond, où l'eau lui arrivait aux aisselles. Martha, qui avait peur de l'eau, s'y engagea plus prudemment.

— On a pied, l'encouragea Casey. Et l'eau est merveilleusement bonne !

— Je n'aime pas l'eau, avoua Martha. C'est la mer qui m'a pris mon Jerry.

— C'était ton mari, n'est-ce pas ?

— Oui, soupira Martha. Il était marin. Un jour, son bateau n'est pas rentré au port. J'ai appris plus tard que le *Lucy B.* avait disparu dans une tempête.

— Ça a dû être difficile pour toi… Aviez-vous des enfants ?

— Un fils, qui a vécu à peine un an. C'était un bébé fragile, mais mon époux l'adorait. Hélas, je n'ai pu en avoir d'autre. Et maintenant… c'est trop tard. Mon Jerry ne reviendra plus.

— Tu n'avais pas de famille ?

— Seulement mes parents, tous les deux trop malades pour travailler. Papa s'est ruiné la santé dans les mines de charbon, et maman l'a entretenu jusqu'à ce qu'elle aussi tombe de fatigue. Je les aidais de mon mieux, mais j'ai été prise en train de voler un jambon aux gens riches chez qui j'étais employée. Ils avaient tant de provisions ! J'ai cru que cela passerait inaperçu. Mes gages suffisaient à peine à payer le loyer de notre petit cottage, alors pour se nourrir… Sans le salaire de Jerry, j'en étais réduite à voler.

— Qui veille sur tes parents, maintenant ? demanda Casey, navrée pour son amie.

Martha eut l'air tellement désespéré qu'elle regretta d'avoir posé la question.

— Personne, répondit-elle d'une voix brisée. Ils sont probablement morts... Et peut-être que c'est eux qui ont de la chance. Regarde-moi. J'ai trente ans, j'en parais dix de plus, Jerry a disparu, notre bébé aussi... Que me reste-t-il ?

Casey était surprise d'apprendre que Martha était si jeune. Elle ne put rien ajouter, mais son propre destin lui sembla moins cruel que celui de son amie.

Martha avait déjà regagné la maison, alors que Casey s'attardait dans l'eau claire, se rappelant les jours heureux où elle barbotait dans un torrent en Irlande. Elle allait enfin se résoudre à regagner la rive, quand un son étrange lui fit dresser les cheveux sur la tête. On aurait dit le cri d'un animal blessé venant de la forêt. Pourtant, c'était certainement le gémissement d'un être humain.

— Qui va là ? demanda-t-elle.

Elle scrutait l'épaisse végétation, mais elle n'entendit plus que le caquètement des perroquets. Elle se dit qu'elle avait rêvé et s'apprêtait à sortir de l'eau, quand le même son lui parvint, plus proche cette fois. Définitivement humain.

Elle rassembla son courage et grimpa sur la rive, tous les sens en éveil. Elle avait oublié que la chemise trempée moulait étroitement ses formes.

L'oreille aux aguets, elle entendit de nouveau le bruit et en conclut que quelqu'un avait besoin d'aide.

Guidée par les gémissements, elle avança en silence sur le tapis d'aiguilles de pins et de feuilles mortes. Un kangourou qui bondissait hors des fourrés lui fit faire un saut en arrière. Son cœur battait follement dans sa poitrine, et elle s'immobilisa, le temps de reprendre son souffle. À nouveau, elle entendit le cri d'agonie. Cette fois, elle se dirigea sans hésiter vers la gauche et, quelques pas plus loin, elle trébucha contre un corps allongé sur la mousse.

Un homme gisait sur le ventre, ses vêtements déchirés couvrant à peine sa silhouette squelettique. Un koala, perché sur une branche d'arbre, le regardait tristement en mâchouillant des feuilles.

Une plaie infectée s'ouvrait dans le dos de l'homme, et elle l'aurait cru mort s'il n'avait de nouveau gémi.

Impulsivement, elle le retourna… et poussa un cri lorsqu'elle reconnut le visage décharné.

— Tim !… Mon Dieu, qu'est-ce qu'ils t'ont fait ?

À en juger par le mauvais état de la blessure, il se cachait dans les bois depuis plusieurs jours. Venait-il de Sydney ? Dans ce cas, il avait dû parcourir un long chemin avec ce trou dans le dos, et il avait sûrement perdu beaucoup de sang. Il semblait presque mort de faim. Des cicatrices indiquaient qu'il avait fréquemment été battu. Si Casey voulait lui sauver la vie, il fallait qu'elle agisse au plus vite.

Elle déchira le bas de sa chemise et courut au bassin afin d'imbiber le tissu d'eau. Elle revint nettoyer la plaie, causée par une balle, et s'aperçut qu'elle était purulente. Le blessé brûlait de fièvre. Il n'était pas besoin de connaître la médecine pour comprendre qu'il fallait extraire la balle au plus vite.

Elle retourna plusieurs fois au bassin, baigna le visage et le cou de Tim, qui soudain se mit à se débattre en poussant d'atroces cris de douleur.

— Ne bouge pas, Tim, murmura-t-elle.

Les mouvements désordonnés le faisaient saigner de nouveau.

Il revint à lui et ouvrit lentement les yeux.

— Casey ?… Est-ce vraiment toi ?

— C'est bien moi, Tim, répondit-elle, la gorge serrée.

Timothy lui était presque aussi cher que son père. C'était son ami, son frère... Et il l'aimait. Un jour, ils auraient sûrement fini par se marier, par vivre heureux ensemble. Mais le sort en avait décidé autrement. Ils avaient été séparés, et expédiés bien loin de leur terre natale.

— D'où viens-tu? demanda-t-il faiblement.

— Je pourrais te retourner la question. Que s'est-il passé? Pourquoi t'être enfui, quand tu sais qu'il n'y a nulle part où aller?

Il grimaça.

— Tu me connais, je suis têtu comme une mule. Je me suis disputé avec des officiers, et pour me punir, on m'a envoyé dans les mines de charbon à New Castle. Mais je ne le supportais pas, Casey. Travailler en sous-sol, dans le noir, c'était pire que la mort. Au bout de quelques jours, j'ai décidé de m'évader ou de mourir en tentant de m'enfuir. C'est ce que j'ai failli faire. Mourir, je veux dire...

— Mais où allais-tu?

— Rejoindre les broussards. J'ai entendu dire qu'ils vivent très bien en pleine nature, près de Parramatta.

— Ce sont des êtres désespérés, traqués, Tim. Pour la plupart, ils ne valent pas mieux que des bêtes sauvages, protesta Casey, qui se rappelait que l'un d'entre eux avait failli la violer.

— Ils ne sont pas pires que les soldats du régiment du Rhum! Ils nous traitent comme des esclaves.

— Comment as-tu été blessé? Tu es venu à pied depuis New Castle?

— Un des gardes m'a tiré dessus alors que je m'enfuyais. Dieu merci, il a mal visé, à cause de la nuit. Seulement, je n'avais pas pensé que la blessure s'infecterait. J'ai erré dans la brousse pendant des jours, poursuivi par des soldats. Ils ne doivent pas être loin, d'ailleurs...

Casey réfléchissait à toute vitesse.

— Je ne peux pas te laisser ici. D'un autre côté, je n'ose pas te ramener à la ferme. M. Roy est un homme bon, mais je ne suis pas certaine qu'il braverait la loi en t'accueillant chez lui. Quant à Dare...

— Qui sont-ils ?

— Mon patron et son fils. Nous sommes sur leurs terres, et la maison est derrière la courbe de la rivière.

— Ce sont des émancipés, ou des purs mérinos ?

— Des colons, venus d'Angleterre. M. Roy pourrait soigner ta blessure, mais Dare...

— Casey, où êtes-vous ?

Une voix résonnait non loin, et la jeune fille tressaillit.

— Mon Dieu, il est de retour ! Il faut que je te laisse, Tim, mais je reviendrai ce soir avec de quoi te nourrir. J'aurai peut-être trouvé le moyen de te sauver, d'ici là. Ne bouge surtout pas.

— Casey ! Vous m'entendez ?

Elle jura entre ses dents. Pourquoi fallait-il que Dare revienne juste à ce moment ? Et pourquoi la cherchait-il ?

— Qui est ce Dare, Casey ? insista Tim. Tu sembles effrayée. A-t-il...

— C'est le fils aîné de M. Roy. Il... Nous ne nous aimons guère. Il faut que j'y aille.

Elle déposa un petit baiser sur le front de Tim, puis se glissa à travers les fourrés jusqu'au bassin, où elle se plongea sans bruit dans l'eau.

Lorsque Dare arriva, elle était remontée sur la rive opposée.

— Ça va ? demanda-t-il, inquiet.

— Bien sûr ! rétorqua Casey, étonnée de le voir angoissé.

— Quand elle a remarqué que vous n'étiez pas là pour préparer le déjeuner, Martha a pris peur, et elle en a averti père. Comme je venais de rentrer de Sydney, j'ai proposé d'aller voir ce qui se passait.

Elle avait dû rester absente plus longtemps qu'elle ne le croyait!

— Je n'ai pas vu le temps passer, s'excusa-t-elle.

— Vous êtes seule? questionna-t-il, soupçonneux.

— Évidemment!

— Bon sang, Casey, comment pouvez-vous être si inconséquente? tonna Dare qui la saisit par les bras et la secoua violemment, au point que ses dents s'entrechoquèrent. Il aurait pu vous arriver n'importe quoi. Vous ignorez que cet endroit regorge de serpents, de crocodiles, d'animaux sauvages, de broussards? Vous avez risqué votre vie, et vous avez bouleversé toute la maisonnée. Pour une fois, vous auriez pu songer aux autres au lieu de ne penser qu'à vous!

— Je... je suis désolée, Dare, je ne me suis pas rendu compte...

— Vous êtes seule, c'est bien vrai?

— Je ne suis pas venue retrouver un amant, si c'est ce que vous voulez dire, lança-t-elle, furieuse. S'il vous plaît, vous me faites mal!

Pourvu que Tim ne les voie pas! Il s'inquiéterait sûrement des manières menaçantes de Dare.

L'étreinte de Dare se relâcha quelque peu. Puis, tandis que sa colère régressait, il nota la tenue légère de Casey et ses yeux s'assombrirent.

La chemise qui avait appartenu à sa mère collait aux seins de la jeune femme, à sa taille fine, à la courbe de ses hanches, laissant deviner le triangle roux à la naissance de ses cuisses. Il fit appel à toute sa volonté pour s'empêcher de la renverser dans l'herbe. Et il se rappela la honte qu'il avait ressentie, quelques jours plus tôt, en face de son frère.

Certes, il avait trop bu ce soir-là, cependant il n'était pas ivre. Il avait simplement envie d'une femme. Pas n'importe quelle femme : il voulait cette petite rousse, qui le hantait depuis des jours. Il avait été vexé qu'elle le repousse, mais ce n'était rien comparé à la sévère condamnation de son frère. Par le Christ, que lui avait-il pris ? Et pourquoi avait-il avoué à Casey à quel point elle l'obsédait ?

Le désir au creux des reins, il ne pouvait détacher son regard de la jeune femme. Elle avait repris des forces, au cours des dernières semaines, et on ne pouvait plus dire qu'elle était maigre. Au contraire, ses formes étaient délicates et harmonieuses.

— Vous me troublez tant, que je ne sais pas si je dois vous étrangler ou vous faire l'amour... Je vous préviens, nous réglerons nos comptes, un jour ou l'autre.

Casey, inquiète, vit le désir qui brûlait dans ses yeux quand il inclina la tête comme pour l'embrasser, et elle se souvint de la fièvre qui l'avait envahie, la dernière fois que leurs lèvres s'étaient touchées... Non, il ne fallait pas que cela se reproduise ! Elle rassembla son courage pour lui échapper.

— Si c'est l'heure du déjeuner, il vaudrait mieux que je me dépêche de rentrer, marmonna-t-elle en ramassant ses vêtements.

Sous le regard avide de Dare, elle enfila rapidement sa robe, ses bas et ses souliers, avant de s'enfuir en courant vers la maison.

Il la suivit, un sourire un peu perplexe aux lèvres.

Casey soupira, agacée, attendant que la famille se retire pour la nuit. Elle espérait que Tim n'avait pas bougé, car il fallait absolument qu'elle soigne sa blessure.

Comme elle regardait par la fenêtre le ciel criblé d'étoiles, elle s'étonna une fois de plus de la façon brutale dont la nuit tombait, dans cette région. Ici, pas de crépuscule comme en Angleterre. L'obscurité s'installait d'un coup, comme un rideau que l'on tire, et commençait alors la symphonie des animaux nocturnes, coassements, cliquetis, crissements...

Casey arpenta nerveusement sa chambre, jusqu'à ce que l'on n'entende plus le moindre bruit dans la maison. Elle attendit encore deux heures, pour plus de sûreté, avant de se glisser dans la cuisine où elle avait caché une besace emplie de nourriture, d'antiseptique et de pansements. Elle la cacha sous sa cape et sortit par la porte de derrière.

Mais la chance n'était pas de son côté.

Dare, incapable de dormir, se tenait à la fenêtre de sa chambre. Il brûlait d'un feu qu'une seule femme au monde aurait été capable d'éteindre. Comment avait-il pu la laisser s'emparer totalement de son esprit, au point d'envahir ses pensées et ses rêves ?... Il était temps pour lui de se marier. Un seul mot, et Mercy choisirait la date. Mais elle n'avait pas les cheveux roux, un visage de lutin, des taches de rousseur qui dansaient sur ses joues...

Il fut soudain attiré par une mince silhouette qui se dirigeait vers la rivière. Trop petite pour que ce fût Martha... Meg, qui se rendait à un rendez-vous secret ? Il la négligeait complètement, depuis que Casey était arrivée chez eux, et il ne pouvait lui reprocher de chercher une consolation ailleurs.

Mais la lune allumait des reflets roux dans la chevelure de la fugitive. Casey ! Par le diable, que faisait-elle dehors, au beau milieu de la nuit ? Avait-elle pris un amant parmi les travailleurs de la ferme ? Cette éventualité lui fit l'effet d'un coup de fouet.

Sa première impulsion fut de la suivre, mais il était tellement hors de lui qu'il serait bien capable de l'étrangler, ainsi que son complice... Non. Il attendrait son retour afin de lui demander des explications. Peut-être aurait-elle une bonne excuse à lui fournir, mais il ne parvenait pas à imaginer laquelle…

Arrivée près de la rivière, Casey s'assit sur la berge, se mit en chemise. Elle n'était jamais sortie si tard, l'appréhension la rendait maladroite, et l'eau lui parut glacée.

Sans trop penser aux dangers dont avait parlé Dare, elle traversa, le sac en l'air afin de ne pas le mouiller.

— Tim, appela-t-elle doucement, une fois sur la rive opposée.

Seul lui répondit le chant des insectes.

— Tim… où es-tu ?

Un homme sortit en titubant du bosquet, et elle faillit retomber dans l'eau.

— Je suis là, Casey.

C'était bien Tim, qui s'effondra à ses pieds. La jeune fille se laissa tomber à genoux près de lui, et elle fut soulagée de l'entendre respirer. Elle sortit un flacon de rhum de sa besace, le porta à ses lèvres. Il en but goulûment, puis il trouva la force de se redresser.

— Merci. J'en avais bien besoin, souffla-t-il. Tu as de quoi manger ?

En souriant, Casey lui donna des tranches de gigot, des pommes de terre en salade, une part de tarte aux pommes, dont il ne fit qu'une bouchée. Pendant ce temps, elle étalait un onguent sur sa blessure et attachait une bande autour de son torse.

— Je ne suis pas médecin, mais cela te soulagera en attendant l'avis d'un professionnel.

— Tu plaisantes ! Qui accepterait de m'aider ? Dès que je le pourrai, je disparaîtrai simplement dans la brousse.

— C'est courir à la mort, Tim ! Tu as perdu trop de sang, tu brûles de fièvre, tu n'y arriveras jamais ! Il faut extraire la balle.

— Je n'ai pas le choix, Casey. Je suis certain d'avoir entendu les pisteurs indigènes, aujourd'hui. Les soldats ne sont pas loin.

— Tu vas traverser le bassin avec moi, Tim, insista Casey. J'ai trouvé un endroit où tu pourras te cacher, jusqu'à ce que tu aies repris des forces.

— Non, ma douce. Je ne veux pas te mettre en danger. Que se passera-t-il si ton patron me découvre ? C'est un crime que d'aider un condamné à s'échapper. Ne t'inquiète pas, je vais tout simplement m'enfoncer davantage dans la brousse.

L'aube se levait, lorsque Casey parvint enfin à convaincre Tim de l'écouter. Elle lui parla d'une petite cabane, à l'écart des baraquements de prisonniers. Depuis qu'elle était à la ferme, elle n'avait vu personne y entrer ni en sortir, et Meg lui avait dit qu'elle avait parfois servi de prison, pour enfermer les déportés récalcitrants en attendant l'arrivée des autorités. Ces derniers temps, elle ne servait plus, car les employés de Penrod se rendaient compte qu'ils étaient bien traités ici.

— Tu peux marcher, Tim ? demanda-t-elle en l'aidant à se lever. Il fera bientôt jour, et il y aura des gens partout.

En Australie, le jour survenait aussi rapidement que la nuit. Le soleil jaillissait dans le ciel, qui virait de l'indigo au bleu vif.

— Tu as gagné, Casey, soupira Tim, un peu revigoré par la nourriture. On y va.

Lourdement appuyé sur la jeune fille, il entra dans l'eau.

Une fois sur l'autre rive, Casey s'habilla et conduisit Tim à une hutte aux murs de terre. Elle savait que la porte ne serait pas verrouillée, et elle installa son ami sur une paillasse rudimentaire.

— Il reste assez de nourriture pour la journée, dit-elle, ainsi que de l'eau et du rhum. Je reviendrai cette nuit, à la même heure. J'espère que j'aurai trouvé un moyen de t'aider.

— Avant que tu partes, j'aimerais que tu me parles de ce Dare, Casey. Je n'ai pas apprécié la façon dont il te traitait.

Elle rougit.

— Ne t'en fais pas, je sais le tenir à distance... Maintenant, il faut vraiment que je rentre.

Tim fronça les sourcils, mais n'insista pas.

— Fais attention à toi, ma chérie.

— C'est promis.

Casey partit vivement, et elle ouvrit la porte de derrière au moment où le ciel s'éclaircissait d'un coup.

Le petit déjeuner fut servi en retard, naturellement, mais personne n'y accordait d'importance – sauf Dare, qui émit une remarque cinglante. Roy lui lança un regard noir, et Ben eut un petit reniflement désapprobateur. Ce qui n'empêcha pas Dare de continuer :

— Vous avez une mine épouvantable, Casey. Vous avez passé une mauvaise nuit ?

La jeune fille était troublée par son sourire entendu, mais elle parvint à dissimuler son appréhension.

Dare était furieux parce qu'il s'était endormi dans un fauteuil, devant la fenêtre, avant que Casey revienne de son escapade. Combien de temps était-elle restée absente ? Il ne manquerait pas de guetter ses allées et venues, ce soir, et cette fois il resterait éveillé.

Casey crut que la journée n'en finirait jamais. Martha, ayant remarqué qu'elle était lasse, suggéra qu'elle se repose une ou deux heures dans l'après-midi, et elle sauta avec bonheur sur cette proposition. Elle s'endormit immédiatement.

Elle dormait encore, quand Dare rentra des pâturages et rencontra Meg qui l'attendait.

Avec le temps chaud et sec, la laine des moutons avait poussé. Les bergers devraient bientôt ramener les bêtes à la ferme pour les laver et les tondre.

Meg descendit les marches du porche à la rencontre de Dare. Perdu dans ses pensées, celui-ci ne la remarqua que lorsqu'elle posa une main sur son bras.

— Meg? Désolé, je ne t'avais pas vue... As-tu besoin de quelque chose?

— Voilà des semaines que vous ne vous occupez plus de moi, Dare, lui reprocha-t-elle. Voulez-vous que je vous rejoigne dans votre chambre, ce soir? Je vous en prie. Vous savez que je... peux vous plaire.

— Pas cette nuit, Meg. Je... je n'ai pas l'esprit à ça.

— Qu'est-ce qui ne va pas, Dare? D'habitude, vous êtes toujours prêt, mais ces derniers temps...

Elle plissa les yeux.

— Casey? Vous couchez avec cette petite garce?

— C'est absurde, Meg!... En outre, ce que je fais ne te regarde pas. Et tu n'as pas le droit de traiter Casey de garce.

— Alors, c'est bien ça! grinça Meg. Vous avez cette catin rousse dans la peau. Si vous ne l'avez pas déjà mise dans votre lit, ça ne saurait tarder... Mais vous le regretterez, Dare. C'est une meurtrière, pour l'amour du Ciel!

— Tu ferais mieux de retourner au travail, rétorqua-t-il avec raideur. Et écoute-moi bien : nous avons fait l'amour une ou deux fois, mais ce n'est pas une raison pour que tu me dictes ma conduite. D'abord, tu n'étais pas vierge, et si tu ne m'y avais pas invité, jamais je ne t'aurais touchée.

Meg, bouillant de frustration, le regarda s'éloigner. Elle était persuadée que Casey était responsable de la réaction de Dare, et elle se jura qu'elle lui ferait payer un jour cette humiliation. Mieux encore : elle se débarrasserait d'elle.

En attendant, elle allait ronger son frein, observer, rester vigilante. Casey finirait bien par commettre l'erreur qui la mènerait à sa perte.

5

Casey récupéra la nourriture et l'eau, qu'elle avait cachées dans un placard, et quitta la maison silencieusement comme la nuit précédente. Et, comme la veille, Dare l'observait de la fenêtre de sa chambre, tandis qu'elle se hâtait de contourner les baraquements des prisonniers. Il sortit derrière elle, les yeux fixés sur sa frêle silhouette.

Il la suivait, assez loin pour ne pas éveiller son attention. Mais lorsqu'il atteignit l'endroit où il l'avait perdue de vue, il eut l'impression qu'elle s'était volatilisée…

Il pesta entre ses dents. Où aller ? La jeune femme pouvait avoir continué en direction de la rivière, ou bien avoir pénétré dans l'un des bâtiments annexes. Si seulement la nuit était aussi claire que la veille ! Bon sang ! Il avait espéré la pincer avant que son amant et elle…

Il grimaça un mauvais sourire. Non, elle ne lui échapperait pas, cette fois !

Par un curieux hasard, Dare n'était pas le seul à surprendre l'escapade nocturne de Casey. Plaquée contre le mur d'une baraque, Meg se gardait bien de révéler sa présence. Alors qu'elle sortait d'un rendez-vous clandestin avec l'un des ouvriers, elle avait vu Casey se glisser hors de la maison. De nature soupçonneuse, elle avait préféré ne pas se faire remarquer. La jeune fille avait pénétré dans la petite cabane que l'on utilisait parfois comme prison.

Elle vit ensuite Dare faire demi-tour, et rentrer à la maison.

S'approchant prudemment de la cabane, elle colla son oreille à la porte. On chuchotait à l'intérieur. Au bout de quelques minutes d'espionnage, elle eut un large sourire. Le destin lui offrait une arme de choix. Elle allait enfin pouvoir chasser cette catin !

Casey, agenouillée près de Tim, s'aperçut tout de suite que la fièvre était remontée. Elle lui bassina les tempes en lui parlant doucement. Hélas, il répondait à peine.

— Comment te sens-tu ?

— Au plus mal, gémit-il d'un ton presque inaudible.

— Il faut extraire cette balle, et vite ! Si je parlais à M. Roy… Je ne peux pas te laisser dans cet état. Il te remettra peut-être aux autorités, mais au moins tu verras un médecin.

— Non, Casey, non !

Le malheureux tenta de se redresser, mais il retomba sur sa paillasse.

— Je t'en prie, Casey, ne dis rien à ton patron… Si c'est un pur mérinos, je n'ai rien à attendre de lui.

— Tu te trompes. Je suis sûre qu'il t'aiderait, répliqua Casey, bien qu'elle n'en fût pas absolument persuadée.

— Promets-moi de ne pas le faire, insista faiblement Tim. Sinon, je pars dès que tu auras franchi cette porte.

Casey promit, à contrecœur. Tim était incapable de survivre seul dans la brousse.

Elle lava sa blessure, mit un pansement propre, lui fit avaler le potage qu'elle avait apporté.

Lorsqu'elle le quitta, un peu plus tard, elle savait qu'il lui fallait prendre une décision, et sans tarder.

Une promesse était peu de chose, quand il s'agissait de sauver une vie. Surtout celle de Tim, qui lui était si chère...

L'esprit en ébullition, elle rentra dans sa chambre, dont elle ferma la porte derrière elle. Elle avait décidé de tout avouer à Roy, dès le lendemain matin. Soulagée par cette résolution, elle se déshabilla à la lumière de la bougie.

Sa robe tomba à ses pieds et elle se pencha pour la ramasser, la pendre à un cintre. Puis elle se débarrassa de ses souliers, de ses bas, et enfin de sa chemise qu'elle accrocha à une patère, près de la robe. Distraitement, elle chercha la chemise de nuit qu'elle avait préparée au pied de son lit... mais ne la trouva pas. Elle n'était pas non plus par terre.

Les sourcils froncés, elle faisait du regard le tour de la pièce mal éclairée, quand Dare sortit de l'ombre.

— C'est ça que vous cherchez ? demanda-t-il en tendant un bout de tissu blanc.

Casey blêmit. Un cri lui montait à la gorge, mais il se termina en étrange croassement. Elle essaya, dans un vain effort, de cacher sa nudité à son regard d'argent, puis elle fit un geste vers la chemise de nuit, qu'il jeta vivement hors de sa portée. Déséquilibrée, la jeune fille lui tomba dans les bras. C'était exactement ce qu'il souhaitait.

Sous le coup de la colère, elle retrouva enfin sa voix.

— Que faites-vous dans ma chambre ?

— Je vous attendais, de toute évidence, répondit-il d'un ton nonchalant.

Il était troublé par la douceur de sa peau, et il eut du mal à se rappeler la raison qui l'avait poussé à venir ici.

— Comment s'appelle-t-il, cet amant ?

— Quoi ? Je n'ai pas d'amant ! protesta Casey, véhémente. Lâchez-moi !

Loin d'obéir, Dare hurla :

— Alors, que faisiez-vous dehors deux nuits de suite, si vous n'aviez pas rendez-vous avec un amant ?

— Vous… vous m'espionnez ?

— Quelque chose comme ça, répondit-il sans se démonter. Qui est-ce ?

— Personne !

— Alors pourquoi ces escapades nocturnes ?

Dare était la dernière personne à qui elle désirait se confier !

— Je… j'avais envie de me baigner dans le bassin. Il faisait chaud, je n'arrivais pas à dormir, et… et j'ai pensé que je me sentirais mieux, après avoir nagé un peu.

— Malgré mes avertissements ?

— Croyez ce que vous voudrez, c'est la stricte vérité, insista-t-elle. M'avez-vous vue parler à un homme, depuis que je vis chez vous ? Je vous en prie, Dare, laissez-moi enfiler un vêtement.

Il la parcourut d'un regard insolent.

— Pourquoi ? J'aime vous voir nue. Vous avez un corps ravissant. Mais vous le savez, bien sûr. Vos soupirants ont dû vous le répéter à maintes reprises…

Brusquement, de façon absurde, il était jaloux des hommes qui l'avaient aimée, serrée dans leurs bras.

— Je vous en supplie, Dare… lâchez-moi.

Il était fasciné par ses seins, la courbe de ses hanches, le triangle flamboyant en haut de ses cuisses. Peut-être disait-elle vrai, peut-être était-elle simplement allée se baigner…

La force du désir qui embrasait son regard effrayait Casey. Pourtant, lorsqu'elle leva les yeux, un violent courant passa entre eux. Elle était attirée par cet homme comme par un aimant, et il fallait à tout prix qu'elle résiste, sous peine de se perdre à jamais.

— Dare, je… je veux que vous partiez. Tout de suite.

— Et moi, je veux être votre amant, Casey. Votre unique amant.

Lui-même fut choqué par ces paroles.

— Je vous accorde le bénéfice du doute, ajouta-t-il, quant aux raisons de vos promenades nocturnes. D'ailleurs, je ne suis pas votre chaperon, et vous avez le droit de faire l'amour avec celui qui vous plaît. À condition que ce soit moi.

Il la serrait davantage contre lui, et elle se débattait en vain. À moins d'en venir aux hurlements…

— Vous êtes encore ivre, ce soir ? demanda-t-elle, espérant le pousser à partir.

— Je suis sobre comme un chameau, ma belle, et j'ai envie de vous. Laissez-moi vous aimer, Casey. Je serai doux, vous verrez, je vous donnerai plus de bonheur qu'aucun autre avant moi. On dit… que je sais assez bien m'y prendre avec les femmes.

— Dare, coupa-t-elle, je n'ai jamais…

— Laissez-moi finir, ma chérie. Cette histoire me met sens dessus dessous. Je me consume d'une faim étrange que vous seule pouvez assouvir, et cela ne me plaît pas du tout. Père et Ben savent que vous m'obsédez, et si nous devenons amants, nous ne ferons de mal à personne, au contraire. Je vous rendrai heureuse, je le promets… C'est dur à avouer, mais j'ai besoin de vous, Casey.

Non ! hurlait la jeune fille intérieurement. Il la prenait pour une catin !

— Je ne suis pas une prostituée, déclara-t-elle, du défi dans la voix.

— Peu importe, Casey. Quand je vous aurai fait l'amour, vous ne voudrez plus d'aucun autre homme. Vous m'appartiendrez.

— Quelle fatuité ! maugréa-t-elle, ce qui le fit sourire. Pourquoi ne cherchez-vous pas quelqu'un qui vous accueille à bras ouverts ?

— Je ne veux personne d'autre que vous. Savez-vous combien j'ai souffert, tout ce temps où je vous avais sous les yeux sans pouvoir vous toucher ? Je vais y remédier, et sur-le-champ.

Sa voix était voilée.

Ses mains glissèrent le long de son dos, s'arrêtèrent sur la délicieuse rondeur des fesses afin de la serrer contre lui, contre l'évidence de son désir. Incapable de résister à l'attirance qu'il exerçait sur ses sens, Casey se laissa un instant griser par ses caresses.

Il enfouit une main dans la chevelure de soie et en ressentit un plaisir jusqu'alors inconnu. La jeune fille frissonna et, dans un suprême effort de volonté, recommença à lutter pour se dégager. Elle n'offrirait pas à Dare la satisfaction de constater à quel point il la troublait !

— Non, Casey, ne vous débattez pas, supplia-t-il. Vous m'avez résisté assez longtemps...

C'était presque une menace, et Casey perdit toute raison lorsqu'il prit ses lèvres avec fièvre, comme s'il voulait la posséder jusqu'à l'âme.

Il eut un rire étouffé quand il la sentit répondre, et il lui releva le menton, caressa doucement du pouce la ligne de sa joue. Il allait lui faire l'amour avec une telle tendresse qu'elle ne l'oublierait jamais, qu'elle n'aurait plus envie d'aucun autre.

Il la prit dans ses bras pour la déposer sur le lit, puis se pencha sur elle, effleura ses seins. C'était une sensation si intense pour Casey qu'elle en eut le souffle coupé. Et lorsque Dare prit un bouton rose entre ses lèvres, joua avec du bout des dents, elle ne put retenir un gémissement de plaisir.

Il se débarrassa de ses vêtements pour venir s'allonger sur elle. La jeune fille soupira de bien-être au contact de cette peau nue contre la sienne, tandis qu'il continuait d'explorer son corps. Il caressa longuement l'intérieur de ses cuisses, avant de suc- comber aux démons qui le possédaient et de péné- trer doucement son intimité. Casey, choquée et émerveillée, se cambrait sous lui.

Elle ne pouvait s'empêcher d'admirer la splendide virilité de Dare, dressée comme une épée de marbre délicatement sculptée, mais toute pensée cohérente s'évanouit quand il l'embrassa de nouveau, sans ces- ser de la caresser.

— Dare !

— Pas encore, ma chérie, souffla-t-il contre ses lèvres. Prenons notre temps. Nous avons toute la nuit devant nous. Quand je quitterai votre lit, je connaîtrai votre corps aussi intimement que le mien.

Ses yeux brûlaient de passion, et Casey se demanda si son désir était aussi évident pour lui. Mais tout se brouilla de nouveau, elle se raidit, le corps en feu, alors que le plaisir montait en elle.

Dare s'en rendit compte et il accentua sa caresse en murmurant à son oreille :

— Oui, ma chérie, oui… Laissez-vous aller. Vous êtes merveilleuse, je le savais…

Casey aurait été incapable de répondre. Il n'y avait plus au monde que les mains de Dare, les lèvres de Dare, qui l'emportaient toujours plus haut, vers l'assouvissement de cette exquise torture. Et elle retomba dans un abîme sans fond, tandis qu'il buvait sur sa bouche le cri d'extase qui lui échappait.

Il se glissa alors entre ses jambes.

— Laissez-moi venir en vous, Casey, et refaisons le voyage ensemble, cette fois.

Il la pénétra légèrement, et elle s'ouvrit à sa viri- lité vibrante, mais quand il lui prit les hanches pour entrer davantage en elle, elle cria, les yeux agrandis de douleur. Il prit sa réaction pour de la passion et plongea profondément.

Il sentit l'hymen se déchirer sous son assaut, à l'instant où Casey criait de nouveau.

— Oh mon Dieu, non! gémit-il, incrédule. Pourquoi ne m'avez-vous rien dit?

— Je... j'ai essayé, répondit-elle dans un sanglot.

— Ça va aller, ma douce. Ça va aller... Détendez-vous, c'est fini...

La jeune fille s'apprêtait à souffrir de nouveau, mais rien ne vint, et elle s'apaisa.

Au prix d'un effort surhumain, Dare demeura immobile quelques minutes, afin qu'elle s'habitue à lui. Il attendit qu'elle ondule des hanches pour bouger lentement, doucement. D'instinct, Casey épousait son rythme. Puis sa respiration se fit haletante, sa tête roula sur l'oreiller.

Soudain, il perdit tout contrôle et accéléra le mouvement. Casey brûlait d'une passion toujours plus violente, plus exigeante.

Dare la sentit vibrer et fut étrangement heureux d'être le premier à provoquer chez elle cette réaction intense, qui lui arracha un hurlement de plaisir. À l'instant où elle atteignait la plénitude, il se laissa aller en elle.

Une pluie d'étoiles tomba du ciel pour les illuminer.

— Il faut que nous parlions, Casey, dit Dare en l'installant confortablement entre ses bras.

Après l'explosion de leur amour, ils étaient demeurés silencieux, stupéfaits tous les deux par le paroxysme de la passion. Ils n'avaient pas fait un geste pour se dégager l'un de l'autre, pour séparer leurs corps enfiévrés, jusqu'à ce que leur souffle redevienne normal.

— Vous m'avez entendu, ma chérie? insista-t-il en lui baisant tendrement le front.

Casey en fut surprise, car elle était certaine qu'une fois assouvi, il n'éprouverait plus pour elle que du mépris.

— J'ai entendu, répondit-elle enfin.

— D'abord, je voudrais m'excuser. Jamais je n'aurais envisagé que vous puissiez être vierge. La plupart des déportées sont...

— Des prostituées, termina amèrement Casey.

— C'est la triste vérité. Si elles ne le sont pas quand elles quittent l'Angleterre, elles le deviennent par la force des choses, si elles veulent survivre. La vie à bord des bateaux est dure, vous le savez mieux que personne, et la plupart des femmes sont prêtes à tout pour améliorer leurs conditions d'existence. Comment avez-vous fait pour y échapper?

— Un... ami m'a protégée. Nous venons de la même ville, en Irlande, et nous nous connaissons bien. Il a été condamné, lui aussi, à la déportation. Sans Tim, je ne sais pas ce que je serais devenue.

— Si je le rencontre un jour, je le remercierai de vous avoir gardée intacte pour moi.

Elle n'était pas sûre que Tim apprécierait!

— Où est-il, à présent? reprit Dare.

— Je... je l'ignore, mentit Casey, qui ne voulait pas aborder le sujet avec lui.

— Maintenant, parlons de votre crime. Qui était l'homme que vous avez tué, et pourquoi l'avez-vous fait?

Casey choisit ses mots avec soin.

— Il s'agissait d'un juge. Celui qui a condamné mon père à la pendaison. Je suis allée le trouver afin de plaider sa cause. Papa n'était pas un insurgé, mais un professeur, un universitaire qui s'est trouvé impliqué malgré lui dans une révolte. J'ai essayé de raisonner le juge, de le convaincre de transformer cette sentence en déportation, comme c'était le cas pour beaucoup d'autres.

— Et vous avez échoué.

— Cet homme était monstrueux. Il... il a dit qu'il accéderait à ma requête si je... devenais sa maîtresse. Cette proposition m'a laissée sans voix, alors il a considéré que j'étais d'accord, et il a commencé à arracher mes vêtements.

Un petit sanglot l'étrangla, tandis qu'elle se rappelait l'horreur des instants qui avaient suivi.

— C'était un accident, Dare ! Je n'avais pas l'intention de le tuer ! Je l'ai repoussé et il est tombé, il s'est cogné la tête contre une table au dessus de marbre. Il ne bougeait plus, j'étais terrorisée.

Elle fondit en larmes.

— C'est fini, chérie. Ne pleurez pas, murmura-t-il. C'est fini.

— Ça ne sera jamais fini, Dare. Je vivrai toute ma vie avec ce souvenir. J'ai crié, des gens se sont précipités dans la pièce... C'était horrible ! On m'a mise en prison, on m'a jugée, puis on m'a jetée dans un bateau... Pendant que j'attendais le procès, j'ai appris que papa avait été pendu. C'était un atroce cauchemar, que je revivrai jusqu'à la fin de mes jours.

Dare la serrait contre lui, tout en se reprochant sévèrement son attitude vis-à-vis d'elle, durant toutes ces semaines. Il s'était conduit comme un imbécile, alors qu'elle avait déjà tant de peine ! Il comprenait enfin que lorsqu'il l'avait condamnée sans merci, c'était seulement un moyen de nier les sentiments qu'elle lui inspirait. Il ignorait où cela le mènerait, mais il était certain d'une chose : aucune femme ne l'avait troublé aussi profondément. Pourquoi la désirait-il à ce point ? Et combien de temps cela durerait-il ?

— Je suis désolé, Casey, dit-il avec sincérité.

Curieusement, la jeune femme le croyait. Cependant elle ne voulait pas voir s'effondrer les barrières qu'elle avait si soigneusement érigées.

— C'est facile à dire...

— Vous avez toutes les raisons de douter de moi, ma chérie, mais je me ferai pardonner. Tout cela est si nouveau qu'il va me falloir un peu de temps avant de… Bon sang, je n'arrive pas à réfléchir quand je vous tiens ainsi dans mes bras. Il est trop tôt pour faire des promesses que je serais peut-être incapable de tenir…

Casey n'eut pas le temps de s'attarder sur ces paroles, car déjà il l'embrassait et ses sens s'enflammaient de nouveau. Avec une habileté diabolique, il la préparait à l'accueillir, et elle se risqua à quelques caresses timides, elle aussi.

Soudain il plongea la tête entre ses jambes, sans cesser de caresser ses seins. Horrifiée, elle s'aperçut que cette nouvelle intrusion la faisait vibrer d'un désir presque insupportable.

— Dare… non !

— Chut ! Je veux vous aimer tout entière. Vous êtes si belle…

À l'instant où elle croyait mourir de plaisir, il lui ouvrit davantage les jambes et entra lentement en elle. Cette fois, il n'était plus question de douleur, au contraire ! Une flamme vive envahit chaque fibre de son être.

Le reste du monde avait disparu.

Un rayon de soleil sur son visage réveilla Casey, qui demeura un instant suspendue entre le sommeil et la réalité. Elle était délicieusement courbatue, un vague souvenir très agréable s'attardait en elle…

Soudain, elle ouvrit les yeux et tendit le bras vers l'autre côté du lit. Avec un soupir de soulagement, elle s'aperçut qu'elle était seule. Comment aurait-elle osé affronter Dare, après s'être conduite entre ses bras comme une véritable fille de joie ? Dès qu'il la touchait, elle n'était plus que passion débridée. Au fond de son cœur, elle savait qu'aucun autre homme n'aurait pu la bouleverser à ce point. Il l'avait toujours traitée avec mépris, pourtant il lui avait fait l'amour comme s'il éprouvait de sincères sentiments pour elle…

Et que penser de ce qu'elle ressentait ? Une immense attirance, certes, mais il fallait bien qu'elle lui porte quelque affection, pour lui avoir offert si peu de résistance…

Casey s'étira paresseusement. Il était trop tôt pour s'interroger, décida-t-elle, tout cela était très troublant ! Les hommes étaient différents des femmes. Ils prenaient leur plaisir sans se soucier du reste. Dare s'était-il servi d'elle, simplement pour assouvir ses instincts ? Avait-il l'intention de poursuivre jusqu'à ce qu'il se lasse d'elle ?

Plus elle y pensait, plus elle sentait la colère pointer son nez. Elle n'était pas le genre de femme que l'on jette après usage ! Si c'était ce qu'espérait Dare, il la trouverait moins consentante, la prochaine fois – s'il y avait une prochaine fois.

À contrecœur, Casey finit par se lever, fit sa toilette et se hâta vers la cuisine. Il était horriblement tard !

Martha, penchée sur le fourneau, se retourna en essuyant son front d'un revers de manche.

— Dieu merci, te voilà, Casey ! M. Roy se rend à Sydney et il veut son petit déjeuner immédiatement. Dare est déjà parti, après avoir avalé un ou deux biscuits. Que se passe-t-il ? Tu es malade ?

— Non, je…

— On ne peut pas se coucher tard et se lever tôt, intervint Meg, qui venait de pénétrer dans la cuisine. Tu ne devrais pas veiller autant, Casey…

Celle-ci pâlit, une poêle à la main. Que voulait-elle dire ? S'agissait-il de Tim, ou bien savait-elle que Dare l'avait rejointe dans sa chambre ?

— Si ces œufs sont pour M. Roy, je vais les lui porter, proposa Meg, doucereuse. Ben est descendu et il est prêt pour le déjeuner, lui aussi.

— Que signifiait cette réflexion, Casey ? demanda Martha avec curiosité lorsque la servante fut sortie.

— Je t'expliquerai plus tard, éluda Casey en s'occupant du repas de Ben. Quand j'aurai vu M. Roy.

Il fallait absolument qu'elle parle de Tim à son patron, c'était la seule solution. La vie de son ami était en danger, et il était peu probable que Roy le remette entre les mains des autorités. Et même dans ce cas, cela vaudrait mieux que de laisser Tim mourir, faute de soins.

Quand les hommes eurent terminé leur petit déjeuner, la jeune femme se précipita vers le bureau de Roy, mais la pièce était vide. En sortant, elle se heurta à Ben.

— Casey ! Pourquoi tant de hâte ? dit-il gaiement en la saisissant dans ses bras.

— J'espérais parler à votre père avant qu'il ne parte pour Sydney, répondit-elle. C'est important !

— Trop tard, Casey. Il vient de s'en aller. Il a appris ce matin qu'une révolte contre le gouverneur Bligh avait été fomentée par John Macarthur et le régiment du Rhum. Père est allé offrir son aide au gouverneur. Dare, de son côté, a prévenu Robin, et nous attendons ici des nouvelles.

— Pourquoi Macarthur et le régiment du Rhum se rebellent-ils ?

— Macarthur est un grand propriétaire, qui se sert des autres à sa guise, sans le moindre scrupule, et il est très malin. Le gouverneur le dérange dans ses projets. Depuis qu'il a quitté l'armée, Macarthur s'est allié avec le régiment du Rhum et son chef, le lieutenant-colonel Johnston. Le gouverneur représente une menace pour leurs trafics de rhum, de denrées diverses et de déportés, alors il faut l'éliminer. Si Macarthur réussit, ce sera une catastrophe pour notre colonie.

— D'après ce que l'on raconte, Macarthur est un monstre !

— Il veut qu'il n'y ait plus que de vastes domaines, dans le pays, il veut anéantir les petites fermes que possèdent les anciens détenus. Il était simple capitaine du régiment de Nouvelle-Galles-du-Sud, quand il est arrivé en 1788. Naturellement, il a vu tout le potentiel que la colonie avait à offrir, et après avoir démissionné de l'armée, en 1794, il s'est mis à accumuler les terres à une vitesse incroyable.

« En 1801, on l'a renvoyé en Angleterre, où il a été jugé pour duel, mais non condamné. Il est revenu ici et a acheté de nouvelles terres, où il pratique l'élevage de moutons pour la laine. Cet homme contrôle en réalité toute l'économie. L'année dernière, il a été responsable d'une forte augmentation du prix du mouton, parce qu'il refusait de mettre ses troupeaux sur le marché.

— Et quelle est la position de votre père, Ben ? C'est l'un des plus prospères fermiers de la colonie, et un « pur mérinos ».

— Je pense que père admire secrètement Macarthur, mais qu'il n'apprécie pas ses méthodes. Nous suivons le gouvernement dans ses efforts pour réhabiliter les anciens condamnés. Nous produisons déjà certaines marchandises manufacturées. Et voyez Parramatta. Cette ville est l'exemple parfait de ce qui peut être réalisé, grâce au travail des déportés.

Casey, songeuse, réfléchissait aux paroles de Ben.

— Mais puisque père et Dare sont absents, reprit le jeune homme, puis-je vous aider ?

— Non… non, merci, cela attendra, balbutia-t-elle. Quand votre père doit-il rentrer ?

— Ce soir, si tout va bien à Sydney… Sinon, qui sait ?

Meg passa la plus grande partie de la journée à se demander comment se servir de sa découverte. Elle pourrait évidemment prévenir le régiment du Rhum qu'un condamné se cachait dans la cabane, mais cela ne la débarrasserait pas de Casey... Ce fut seulement plus tard, lorsque Dare fut de retour avec Robin, qu'elle trouva la solution. Une solution inspirée par une conversation surprise entre Casey et Robin...

Au fil des heures, Casey était de plus en plus inquiète pour Tim. Il était si faible, la nuit précédente ! Elle avait préparé un sac de nourriture, d'eau et de médicaments pour les lui porter plus tard, et venait juste de le cacher dans un placard quand Dare et Robin entrèrent dans la cuisine.

Dare fut instantanément frappé par la beauté de la jeune femme, avec les boucles folles qui encadraient son ravissant visage. Il se rappelait avec une troublante précision les détails de la nuit. Derrière les grands yeux verts se cachait une passion qu'il avait su éveiller, et la découverte de son innocence lui avait fait chaud au cœur. Cela avait été un choc, mais il aimait cette idée, et la simple pensée qu'un autre homme pût lui faire l'amour le rendait fou de jalousie...

L'irruption inattendue de Dare plongea Casey dans un état de confusion totale. Depuis le matin, elle se demandait comment elle réagirait à sa présence, après leur folle nuit. Redeviendrait-il l'étranger impressionnant et lointain qu'elle avait connu ?

— Nous n'avons rien avalé ce matin, Casey, dit-il. Pourriez-vous nous préparer un en-cas, en attendant le repas ?

Robin fronçait les sourcils. Pas besoin d'être grand clerc pour deviner qu'il se passait quelque chose, entre ces deux-là ! Depuis le début, Dare s'efforçait de paraître indifférent, mais il ne trompait que lui-même. Robin avait deviné qu'un jour ou l'autre, il serait obligé de s'avouer ses sentiments. Or ce jour semblait arrivé, car il n'avait jamais vu son ami aussi visiblement épris d'une fille. Hélas, avec lui, cela ne durait pas longtemps. Il semblait incapable de s'attacher. Mercy McKenzie soupirait après lui, la fille du gouverneur Bligh également, sans compter cette petite chatte en chaleur, Meg... Robin aimait bien Casey, et il serait désolé quand elle aurait le cœur brisé. Malgré l'amitié qu'il portait à Dare, il jugeait de son devoir d'avertir la jeune femme... Et il avait bien l'intention de la courtiser lui-même.

Casey se détourna enfin du regard de Dare.

— Il y a du gigot froid et du pain, si vous voulez... Je vous sers dans la salle à manger ?

— Non, nous nous installerons ici, annonça Dare en s'asseyant à la table.

Les deux jeunes gens conversèrent à bâtons rompus, tandis que Casey dressait le couvert.

— Penses-tu que cette révolte soit importante, Dare ? demandait Robin.

— Les honnêtes fermiers et les fonctionnaires sont avec Bligh, mais le régiment du Rhum s'emploie à démolir le moral de la colonie. Avec l'aide de Macarthur. Tous les gouverneurs ont essayé en vain de diriger la colonie en suivant les préceptes du gouvernement, mais leurs efforts se sont toujours heurtés à Macarthur et au régiment.

— Comment tout cela va-t-il se terminer ? Les condamnés émancipés comme moi ont-ils la moindre chance de survivre ?... C'est trop injuste ! s'écria Robin en tapant du poing sur la table.

Ils finirent leur repas en silence. Dare suivait des yeux Casey qui vaquait à ses tâches, sans pouvoir s'empêcher de la revoir nue entre ses bras, à la fois innocente et passionnée. Il en ressentait un désir violent au creux des reins...

Il se leva brusquement.

— Tu as fini, Robin ? On dirait que tu as l'intention de rester sur cette chaise toute la journée.

— Vas-y, si tu es pressé, Dare. Je n'ai pas bavardé avec Casey depuis un temps fou. Ça ne te dérange pas si je reste un peu ?

— Bien sûr que non ! grommela Dare, qui jeta à Casey un regard indéchiffrable. Mais ne traîne pas trop. J'aimerais que nous allions chez les McKenzie, parler un peu avec Thad de cette révolte. C'est un grand ami de Macarthur et du lieutenant-colonel Johnston. Peut-être sait-il des choses que nous ignorons.

— Et tu en profiteras pour voir Mercy… plaisanta Robin, qui s'attira un coup d'œil meurtrier.

La jeune femme se rappela ce que Meg avait dit de Mercy McKenzie. Elle et Dare se marieraient, un jour…

Quelle folle elle aurait été d'imaginer qu'elle représentait pour lui plus qu'une simple distraction, plus que… Meg ! À plusieurs reprises, durant leur nuit enchanteresse, il lui avait murmuré qu'il avait envie d'elle, qu'il avait besoin d'elle. Mais jamais qu'il l'aimait.

Qu'il aille donc la retrouver ! se dit-elle, affreusement malheureuse. Elle avait d'autres chats à fouetter, avec Tim si malade…

Tim !

Soudain, elle sut exactement ce qu'elle devait faire pour lui sauver la vie.

6

— Alors, comment allez-vous, Casey? demanda Robin, la tirant de ses pensées. Êtes-vous bien traitée? À ma connaissance, Roy est le meilleur des maîtres. Et je suppose que ce pauvre Ben est béat d'admiration devant vous. Quant à Dare... ma foi, c'est différent. Est-ce que vous et lui...

— Je vais très bien, Robin, se hâta de répondre Casey afin d'éviter les questions trop personnelles. Je suis aussi heureuse que possible, compte tenu des circonstances.

— Parfait! Si vous avez des problèmes, n'hésitez pas à faire appel à moi. Je n'habite pas très loin.

Elle réfléchit quelques secondes, avant de décider de se confier à lui.

— Il y a une chose, Robin... commença-t-elle en s'asseyant sur la chaise que venait de quitter Dare.

— Parlez, je ferai tout ce qui est en mon pouvoir afin de vous aider.

— Il ne s'agit pas de moi, mais d'un ami qui a désespérément besoin de secours. Un ami très cher.

— Un ami? répéta Robin, déconcerté.

— Il est blessé, et il ne pourra survivre sans les soins d'un médecin. Mais naturellement, si vous refusez, je comprendrai. On est sévèrement puni, quand on s'occupe d'un condamné évadé, et je ne voudrais pas vous demander d'agir contre vos principes.

— Votre ami s'est échappé, et il est blessé ? Mieux vaudrait tout me raconter depuis le début, Casey.

D'abord hésitante, Casey expliqua comment elle avait trouvé Tim dans la brousse.

— La balle n'est pas ressortie, précisa-t-elle. Je ne pense pas qu'elle ait atteint un organe vital, mais la plaie est infectée et il brûle de fièvre.

— Pourquoi s'est-il sauvé ? Je ne veux pas paraître indiscret, cependant je dois connaître tous les détails, si je m'en mêle…

— Je vous comprends, Robin. Je vous demande seulement de ne pas le dénoncer aux autorités, si vous décidez de ne pas lui venir en aide.

— Ne vous inquiétez pas. Je ne trahirai pas votre ami. J'ai vu trop d'hommes flagellés ou pendus aux gibets de George Street.

La jeune femme poussa un soupir.

— Tim est habitué à la liberté. Il a d'abord attiré l'attention sur lui pendant la traversée, quand il me protégeait des… autres. Il s'est fait des ennemis à bord, puis parmi les gardes, une fois à terre. Il est rebelle, réfractaire à l'autorité. Pour le punir, on l'a envoyé dans les mines de charbon au nord de Sydney.

— Seigneur ! Je ne le souhaiterais pas à mon pire ennemi !

— Tim ne l'a pas supporté. Il dit qu'il aurait préféré mourir, plutôt que de vivre toute sa vie sous terre. Il est parvenu à s'enfuir, et on lui a tiré dessus. C'est un miracle qu'il soit arrivé jusqu'ici, mais il mourra s'il ne reçoit pas les soins appropriés.

— En avez-vous parlé à Roy ? À Dare ?

— Non, avoua Casey d'une voix angoissée. Pour M. Roy, je ne sais pas… mais je suis convaincue que Dare le dénoncerait.

— Vous êtes injuste vis-à-vis de Dare, objecta Robin. Je suis un ancien déporté, pourtant il est mon meilleur ami. C'est un homme bon, compatissant, comme Roy et Ben.

— Mais vous êtes libre, alors que Tim s'est échappé. Il est répréhensible d'aider un fuyard. Non, Robin, je ne veux pas prendre le risque. Soit vous aidez Tim, soit... je trouverai un autre moyen.

— Je vais m'occuper de lui, Casey.

Des larmes de gratitude montèrent aux yeux de la jeune femme.

C'était vraiment la plus jolie personne que Robin ait vue de sa vie, et il ne laisserait pas Dare lui faire du mal, songea-t-il.

— Je... je ne sais comment vous remercier, Robin, dit-elle, étranglée par l'émotion. C'est très important pour moi.

— Je vois, Casey. Mais je tiens à ce que vous me promettiez quelque chose, en échange.

— Tout ce que vous voudrez.

— Ne laissez pas Dare vous blesser. Il se comporte parfois fort mal avec les femmes.

Casey ouvrit de grands yeux. Que lui avait confié Dare ? Robin savait-il qu'elle et lui... Par le Ciel, essayait-il de la mettre en garde contre son ami ?

— J'existe à peine pour lui, dit-elle. Je ne vois pas comment il pourrait me blesser.

Robin semblait sceptique.

— C'est juste un conseil... parce que je vous aime bien.

La jeune femme ne répondit pas et il haussa les épaules, renonçant à insister.

— Où est Tim ? reprit-il.

— Caché dans la cabane qui sert de temps en temps de prison. Je vais le voir la nuit, pour lui apporter à boire et à manger. J'ai changé son pansement, mais la plaie est vilaine. La balle...

— Je m'en occupe, Casey, coupa Robin. Un des aborigènes qui travaillent pour moi connaît les herbes médicinales. Il est capable de réduire des fractures et d'extraire des balles. Si quelqu'un peut soigner votre ami, c'est bien Culong.

— Au moins, il aurait une chance de s'en sortir dans la brousse, une fois en bonne santé. Dans l'état actuel, il ne survivrait pas une journée… Qu'allez-vous faire, Robin ?

— Cette nuit, Culong et moi reviendrons avec un chariot, et nous emmènerons Tim chez moi. Si je considère que le risque est trop grand, Culong le cachera au village.

— Merci ! s'écria Casey en lui prenant les mains.

Elle avait penché la tête vers lui, et ses boucles rousses se mêlaient à sa chevelure châtaine.

— Si je peux faire quoi que ce soit pour vous… poursuivit-elle.

— Désolé d'interrompre cette scène touchante, mais si tu veux m'accompagner chez McKenzie, tu ferais mieux de te remuer les fesses ! grinça Dare depuis le seuil de la cuisine.

Sous son regard d'acier, Casey se sentit brusquement glacée. Elle bondit sur ses pieds.

— Dare ! Ce n'est pas ce que vous…

— Ce que vous faites ne me regarde pas, Casey, coupa-t-il. Visiblement, j'ai éveillé en vous un appétit que vous avez envie d'assouvir de nouveau…

— Ça suffit, Dare ! intervint Robin. J'ignore ce qui s'est passé entre Casey et toi, mais tu n'as pas le droit de lui parler sur ce ton. Si tu n'étais pas mon ami…

— Je n'ai pas envie de me disputer avec toi, Robin, et Casey sait parfaitement de quoi il s'agit. Maintenant, il est temps d'y aller.

Il sortit en trombe de la pièce, sans se soucier de savoir si son ami le suivait ou non.

— Je suis navré, Casey, dit Robin. Je ne sais pas ce qui lui prend, ces derniers temps… D'habitude il n'est pas du tout irascible, mais je le trouve changé depuis quelques semaines. Il vaut mieux que j'y aille, sinon il partira sans moi. Ne vous inquiétez pas au sujet de… notre discussion. Je m'occupe de tout.

Meg quitta sa cachette, derrière la porte, avec un sourire satisfait. Elle cueillait des fleurs lorsque des bruits de voix l'avaient alertée. Elle avait tout entendu, et possédait à présent des informations de première importance à utiliser contre Casey O'Cain.

Postée à la fenêtre de sa chambre, Casey observait la cour, regrettant que la lune soit si brillante. Il était aux environs de minuit, et Robin n'allait pas tarder à arriver. Elle avait profité de l'absence des hommes de la maison pour aller rendre visite à Tim, dans l'après-midi, et lui parler de Robin. Tim, malgré sa faiblesse, avait compris qu'on l'emmènerait dans un endroit moins dangereux, où il recevrait les soins appropriés.

Elle se figea soudain, le cœur battant. Deux silhouettes se dirigeaient sans bruit vers la cabane de Tim. Sans doute Robin avait-il laissé le chariot à l'abri… Le souffle court, elle vit les deux hommes approcher de la hutte.

Pourquoi ne se dépêchaient-ils pas davantage ? se demanda-t-elle avec angoisse.

Un grattement discret à sa porte détourna son attention de la cour.

— C'est Dare, Casey… Il faut que je vous parle.

Dare ! Que lui voulait-il ?

— Partez, s'il vous plaît. Il est tard et je suis fatiguée, murmura-t-elle à travers le battant.

— Je serais venu plus tôt, mais il m'a fallu tout ce temps pour me décider. Si vous me refusez l'entrée de votre chambre, venez me rejoindre dehors. La nuit est douce, nous ne serons pas dérangés…

— Non! s'écria-t-elle, paniquée. Pas dehors! Attendez une minute, je vous ouvre.

Casey courut à la fenêtre, où elle vit les deux hommes quitter la hutte. Ils en soutenaient un troisième. On les distinguait nettement dans le clair de lune. La jeune femme tira les rideaux.

— Entrez, dit-elle enfin, en nouant nerveusement la ceinture de son peignoir.

Dare referma la porte derrière lui. Il contempla Casey quelques secondes en silence, avant de déclarer :

— J'ai pris une décision.

— Quelle décision?

— Vous m'avez ensorcelé. Je ne vois pas d'autre explication à ce que j'éprouve pour vous...

Elle secoua la tête.

— Je ne suis pas une sorcière, dit-elle doucement.

— Quand je vous ai trouvée dans la cuisine avec Robin, tout à l'heure, j'ai songé à le tuer... Mon meilleur ami, vous vous rendez compte! Parfois, j'ai envie de vous prendre dans mes bras, d'autres fois, je pourrais vous étrangler. Ne vous approchez pas de lui, Casey. Ce n'est pas lui que vous voulez.

— Parce que vous savez ce que je veux?

— Oui, car c'est la même chose que moi... Avouez-le, ma chérie, cette puissante attirance qui nous pousse l'un vers l'autre vous taraude autant que moi. Cela me rend fou de vous voir avec un autre, même s'il s'agit de Robin. Je suis égoïste, je vous veux pour moi seul.

— Et moi? Je... je ne veux pas de vous.

— Vous mentez mal, mon amour, et je vais vous le prouver, dit-il avec un sourire diabolique. Laissez-moi vous faire l'amour.

Elle le fixait, étonnée. Elle s'attendait à ce qu'il prît ce dont il avait envie, avec ou sans son consentement.

— Vous me le demandez?

— Je… Oui, je vous le demande. Je ne tiens pas à ce que nous soyons en désaccord. Je veux au contraire que nous soyons amants. Il faut que je fasse le point, d'une façon ou d'une autre, sur mes sentiments à votre égard…

— Et si je refuse?

— Eh bien… j'irai sans doute prendre un bain de minuit au bassin. L'eau fraîche éteindra peut-être l'incendie que vous avez allumé en moi…

— Non! Je ne veux pas que vous partiez!

Il n'était pas question que Dare sorte de cette chambre, avant que Robin et Tim se soient éloignés.

Les yeux voilés de désir, il la prit gentiment dans ses bras.

— Vous ne le regretterez pas, mon amour, promit-il dans un souffle. Je vais à Sydney, demain, et quand je rentrerai, j'espère avoir une bonne nouvelle à vous annoncer.

L'une des raisons de son voyage était de constater par lui-même la gravité de la révolte contre Bligh. L'autre était de demander au gouverneur une remise de peine pour Casey. Il savait que son père appuierait de tout cœur cette démarche, même s'il ignorait ses motivations. Il les garderait pour lui, jusqu'à ce qu'il ait remis entre les mains de Casey l'attestation de son pardon officiel.

Avant qu'elle eût le temps de l'interroger sur ses paroles énigmatiques, il lui caressa la joue avec une tendresse bouleversante. Il l'embrassa doucement, longuement, et le désir monta en elle, inexorable.

Il fit glisser de ses épaules le peignoir et la chemise, qui tombèrent à ses pieds, puis il la regarda nue devant lui pendant une éternité.

Avec une admiration respectueuse, il caressa ses seins de la main, des lèvres. Casey avait l'impression que tout son être se concentrait à l'endroit qu'il touchait.

Enfin il l'allongea sur le lit, se déshabilla, se coucha près d'elle.

— Jamais je n'ai vu de femme plus belle que vous, Casey, murmura-t-il à son oreille. Et douce, si douce...

— Dare !

Il l'embrassait entre deux mots d'amour, et elle s'enhardit, effleura ses épaules, son dos, ses reins... jusqu'à ce que sa main se referme sur sa virilité palpitante, vivante.

Dare sursauta et poussa un cri de plaisir, avant de la repousser.

— Non, ma chérie. Je ne veux pas que cette nuit se termine trop vite... Laissez-moi vous aimer d'abord.

Étourdie de plaisir, Casey se laissa emporter dans le tourbillon de la passion.

— Maintenant, Dare, suppliait-elle parfois, au bord de l'extase, alors qu'il lui refusait ce plaisir ultime.

— Bientôt, mon amour. Bientôt... répondait-il, apaisant.

Puis il recommençait, et de nouveau elle le suppliait.

Quand il la sentit sur le point d'exploser, il entra en elle. Aussitôt, un bienheureux assouvissement envahit la jeune femme.

— Je vous aime, Dare, balbutia-t-elle.

Absorbé par son propre plaisir, il ne l'entendit pas. Et si Casey avait été consciente de cet aveu spontané, elle aurait été horrifiée.

Comme il émergeait d'un profond sommeil, Dare fut stupéfait de voir le soleil filtrer à travers les rideaux. Il n'avait pas eu l'intention de dormir si longtemps !

Si quelqu'un se trouvait dans la cuisine, on le verrait sortir de la chambre de Casey, or il ne voulait pas qu'on la prenne pour une fille de petite vertu. Elle était innocente lorsqu'il l'avait séduite, et personne n'avait besoin de savoir où en étaient leurs relations. Pas encore.

Casey le sentit bouger et ouvrit les yeux. Elle rougit au souvenir de son comportement éhonté de la nuit. Puis elle vit à son tour qu'il faisait grand jour et se redressa, inquiète.

— Dare ! Il est tard ! Si…

— Je sais, ma chérie. Je suis désolé, je ne pensais pas dormir si profondément. Mais ne vous inquiétez pas. Je sortirai par la fenêtre, au besoin.

Son regard s'attardait sur les seins ronds, dévoilés par le drap. Qu'avait-elle de particulier, pour qu'il ait encore envie de lui faire l'amour, après la nuit qu'ils venaient de passer ?

Elle réprima un petit rire en l'imaginant se glisser par l'étroite fenêtre, et il lui sourit en retour.

— Vous devriez sourire plus souvent, dit-elle, attendrie par les petites rides qui se formaient au coin de ses yeux.

— Ce serait le cas, si je vous avais tout le temps devant moi…

Il fixait de nouveau ses seins. Elle fit un geste pour se couvrir, mais il l'en empêcha.

— Non. Laissez-moi les admirer… Ils sont magnifiques.

Elle se sentit fondre de sensualité.

— Seigneur, ne me regardez pas comme ça, dit-il en se penchant pour l'embrasser.

Enfin, Casey parvint à reprendre ses esprits.

— Dare, s'il vous plaît… Il faut que vous partiez. Nous ne pouvons pas… Pas maintenant. Il y a sûrement des gens debout. S'ils vous voyaient quitter ma chambre…

Dare se redressa à contrecœur.

— Un jour, mon amour, nous…

Il s'interrompit : il était trop tôt pour faire une promesse qu'il regretterait peut-être. Il ignorait ce que la jeune femme ressentait pour lui. Il l'avait plus ou moins forcée, la première fois qu'ils avaient fait l'amour, sans savoir qu'elle était vierge. Et elle était encore trop inexpérimentée pour prendre une décision en toute connaissance de cause. Lorsqu'il aurait obtenu sa remise de peine, ils auraient le temps de se pencher sur leurs sentiments mutuels…

Casey attendait qu'il termine sa phrase, mais comme il se taisait, elle eut un petit geste d'impatience.

— Dare, je vous en prie…

Il déplia enfin sa haute silhouette et se leva, nu, superbe. Quand il lui tourna le dos, elle ne put s'empêcher d'admirer ses larges épaules, sa taille mince, ses reins cambrés. Et elle rougit en baissant les yeux, lorsqu'il lui fit face de nouveau.

Dare esquissa un sourire. Il la troublait, et cette idée lui plaisait infiniment.

— À mon retour de Sydney, nous parlerons… de nous. Jusque-là, me ferez-vous confiance ?

De quoi voulait-il parler ? À moins que… Mais non, elle refusait d'y penser. Et de penser aux émotions qui l'étreignaient. Elle savait désormais que si elle avait épousé Tim, elle aurait manqué quelque chose d'exceptionnel. Quelque chose qu'il n'aurait pu lui offrir, malgré toute l'affection qu'elle lui portait. Cela signifiait-il que Dare était le seul homme capable de l'emmener au paradis ? Le seul capable d'éveiller en elle toutes ces émotions contradictoires ?

Dare ne l'interrogea pas sur son silence, car lui aussi avait l'esprit en ébullition. Mais, en homme pratique, il décida de repousser à plus tard les questions qui se bousculaient dans sa tête. Pour l'instant, il s'agissait de sortir de la pièce sans se faire remarquer.

— Je ne m'absenterai que quelques jours, précisa-t-il.

— Soyez prudent...

Dare entrouvrit la porte et jeta un coup d'œil dans la cuisine, qu'il trouva heureusement déserte. La porte de Meg, de l'autre côté de la pièce, était close, et la chambre de Martha se trouvait plus loin, sous l'escalier.

Il referma sans bruit derrière lui et grimpa dans sa propre chambre, certain que personne ne l'avait aperçu...

Meg, les yeux plissés, vit Dare sortir de chez Casey. Elle s'était levée de bonne heure pour aller inspecter la cabane, et se tenait dans l'ombre, près de l'âtre, en retenant son souffle. Le moment n'était pas venu de lui dévoiler qu'elle était au courant de sa liaison avec Casey.

Dès qu'il eut disparu, elle soupira et jeta un regard mauvais à la porte de Casey, vers laquelle elle se dirigea résolument.

Sans prendre la peine de frapper, elle pénétra dans la chambre où la jeune femme, en chemise, se préparait à s'habiller.

— Ouvre la fenêtre, ça pue l'amour! s'écria-t-elle.

Casey fit face à l'intruse.

— Qu... quoi?

— Petite garce! Tu es une catin, comme moi, seulement moi j'ai l'honnêteté de le reconnaître.

Elle savait! Elle avait compris! Luttant pour garder un visage impassible, Casey demanda:

— De quoi parles-tu, Meg?

Celle-ci ricana avec mépris.

— Tu devrais faire du théâtre. Tu joues parfaitement la comédie. Mais on ne me la fait pas, à moi! J'ai vu Dare sortir de ta chambre, à l'instant... À ton avis, d'ici combien de temps se lassera-t-il de toi?

Il n'en fallut pas davantage pour que le tempérament explosif de Casey se réveille.

— Comment oses-tu me juger? Mes relations avec Dare ne te regardent pas. Tu croyais qu'il allait t'épouser? Tu es jalouse, c'est ça? Tu n'es pourtant pas sotte au point d'imaginer qu'il se marierait avec une condamnée!

— Dans quelques mois, je serai émancipée, rétorqua Meg, hautaine, alors qu'il te restera des années à accomplir. Quand je serai une femme libre, Dare changera d'avis. Je sais comment lui plaire.

— Et Mercy McKenzie?

— Rien n'a été décidé entre eux. Ce sont leurs pères qui souhaitent cette union. J'ai confiance, je prendrai Dare à cette fille.

— Tu es folle! déclara Casey en lui tournant le dos.

Mais il en fallait plus pour rebuter Meg. Elle n'avait pas terminé. Pas du tout!

Les bras croisés sur sa généreuse poitrine, elle toisa sa rivale. C'étaient ses formes rebondies qui avaient attiré l'attention de Dare, quand elle était arrivée à la ferme, et ce n'était pas une rouquine maigrichonne qui allait le lui voler! Il était temps d'avouer qu'elle connaissait le secret si jalousement gardé par Casey. Un mauvais sourire aux lèvres, elle lança:

— Tu as parlé à Dare de l'homme blessé que tu abrites dans la cabane, près des baraquements?

Casey se sentit soudain glacée.

— Que... que veux-tu dire? demanda-t-elle d'une toute petite voix.

— Inutile de te donner des détails. Tu connais aussi bien que moi la punition encourue pour aider un condamné à s'échapper. Ça m'amuserait de voir la peau de ton dos lacérée par le fouet. À moins qu'on ne te pende à un gibet de George Street...

Meg était au courant de la présence de Tim! Grâce à Dieu, Robin l'avait déjà emmené au loin.

— À mon avis, si tu vas vérifier, tu trouveras la cabane vide, déclara-t-elle avec plus de certitude qu'elle n'en ressentait.

— Bien sûr, susurra Meg. Tu as persuadé Robin de recueillir ton ami. Le pauvre ! Il est déjà couvert de dettes, et sur le point de perdre sa ferme. Si on découvre qu'il a aidé un fuyard, il perdra tout, y compris sa liberté. La loi est très stricte à ce sujet.

Casey avait la gorge serrée. De toute évidence, Meg connaissait les détails de l'affaire, et elle avait bien l'intention de s'en servir.

— Je ne sais pas comment tu as eu vent de tout cela, dit-elle, et je m'en moque. Mais il y a la vie d'un homme en jeu. Tim n'est pas un criminel, je le connais bien. Il est blessé, Meg, et Robin a accepté de l'aider. Tu n'as donc aucune pitié ? Tu es aussi une condamnée, pour l'amour du Ciel !

— Le sergent Grimes, à Parramatta, est un de mes très bons… amis, et il appréciera sûrement ce que j'ai à lui apprendre. La pitié ? À quoi bon ? Personne ne m'a offert d'aide, quand j'en avais besoin. En outre, j'ai appris que des officiers supérieurs s'intéressaient à la ferme de Robin. Lorsqu'il sera en prison, ils se l'approprieront bien vite. Alors tu vois, Casey, si je parle, j'obtiendrai une généreuse récompense…

— Non, Meg, tu ne peux pas être aussi cruelle ! Robin est un ami des Penrod. Imagine la réaction de Dare…

Casey était prête à tout pour l'empêcher de trahir Tim et de ruiner la vie de Robin.

— Dare n'en saura rien, ricana Meg. Qui me dénoncerait ? Pas toi, car tu seras partie depuis longtemps. Cependant… il y a une chose qui pourrait me dissuader d'intervenir dans cette affaire.

— Je ferai tout ce que tu voudras, Meg. Tout, si tu oublies cette histoire. J'assumerai tes tâches, je…

— Il y a une seule chose que j'attends de toi, coupa brutalement Meg.

— De quoi s'agit-il ? demanda Casey, le cœur au bord des lèvres.

Il n'y avait aucune trace de sympathie dans la voix de la servante quand celle-ci déclara :

— Va-t'en. Disparais sans laisser de trace. Voilà le prix à payer pour mon silence.

— Tu plaisantes ! Pour aller où ? Pour faire quoi ?

Meg haussa les épaules.

— Tu es forte, tu t'en sortiras… De toute façon, ce n'est pas mon problème. Je veux que tu t'en ailles. Avant ce soir.

Casey avait la gorge nouée.

— Si… si j'accepte, tu promets de ne parler de Tim à personne ?

— Tu as ma parole. À condition que tu partes aujourd'hui.

Il y eut un silence tendu, tandis que Casey réfléchissait. Si elle refusait de se plier à cet ultimatum, Tim et Robin en pâtiraient tous les deux. Or Robin s'était impliqué dans l'affaire uniquement pour elle. Il ne méritait pas de perdre sa terre et sa liberté, pour une histoire qui ne le concernait en rien.

Et puis, il y avait Tim. Sans l'intervention d'un médecin, il mourrait à coup sûr… Non, elle n'avait pas le choix.

— Alors ? s'impatientait Meg. Que décides-tu ? L'avenir de Robin dépend de ta réponse…

Une expression de désespoir voila le regard vert de Casey.

— Je partirai aujourd'hui, répondit-elle d'une voix brisée.

7

Casey, effondrée, regarda Meg s'éloigner. Elle ne verrait plus jamais Dare… Selon toute vraisemblance, elle mourrait dans la brousse, car elle n'était pas du tout préparée à vivre dans cette nature hostile. Pourtant, il lui fallait partir, afin de protéger Tim et Robin…

Quand Ben pénétra dans la cuisine, elle s'essuya furtivement les yeux. Heureusement, il était trop excité pour remarquer son désarroi.

— Je pars pour Sydney avec Dare, Casey! l'informa-t-il, essoufflé. Nous avons décidé de ne pas rester ici, à attendre des nouvelles de père, mais d'aller voir par nous-mêmes ce qui se passe en ville. Quand Dare m'a dit qu'il s'y rendait, j'ai insisté pour l'accompagner.

— Aurez-vous le temps de prendre un petit déjeuner?

— Non. Préparez-nous un casse-croûte pour la route, s'il vous plaît. Dare ne veut pas perdre une minute. Il semble penser que notre présence à Sydney sera utile… Vous pourrez vous passer de nous? Tom Healy est responsable des ouvriers. C'est un homme capable, qui saura tenir les rênes en notre absence. Il a été chassé de sa terre par le régiment du Rhum, parce qu'il ne parvenait pas à payer ses dettes.

— Ça ira, assura Casey qui déjà s'affairait à remplir une besace de nourriture.

— Prenez soin de vous, Casey ! lança-t-il par-dessus son épaule comme il sortait de la cuisine, les provisions sous le bras.

— Au revoir, Ben.

C'était sans doute la dernière fois qu'elle voyait son visage avenant…

Elle s'attarda dans la cuisine, avec l'espoir que Dare viendrait la saluer, mais quand elle entendit le piétinement impatient des chevaux, elle sut qu'il n'en ferait rien…

Dare Penrod était sorti de sa vie à jamais.

Il ne lui fallut pas longtemps pour rassembler ses maigres possessions dans une taie d'oreiller, puis retourner au cellier chercher de la nourriture, ainsi qu'un couteau pointu, une pierre à briquet, et un lourd manteau d'homme qui pendait à une patère derrière la porte. Après un regard nostalgique à cette pièce qu'elle avait fini par considérer comme son foyer, elle sortit.

— Où vas-tu, Casey ?

Martha était déconcertée de voir sa compagne ainsi chargée.

Casey espérait s'enfuir sans qu'on la remarque, et elle rougit.

— Je… je pars, Martha.

— Tu pars ? Mais… pour aller où ? Que feras-tu ?… Que s'est-il passé ? Est-ce que Ben ou Dare…

— Non ! s'écria Casey. Ils n'y sont pour rien !

— Alors qu'y a-t-il ? Cela ne te ressemble pas ! Dis-moi ce qui ne va pas, je t'en prie. Je pourrai peut-être t'aider.

— Personne ne peut m'aider, gémit Casey. Il faut que je parte, Martha. Je suis impliquée dans… une affaire que tu ne connais pas.

— De quoi parles-tu ? Quel genre d'affaires ? Tu as des ennuis ?

— Des ennuis… Oui, je suppose qu'on peut dire ça. Et je n'ai aucune idée de l'endroit où je me rends. Je sais seulement que ce sera loin d'ici.

En réalité, Casey avait l'intention de se rendre d'abord chez Robin. Il fallait absolument qu'elle lui parle de Meg et de ses menaces. En dehors de cela, elle n'avait qu'une vague idée de ce qu'elle allait faire. Elle attendrait sans doute dans la brousse, que Tim soit suffisamment guéri pour la rejoindre. À deux, ils auraient une petite chance de s'en sortir.

Étouffée par ses sanglots retenus, elle traversa la cour, les protestations de Martha résonnant à ses oreilles. Par chance, personne à part son amie ne remarqua son départ…

— Elle fiche le camp ?

Martha se retourna vers Meg, nonchalamment appuyée au chambranle de la porte.

— Quel rôle as-tu joué dans cette affaire ? demanda-t-elle, indignée.

Elle n'aimait guère Meg et ne s'en cachait pas.

Celle-ci eut un sourire narquois.

— Tout ce que je sais, c'est que Casey est dans de sales draps.

— Qu'est-ce que tu racontes ?

— Je faisais le ménage dans le bureau de M. Roy, quand j'ai découvert que le coffre-fort contenant l'argent et les bijoux de son épouse a été forcé. Il manque les espèces et les plus beaux joyaux.

— Et tu accuses Casey ? Jamais elle ne ferait une chose pareille !

— Elle est partie, non ? Quelle autre preuve te faut-il ?

Martha passa devant Meg comme une flèche et se rendit tout droit dans le bureau de Roy, où elle trouva en effet la serrure du coffre forcée. Visiblement, tous les objets de valeur avaient disparu.

— Alors, tu me crois, maintenant ? lança Meg qui l'avait suivie.

La preuve semblait irréfutable, pourtant Martha ne pouvait se résoudre à accabler Casey. Ce n'était pas une voleuse. Il y avait une autre raison à cette fuite, et elle était bien décidée à découvrir laquelle.

— Où irait-elle ? À quoi pourraient lui servir cet argent et ces bijoux ? rétorqua-t-elle sèchement.

— À payer son retour pour l'Irlande. Un capitaine sans scrupules n'hésitera pas à aider une fuyarde, si elle lui propose le prix fort.

Martha fronça les sourcils. Casey tenait-elle à retourner en Irlande au point de voler ? Connaissait-elle suffisamment la jeune femme pour affirmer qu'elle était incapable de ce dont Meg l'accusait ?

— Tu ne me feras jamais croire que Casey est une voleuse, persista-t-elle.

— M. Roy en décidera lui-même, répliqua Meg avant de pivoter sur ses talons. Si j'étais toi, je ne toucherais à rien avant le retour des patrons...

Une fois seule dans sa petite chambre, Meg vida le contenu de ses poches dans une boîte qu'elle cachait sous son lit. Elle admira un instant la bague, le collier et le bracelet incrustés de pierres précieuses, puis ferma le couvercle et remit la boîte dans sa cachette. Elle avait gardé un peu d'argent sur elle, dans l'intention de le dépenser à Parramatta. Elle avait été drôlement astucieuse, en forçant le coffre de M. Penrod afin que tout le monde croie à la culpabilité de Casey !

Un peu plus tard, elle attela le chariot et se mit en route sur la piste poussiéreuse qui menait à Parramatta. Le fait que Casey O'Cain et Robin Fletcher protègent un évadé intéresserait certainement le sergent Grimes... Et Meg avait aussi l'intention de lui parler du vol.

Comme il n'était pas rare que la jeune femme se rende seule en ville pour faire des courses, personne ne s'étonna de la voir partir.

Bien que Casey ne fût jamais allée chez Robin, elle savait qu'il lui fallait se diriger vers le nord. À cheval ou en voiture, le trajet prenait à peine une heure, mais à pied, c'était une autre histoire !

Casey avait chaud, elle transpirait, elle était épuisée. Son balluchon lui semblait de plus en plus lourd. Elle envisagea un instant de l'abandonner mais, sagement, renonça à cette idée...

Enfin, tard dans l'après-midi, elle aperçut la ferme de Robin. Beaucoup moins imposante que la propriété des Penrod, elle était composée d'une étable, d'une grange et des baraques des prisonniers qui entouraient la petite maison, plantée au milieu d'une cour boueuse.

La demeure elle-même était construite en rondins, avec un toit en écorce, retenu par des chevrons entrecroisés.

Casey passa rapidement devant deux hommes, qui cessèrent leur travail pour la regarder se diriger vers le porche. Elle n'eut pas à frapper, car la porte s'ouvrit devant elle.

— Casey ! Que faites-vous là ?... Vous êtes seule ?

— Oui... je suis seule, murmura-t-elle.

— À pied ? s'étonna Robin, qui remarqua en même temps le sac qu'elle portait et son état d'épuisement. Entrez, entrez vite, poursuivit-il en lui prenant son fardeau, avant de la guider vers un fauteuil. Asseyez-vous, Casey. Je vais vous chercher un verre d'eau fraîche, puis vous me direz pourquoi vous êtes là. Ce n'est pas à cause de votre ami, j'espère, puisque je vous ai dit que je m'occupais de lui.

Tandis qu'il lui versait de l'eau, la jeune femme regarda autour d'elle. La pièce servait apparemment de salle de séjour et de cuisine. Deux portes menaient sans doute à des chambres à coucher. La demeure n'était certes pas luxueuse, mais elle convenait bien à la personnalité de Robin.

Elle se demandait où se trouvait Tim, et aurait posé la question si Robin ne lui avait apporté l'eau, qu'elle but avidement.

— Dare est-il au courant ?

Elle secoua la tête.

— Non. Il est parti ce matin pour Sydney, avec Ben.

— Je vous aurais fait prévenir, s'il était arrivé malheur à Tim, dit Robin avec un soupçon de reproche dans la voix. Et ça, qu'est-ce que c'est ? ajouta-t-il en désignant son balluchon.

— Je... je dois quitter la ferme des Penrod.

— Vous *devez* ?

— J'y suis obligée.

— Obligée ? Mais... pourquoi ? Dare a-t-il...

— Dare n'a rien à voir avec ma décision ! C'est à cause de Tim.

— Tim ? Je vous ai dit qu'il était en sécurité !

— Où est-il ? J'aimerais le voir.

— Il était plus malade encore que vous ne l'imaginiez, expliqua doucement Robin. Alors Culong a proposé de le confier à sa sœur, qui est guérisseuse. J'ai accepté, et il l'a emmené au village ce matin. Il ne devrait pas tarder à revenir... Vous n'aviez pas confiance en moi ?

— Oh, bien sûr que si ! protesta Casey. Mais je suis venue vous avertir que quelqu'un a tout découvert, au sujet de Tim, et sait qu'on l'a amené ici. Il ne faut pas que vous ayez des tracas à cause de moi. J'envisageais de partir avec Tim dans la brousse, et de m'occuper de lui moi-même.

— Ce serait impossible, de toute façon. Il est beaucoup trop mal en point... Ne vous inquiétez pas, je suis assez grand pour me défendre. Dès que vous serez reposée, j'attellerai le chariot et je vous raccompagnerai chez les Penrod.

— Non ! Je ne peux pas y retourner.

— On vous a menacée ? tonna Robin, furieux. Quelle est la personne qui a tout découvert ?

Casey hésita. Mais, après tout, Robin avait le droit de savoir, il était concerné... Avant qu'elle pût prononcer un mot, on cogna à la porte, et un aborigène se précipita dans la pièce.

— Soldats ! cria-t-il.

La jeune femme bondit sur ses pieds.

— Seigneur !

Robin ne perdit pas son sang-froid.

— Combien de temps avant qu'ils arrivent, Culong ?

— Culong a couru depuis village quand il les a vus. Eux arriver très vite.

— Le blessé est à l'abri ? insista Robin.

— Abri avec ma sœur, mais lui très malade.

— Nous sommes découverts, Robin ! s'exclama Casey. Où pouvons-nous nous cacher ?

— Culong, emmène Casey au village, où elle sera en sécurité pour l'instant. Vite, mon ami ! Il ne faut pas que les soldats la trouvent.

Culong s'empara du sac de la jeune femme et la prit par le bras, pour la conduire vers la porte de derrière.

— Attendez ! protesta-t-elle. Et vous, Robin ? Je ne suis pas la seule en danger. Venez avec nous !

— Partez, petite. Je les occuperai pendant que vous vous sauvez. Faites confiance à Culong.

Malgré les véhémentes protestations de Casey, il la poussa dehors, et elle n'eut d'autre solution que de suivre l'indigène.

Moins d'un quart d'heure plus tard, une escouade d'hommes en uniforme arrivait à la ferme. Robin les accueillit sur le porche.

— Que puis-je pour vous, sergent ?

— Où est-il, Fletcher ? lança sèchement le sergent Grimes. Nous savons que vous abritez un prisonnier en fuite.

Robin prit un air étonné.

— Il n'y a personne ici, sergent. Vous pouvez vérifier par vous-même.

Pourvu qu'il n'y ait pas trace du passage de Tim ou de Casey !

— C'est ce qu'on va voir ! grinça le sergent.

Il aboya quelques ordres, puis mit pied à terre.

— La fille est là ?

— La fille ? Quelle fille ? On vous a mal renseigné, à mon avis.

— Mes informations sont exactes, vous le savez parfaitement, et suffisantes pour que vous soyez pendus, vous et Casey O'Cain.

— Il vous faudrait des preuves, rétorqua Robin, qui regrettait que Casey n'ait pas eu le temps de lui donner le nom du traître.

— Sergent ! Venez voir ! cria une voix excitée, à l'intérieur de la maison.

— Quoi, Larson ?

Le soldat sortit, un bandage taché de sang à la main.

— On a trouvé ça dans la cheminée. Ça n'avait pas brûlé.

Robin maudit la chaleur, qui l'avait empêché de faire un feu après avoir changé le pansement de Tim.

— Ça ne prouve rien, dit-il.

— Vous êtes blessé ? interrogea Grimes.

Les dents serrées, Robin préféra ne pas répondre. Il serait trop facile de démontrer que ni lui ni ses ouvriers n'avaient été blessés, récemment.

— Je viens de parler à deux travailleurs, sergent, intervint un autre soldat. Ils ont vu une femme avec un balluchon arriver à pied, il y a quelque temps, et entrer dans la maison.

— Vous avez bien fouillé partout, caporal Larson ? demanda Grimes.

— Oui, sergent. Si une femme est venue ici, elle est repartie.

— Alors cherchez dans les bâtiments annexes, dans les environs ! hurla le sergent. Je veux cette femme ! Non seulement elle protège un criminel, mais elle a volé son employeur !

Robin tressaillit. Casey, une voleuse ? Impossible ! C'était une invention !

— Où est-elle, Fletcher ? insista Grimes. Nous la trouverons, c'est certain, et aussi l'homme qui s'est évadé. Il est grièvement blessé, nous le savons. Combien de temps tiendra-t-il, dans la brousse ?

— Je n'ai jamais entendu parler d'un prisonnier évadé, déclara fermement Robin.

Les recherches furent interrompues au crépuscule. Dépité et furieux, le sergent s'approcha de Robin.

— Ligotez-le et emmenez-le à Parramatta. Il est temps d'inaugurer la nouvelle prison... Pendant ce temps, attelez le chariot, caporal Larson. J'avertirai le lieutenant-colonel Johnston dès demain, et il enverra quelqu'un veiller sur la ferme, en attendant le jour du procès. Voilà un bon bout de temps que des membres du régiment du Rhum ont des vues sur cette ferme.

Il aurait été vain de protester, avec les mains liées dans le dos, et Robin se contenta de jeter un dernier coup d'œil à son domaine. Les charges contre lui étaient lourdes, et il risquait de se retrouver exactement au même point que lorsqu'il était arrivé dans ce pays inhospitalier. Malgré tout, il ne regrettait pas d'avoir aidé Casey, il ne lui en voulait pas de l'avoir plongé dans cette situation délicate. Au contraire, il priait pour qu'elle reste en sécurité parmi les aborigènes. Pourtant il savait qu'un jour ou l'autre, Grimes et ses hommes perquisitionneraient dans le village…

Dare restait le seul espoir de la jeune femme. Il fallait absolument que Robin s'arrange pour lui faire savoir ce qui s'était passé, afin qu'il la sorte de là.

Sydney était en ébullition. Les rues grouillaient de monde, il y avait des uniformes de l'armée partout. Ben et Dare se frayèrent parmi la foule un chemin jusqu'à la demeure du gouverneur, mais les gardes du régiment du Rhum leur en interdirent l'entrée, et ils ne purent leur soutirer aucune information. Interroger les passants ne les aida nullement, car personne ne semblait savoir exactement ce qui s'était passé.

Ils apprirent tout de même qu'il y avait eu une révolte, à l'instigation de Macarthur. Bien qu'il eût démissionné de l'armée plusieurs années auparavant, celui-ci contrôlait encore le régiment, surtout en matière de commerce, de contrebande et d'achat de terres. Or le gouverneur Bligh, en suivant les instructions du gouvernement, lui mettait des bâtons dans les roues.

Dare était scandalisé par l'attitude de ces officiers, avides de dépouiller les fermiers de leurs biens après les avoir ruinés. Même les quelques pionniers venus librement d'Angleterre finissaient par perdre leurs terres, car ils possédaient peu de connaissances en agriculture, et moins encore de capitaux pour faire fonctionner leurs exploitations. Mis à part les plus riches d'entre eux qui, comme les Penrod, soutenaient le gouverneur, le régiment du Rhum gardait la mainmise sur la colonie. Ils exploitaient sans pitié les travailleurs, organisaient le commerce, fixaient les prix, et les officiers siégeaient en tant que juges au tribunal.

N'ayant rien appris d'important, les deux frères se rendirent chez Drew Stanley, dans l'espoir d'y retrouver Roy. Lorsqu'ils passaient la nuit en ville, Stanley – un pionnier arrivé en même temps que leur père – leur ouvrait grand ses portes. Célibataire et homme d'affaires, il était un excellent ami de Roy, et fervent partisan du gouverneur Bligh. Mais Roy Penrod n'était pas chez lui.

— Père va bien, Drew? demanda Ben, anxieux, tandis qu'ils partageaient le souper.

— Oui, autant que je sache. Il était avec le gouverneur Bligh, au plus fort de la révolte. Je suppose qu'il se trouve toujours chez lui.

— On ne peut ni entrer ni sortir, gronda Dare, frustré. Macarthur a pris le pouvoir?

— Vous n'êtes pas au courant? Les agents de Bligh ont arrêté Macarthur, et il sera jugé demain pour sédition.

Dare eut un rire méprisant.

— Vous savez aussi bien que moi que cela ne tiendra pas une minute! Ce sont ses hommes qui siègent à la cour!

— Et le commissaire du gouvernement? risqua Ben. N'a-t-il pas été nommé par le gouverneur?

Avant que Drew pût répondre, la porte s'ouvrit sur Roy qui pénétra dans la pièce.

— Père! s'écria Dare en se levant d'un bond. Asseyez-vous, vous semblez exténué... Et racontez-nous ce qui s'est passé.

Roy poussa un soupir.

— Je suis heureux que vous soyez venus, mes enfants. Bligh a besoin de toute l'aide qu'il pourra obtenir.

— On dit que Macarthur a été arrêté et qu'il sera jugé demain, intervint Ben.

— J'aimerais que ce soit aussi simple ! répliqua Roy en acceptant une tasse de thé.

— Racontez-nous ce qui s'est passé chez le gouverneur, père, insista Dare.

— Le commissaire du gouvernement a donné sa démission. Il ne dirigera pas le procès de Macarthur.

— Pourquoi a-t-il fait cela ?

— Il y a été contraint, révéla Roy avec mépris. Apparemment, il doit beaucoup d'argent à Macarthur… Soit il démissionnait, soit il était ruiné. Ce sont six acolytes de Macarthur qui le jugeront.

Il y eut un silence navré, chacun devinant le résultat du procès, si tant est que l'on pût appeler ainsi cette parodie de justice.

Comme prévu, le procès fut une pantalonnade. Il y avait tant de monde au tribunal que les Penrod assistèrent à la séance debout, au fond de la salle. Le verdict, bien entendu, tomba en faveur de Macarthur qui fut déclaré non coupable. Furieux, Bligh le fit arrêter de nouveau, ce qui créa un véritable capharnaüm, tant dans la salle d'audience que dans les rues. Bligh décida qu'un second procès aurait lieu le lendemain.

Malgré les virulentes protestations du gouverneur, Macarthur fut de nouveau déclaré innocent, et libéré. C'était une gifle pour Bligh, qui ne put insister davantage. Atterrés, les Penrod restèrent à Sydney, le temps d'obtenir un entretien avec le gouverneur.

Dare, en particulier, avait une bonne raison de vouloir lui parler, et il espérait pouvoir le faire en privé, car il ne tenait pas à mettre la famille au courant de ses projets.

Il s'écoula deux jours avant que l'occasion se présente.

Un matin, alors que Ben et Roy étaient partis effectuer quelques achats, Dare fut convoqué par Bligh, qui s'était retiré dans ses appartements privés où il ne voyait plus que ses proches amis.

Ce fut sa fille, Bess, qui vint ouvrir à Dare. Cette ravissante jeune femme le connaissait bien, et elle le conduisit directement dans le bureau de son père. Mais son regard langoureux sous-entendait qu'elle serait ensuite ravie de le recevoir dans sa chambre. Bien que Dare eût goûté aux charmes de cette jeune personne, par le passé, il n'en avait plus aucune envie. Une autre femme occupait ses pensées.

Une heure plus tard, il quittait la demeure du gouverneur, le sourire aux lèvres. Il était parvenu à convaincre Bligh que Casey O'Cain avait été condamnée à tort et, malgré tous ses problèmes, le gouverneur avait promis d'examiner son cas. Le meurtre était un crime d'importance, mais s'il était réellement accidentel, si Casey défendait simplement sa vertu, Bligh avait le pouvoir de lui accorder son pardon.

Dare exultait, et il avait hâte de rentrer annoncer la bonne nouvelle à la jeune femme.

Mais quand ils arrivèrent chez eux, après une semaine d'absence, ils furent déconcertés par l'accueil qu'on leur réservait.

— Nous mourons de faim, Martha, déclara Roy sans préambule. Demandez à Casey de nous préparer une collation, pour nous permettre d'attendre le souper.

— Je vais m'en occuper moi-même, monsieur, répondit Martha, les yeux baissés.

— Elle est malade ? questionna Dare, qui sentait que quelque chose n'allait pas. Où est-elle ?

— Non, elle n'est pas malade, biaisa Martha en triturant le coin de son tablier.

Brusquement, elle tourna les talons.

— Martha ! Attendez !

La servante s'immobilisa.

— Que se passe-t-il ? insista Dare.

— Vous feriez mieux de tout nous dire, Martha, renchérit Roy avec autorité.

— Elle n'a pas fait ça, monsieur ! Pas Casey ! Ce n'est pas une voleuse !

— Par le diable, de quoi s'agit-il ? tonna Roy, impatienté.

— Vous ne tirerez rien de cette pleurnicharde, intervint Meg. Je vais tout vous raconter. Casey n'est pas seulement une meurtrière, mais aussi une voleuse. Elle a dérobé les bijoux et l'argent qui se trouvaient dans le coffre-fort du bureau, puis elle a disparu.

— Casey ? Disparue ? répéta Dare, hébété. Je... je ne comprends pas...

— Vous êtes certaine de ce que vous avancez, Meg ? coupa Roy. Le coupable ne peut pas être l'un des ouvriers ?

Il aurait juré que Casey était honnête, malgré son passé douteux.

— Sûrement pas, dit Meg en haussant les épaules. Sinon, pourquoi serait-elle partie si brusquement ? C'est la seule explication logique, et pourtant elle était plus que bien traitée par la famille, ajouta-t-elle avec un regard de biais à Dare. Demandez à Martha : elle attestera qu'on a trouvé le coffre forcé, tout de suite après le départ de Casey.

— C'est vrai, Martha ?

— Je… Oui, le coffre a été forcé et son contenu volé, admit la servante à contrecœur. Mais ça ne prouve pas qu'elle…

— Elle est coupable ! claironna Meg, ravie de voir Dare déconcerté. Nous avons laissé le bureau dans l'état où nous l'avons trouvé.

— Quand cela s'est-il passé ? demanda Roy.

— Le jour où Dare et Ben sont partis pour Sydney.

— Si vite ? s'exclama Dare, qui se rappelait clairement leur nuit passionnée.

Casey avait perdu sa virginité, mais lui avait perdu plus encore. Bien qu'il répugnât à se l'avouer, il avait perdu son cœur, et c'était un sentiment si nouveau qu'il ne parvenait pas à l'assumer.

— Je vais vérifier l'état du bureau, annonça Roy.

— Je vous accompagne, père, dit Ben.

Dare préféra rester avec les deux femmes, dans l'espoir d'obtenir d'autres informations.

— Avez-vous une idée de l'endroit où elle a pu aller ?

— Non, répondit Martha. Je… je l'ai suppliée de ne pas partir, mais elle m'a dit qu'il le fallait… Pourquoi, Dare ? Pourquoi aurait-elle fait ça ?

— Franchement, Martha, je l'ignore, mais j'ai bien l'intention de le découvrir.

— Je vais vous donner mon avis, intervint Meg. Elle souhaitait retourner en Irlande, et elle pourra s'offrir le voyage grâce aux bijoux et à l'argent. Elle trouvera facilement un capitaine peu scrupuleux, qui l'acceptera à son bord sans poser de questions. Elle est sans doute allée à Sydney, où elle a pris le premier bateau en partance pour l'Angleterre.

L'hypothèse n'était pas absurde, songea Dare. Avec l'atmosphère agitée qui régnait à Sydney, ces derniers temps, la jeune femme avait pu aisément monter à bord d'un cargo.

— Pourquoi aurait-elle eu tellement envie de rentrer en Irlande ? insista-t-il cependant.

— Un homme, naturellement! mentit Meg en détournant les yeux. Elle en a parlé une ou deux fois, dans la conversation. Un homme auquel elle tenait beaucoup...

Les griffes de la jalousie s'enfoncèrent cruellement dans le cœur de Dare.

— Vous êtes d'accord avec ça, Martha?

— Je... je ne...

Martha hésitait, pensive.

— Eh bien, je l'ai entendue une fois évoquer un homme du nom de Tim. Quelqu'un qu'elle aurait peut-être épousé, dans d'autres circonstances... Mais j'ai eu l'impression qu'il n'était plus en Irlande.

Silencieux, Dare regardait ailleurs, et elle reprit :

— Puis-je me retirer, à présent? Vous devez avoir faim...

Il acquiesça distraitement, et la servante s'éclipsa. Puis il partit rejoindre son père et son frère.

Meg était déçue. Elle avait espéré qu'il se tournerait aussitôt vers elle, en guise de consolation, et se rendait compte que Dare n'oublierait pas si facilement sa rivale. Pourquoi était-il tellement bouleversé par la disparition de Casey? Tenait-il donc tant à elle?

— Entre, Dare, dit Roy quand il le vit sur le seuil.

Il faisait l'inventaire de ce qui restait dans le coffre. Dare poussa un juron.

— Elle n'a pas laissé grand-chose, on dirait! pesta-t-il.

— Les bijoux de valeur ont disparu! gronda Roy qui avait du mal à maîtriser sa colère. Heureusement, j'avais transféré presque tout l'argent liquide dans l'autre coffre, celui de ma chambre, avant de partir pour Sydney. Sinon, elle l'aurait pris aussi.

— Alors, c'est vrai, murmura Dare, atterré. C'est une voleuse...

— Je n'y crois pas ! explosa Ben. Et je me moque des preuves. Casey n'est pas une voleuse. Il y a forcément une autre explication !

— Avez-vous l'intention de la dénoncer aux autorités, père ? demanda Dare.

— Je le devrais.

— Non. N'en faites rien, avant que j'aie trouvé Casey et que j'aie élucidé ce problème. Je vous en prie...

Roy observa un instant son fils, perplexe. Y avait-il entre Dare et Casey quelque chose dont il n'avait pas eu connaissance ? Il ne l'avait jamais vu si bouleversé, mais il sentait que ce n'était pas le moment de poser des questions indiscrètes.

— Entendu, dit-il. Mets-toi à la recherche de Casey. Je serais plus qu'heureux, si tu prouvais son innocence. À la vérité, je me suis pris d'affection pour cette petite.

— Je vais t'aider, proposa Ben.

— Non, Ben, je suis désolé. C'est... Je dois m'en occuper moi-même.

— Mais comment vas-tu t'y prendre ? Tu n'as pas la moindre idée de l'endroit où elle est. Si elle est cachée dans la brousse, tu ne la trouveras jamais. Et quelque chose me tracasse... Si elle a l'intention de vivre dans la nature, à quoi peuvent lui servir des bijoux ?

— C'est exactement ce que je pense, répondit Dare, tendu. Meg suggère qu'elle a pu acheter son retour pour l'Irlande.

— Mais tu n'y crois pas, devina Ben.

— Non. J'ai de bonnes raisons de songer que Casey était heureuse, ici. Je suis presque certain qu'elle n'a pas quitté la colonie. Je la retrouverai. Cette histoire ne tient pas debout.

— Par quoi vas-tu commencer ?

— Dès demain, j'irai voir Robin. Casey et lui s'entendent bien, il sait peut-être quelque chose...

Meg les appelait à table, et il ne fut plus question de Casey. Mais les trois hommes s'interrogeaient en silence, chacun de son côté, sur les raisons qui avaient pu pousser la jeune femme à quitter la ferme sans un mot d'explication.

8

Dans une sorte brouillard, Casey suivait Culong qui se déplaçait sans bruit, tel un fantôme. Elle n'osait pas regarder en arrière, de peur de découvrir des soldats sur ses talons, mais rien ne retardait l'indigène qui se glissait d'arbre en arbre, prenant soin d'éviter les sentiers. Seuls les cris des pies-grièches troublaient le silence, ainsi que les bonds effrayés de quelques kangourous.

Casey, épuisée par la longue marche jusque chez Robin, avait du mal à avancer. Les semelles de ses souliers, trop fines, ne la protégeaient guère des épineux ou des cailloux pointus. Néanmoins elle continuait, les yeux fixés sur le dos de l'aborigène qui, heureusement, portait son sac.

La nuit tomba brutalement, les plongeant dans une totale obscurité. La panique s'empara de la jeune femme, jusqu'à ce que Culong lui chuchote à l'oreille :

— Tout près. Donner la main.

Elle obéit, et il la conduisit à une clairière où plusieurs huttes étaient groupées autour d'un feu de camp. Culong se dirigea vers une petite cabane, à l'écart des autres.

Casey hésita un instant sur le seuil, mais Culong la tira à l'intérieur. Tim était allongé, inerte et pâle, sur une paillasse, éclairé par les flammes vacillantes d'un feu.

— Tim! cria-t-elle en se laissant tomber à genoux près de lui. Est-il... mort?

— Lui très malade, mais pas mort, répondit Culong.

Il se mit à parler à une femme accroupie dans l'ombre, que Casey n'avait pas remarquée. Celle-ci se leva et s'approcha timidement.

— Elle Mantua, annonça Culong en présentant la petite femme, dont la peau brillait comme de l'ébène polie. Mantua pas parler votre langue. Elle dire que votre homme survivre avec soins et médicaments qu'elle préparer.

— Merci, Mantua, dit Casey. Je vous suis très reconnaissante.

Mantua s'adressa à son frère et attendit qu'il traduise.

— Mantua demander si lui votre mari.

— Tim est... un très bon ami. Comme un frère, pour moi.

Culong traduisit. La réponse vint, et il déclara :

— Mantua aimer bien vous et rétablir frère. Elle extraire balle et fièvre un peu tombée. Vous reposer, maintenant, et manger.

Deux jours plus tard, Tim reprit enfin connaissance. Bien qu'il restât faible, il vit tout de suite Casey. Durant tout ce temps, la jeune femme n'avait pas quitté son chevet, et elle prenait ses repas dans la hutte, en communiquant avec Mantua par l'intermédiaire de Culong.

Comme elle lui demandait s'il pensait que les soldats les trouveraient, Culong réfléchit un moment.

— Eux finir par chercher ici. Mais mon peuple veiller. Si eux venir, nous vous cacher.

— Casey!

La jeune femme se retourna et poussa un cri de joie en voyant Tim réveillé, les yeux immenses dans son visage émacié.

— Tim ! Dieu merci, te voilà conscient ! Mantua avait bien dit que tu te remettrais !

— Mantua ?... Où suis-je ?

— Tu ne te rappelles rien ?

— Rien, depuis que ton ami Robin m'a amené chez lui.

Casey entreprit de raconter à Tim tout ce qui était arrivé.

— Mon Dieu, ma chérie, je suis désolé de t'avoir causé tous ces tracas, se lamenta Tim. Et Robin... S'il est entre les mains des autorités, il risque gros. Je ne mérite pas tout ça, Casey. On pourrait pendre Robin, pour avoir recueilli un prisonnier évadé...

— Oh, non ! s'écria Casey, horrifiée. Non !

— Ne pleure pas. Que représente cet homme, pour toi ?

— C'est un ami. Un excellent ami. Mais il risque de tout perdre à cause de moi, et cela me rend malade... Oh, Tim, qu'allons-nous devenir ?

— Je prendrai soin de toi, Casey, ne t'inquiète pas. Si seulement je n'étais pas si faible...

— Tu reprendras vite des forces, Mantua est un excellent médecin.

— Mantua ? répéta Tim.

— La sœur de Culong. C'est la guérisseuse de la tribu. Ils ont tous été très bons pour nous. Et si jamais on venait nous ennuyer, ils...

Par un cruel hasard, un aborigène fit irruption dans la hutte.

— Les soldats ! annonça-t-il.

— Nous partir, déclara Culong.

— Mais Tim n'est pas en état de se déplacer, objecta Casey.

— J'y arriverai, grommela Tim en se levant avec peine.

Un autre aborigène attendait à la porte, et ils se mirent à deux pour le soutenir.

Mantua remit à Casey le balluchon qu'elle avait rempli de provisions, ainsi qu'un petit sac contenant un flacon de potion pour Tim, et des feuilles et de la mousse destinées à faire des cataplasmes. Casey la remercia, avant de sortir vivement de la hutte.

Il leur fallut moins d'une heure pour atteindre la cachette choisie par Culong. Il s'agissait d'une grotte, creusée dans le flanc d'une colline au pied des Blue Mountains, dont l'entrée était masquée par des broussailles. À l'intérieur, le sol était sec, et Casey parvenait à tenir debout. Dès qu'on eut allongé Tim sur une couverture, il tomba dans un profond sommeil.

— Vous reviendrez nous chercher après le départ des soldats, Culong? demanda Casey.

— Chef dit : vous plus revenir au village, répliqua Culong. Soldats apporter ennuis à nous. Votre homme bientôt sur pied.

— Je... je comprends, Culong, dit Casey d'une voix étranglée. Je vous remercie infiniment, ainsi que Mantua, pour l'aide que vous nous avez apportée... Nous nous débrouillerons, maintenant.

Consternée, la jeune femme s'aperçut, durant les jours suivants, que les soldats n'avaient pas renoncé à les traquer. Terrée dans son antre, elle les entendait aller et venir autour de la caverne.

Lorsque les provisions fournies par Mantua furent presque épuisées, elle se risqua enfin hors de sa cachette. Tim était alors sur la voie de la guérison totale.

Dare avait un mauvais pressentiment, en approchant de la petite ferme de Robin. Pourtant, les ouvriers vaquaient à leurs occupations, comme d'habitude. Si Robin et Culong n'étaient pas en vue, ils pouvaient se trouver n'importe où dans les pâturages.

Il était très tôt, car Dare, anxieux d'avoir des nouvelles de Casey, avait quitté la maison à l'aube. Peut-être la trouverait-il saine et sauve auprès de son ami…

Son cœur se serra quand il vit la silhouette d'un homme, qu'il avait déjà croisé, se découper sur le seuil. C'était un spéculateur, un ami de Macarthur, récemment arrivé à Parramatta, dont Dare connaissait le nom bien qu'ils n'aient pas été présentés.

— Que faites-vous ici, Lynch ? demanda-t-il. Où est Robin Fletcher ?

Nate Lynch, petit homme trapu au visage rusé, ramenait soigneusement sa chevelure grise en avant afin de dissimuler une calvitie naissante. Récemment arrivé en Australie, il s'était allié au régiment du Rhum. Il avait rencontré Macarthur lorsque celui-ci avait comparu devant la cour martiale en Angleterre, pour s'être battu en duel avec son supérieur, William Paterson, et il avait été convaincu alors qu'il y avait de l'argent à gagner en Nouvelle-Galles-du-Sud.

Macarthur avait démissionné de l'armée, il était reparti pour la colonie avec de grands projets, et Lynch n'avait pas tardé à le suivre, abandonnant femme et enfants, mais sans oublier d'emporter sa fortune avec lui. Depuis son arrivée, il s'efforçait d'exproprier les petits fermiers.

À présent, face au regard glacial de Dare Penrod, il se demandait si Macarthur n'avait pas enfin trouvé un adversaire à sa mesure…

— Dare Penrod, n'est-ce pas ? dit-il en tendant une main que Dare ignora. Nous n'avons jamais été présentés, mais je suis Nate Lynch.

— J'ai entendu parler de vous, répondit Dare, méprisant. L'Australie se porterait bien mieux sans des individus de votre espèce... Je vous ai demandé ce que vous faisiez là, sur les terres de Robin Fletcher.

— Vous ne savez rien, apparemment...

— Que devrais-je savoir ? Il est arrivé quelque chose à Robin ?

— On peut dire ça, oui. Il est à la prison de Parramatta. Le sergent Grimes l'a arrêté il y a presque une semaine.

Dare était sidéré. Que s'était-il passé ? Une semaine plus tôt, tout allait bien... Cela avait-il un rapport avec la disparition de Casey ?

— De quoi l'accuse-t-on ? Il y a sûrement une erreur !

— Oui, et c'est lui qui l'a commise, rétorqua Lynch. Il est venu en aide à un prisonnier évadé.

— Je ne vous crois pas !

— Comme vous voudrez... Mais il s'agit d'un condamné particulièrement rebelle, qui avait été envoyé dans les mines de charbon. Il a été blessé alors qu'il tentait de s'enfuir, et il est arrivé jusqu'ici. Votre ami a soigné sa blessure, l'a accueilli chez lui. Si vous désirez de plus amples détails, il faudra interroger le sergent Grimes, car je n'en sais pas davantage.

— C'est ce que je vais faire, répliqua sèchement Dare. Dès que vous m'aurez dit pourquoi vous êtes ici.

— Il faut bien que quelqu'un veille sur la ferme et les travailleurs, en l'absence de Fletcher, expliqua Lynch, cynique. Au moins jusqu'à son procès... Une fois condamné, il perdra sa terre, évidemment. Peut-être même sa liberté. Je suis donc ici afin de protéger sa propriété, dans l'intérêt de la Couronne.

— Vous voulez dire, dans l'intérêt de Macarthur, grinça Dare.

122

Lynch haussa les épaules.

— Je me contente d'obéir aux ordres…

Il n'y avait rien de plus à en tirer, et Dare se dirigea vers Parramatta. Maintenant, il s'inquiétait non seulement pour Casey, mais aussi pour son ami…

En chemin, il ne s'arrêta qu'une fois, le temps de mettre son père et Ben au courant de la situation.

— J'exige que vous relâchiez Robin Fletcher, sergent! déclara Dare un peu plus tard, le même jour, quand il alla trouver Grimes dans son bureau.

— Vous n'avez pas d'ordres à me donner, monsieur Penrod, répliqua Grimes. Surtout en ce qui concerne Fletcher. À moins, évidemment, que vous ne soyez impliqué dans cette histoire. L'évadé était d'abord caché sur vos terres, et si vous ne vous étiez pas trouvé à Sydney à ce moment-là, j'aurais tendance à penser que vous êtes de mèche.

— Quoi? Le condamné était chez moi?

— Exactement. Mais dites-moi, Penrod, une de vos domestiques ne s'est-elle pas sauvée, elle aussi? N'êtes-vous pas rentré de Sydney pour vous apercevoir que la détenue Casey O'Cain s'était enfuie, avec le contenu de votre coffre?

Dare avait du mal à dominer ses émotions. Comment Grimes était-il au courant? Et quelle était la relation entre la jeune femme et le fuyard?

— Si vous savez quelque chose au sujet de Casey, Grimes, vous feriez mieux de me le dire carrément.

Le sergent réfléchit un instant, puis acquiesça.

— L'homme s'appelle Timothy O'Malley. Un sale type, un rebelle qui méritait une sévère punition. On l'a envoyé dans les mines de charbon, d'où il s'est échappé. Il est arrivé jusqu'à votre ferme. J'ignore si c'était prémédité, mais Casey O'Cain l'a caché, jusqu'à ce que Robin Fletcher vienne le chercher. Ils sont tous les deux coupables d'avoir abrité un condamné en fuite – ce qui, vous ne l'ignorez pas, est un crime.

— Où est Casey ? Qu'avez-vous fait d'elle ? Elle est en prison ?

— Malheureusement, cette petite garce nous a filé entre les doigts. Ainsi que son compagnon, O'Malley. Mais nous tenons Fletcher.

Dare tressaillit lorsque Grimes parla du « compagnon » de Casey.

— Comment avez-vous appris tout cela ? demanda-t-il.

Il était quand même soulagé que la jeune femme ne fût pas à la merci de ce cruel individu.

— J'ai mes informateurs, éluda Grimes, le regard fuyant. Quant à Fletcher, j'avais suffisamment de preuves pour l'envoyer derrière les barreaux.

— Mais vous n'avez pas Timothy O'Malley.

Le sergent haussa les épaules.

— Nous l'attraperons bientôt. La fille aussi. Mes hommes ont l'ordre de chercher jusqu'à ce qu'ils les trouvent. Au besoin, le lieutenant Potter enverra des troupes en renfort.

— Je veux voir Robin, ordonna Dare d'un ton implacable. Je ne suis pas certain qu'il soit coupable, et j'aimerais l'interroger moi-même.

— Oh, il est bel et bien coupable ! Comme la fille. Nous avons un témoin... Mais je ne vois pas d'inconvénient à ce que vous parliez au prisonnier. Peut-être en tirerez-vous davantage que moi ?

Quelques minutes plus tard, on fit entrer Dare dans le petit bâtiment qui servait de prison. La porte se referma sur lui. Il regarda avec dégoût la minuscule cellule, où il n'y avait d'autre confort qu'une paillasse et deux seaux dans un coin.

— Dare ! Dieu merci, te voilà !

Son ami se leva pour l'accueillir.

— Que se passe-t-il, Robin ? Ce que m'a raconté le sergent Grimes est difficile à avaler. Sais-tu ce qui est arrivé à Casey ?

— Pas tout à la fois, Dare. Que t'a dit Grimes ?

— Seulement que Casey et toi étiez accusés d'avoir recueilli un prisonnier évadé, et que toi seul avais été pincé… Enfin, de quoi s'agit-il ? Ce ne peut être vrai !

— Si, Dare, c'est vrai, répondit Robin en baissant la voix afin qu'on ne puisse l'entendre de l'extérieur. Mais écoute-moi, avant de juger.

« Timothy O'Malley est un garçon que Casey connaissait en Irlande. Il a pris part à une rébellion contre la Couronne, il a été jugé, condamné et déporté. Comme il ne supportait pas la vie dans les mines de charbon, il s'est enfui. Par une étrange coïncidence, il s'est retrouvé dans notre région, malgré une grave blessure, et Casey est tombée sur lui par hasard. C'était son ami, pour l'amour du Ciel ! Elle ne pouvait l'abandonner, ni le remettre aux autorités.

— Continue, Robin, l'encouragea Dare, le visage sombre. Explique-moi pourquoi elle a décidé de ne pas nous parler de cet… ami.

— Elle avait peur que tu ne le trahisses.

— Elle doit beaucoup tenir à cet homme…

— Si j'ai bien compris, ce sont des amis d'enfance, et elle a agi selon sa conscience. Elle m'a demandé de l'aider parce que je suis un ancien prisonnier, elle a pensé que je serais mieux à même de comprendre. Naturellement, j'ai accepté.

— Naturellement, répéta Dare, amer. Comment les autorités ont-elles tout découvert ? D'après Grimes, il y a un témoin.

— Certes, mais j'ignore qui ! Casey m'a laissé entendre qu'elle savait de qui il s'agissait. Hélas, avant qu'elle puisse me citer un nom, nous avons appris que les soldats arrivaient.

— Pourquoi a-t-elle volé les bijoux de ma mère ?

Robin fronça les sourcils.

— Je ne pense pas qu'elle l'ait fait. Cela n'a aucun sens ! Et elle ne m'a rien dit de semblable. Il faudra que tu le lui demandes, mais à mon avis, elle ne saura pas de quoi tu parles.

— Il faut d'abord que je la retrouve… Où est-elle, Robin ?

— Je vais te le dire, car je sais que toi seul peux la sauver. Car tu la sauveras, Dare… n'est-ce pas ?

— Pour l'amour du Ciel, Robin, comment peux-tu imaginer que je veuille la voir punie ? Je… je tiens à elle. Je ne veux pas qu'on lui fasse du mal.

Rassuré, son ami hocha la tête.

— Culong l'a emmenée avec O'Malley dans son village. O'Malley est grièvement blessé, et Mantua le soigne. Mais les soldats ne tarderont pas à les chercher là-bas. Vas-y, Dare, et trouve-la. Je suis très inquiet.

— J'en ai bien l'intention, Robin. Mais je ne peux pas te laisser ici…

— Écoute-moi, Dare, il ne m'arrivera rien. Pas dans l'immédiat, en tout cas. Avec la révolte de Sydney, ils ont d'autres chats à fouetter. Macarthur s'occupe de Bligh, et le régiment du Rhum s'efforce de rétablir la paix. Il se passera du temps avant qu'ils viennent me chercher.

— Ben et moi pourrions facilement te faire évader, insista Dare.

— Inutile que tu sois impliqué davantage que tu ne l'es déjà. Tu nous feras plaisir à tous les deux en veillant sur Casey.

— Elle t'est très chère, n'est-ce pas, Robin ?

Le jeune homme hésita. Oui, il était attaché à Casey, mais de toute évidence, Dare aussi. Et, autant qu'il pût en juger, elle était amoureuse de Dare…

— Casey est mon amie, répondit-il enfin. J'avoue que je l'aime beaucoup… Je peux compter sur toi pour la sauver, ainsi que son ami ?

— Bien sûr, Robin, cependant je…

— C'est l'heure !

Un gardien frappait à la porte de la prison, selon les ordres du sergent.

Dare ouvrit la bouche pour protester, mais Robin déclara :

— Vas-y. C'est la seule façon dont tu puisses m'être utile, pour l'instant.

— Très bien, Robin, céda Dare à contrecœur. Mais je trouverai un moyen de t'aider.

La nuit tombait lorsque Dare rentra à la maison, où son père et Ben attendaient des nouvelles.

— Tu as vu Robin ? demanda Roy.

— Oui. En prison. On l'accuse d'être venu en aide à un fuyard.

— Est-ce vrai ?

— As-tu appris quelque chose sur Casey, pendant que tu étais à Parramatta ?

— Je vais vous dire tout ce que je sais, soupira Dare avec lassitude. Mais d'abord, qu'on m'apporte à manger, je meurs de faim ! Quand j'aurai fait un brin de toilette, je souperai dans le bureau. Nous pourrons parler sans que personne ne nous entende.

— Je vais prévenir Martha ! proposa Ben en se précipitant vers la cuisine.

Peu après, les trois hommes étaient confortablement installés. Entre deux bouchées, Dare expliqua :

— Le prisonnier s'appelle Timothy O'Malley. Il est blessé. Robin s'est senti obligé de venir à son secours.

— Ce n'était pas très malin de risquer ce qu'il possède pour un déporté en fuite, fit remarquer Roy. Il va peut-être tout perdre, y compris sa liberté.

— Il l'a fait pour Casey, précisa Dare en repoussant son assiette vide.

— Casey ? s'exclama Ben. Qu'a-t-elle à voir dans cette histoire ?

Dare leur rapporta tout ce qu'il avait appris. Quand il en arriva au fait que quelqu'un à la ferme était au courant et avait averti les autorités, Ben blêmit de rage.

— Qui ? Qui aurait pu faire ça ?

— Robin l'ignore. Casey n'a pas eu le temps de le lui dire, mais j'ai bien l'intention de le découvrir.

— Pourquoi nous a-t-elle volés ? demanda Roy, un reproche dans la voix. Et que représente ce garçon, pour elle ?

— C'est un mystère que j'espère élucider lorsque je l'aurai retrouvée. Robin m'a dit où ils se cachaient. Je partirai dès l'aube.

— Ainsi, Casey n'a pas été emmenée en prison avec Robin, dit Ben, soulagé.

— Non. Son ami et elle ont trouvé refuge dans la tribu de Culong, au pied des montagnes. Les soldats les cherchent mais, à ma connaissance, ils ne les ont pas encore trouvés.

— Je t'accompagne, cette fois, décréta Ben. Avec les soldats, cela risque d'être dangereux.

— Ben...

— Il a raison, Dare, intervint Roy. Emmène ton frère, je préfère que tu ne sois pas seul.

— Père...

Dare s'interrompit. Il avait du mal à trouver ses mots.

— Je ne peux vous expliquer, reprit-il, mais il est capital que je voie Casey. La laisser aux mains des soldats serait la pire des choses. J'ignore ce que représente O'Malley pour elle, mais je le découvrirai.

Roy fixait son fils, un peu déconcerté par la passion qui brûlait dans son regard. Casey était devenue extrêmement importante pour Dare, au cours des dernières semaines, et il espérait qu'elle partageait ses sentiments. À condition, bien sûr, qu'elle échappe au châtiment pour avoir aidé un prisonnier évadé. Avec les révoltes qui accablaient le gouverneur, l'avenir de la jeune femme semblait fortement compromis.

— Je te comprends, mon fils, dit-il, et je te souhaite bonne chance.

— Merci, père. Encore une chose : ne soufflez mot à personne de notre conversation. Nous ne savons pas encore qui a trahi Casey, cela pourrait être n'importe lequel de nos employés.

Depuis qu'elle avait appris que Dare était allé rendre visite à Robin en prison, Meg ne savait plus sur quel pied danser. Casey avait-elle dit à Robin qui l'avait trahie, et celui-ci avait-il à son tour révélé son nom à Dare ? En imaginant la colère du jeune homme, elle avait envie de fuir à toutes jambes. Pourtant, elle ne le pouvait pas. C'était lui, la récompense dont elle rêvait. Et quand elle constata que Dare était rentré et ne la convoquait pas immédiatement, elle se sentit sauvée.

Toujours opportuniste, elle eut l'impression qu'il lui fallait pousser son avantage, pendant qu'il était encore déçu par la disparition inopinée de Casey. Elle ignorait qu'il savait où elle se trouvait, et qu'il avait l'intention de la rejoindre.

Elle ne se souciait guère de la promesse qu'elle avait faite au sergent Grimes de l'épouser, dès qu'elle serait émancipée. Il avait l'intention d'utiliser l'argent des bijoux pour s'acheter une ferme et faire fortune grâce à l'élevage, comme Macarthur. Il démissionnerait de l'armée et rachèterait les petites exploitations des fermiers et des anciens déportés, ruinés par le régiment du Rhum… Meg se moquait du sergent Grimes et de ses rêves, car elle avait un autre but en tête. Dare Penrod valait deux fois – non, cent fois mieux que Grimes ! Or elle voulait ce qu'il y avait de mieux.

Bien après minuit, drapée dans une cape, la jeune femme sortit de sa chambre et monta l'escalier sans bruit. Devant la porte de Dare, elle n'hésita qu'un instant avant de tourner le bouton et de pénétrer dans la pièce. Une bougie tirait à sa fin, sur la table de chevet. Dare dormait, couvert d'un drap jusqu'à la taille. Son torse nu brillait comme du bronze…

Meg s'avança, fascinée par sa beauté.

Puis elle souleva un coin du drap et se lova contre sa chaleur…

Jamais les rêves de Dare n'avaient semblé aussi réels. Le corps doux et tiède qui se pressait contre lui ne pouvait être que celui de Casey. L'avait-il désirée assez fort pour qu'elle se matérialise à ses côtés ? Entre rêve et réalité, il la serra dans ses bras.

— Mon amour, murmura-t-il en lui mordillant la nuque. Ma Casey…

Meg grinça des dents. Si elle protestait, elle briserait le charme… Or elle espérait que lorsqu'il aurait commencé à lui faire l'amour, il ne pourrait plus s'arrêter.

Des mains et des lèvres, elle l'encouragea avec une habileté diabolique, l'enfermant dans sa toile, tandis qu'il ne songeait qu'à posséder la femme qui s'était emparée de son cœur. Il se dressa, grand, fort, et plongea dans sa douce moiteur.

Comme il ouvrait les yeux pour contempler les traits tant aimés, il ne vit qu'un nuage de cheveux blonds sur son oreiller.

— Vite, Dare ! supplia Meg, haletante.

Il hésita, malgré le désir qui palpitait en lui. Il se rendait brusquement compte que ce n'était pas un rêve, et que la femme qui ondulait sous lui ne pou-

vait être Casey. À moins qu'elle n'eût changé de couleur de cheveux !

Sa passion s'éteignit aussi vite qu'elle s'était
enflammée. Il recula en essayant de détacher les
mains de Meg, qui le retenait.

— Bon Dieu, Meg, que fais-tu ici ?

— Vous n'êtes pas content de me voir, Dare ? ronronna-t-elle. Je savais que vous seriez seul, ce soir, et
que vous auriez besoin de moi. Je ne vous quitterai
jamais, moi. Ce n'est pas comme...

Il roula sur le dos.

— Va-t'en, grommela-t-il.

— Non, Dare, supplia la jeune femme. C'est ma
place ici, auprès de vous. Ne pensez plus à Casey,
aimez-moi. Je vous ferai oublier tout le reste. Bientôt
je serai libre, et nous...

Dare se leva d'un bond, s'empara de la cape de
Meg qu'il lui lança.

— Couvre-toi et sors. Tout cela est ridicule. Il est
vrai que j'ai passé quelques bons moments avec toi,
et toi aussi. Je n'ai pas abusé de toi, Meg, tu étais
plus que consentante.

— Ne soyez pas fâché, Dare, implora-t-elle, terrorisée par son regard féroce.

Qu'est-ce qui n'avait pas marché ? se demandait-
elle. Elle s'était persuadée que Dare se rabattrait sur
elle, après le départ de Casey. Comment avait-elle pu
se tromper à ce point ? Tout allait de travers !

Elle était presque à la porte, quand un terrible
soupçon vint à l'esprit de Dare.

— Tu ne m'as pas tout dit, Meg, j'en suis sûr,
déclara-t-il froidement. Au sujet de Casey... Qui a
volé les bijoux, en réalité ?

— Je... je ne sais pas de quoi vous voulez parler,
balbutia-t-elle. Je vous ai dit tout ce que je savais.

— Je n'en suis pas certain. Mais j'en aurai le cœur
net.

La panique montait en elle.

— Que… que voulez-vous dire ?

— Lorsque j'aurai trouvé Casey, nous connaîtrons la vérité.

— Trouvé Casey ?

Meg n'avait pas envisagé qu'il pût se lancer à la recherche de la petite Irlandaise.

— Je pars tout à l'heure, et je ne rentrerai pas sans elle.

— Mais… les autorités la pourchassent, à ce qu'on raconte.

— Je m'occuperai de ça, le moment venu. Pour l'instant, une seule chose m'importe : la trouver.

— Dieu, vous tenez vraiment à elle…

— Bonne nuit, Meg ! aboya-t-il. Au fait, je suis sûr que tu n'auras aucun mal à trouver un autre employeur. Nous n'avons plus besoin de tes services. J'expliquerai à père que tu avais de bonnes raisons de nous quitter.

Dare lui aurait claqué la porte au nez, si elle ne s'était déjà sauvée dans le couloir.

Le lendemain matin, Dare et Ben se rendirent au village aborigène, au pied des Blue Mountains. Ils le connaissaient car leur propre pisteur, Burloo, venait de la même tribu.

Ils contournèrent la propriété de Robin et s'enfoncèrent dans la brousse en direction de l'ouest, jusqu'à ce que le groupe de huttes soit en vue.

Culong les reconnut et vint les accueillir.

— Vous savez ce qui nous amène, commença Dare d'un ton autoritaire.

Culong hocha la tête.

— Homme et femme pas là. Trop dangereux. Soldats venus chercher mais pas trouvé eux.

— Où sont-ils, Culong ? Sont-ils en sécurité ?

— Oui. Homme blessé, besoin médecine. Culong les mener dans grotte.

— Et où est-elle, cette grotte ? Êtes-vous retourné vérifier qu'ils se portaient bien ?

— Pas retourner. Soldats guetter, peut-être suivre.

— Dites-moi où se trouve la grotte.

À l'aide de force gestes, dans son anglais rudimentaire, Culong leur expliqua où il avait emmené Casey et Tim, puis il leur donna des médicaments et de la nourriture pour les deux fugitifs.

La brousse était dense quand on approchait des montagnes, et les deux frères laissèrent leurs montures à Culong. Celui-ci leur conseilla de se montrer prudents, de se méfier non seulement des soldats qui poursuivaient leurs recherches dans la région, mais aussi des broussards qui campaient quelque part dans les environs.

9

Casey redoutait de quitter son abri, pourtant il le fallait. Il n'y avait plus d'eau, les provisions s'amenuisaient, or elle entendait un ruisseau chantonner non loin : peut-être pourrait-elle attraper un poisson ou deux, ou un petit animal venu se désaltérer. Même des racines ou des baies sauvages seraient les bienvenues. En outre, il fallait qu'elle ramasse du bois avant la pluie qui menaçait. L'orage commençait à gronder au loin. Bien qu'elle ne fût pas depuis longtemps dans la région, elle savait que les orages y étaient souvent terrifiants. Particulièrement le long de la rivière Hawkesbury, qui inondait alors les terres environnantes.

Tim était assis, le dos contre la paroi de la caverne. Encore faible, il regardait Casey se préparer pour son expédition.

— Je n'aime pas l'idée de te savoir seule dehors…

— C'est indispensable, répondit-elle en cherchant dans son sac le couteau qu'elle avait pris dans la cuisine des Penrod. Je n'en ai pas pour longtemps.

— Casey… reprit Tim d'une voix enrouée. Je suis désolé. Je regrette de t'avoir embarquée dans cette histoire. Tu en as tellement fait pour moi…

— Ne dis pas de bêtises, Tim. Je le referais, si c'était à refaire.

— Maintenant, nous sommes tous les deux hors la loi.

134

— Je sais, murmura-t-elle.

En vérité, elle ne pensait qu'à ça depuis quelques jours. Qu'allaient-ils devenir ? Certes, ils parviendraient à subsister dans la brousse, mais pour quel genre de vie ? D'abord, une vie sans Dare. Même si elle n'avait jamais espéré vivre avec lui...

Leurs nuits de passion avaient été divines, mais elles ne prouvaient rien de plus que sa merveilleuse capacité à lui faire l'amour. Une fois lassé d'elle, il épouserait Mercy McKenzie.

Qu'avait-il pensé, en découvrant qu'elle avait disparu ? Robin lui avait-il expliqué pourquoi elle s'était enfuie ? À moins que le malheureux n'eût été fouetté jusqu'au sang – ou, pire encore, pendu.

Un peu perdue, elle quitta la caverne, malgré les protestations de Tim qui se prétendait assez robuste pour sortir à sa place. Heureusement, les soldats ne passaient plus cette région au peigne fin. Ils avaient dû porter leurs recherches ailleurs.

En se dirigeant au bruit, Casey rejoignit la cascade qui dégringolait des rochers pour former un bassin d'eau cristalline. Elle faillit pousser un cri de ravissement. Elle commença par remplir sa gourde, et trouva l'eau tellement rafraîchissante qu'elle eut une irrésistible envie de s'y plonger, même si le tonnerre se rapprochait.

Jetant toute prudence au vent, elle se déshabilla et pénétra dans le bassin, où l'eau lui arrivait à peine à la taille. Elle barbota longuement, tout à la joie de cette baignade inespérée. Puis un éclair sillonna le ciel sombre, et elle se rappela pourquoi elle était là. Tim devait se faire un sang d'encre ! se reprocha-t-elle. Et il lui fallait encore trouver de quoi manger !

Revigorée, elle sortit du bassin, se dirigea vers l'endroit où elle avait laissé ses vêtements... mais ils avaient disparu. Une bête s'en était-elle emparé ? Elle eut soudain des sueurs froides. Bien qu'elle ne vît rien, n'entendît rien, elle sentait des regards qui la suivaient...

Que faire? Retourner à la caverne, fuir le danger qui la guettait.

Mais elle n'en eut pas le temps. Deux hommes se dressèrent devant elle, l'un d'eux brandissant sa robe.

— C'est ça que tu cherches, ma belle?

Casey, le souffle coupé, les reconnut instantanément. Les broussards!

— Donnez-moi ça! cria-t-elle en se précipitant vers les vêtements que l'homme tenait hors de sa portée.

— T'entends, Bert? La p'tite dame veut s'habiller!

— Bien sûr, ma belle, ricana Bert. Dès qu'Artie et moi on en aura fini avec toi... C'était gentil de te faire toute propre pour nous. Pourtant, un peu de crasse nous aurait pas dérangés, hein, Artie?

— Non, au contraire, répondit l'autre avec un sourire salace.

— Qu'est-ce que tu fais là toute seule, ma belle?

Les yeux chassieux de Bert s'agrandirent brusquement.

— Mais... je te reconnais! C'est toi que je pourchassais dans les buissons, jusqu'à ce que ces purs mérinos m'empêchent de prendre du bon temps. Je t'avais bien dit que je te retrouverais!

— T'as raison, Bert, c'est elle, dit Artie.

Tout en masquant sa nudité de ses mains, la jeune femme essayait de trouver un moyen de leur échapper. Elle s'élança vers la gauche. Artie lui barra le passage.

— Je... je ne suis pas seule, dit-elle, dans l'espoir de les décourager.

— T'as vu quelqu'un, vieux? demanda Bert.

— Personne d'autre que cette petite merveille! répliqua Artie, l'air gourmand. Y a si longtemps que j'ai eu que des Noires, j'avais presque oublié à quoi ressemble une Blanche!

— Alors regarde bien, camarade, parce que t'en verras pas souvent d'aussi bien roulées!

Vif comme l'éclair, Bert sauta sur Casey qui hurla et se débattit comme un beau diable.

— Non!

— Grouille-toi, Bert, haletait Artie en tapotant les fesses de Casey. J'en peux plus!

— Ne me touchez pas! cria-t-elle en continuant à frapper des pieds et des poings.

— Aide-moi à l'amener un peu plus loin dans les fourrés, au cas où elle serait pas seule, grogna Bert qui avait du mal à la maîtriser.

À eux deux, ils la tirèrent sous le couvert des arbres.

Dare et Ben pénétrèrent sans bruit dans le sous-bois, examinant le terrain afin de ne pas manquer les marques que leur avait décrites Culong. Les grottes étaient difficiles à repérer, et il était pratiquement impossible d'en trouver une en particulier sans indications précises.

— La cheminée dans la pierre! s'écria Ben. Culong a dit de tourner à droite, jusqu'à un grand acacia. La caverne doit être juste en dessous, dans la paroi de la colline.

Son frère acquiesça et ils ne tardèrent pas à arriver à l'arbre indiqué. Ce fut Dare qui découvrit le premier l'entrée de la grotte.

— Là!

Heureusement qu'ils avaient laissé leurs chevaux au village, car jamais ils n'auraient pu passer à travers la végétation.

— Allons-y, Ben. Mais attention, on dirait que quelqu'un vient d'en sortir... ou d'y entrer.

Dare arma son pistolet.

— Casey ! appela-t-il. Je vous en prie, si vous êtes là, sortez. C'est Dare.

Pas de réponse.

Tim, à l'intérieur, se demandait s'il s'agissait d'un piège. Certes, il avait entendu Casey parler à maintes reprises de Dare, mais comment être certain que ce n'était pas une ruse ? Devait-il répondre ? Dare Penrod représentait peut-être une menace pour leur liberté, mais Casey n'était pas rentrée, et Tim craignait fort qu'elle ne fût en danger.

Il se leva avec peine et se dirigea vers l'entrée de la grotte, à l'instant où Dare, à bout de patience, y pénétrait.

Celui-ci le vit bouger lentement, en s'appuyant au mur, et sut que l'homme n'était pas en état d'attaquer.

— Je suis Dare Penrod. Vous êtes Timothy O'Malley ?

— Oui.

— Où est Casey ?

— Elle est allée chercher de l'eau, répondit Tim en avançant d'une démarche mal assurée.

Lorsqu'il apparut dans la lumière de l'entrée, Dare resta bouche bée. L'homme avait été gravement malade, cela se voyait à sa maigreur extrême, à ses yeux brillants.

— Asseyez-vous, grommela-t-il. Sinon vous allez vous effondrer.

Tim ne se le fit pas dire deux fois.

— Maintenant, reprit Dare, dites-moi où je peux la trouver.

— Je ne sais pas exactement, mais s'il y a un ruisseau près d'ici, c'est là qu'elle se trouve. Elle a parlé de pêcher, ou d'attraper un petit animal. Nous n'avons mangé que des fruits et de la viande séchés depuis plusieurs jours. Notre réserve d'eau est épuisée. Je voulais y aller moi-même, mais... Bon sang, j'en suis incapable ! Je serais heureux que vous alliez la chercher, monsieur, parce qu'elle s'est absentée beaucoup trop longtemps.

— Je la trouverai, promit Dare. Elle n'a pas pu aller bien loin.

— Monsieur Penrod…

Tim hésita un instant, puis ajouta :

— Vous ne lui ferez pas de mal, n'est-ce pas ?

Dare observa le grand Irlandais, en se demandant ce que Casey lui avait confié de leurs relations.

— Non, O'Malley, je ne lui ferai pas de mal.

— Je t'accompagne, proposa Ben.

— Je préfère que tu restes avec O'Malley. Trouve de quoi le nourrir dans notre musette. Il a besoin de reprendre des forces.

Une fois dehors, Dare se dirigea au bruit de l'eau, espérant retrouver Casey avant que l'orage n'éclate. Pourquoi ne lui avait-elle pas fait confiance ? Rien de tout ceci ne serait arrivé, si elle lui avait parlé de son problème au lieu de s'en ouvrir à Robin. Il aurait trouvé un moyen de venir en aide à Tim.

Un éclair zébra le ciel, suivi d'un violent coup de tonnerre, et il accéléra l'allure. Il tomba enfin sur le ruisseau, aperçut la gourde de Casey… Où était-elle ? Et pourquoi avait-elle abandonné la gourde ?

Il se sentit brusquement glacé. Il sentait confusément qu'il s'était passé quelque chose.

Puis, à travers la tempête qui se déchaînait, il perçut un son qui le pétrifia. Un animal blessé ? Non, c'était un cri humain, suivi par un bruit de lutte, puis un autre cri. Scrutant les environs, il vit que l'herbe avait été foulée, traçant un vague chemin qui s'enfonçait dans la forêt. Il n'eut aucun mal à le suivre, et ne tarda pas à apercevoir un spectacle qui lui coupa le souffle.

Casey, nue, était entraînée sous le couvert des arbres par deux brutes.

Dare retrouva bien vite ses esprits. Il leva son arme, visa, et la balle se ficha dans l'arrière-train de l'immonde Bert.

— Salaud! gronda-t-il tandis que Bert hurlait à la mort.

Sans demander son reste, Artie disparut dans les taillis, suivi par Bert qui se tenait les fesses en geignant.

Dare rejoignit Casey et posa sa veste sur ses épaules tremblantes.

— Mon amour… balbutia-t-il, la voix brisée. Que vous ont-ils fait ?

— Dare! Je… je ne parviens pas à croire que vous êtes là, sanglota-t-elle en s'accrochant désespérément à sa chemise. Dieu merci, vous êtes arrivé avant que ces monstres… avant qu'ils…

Il la prit dans ses bras et la berça, en lui parlant doucement à l'oreille.

— C'est fini, mon amour. Je suis là. Ils ne vous feront pas de mal…

Le vent faisait gémir les arbres, la pluie s'abattait à présent sur eux. Mais pour l'homme et la femme agenouillés dans la boue, il n'y avait pas d'orage, pas de pluie. Ils étaient enfin réunis.

— Je ne sais pas ce que j'aurais fait, s'il vous était arrivé quelque chose, Casey…

Le regard gris et le regard vert se mêlaient dans une même intensité. Et Dare n'aurait pu empêcher ce qui se passa ensuite, comme il n'aurait pu empêcher son cœur de battre.

Sans se soucier des éléments déchaînés, il couvrit Casey de baisers, avec une passion décuplée par l'angoisse qu'il avait eue de la perdre.

La jeune femme tremblait, mais ce n'était plus de peur.

— Et si je vous avais perdue… murmura-t-il avec angoisse.

La réponse de Casey s'envola avec le vent. Ils évoluaient dans un monde de sensualité où rien d'autre n'existait. Dare sut soudain qu'il voulait cette femme. Passionnément. Et pour toujours.

Casey se sentait vivante comme jamais, tandis que la bouche de Dare, brûlante, la marquait de son sceau, la faisait sienne pour la vie.

Saisie de la même folie que lui, elle déboutonna sa chemise, l'en débarrassa et la jeta dans la boue. Dare fut un moment déconcerté, mais elle le suppliait tout bas.

— Vous êtes sûre, ma chérie ? Faire l'amour après tout ce que vous venez d'endurer…

— Je vous en prie, Dare. Je… j'ai besoin que vous me laviez de ce contact dégoûtant. Faites-moi l'amour… aimez-moi.

Elle n'entendait plus les éléments qui rugissaient autour d'eux. Elle n'était plus que sensualité, concentrée sur les caresses de Dare, sur les baisers de Dare.

C'était une délicieuse torture et elle gémissait, elle psalmodiait son nom interminablement. Pas un centimètre du corps de Casey n'échappait à ses caresses, qu'elle accueillait avec une joie immense.

D'un commun accord, ils s'allongèrent sur le sol détrempé.

De la main, il chercha sa tendre féminité, pendant que sa bouche traçait une arabesque de feu sur son ventre. Quand son souffle chaud effleura ses lèvres intimes, elle poussa un cri de bonheur et s'arqua vers lui, les doigts accrochés à ses cheveux. Soudain le plaisir fut là, violent et brutal comme les éclairs.

Alors il revint vers sa bouche, et le goût qu'il gardait d'elle la stimula de nouveau. Ils ne furent plus des amants, mais des adversaires, chacun luttant pour la victoire, exigeant la reddition de l'autre. Ils roulaient dans la boue, le souffle court sous le grondement du tonnerre, tandis que la terre tremblait, que l'électricité faisait crépiter l'atmosphère.

Enfin, dans un soupir, elle noua les jambes autour des reins de Dare, afin qu'il pénètre plus profondément en elle.

La pluie les recouvrait, trempait leurs cheveux, les éclaboussait de terre. La tempête qui faisait rage répondait à celle qui les animait de l'intérieur. Tout doute, toute inhibition disparut. Casey chuchotait et gémissait à l'oreille de Dare, dont les poussées triomphantes se succédaient selon un rythme primitif auquel elle se soumettait avec fièvre.

Enfin il sentit l'extase de la jeune femme arriver à son point d'orgue, son corps se convulser en un spasme immense, et il cria de plaisir avec elle, montant lui aussi vers les étoiles…

Ils revinrent à la réalité avec le martèlement de la pluie sur leurs peaux nues. Casey frissonna, et Dare se reprocha de n'avoir su brider sa passion, après la douloureuse expérience qu'elle venait de vivre. Ils avaient fait l'amour à même le sol, sous une pluie battante, en plein cœur d'un orage… et jamais il n'avait éprouvé autant de plaisir !

Il se leva vivement, ramassa ses vêtements et, cherchant du regard un endroit où s'abriter, aperçut un aplomb de rocher qui leur fournirait un refuge. Il prit Casey dans ses bras, courut les quelques mètres qui les en séparaient avant de s'accroupir sur la terre relativement sèche.

— Je suis désolé, mon amour, chuchota-t-il à son oreille. Je n'aurais jamais dû me laisser aller ainsi… mais je n'ai pas pu me dominer. Si vous attrapez froid à cause de moi, je ne me le pardonnerai jamais. Je ne sais pas ce qui m'a pris…

— Ne vous reprochez rien, Dare, dit-elle en souriant. J'en avais autant envie que vous.

Elle fut réduite au silence par un grand coup de tonnerre et se pressa contre lui, réconfortée par sa chaleur.

— Je suis heureuse que vous m'ayez trouvée...

Elle dut ensuite s'assoupir, car elle se réveilla un peu plus tard, en sentant les mains de Dare sur elle. Les yeux gris, pleins de tendresse, la contemplaient tandis que ses sens s'éveillaient sous la douceur de ses caresses.

— Vous êtes parfaite, dit-il. Chaque parcelle de vous est pure poésie.

— Vous êtes beau aussi, répliqua-t-elle en laissant courir ses doigts sur la robuste poitrine, la toison brune qui descendait en pointe...

— Les hommes ne sont pas beaux, protesta-t-il faiblement.

— Vous, si.

— Tant mieux si je vous plais...

— Je ne saurais dire à quel point je me sens bien, avec vous. J'ai envie...

— De quoi, ma chérie?

— Que... vous me fassiez encore l'amour, improvisa-t-elle.

Comment oser lui dire qu'elle avait envie qu'ils restent ensemble pour toujours? Elle était une condamnée, elle avait aidé un prisonnier évadé. Tout cela lui rendait Dare inaccessible.

— Si vous y tenez absolument... la taquina-t-il en la pressant contre lui.

La pluie tambourinait toujours au-dessus d'eux, un éclair traversa le ciel gris, le tonnerre roula à travers les collines. Mais ils n'entendaient que les battements de leurs cœurs.

De nouveau, il prit ses lèvres tandis qu'il entrait en elle, pour une danse sensuelle et primitive qui les mena vers l'extase. Il attendit de percevoir les premiers spasmes de sa jouissance pour se laisser aller à son tour.

— Casey.

— Mmm…

— Pourquoi ne m'avez-vous pas parlé d'O'Malley ?

— Je… j'avais peur. Vous et votre famille respectez la loi, je ne voulais pas prendre le risque que l'un de vous remette Tim aux mains des autorités.

— Que représente ce garçon pour vous ? Je sais que vous l'avez connu en Irlande. Vous… l'aimez ?

— L'aimer ? répéta Casey, songeuse. Oui… sans doute.

Dare se rembrunit, ses yeux s'assombrirent.

— Je le connais depuis toujours, expliqua-t-elle, et nous nous serions probablement mariés si… les événements en avaient décidé autrement. Mais à présent…

— À présent ?

— Je suis contente de ne pas l'avoir épousé. Tim est comme un frère, pour moi.

L'orage se calmait, la pluie n'était plus qu'un fin crachin. Les paroles de Casey furent un immense soulagement pour Dare. Un frère ! Elle aimait O'Malley comme un frère !

Quel meilleur moment trouverait-il pour lui avouer ses sentiments ?

— Casey, il y a quelque chose que…

— Dare ! Casey !… Où êtes-vous ?

— Bon sang ! maugréa-t-il en enfilant son pantalon à la hâte. C'est Ben ! Il devait être inquiet, surtout de ne pas nous voir rentrer après la fin de la tempête.

— Ben est ici ? Oh, Dare, je ne veux pas qu'il me voie ainsi !

— Je m'en occupe, chérie. Restez là. Je vais le renvoyer à la caverne, puis je récupérerai vos vêtements. Trempés, sûrement, mais ce sera mieux que rien…

Il chaussa ses bottes, enfila sa chemise, posa sa veste sur les épaules de Casey, puis alla retrouver son frère qui explorait les fourrés, le pistolet brandi.

— Range cette maudite arme, Ben! cria-t-il en attendant qu'il le rejoigne. Je t'avais dit de rester avec O'Malley.

— Bon sang, Dare! Comme tu ne revenais pas, j'ai imaginé le pire, et dès que l'orage s'est un peu calmé, je suis venu aux nouvelles... Où est Casey? Tu l'as trouvée, n'est-ce pas? ajouta-t-il, paniqué.

— Elle va bien, petit frère. Nous nous sommes abrités au plus fort de la tempête, et nous allions rentrer. Retourne là-bas, nous te suivons.

— Il s'est passé quelque chose, devina Ben. Casey va bien, c'est sûr?

— Pour l'amour du Ciel, Ben! Je te le répète : oui, elle va bien. Il s'est en effet passé quelque chose, je t'en parlerai plus tard. Rentre à la caverne avant que la pluie ne recommence et que tu ne sois trempé.

Décontenancé par l'intonation de son frère, Ben retourna à la grotte où Tim, affreusement inquiet, attendait des nouvelles...

Pendant ce temps, Dare avait retrouvé les vêtements de Casey et il était revenu vers leur abri. Comme il était étrangement silencieux, la jeune femme imagina qu'il regrettait leur folie. Mais elle avait peur de l'entendre le dire, aussi préféra-t-elle ne pas lui poser de question. Elle s'appliqua à essorer sa robe autant que possible, avant de l'enfiler.

— Vous êtes prête, mon amour? demanda-t-il, comme s'il remarquait seulement sa présence.

— Si on peut dire... soupira-t-elle.

Pourquoi persistait-il à l'appeler « mon amour », alors que c'était si loin de la vérité?

— Bien. Allons-y.

En chemin, ils récupérèrent la gourde, près du ruisseau.

Tim les accueillit avec un soulagement immense et serra Casey dans ses bras, s'attirant un regard furibond de la part de Dare.

— Nous étions fous d'inquiétude, Ben et moi! s'écria-t-il. Mais... tu es trempée!

— Il pleut, lui rappela Casey en se dégageant doucement.

Tim remarqua enfin que la jeune femme n'avait pas seulement ses vêtements trempés. Sa chevelure était ébouriffée, mêlée de feuilles mortes et de brindilles, elle avait des estafilades sur les joues, sur les bras, un bleu à la tempe... Il en éprouva une violente colère, qu'il dirigea tout naturellement contre Dare.

— Seigneur, Penrod, que lui avez-vous fait? tonnat-il, les poings serrés.

S'il en avait eu la force, il l'aurait assommé sur-le-champ.

— Il n'a rien fait de mal, Tim! intervint Casey. Au contraire, il m'a sauvé la vie!

— Sauvé la... Que s'est-il passé, Dare? questionna Ben.

— Tu te rappelles ces broussards qui ont attaqué père, le jour où il ramenait Martha et Casey à la ferme?

Ben acquiesça.

— C'est à cause d'eux que Casey n'est pas revenue plus tôt à la grotte? demanda-t-il d'une voix tremblante d'indignation. Les salopards! Ils vous ont maltraitée, Casey?

— Deux d'entre eux m'ont sauté dessus pendant que... je prenais de l'eau au ruisseau.

Elle ne tenait pas à préciser qu'elle se baignait et qu'elle était nue.

— Ils m'ont attirée dans les buissons, poursuivit-elle, et ils... ils...

— Je les tuerai! rugit Tim d'une voix à réveiller les morts.

— Non, Tim, tu n'as pas compris. Dare est arrivé à temps, ils ne m'ont pas... fait de mal. À part quelques ecchymoses, tout va bien.

Les deux garçons se tournèrent vers Dare, attendant qu'il confirme cette histoire.

— J'ai blessé l'un de ces malfrats, et je l'aurais tué si la rage ne m'avait empêché de viser correctement. Casey dit que je suis arrivé au bon moment, et je la crois.

— Alors pourquoi êtes-vous restés absents si longtemps ? insista Tim.

— Je...

La jeune femme renonça à s'expliquer et baissa les yeux.

— La pluie s'était mise à tomber si fort que j'ai préféré trouver un abri, plutôt que de traîner Casey jusqu'ici, répondit Dare. Nous allions rentrer, quand Ben est arrivé.

Casey s'était dirigée vers le centre de la grotte, où Ben avait allumé un feu. Il avait rassemblé du bois mort avant la pluie, et mis à cuire de la viande sur des brindilles. Elle s'agenouilla, sa jupe en corolle autour d'elle afin de la faire sécher, et se réjouit de la délicieuse odeur de nourriture.

Les trois hommes ne tardèrent pas à venir la rejoindre.

— J'ai eu un petit kangourou, annonça fièrement Ben en tapotant son boomerang, arme préférée des Australiens, tout à fait efficace pour qui savait l'utiliser.

Tandis qu'ils se détendaient près du feu, le jeune homme, perplexe, regardait alternativement Dare et Casey. Il n'était pas très satisfait des explications de son frère, et Casey n'avait pas confirmé ce récit succinct...

— Je vais faire une galette ! décida-t-elle afin de rompre le silence.

Elle fouilla dans le sac que Ben avait posé près du feu. Avec la viande séchée, le pain sans levain était la nourriture de base des chasseurs. C'était un mélange d'eau, de farine et de sel que l'on mettait à cuire sous la braise, et que l'on arrosait généralement de thé brûlant.

Le repas fut un véritable festin, comparé à ce qu'ils avaient avalé ces derniers jours, et ils mangèrent en silence. Dare, en particulier, était trop perdu dans ses pensées pour soutenir une conversation futile, et il s'abstenait de parler avant que les choses ne soient claires dans son esprit. Enfin, il prit la parole.

— Avez-vous pensé à l'avenir, Tim ? demanda-t-il en jetant un coup d'œil à Casey.

— Quel avenir ? répliqua Tim en riant. Je n'ai pas d'autres projets que de survivre dans la nature, aussi longtemps que possible. Au besoin, je rejoindrai les broussards.

— Non, Tim ! Pas ces sinistres individus ! s'insurgea Casey.

— Que me reste-t-il d'autre, à ton avis ?

Le regard qu'il tourna vers la jeune femme était empli de tendresse.

— Dare peut sûrement t'aider, reprit-il, mais quant à moi… Je n'ai pas le droit de te demander de partager l'existence d'un hors-la-loi. Pourtant, dans d'autres circonstances…

— Ne vous inquiétez pas pour Casey, coupa sèchement Dare. Je veillerai sur elle.

Elle prit une profonde inspiration, afin de s'empêcher de trembler. Que voulait-il dire ? Elle était incapable de réagir à cette surprenante déclaration.

— Comme Casey semble tenir beaucoup à vous, poursuivit Dare, j'ai décidé de vous venir en aide, O'Malley…

— De quelle façon ? s'étonna Ben.

Quelle que soit la décision de Dare, Ben avait confiance : il réussirait. Et il offrit spontanément son soutien à son frère.

— En quoi puis-je me rendre utile ?

— Pourquoi m'aideriez-vous ? interrogea Tim, sceptique. Vous êtes anglais, et...

— Je le fais pour Casey, rétorqua Dare. Elle a une haute opinion de vous, et vous l'avez protégée sur le bateau. N'est-ce pas, *mon amour* ?

Sidérée, Casey put tout juste hocher la tête. Il ne l'avait appelée ainsi que durant leurs moments d'intimité. Qu'allait penser Ben... sans parler de Tim ?

Celui-ci plissait les yeux, se rendant compte que bien des détails lui avaient échappé, au cours des derniers jours. Casey avait souvent parlé de Dare, et avec une étrange affection, mais il n'avait pas compris qu'elle était amoureuse. Peut-être parce qu'il était trop malade pour le remarquer. Or il constatait, aux tendres regards de Dare, qu'il n'avait plus aucune chance avec Casey. Il pouvait tout juste espérer que les intentions du jeune homme soient honorables.

— Qu'envisagez-vous, mon ami ? demanda-t-il enfin. Je serai d'accord avec tout, à condition que Casey ne risque rien.

Les deux frères échangèrent un regard de complicité. Ben comprenait, avec un coup au cœur, ce qui se passait entre Casey et Dare, ce qui ne l'empêcherait pas de le soutenir.

— Ben partira demain matin, commença Dare.

— Seul ? protesta l'intéressé. Mais...

— Chaque chose en son temps, Ben. Écoute-moi jusqu'au bout. Tu reviendras avec deux tenues d'homme. L'une pour Tim, l'autre pour moi. Je l'emmène à Sydney.

— Quoi ? explosa Casey. Mais vous aviez dit...

— Je sais ce que j'ai dit, mon amour. Combien de gens à Sydney auraient une chance de reconnaître Tim ? Très peu, je le parierais. Vêtu décemment, les cheveux teints en brun avec du jus de cassis, il passerait à côté de sa propre mère sans qu'elle le reconnaisse.

— Et ensuite, Dare ? demanda Ben, excité par l'aventure.

— Nous traverserons Sydney, et nous trouverons un bateau qui le ramènera en Irlande, où il se bâtira une nouvelle vie.

— C'est aussi simple que ça ? lança Tim avec un soupçon d'ironie.

— Tout à fait. Sydney est dans un tel état d'effervescence que cela ne devrait présenter aucune difficulté.

— Comment savez-vous qu'il y aura un navire au port ?

— N'oubliez pas que j'étais en ville, il y a quelques jours. Deux bateaux étaient amarrés au port, et aucun d'eux n'envisageait de partir avant une ou deux semaines.

— Tu crois vraiment que ça va marcher, Dare ? insista Ben.

— Oui, sinon je ne l'aurais jamais envisagé.

— Qu'allons-nous faire, Casey et moi, pendant que tu seras à Sydney ?

— Vous resterez ici.

— Dans cette grotte ? intervint la jeune femme d'une voix haut perchée.

— Je ne serai absent qu'un jour ou deux, promit Dare. Mieux vaut ne pas vous montrer, avant que Tim ne soit en sécurité. Il y a toujours une possibilité d'erreur... ou de malchance. À propos, Casey, savez-vous qui vous a dénoncée aux autorités ? Robin l'ignorait.

— Meg, répondit-elle, amère.

— Je m'en doutais... Vous n'avez pas volé les bijoux dans le coffre de mon père, je suppose ?

Elle fronça les sourcils.

— Dare! s'indigna-t-elle. Comment pouvez-vous me soupçonner d'une telle vilenie? Certes, je me suis enfuie, mais certainement pas avec quelque chose qui vous appartenait!

— Je parie qu'il s'agit là encore de Meg, grommela Ben. Quand je rentrerai à la maison, je lui montrerai de quel bois je me chauffe!

— Elle n'y sera pas. Je l'ai renvoyée.

L'expression implacable de Dare empêcha son frère de demander de plus amples explications.

— Bon débarras! se contenta-t-il de dire. Dois-je parler à père de ce que tu projettes?

— Oui. Cela le concerne aussi. Mais c'est avec mon argent que j'achèterai le passage de Tim... Tu sais où je le cache, Ben. Apporte-le, en même temps que les vêtements.

Deux hommes grands, bruns, passablement élégants, marchaient sans se presser dans les rues de Sydney. L'un d'eux était d'une pâleur extrême et avait une démarche un peu incertaine. Mais personne ne le remarqua, car les gens avaient d'autres chats à fouetter.

Tim O'Malley avait toujours du mal à croire qu'il pourrait quitter si aisément le pays. Rien n'avait jamais été facile, dans sa vie, et il regrettait de laisser Casey derrière lui. Mais quand il avait proposé d'emmener la jeune femme, Dare avait semblé sur le point de lui sauter à la gorge! Et puis, Tim savait qu'elle serait bien traitée. D'autre part, lorsqu'il avait abordé le sujet avec elle, Casey avait refusé tout net de quitter la colonie.

— Tenez bon, O'Malley, nous sommes presque arrivés, dit Dare, qui craignait que son compagnon ne s'effondre. Vous vous êtes comporté remarquablement bien, jusqu'à présent, pour un homme qui a frôlé la mort de près.

— J'y arriverai, répliqua Tim, les dents serrées. Amenez-moi seulement jusqu'à ce bateau.

Il n'en restait plus qu'un, dans le port. Un navire marchand américain.

— Que diriez-vous de visiter l'Amérique? lança Dare.

— Pourquoi pas? J'ai entendu dire qu'il y avait d'énormes possibilités, dans ce pays. Surtout depuis que la guerre a libéré les colonies du joug de l'Angleterre...

Dare loua une barque pour rejoindre la *Dame Galante*, et peu après il discutait avec le capitaine Guy Flint. Le brave homme se doutait probablement qu'il s'agissait d'embarquer un prisonnier évadé. Pourtant, il ne se fit guère prier, car il plaignait de tout cœur les malheureux obligés d'accepter des conditions de vie proches de l'esclavage. La *Dame Galante* transportait des marchandises et des passagers occasionnels, aussi Flint décida-t-il d'accepter Timothy Nolan à son bord, que ce fût ou pas son véritable nom.

— Jamais je ne pourrai vous rembourser, Dare, dit Tim. Il faudra vous contenter de mes remerciements... Quant à Casey, soyez bon avec elle. Je l'aime profondément, et depuis toujours.

— Je prendrai soin d'elle, rassurez-vous. Je l'aime sincèrement, moi aussi.

— J'en étais sûr! se réjouit Tim. Comme je suis sûr qu'elle vous aime tout autant...

— Je souhaite que vous ayez raison, Tim, car je joue mon avenir sur cet espoir.

Les deux hommes se serrèrent la main.

Dare demeura sur le quai, jusqu'à ce que la *Dame Galante* ait quitté le port. Puis il s'empressa de repartir. Il avait hâte d'annoncer à Casey que son ami avait quitté la colonie sans encombre.

Ce souci sorti de son esprit, il lui restait une chose à faire avant d'aller la retrouver : s'assurer de leur avenir commun.

10

Dare traversa la ville, choqué par ce qu'il entendait dire à chaque coin de rue. Plusieurs fois, il s'arrêta pour se mêler aux groupes assemblés et mettre son grain de sel, mais la plupart du temps, il se contentait d'écouter. Et ce qu'il apprit était fort inquiétant.

La révolte avait été écrasée. Pourtant, cela ne résolvait pas grand-chose. Macarthur continuait à travailler dans l'ombre. Lui et le régiment du Rhum étaient décidés à renverser Bligh, et ils étaient prêts à tout pour arriver à leurs fins. On racontait qu'il essayait de persuader le lieutenant-colonel Johnston, qui dirigeait le régiment du Rhum, d'arrêter Bligh pour « comportement tyrannique ». Le malheureux Bligh se trouvait au cœur d'une nouvelle tourmente.

Mais Dare ne se laissa pas détourner de son but et se dirigea tout droit vers la demeure du gouverneur. Son avenir avec Casey dépendait entièrement de Bligh. Or il savait que c'était un homme généreux, qui s'efforçait d'améliorer le sort des déportés émancipés et des honnêtes fermiers. Il ne s'attaquait qu'aux spéculateurs dénués de scrupules, dont la plupart étaient membres du régiment du Rhum.

— Qu'est-ce qui vous ramène si vite à Sydney, Dare ? demanda Bess quand elle lui ouvrit la porte. J'étais triste d'apprendre que vous aviez quitté la ville, sans même me dire au revoir. Mais puisque vous voilà de retour...

— Je suis venu voir votre père, pour une affaire de toute première importance, expliqua-t-il, un peu gêné.

Bess s'efforça de cacher sa déception. Veuve, elle était un peu plus âgée que Dare, mais c'était encore une jolie femme, généreuse, chaleureuse. Elle avait été attirée par lui depuis leur toute première rencontre et, tout naturellement, ils avaient eu une liaison. Même lorsque Dare avait commencé à fréquenter Mercy McKenzie, ils avaient continué à se voir occasionnellement. Les hommes dignes de ce nom étaient rares, en Australie. Bess n'avait pourtant jamais envisagé de se marier avec lui, car elle n'avait pas l'intention d'y rester, or il ne s'imaginait pas vivre ailleurs.

— Je vais voir si père peut vous recevoir. Cela ne va pas très bien pour lui, ces temps-ci...

C'était le moins que l'on pût dire !

Dare arpentait le hall, quand Bess revint lui annoncer que son père l'attendait. Il en fut si soulagé qu'il oublia de remercier la jeune femme.

— Entrez et asseyez-vous, Dare, dit William Bligh lorsqu'il pénétra dans son bureau. J'espérais bien vous voir avant que...

Il regarda distraitement par la fenêtre.

— Qu'y a-t-il de vrai dans ce qui se dit, en ville ? demanda Dare.

— J'ignore ce qui se dit précisément, mais je suppose que c'est la vérité, dans l'ensemble. Mes jours ici sont comptés. Le régiment de Nouvelle-Galles-du-Sud veut ma démission depuis longtemps, et il est prêt à tout pour parvenir à ses fins. Je leur mets des bâtons dans les roues en permanence, mais un jour ils iront trop loin...

Petit, trapu, avec une couronne de cheveux blancs, William Bligh avait survécu à la mutinerie du *Bounty* en partant seul sur un radeau, grâce auquel il avait atteint l'île de Timor, en Indonésie. À présent, il se trouvait confronté à un défi presque aussi grand, et des cernes de fatigue soulignaient son regard inquiet.

— Je sais que vous n'avez guère eu de temps pour… vous pencher sur le problème de Casey O'Cain, gouverneur, mais il est impératif que vous me donniez une réponse. Avez-vous le pouvoir d'accorder à miss O'Cain un pardon définitif?

— Aujourd'hui, oui. Mais demain… qui sait?

Bligh haussait les épaules, fataliste.

— Et qu'avez-vous décidé? demanda Dare, dont le cœur battait la chamade bien qu'il demeurât impassible.

— Que représente cette femme pour vous, Dare?

— Je… je tiens à elle.

— Vous tenez à elle? railla Bligh. À votre cheval aussi, je suppose!

Dare s'empourpra légèrement.

— Je l'aime, bon sang! Je l'ai aimée dès le premier jour…

Bligh sourit.

— Voilà ce que je voulais entendre. Oh je sais, à une époque, j'avais espéré que vous et ma Bess… Mais jamais elle n'accepterait de vivre en Australie. C'est une femme de qualité, je veux pour elle ce qu'il y a de meilleur.

— Elle le mérite, gouverneur, déclara Dare qui se demandait comment revenir à Casey.

— Hum… oui! marmonna Bligh, gêné de s'être laissé aller au sentimentalisme. En ce qui concerne notre affaire, j'avoue avoir hésité entre accorder le pardon ou offrir un billet de retour pour l'Irlande. Et je n'ai toujours pas tranché. Cela dépend beaucoup de la réponse que vous allez donner à ma question suivante.

Dare se crispa.

— Je ferai de mon mieux…

— Qu'arrivera-t-il à miss O'Cain, si elle est émancipée ? En d'autres termes, quelles sont vos intentions à son égard ?

Dare n'hésita qu'une fraction de seconde.

— Je l'épouserai, si elle veut bien de moi. Or j'ai des raisons de croire que c'est le cas.

— Vous comprenez bien, Dare, que je ne pouvais prendre ma décision avant d'être sûr que je ne la jetterais pas seule dans cette ville de bandits. Elle est belle, et si ce que vous dites de son crime est vrai, elle est innocente. Mais il faut compter avec le régiment de Nouvelle-Galles-du-Sud, à présent, car elle est recherchée pour avoir aidé un prisonnier évadé, Timothy O'Malley. Il est toujours en fuite, malgré les moyens mis en œuvre pour le retrouver. Et, à ma connaissance, Casey O'Cain a disparu, elle aussi...

— L'homme était grièvement blessé, gouverneur. À l'heure actuelle, il est certainement mort. Casey n'a jamais entendu parler de cet individu.

— Il y a un témoin, fit remarquer Bligh.

— Une condamnée, qui voulait déprécier Casey à mes yeux. C'est sa jalousie qui a fait fuir Casey.

— En tout cas, miss O'Cain a bel et bien disparu !

— Je sais où elle est. Mon père aussi.

— Et l'argent, les bijoux qu'elle a volés ?

— Mensonges ! Je suis à peu près certain que Meg a commis le vol et s'est arrangée pour que la culpabilité retombe sur Casey. Meg s'est dit que si elle éloignait Casey, je me tournerais vers elle. C'était une grave erreur, car elle ne signifie rien pour moi. D'ailleurs, je l'ai chassée.

— Voulez-vous la poursuivre en justice ?

— Non. Je ne tiens pas à ce que Casey soit atteinte par tout cela, et qu'elle souffre davantage. Je souhaite à Meg de bien profiter du fruit de son larcin, et mon père a certainement la même réaction.

— Parfait, Dare. Je prends donc la décision d'accorder le pardon à Casey O'Cain. Mais je ne réponds pas du régiment, quand il en entendra parler. Mes jours sont comptés, mon ami, et c'est peut-être le dernier document officiel que je signe… Attendez dehors, pendant que mon secrétaire rédige l'acte.

— Et pour Robin Fletcher, gouverneur…

— N'allez pas trop loin, Dare ! coupa sévèrement Bligh. La femme, c'est une chose, mais il y aurait un tollé général si je faisais la même chose pour Fletcher. De toute évidence, quelqu'un lorgne sur ses terres, et je n'y peux rien, compte tenu de la précarité de ma position. Après-demain, c'est Noël, et je suis certain qu'ils ne lui feront rien avant le Nouvel An… Cela vous donnera aussi le temps de mettre vos projets à exécution en ce qui concerne miss O'Cain.

— Noël ! s'écria Dare. J'avais complètement oublié. Joyeuses fêtes, gouverneur, malgré tout, et merci infiniment pour ce que vous avez fait.

Il aurait aimé plaider encore la cause de Robin, mais il savait que Bligh était en situation délicate, et il s'abstint d'insister.

Dare avait l'esprit en ébullition tandis qu'il traversait la ville. Plus important que tout : il avait en poche la grâce de Casey. Mais il craignait que cela ne suffise pas à assurer la liberté de la jeune femme. Il ne serait pleinement rassuré que lorsqu'il l'aurait épousée, lui offrant son nom et sa protection.

La veille, en arrivant à Sydney avec Tim, ils avaient laissé leurs chevaux chez Drew Stanley, et il venait de les récupérer. Il avait le projet de s'arrêter à Parramatta, afin de faire part des nouvelles à Robin. Celui-ci serait soulagé de savoir Casey en sécurité. Toutefois, Dare détestait l'idée que son ami fût emprisonné, qu'il dût être jugé par des individus peu scrupuleux, qui n'hésiteraient pas à le condamner dans le but de s'approprier sa ferme, pour un crime qu'il n'avait pas commis.

Mais il arriva à Parramatta pour s'entendre dire, par le sergent Grimes, qu'il ne pouvait voir Robin à cette heure tardive !

Frustré, il rentra chez lui, où Roy attendait des nouvelles avec anxiété.

Celui-ci écouta le récit de son fils sans intervenir.

— Tu as vraiment l'intention d'épouser Casey ? demanda-t-il ensuite.

— Cela vous contrarie, père ? Je sais que vous et Thad McKenzie auriez souhaité me voir prendre Mercy pour femme...

— Je suppose que si tu l'avais voulu, ce serait fait depuis longtemps, répondit Roy en souriant. J'ai de l'affection pour Casey, et je l'accueillerai avec joie au sein de notre famille... Tu l'aimes, n'est-ce pas ?

— Je... Oui, je l'aime.

— Et elle t'aime aussi ?

— Je crois. Je l'espère...

— Alors tu as ma bénédiction.

— Vous vous rendez compte, père, que beaucoup de nos amis seront choqués par ce mariage. Les McKenzie, par exemple...

— Cela ne fera aucune différence pour nos vrais amis, mon fils. Maintenant, va dormir un peu, afin d'être en forme demain quand tu iras retrouver Casey. Ben et elle doivent être inquiets.

— J'aurais aimé voir Robin avant, mais ce sale type de Grimes a décrété qu'il était trop tard !

— Si cela peut te rassurer, j'irai moi-même lui rendre visite à Parramatta dès demain, promit Roy.

Noël, songeait Dare en se dirigeant vers les collines, le lendemain matin, la monture de Ben suivant tranquillement. Il plaignait Robin de tout son cœur.

Pourtant, il était soulagé de savoir Casey en sécurité... tant que Bligh resterait à son poste. Avec un peu de chance, le gouverneur écraserait cette révolte comme la précédente.

Il laissa les chevaux au village aborigène et continua à pied. Il avait hâte d'annoncer à Casey qu'elle était libre. D'autre part, il n'avait pas eu le temps de lui demander d'être sa femme, et il avait bien l'intention de le faire sur-le-champ. Si elle acceptait, ce serait son plus beau cadeau de Noël !

Il eut la mauvaise surprise de trouver la grotte vide. Aussitôt, il imagina le pire. Il se précipita dehors, appela de toutes ses forces.

Quelques secondes plus tard, Ben sortait des fourrés, mais il était seul.

— Où est Casey ? Que lui est-il arrivé ?

— Elle va bien, répondit Ben, amusé. Elle se baigne au ruisseau, pendant que j'ouvre l'œil.

— Sur Casey, ou sur d'éventuels importuns ? plaisanta Dare.

— Allons, vieux, tu me connais !

— C'est bien pour ça que je pose la question !

— Blague à part, reprit Ben, comment cela s'est-il passé, à Sydney ?

— Parfaitement. Tim est en route pour l'Amérique.

— Et Casey, que va-t-elle devenir ?

— Le gouverneur Bligh lui accorde une remise de peine, et j'espère que le fait de porter mon nom lui évitera d'autres ennuis.

Stupéfait, Ben ouvrit de grands yeux.

— Tu l'épouses ! Et... Mercy ?

— Je ne l'aime pas, c'est Casey que je veux.

— J'ai toujours pensé que tu la voulais, Dare, pourtant jamais je n'aurais imaginé que... Enfin, j'étais persuadé que tu la désirais seulement.

— Je la désire, en effet. Pour la vie, pas uniquement comme maîtresse.

160

Ils s'entretinrent ensuite de la situation de Robin, puis Dare déclara :

— Rentre à la ferme, Ben. J'ai laissé ton cheval chez Culong.

— Mais…

— J'ai besoin d'être seul avec Casey. Ce projet de mariage va la choquer… Tu comprends ? insista Dare, les yeux pétillants.

Une étincelle s'alluma dans ceux de Ben.

— Prends ton temps, grand frère ! Le réveillon attendra votre retour.

Casey renversa la tête en arrière, sa longue chevelure caressant ses reins tandis que l'eau ruisselait sur son corps. Elle était heureuse que Ben lui eût accordé ce moment de pur bonheur, et elle se savait en sécurité. C'était Dare qui occupait toutes ses pensées…

Il était devenu une véritable obsession. Lors de leur première rencontre, il s'était montré arrogant, exigeant, franchement désagréable. Puis il lui avait fait l'amour… À ce souvenir, elle s'embrasa, submergée par la violence des émotions qu'il avait éveillées en elle. Éprouvait-il les mêmes sentiments ? Il avait apprécié leurs caresses, elle le savait, parfois même elle avait eu l'impression qu'il tenait à elle. N'était-il pas venu la chercher ? N'avait-il pas offert d'aider Tim ?

Si seulement il l'aimait, autant qu'elle l'aimait !

— Pauvre sotte ! dit-elle à haute voix. Je suis une prisonnière, il ne peut rien exister de sérieux entre nous.

Même si c'était possible, lui et sa famille s'exposeraient au mépris de leurs amis. On leur tournerait le dos, et elle ne pourrait supporter d'en être la cause…

Elle était assourdie par le grondement de la cascade et les battements de son cœur, qui semblaient répéter le nom de Dare à l'infini. Puis elle entendit son propre nom, prononcé comme une caresse.

— Casey…

Était-ce un rêve ? Non, car deux fortes mains encerclaient sa taille, et elle se retourna vers Dare, ses yeux verts plus lumineux que jamais. Il était nu, son torse bronzé ruisselant de gouttes d'eau.

— Dieu merci, vous êtes de retour ! J'étais follement inquiète.

Les yeux assombris par le désir, Dare avait du mal à se concentrer sur ses paroles. Elle était si belle, tout contre lui ! Ses petits seins parfaits étaient une irrésistible tentation, et il laissa courir ses mains sur sa peau nacrée, si douce.

— Vous êtes faite pour moi, Casey, murmura-t-il. Je pourrais vous faire l'amour jour et nuit sans me lasser.

— Attendez ! protesta-t-elle pendant qu'elle en avait encore la force. Que s'est-il passé à Sydney ? Et Tim ?

— Tim vogue vers l'Amérique, répondit-il, impatient, en la soulevant dans ses bras. Je vous en parlerai plus tard… Beaucoup plus tard.

Les objections de Casey se perdirent dans le fracas de la cascade, et furent bien vite étouffées par un baiser qui la fit vibrer de tout son être. Quand il releva la tête, elle sut qu'elle était à jamais prise sous le charme de son regard métallique.

Dare parsema de petits baisers son cou, sa poitrine, tandis que ses mains caressaient hardiment ses hanches, ses cuisses. Lorsqu'il la souleva, elle poussa un cri et noua naturellement les jambes autour de ses reins. Il la pénétra sans effort. Casey était encore trop inexpérimentée à ces jeux, elle ne connaissait pas toutes les façons de recevoir et de donner du plaisir, aussi ouvrit-elle de grands yeux étonnés.

Il sourit.

— Je vous apprendrai tout de l'amour, ma chérie. Nous avons la vie devant nous. Vous êtes si douce, si chaude…

— Jamais je n'aurais cru que l'amour était si merveilleux. Oh oui, Dare, je vous en prie…

— Bientôt, mon cœur, bientôt…

Le vœu de Casey ne tarda pas à se réaliser et elle s'accrocha à ses épaules, alors que les spasmes de la jouissance la secouaient avec une violence inégalée.

Une fois la tempête apaisée, Dare remonta sur la rive, où il déposa la jeune femme avec douceur avant de lui faire l'amour de nouveau, tendrement, langoureusement.

Casey en eut les larmes aux yeux. Pour un peu, elle aurait cru qu'il l'aimait vraiment…

Enfin, ils se rhabillèrent et parlèrent de ce qui s'était passé.

— Où est Ben ? demanda-t-elle, inquiète à l'idée qu'il ait pu assister à leurs ébats.

Elle rougit, et il songea que jamais elle n'avait été plus ravissante.

— Rassurez-vous, ma chérie, je l'ai renvoyé à la maison.

Elle eut un petit soupir apaisé.

— Et Tim ?

— Tout s'est déroulé au mieux, répliqua Dare avec un soupçon de fierté. Il y avait tant d'agitation à Sydney que personne n'a prêté attention à nous. De toute façon, le régiment du Rhum ne s'attendait sûrement pas à voir un individu en fuite se promener tranquillement en ville.

« Par chance, un navire marchand américain se préparait à larguer les amarres, et le capitaine a accepté de le prendre à bord. S'il se doutait de quelque chose, il n'en a rien dit. À l'heure qu'il est, Tim vogue vers Boston.

— Merci, mon Dieu ! Et merci à vous, Dare. Je ne vous remercierai jamais assez, car Tim est quelqu'un de très important pour moi.

Dare se rembrunit, puis il se rappela que Tim était loin, désormais.

— Vous m'avez déjà largement remercié, mon amour. Deux fois, à vrai dire, précisa-t-il avec un sourire canaille.

Elle rougit de nouveau.

— Je… je n'ai guère de pudeur quand je suis avec vous, reconnut-elle, les yeux baissés.

— N'en ayez pas honte, dit-il en lui relevant le menton. Ne refusez pas vos sentiments. Car vous en éprouvez pour moi, n'est-ce pas ?

— Est-ce important ? se défendit-elle.

Il avait de petites rides joyeuses au coin des yeux.

— Très important. J'aimerais que ma femme ait au moins un peu d'amitié pour moi…

— Votre… votre femme ? Que racontez-vous, Dare ?

— Je viens de vous demander de m'épouser.

Elle tressaillit.

— Pourquoi ? Pourquoi épouseriez-vous une femme condamnée à des années de travaux forcés ? Si c'est parce que vous avez pris mon innocence, oubliez-le. Vu les circonstances, cela devait arriver tôt ou tard.

— Bon sang, Casey, il ne vous est pas venu à l'esprit que je pourrais vous aimer ? s'exclama-t-il, agacé.

— Non ! Je sais que vous me désirez, mais les hommes comme vous n'épousent pas les filles dans mon genre.

— Enfin, pour qui me prenez-vous ? Écoutez-moi, espèce d'entêtée : je vous aime. Vous avez compris ? *Je vous aime !*

Casey en tremblait de joie, pourtant elle continuait à penser qu'il n'y avait pas d'avenir possible entre une prisonnière et un « pur mérinos ». Elle le lui dit.

— Mais vous n'êtes plus prisonnière, ma chérie. J'ai dans ma poche un papier signé de Bligh, qui vous rend la liberté.

Un instant, elle resta bouche bée.

— C'est vrai, Dare ? Je suis libre ? Comment avez-vous réussi…

Son enthousiasme était communicatif, et Dare la serra dans ses bras avec fougue.

— Oui, mon amour, vous êtes émancipée, libre de vous marier.

Elle fronça soudain les sourcils.

— Et vos amis, que diront-ils ? Votre… votre famille. Oh, Dare, nous ne pouvons pas, nous ne devons pas…

— Nous pouvons, et nous le ferons, ma chérie. Laissez-moi assumer les conséquences. Ma famille est d'accord, c'est tout ce qui compte. Je tiens simplement à savoir ce que vous ressentez pour moi. Je vous ai ouvert mon âme, pourquoi pas vous ?

Elle prit une longue inspiration.

— Je n'ai rien à cacher, Dare. Mon cœur vous appartient, depuis le premier instant. Même quand je vous considérais comme un être arrogant et prétentieux, ajouta-t-elle en riant. Avouez qu'il n'y avait pas de quoi vous aimer, au début. Vous preniez plaisir à me torturer…

— Je plaide coupable. C'était ma manière de lutter contre l'attirance que j'éprouvais. Je ne voulais pas tomber amoureux. Vous avez trouvé seule le chemin de mon cœur, et maintenant, je n'envisage plus ma vie sans vous… Vous m'épouserez, Casey ?

Leurs regards s'accrochaient, scellaient un pacte d'éternité.

— Quand ? demanda-t-elle d'une voix tremblante.

— Dès que possible, après la nouvelle année. Savez-vous que c'est Noël, demain ? Vous m'avez offert le plus précieux des cadeaux.

Il prit ses lèvres, et elle lui rendit son baiser avec tout l'abandon et la confiance d'un amour partagé.

— Venez, ma chérie, rentrons à la grotte. La nuit ne va pas tarder à tomber.

— Nous n'allons pas à la maison ?

— Ce soir, je vous veux tout à moi. Une fois à la ferme, nous devrons nous conduire correctement jusqu'au mariage.

— Pourquoi ? plaisanta Casey. Cela ne vous préoccupait guère, avant…

— Chipie ! s'écria-t-il joyeusement. Vous êtes ma fiancée, dorénavant, et je veux que tout soit fait dans les règles. Il n'est pas question que mon frère puisse nous taquiner à ce sujet lorsque nous serons mariés. Bien que cela me navre, nous ne nous retrouverons de cette façon qu'après le mariage… Allons, mon amour, nous avons la nuit pour nous, je ne veux pas en perdre une minute.

Plus tard, Dare tua un wallaby, Casey fit cuire des galettes, et ils arrosèrent ce festin de thé. La jeune femme affirma qu'elle n'avait jamais dégusté meilleur repas.

Mais la nuit fut plus merveilleuse encore. Dare la mena plusieurs fois à l'extase, il lui apprit mille façons de faire l'amour. Ce fut une nuit qu'ils savourèrent pleinement, une nuit dont ils se souviendraient à jamais…

Hélas, tandis qu'ils se prouvaient leur amour mutuel, comme tant d'autres amants depuis la création du monde, des forces inconnues travaillaient dans l'ombre à les séparer.

Deuxième partie

AMOUR FAROUCHE

1808 – 1809

11

Ben se précipita pour les accueillir quand ils pénétrèrent dans la cour sur le cheval de Dare, dans l'après-midi.

— Il était temps! s'écria-t-il avec une ombre de reproche. Si père ne m'avait pas retenu, je serais venu à la caverne dès l'aube!

Casey s'empourpra. Heureusement que le jeune homme n'en avait rien fait!

Dare leva les yeux au ciel.

— Que père en soit remercié!

Roy sortait de la maison.

— Soyez la bienvenue, Casey, dit-il en lui prenant les mains. Vous allez bien? Vous n'êtes pas blessée?

Sa gentillesse réchauffait le cœur de la jeune femme.

— Tout va bien, monsieur Roy. Surtout maintenant que Dare et moi…

Elle lança à son fiancé un coup d'œil enamouré.

— Casey essaie de vous dire qu'elle a accepté de m'épouser! déclara fièrement Dare.

— Formidable! applaudit Ben. Si tu avais attendu plus longtemps, c'est moi qui aurais demandé sa main!

Dare renifla d'un air hautain.

— Casey a besoin d'un homme, un vrai, pas d'un jeune blanc-bec!

— Attends un peu, vieux ! s'indigna Ben. Je t'apprendrai que…

— Allons, allons, mes garçons, intervint Roy en riant. Pas de dispute. C'est à la fois Noël et une journée de fiançailles. Martha nous prépare un repas de fête, et je suis certain que Casey meurt d'envie d'aller se changer.

— Oh, oui ! Ensuite, je donnerai un coup de main à Martha.

— Ce n'est pas la peine, Casey… commença Dare.

— Si, c'est la peine. Martha ne peut pas tout faire seule, je serai ravie de l'aider.

Elle s'éloignait quand Roy la retint par le bras.

— Je suis heureux que vous entriez dans la famille, dit-il en déposant un baiser sur sa joue. Et je vous souhaite tout le bonheur du monde.

Casey sembla soudain gênée.

— Pour les bijoux, monsieur Roy, je n'ai pas…

— Je n'ai jamais pensé que vous étiez coupable, mon enfant. Et laissez tomber le « monsieur », s'il vous plaît. Vous n'êtes plus une servante, dans cette maison.

La jeune femme se dirigea gaiement vers sa chambre. Pour la première fois depuis des mois, elle se sentait en sécurité. On ne pourrait plus lui faire de mal, ni Meg, ni personne. Bientôt, elle serait l'épouse de Dare et ne s'inquiéterait plus de ce que l'avenir lui réservait.

En s'affairant près de Martha, Casey se disait qu'elle avait tout pour être heureuse. Martha l'avait accueillie avec autant de chaleur que Roy, et les deux femmes bavardaient joyeusement en vaquant à leurs occupations.

— Je suis tellement contente, Casey, dit Martha en essuyant une larme d'émotion. Vous êtes faits l'un pour l'autre !

Casey le pensait aussi... jusqu'à ce que deux invités arrivent à l'improviste partager leur repas de Noël. Thad McKenzie et sa fille Mercy.

— Dare chéri! s'exclama la jeune fille en se jetant dans les bras de Dare. J'étais sûre que vous viendriez me rendre visite, aujourd'hui. Mais comme vous n'arriviez pas, j'ai persuadé papa de m'accompagner ici.

L'expression de Dare trahissait ouvertement sa contrariété. « Bien fait pour lui, songea Ben. Ça lui apprendra à séduire les deux plus jolies filles de la colonie! » Mais quand il vit l'air malheureux de Casey, il regretta ses mauvaises pensées. Roy allégea l'atmosphère en déclarant :

— Vous arrivez juste à temps pour dîner. Voulez-vous partager notre repas?

— Avec plaisir! répondit Thad. Et si la tempête persiste, vous risquez d'être obligés de nous héberger plus longtemps encore.

Casey posa le plat au centre de la table, jetant un coup d'œil amer à la jeune fille qui continuait à se coller contre Dare, comme si elle en avait le droit. Elle semblait considérer qu'il lui appartenait!

Il fallait reconnaître qu'elle était ravissante, avec sa peau très blanche, ses cheveux blond clair et ses yeux de porcelaine. Menue, petite, elle possédait une voluptueuse poitrine et des hanches arrondies.

Dare se dégagea en réprimant un grognement agacé. Pourquoi fallait-il que Mercy vienne justement ce jour-là? Il ne l'avait pas vue depuis des semaines et, en vérité, il n'avait même pas pensé à elle. Cependant, il lui devait une explication. Il la mettrait au courant de la situation dès qu'il en aurait l'opportunité.

— Casey, ajoutez deux couverts, je vous prie, dit-il distraitement.

Il était tellement absorbé par ses réflexions qu'il ne s'aperçut pas que sa phrase ressemblait à un ordre, et non à une prière.

Avec un regard noir, elle répliqua sèchement :

— Bien, *monsieur* Dare.

Puis elle quitta la pièce.

— Apparemment, vos domestiques ont besoin d'une maîtresse de maison qui leur apprenne à rester à leur place, commenta Mercy, hautaine. Est-ce la condamnée que vous avez récemment ramenée de Sydney ? Plutôt insignifiante, n'est-ce pas ?

— Elle est…

Dare jugea que le moment était mal choisi pour s'expliquer.

Casey rentrait dans la salle à manger, avec les assiettes et les couverts.

— Posez tout sur la table, Casey, et venez vous asseoir, ainsi que Martha.

Mercy sursauta.

— Quoi ? Vos domestiques dînent avec vous ? Mais… tout le monde sait que ces femmes sont des prostituées !

Dare bondit sur ses pieds, prêt à voler à la défense de Casey. Mais Roy lui fit signe de se rasseoir.

— Laisse tomber, fils. C'est Noël, et les McKenzie sont nos hôtes. Lorsque nous aurons tout éclairci, je suis certain que Mercy comprendra mieux. En attendant, ne leur coupons pas l'appétit.

Dare obtempéra, à contrecœur.

Mercy ne fit rien pour arranger les choses. Elle n'entendait pas changer de sujet.

— Quand je régenterai cette maison, tout cela devra changer, décréta-t-elle.

Il y eut un lourd silence. Dare avait du mal à se contenir. Finalement, Casey déclara :

— Nous préférons manger à la cuisine.

Elle se drapa dans sa dignité et sortit, suivie de la loyale Martha.

Dare était fou de rage, mais il s'obligea à rester de marbre. Mercy avait droit à une explication dans le calme, et il se débarrasserait de cette corvée dès la fin du repas.

Le dîner se déroula dans une atmosphère pesante. Quand il fut terminé, Dare proposa à Mercy d'aller faire un tour dehors, avant que n'éclate l'orage qui menaçait depuis un moment.

— J'espère que nos deux tourtereaux vont enfin fixer une date, lança Thad alors qu'ils quittaient la pièce. J'aimerais voir mes petits-enfants grandir !

— Papa ! lui reprocha Mercy en rosissant légèrement.

— C'est vrai, petite, insista McKenzie. Il y a assez longtemps que tu attends de voir Dare se décider !

L'intéressé aurait voulu disparaître dans un trou de souris ! Il était clair que sa décision d'épouser Casey allait violemment contrarier Thad et sa fille. Mais il n'y pouvait rien. Il aimait Casey, il allait l'épouser. Les autres femmes n'avaient été pour lui que des accidents de parcours, sur la route du véritable amour.

— Vous pourriez parler à Thad pendant que je me promène avec Mercy, père, suggéra-t-il en entraînant fermement la jeune fille vers la porte.

— Certainement, si c'est ce que tu désires... répondit prudemment Roy.

— De quoi s'agit-il, Dare ? demanda Mercy alors qu'ils sortaient sur le porche.

— Nous avons à parler.

— Bien sûr, chéri. Il faut fixer la date de notre mariage ! Vous avez entendu papa, ma patience a des limites. Je me demandais quand vous vous décideriez...

— Je détesterais vous faire du mal, Mercy, et à une époque, j'ai sincèrement envisagé de vous épouser...

— À une époque ? Mais… de quoi parlez-vous ?

— J'ai rencontré quelqu'un. Une femme que j'aime énormément, et à qui j'ai demandé de devenir mienne.

Les yeux bleus de Mercy perdirent leur expression innocente et se mirent à lancer des éclairs.

— Qui est-ce ? Qui est la garce qui vous vole à moi ? La fille du gouverneur Bligh ? Elle est trop vieille pour vous !

— Il ne s'agit pas de Bess, mais de Casey, répondit Dare, qui ne savait comment atténuer le coup.

— Casey ? Casey qui ? lança Mercy avec dédain.

— Vous l'avez vue, c'est elle qui servait le repas…

La jeune femme blêmit, et Dare crut qu'elle allait s'évanouir. Mais elle entra brutalement dans une colère noire.

— Une condamnée ! C'est une catin qui vient se glisser entre nous ! Espèce de gredin ! Je suppose que cette prostituée n'a eu qu'à vous faire les yeux doux, pour que vous rampiez devant elle comme un toutou. Vous a-t-elle ouvert son lit ?

Dare avait du mal à garder son sang-froid.

— Peu importe, Mercy. J'aime Casey.

— Vous aimez surtout le plaisir qu'elle vous donne ! Ne pouvez-vous prendre ce qu'elle a à offrir et l'oublier ensuite ? Je ne vous le reprocherai pas, chéri. Tous les hommes ont besoin de jeter leur gourme.

— Je ne tolérerai pas que vous parliez ainsi de Casey ! Elle va devenir ma femme.

— Quelle noblesse d'âme ! Mais vous oubliez qu'elle est condamnée aux travaux forcés.

— Plus maintenant. Le gouverneur Bligh lui a accordé son pardon, il y a quelques jours. Elle est émancipée, et je vais l'épouser.

— Rien de ce que je pourrais dire ne vous fera changer d'avis ?

— Absolument rien.

— Je ne vous le pardonnerai jamais, Dare ! Vous avez gâché ma vie. Quel homme voudrait de moi, à présent ?

— Si vous faites allusion à votre virginité, vous l'aviez perdue bien avant moi.

— Ne soyez pas grossier, je vous prie ! Je pensais à… aux moments que nous avons passés ensemble. Personne ne peut se comparer à vous, sur ce plan-là.

— Vous m'en voyez flatté, Mercy, mais je suis certain que vous trouverez un jour un homme digne de votre amour.

La réponse de la jeune femme se perdit dans un roulement de tonnerre. Aussitôt après, la pluie se mit à tomber avec force. Cela ne plaisait guère à Dare mais, apparemment, Thad et sa fille devraient passer la nuit à la ferme.

La maison était enfin calme, après cette difficile soirée. Les McKenzie étaient devenus de glace lorsqu'ils avaient compris que Dare projetait sérieusement d'épouser Casey. Bien que celle-ci eût accepté de les rejoindre au salon, après le repas, elle était tellement mal à l'aise qu'elle prétexta une migraine pour se retirer dans sa chambre.

Dare était furieux. Non seulement il n'avait pas eu un instant seul avec elle depuis leur retour, mais il n'avait pas eu le temps non plus de lui offrir son cadeau. Il décida de lui rendre une visite clandestine dans sa chambre, quand tout le monde dormirait.

Un peu après minuit, il glissa un petit paquet dans sa poche et s'apprêtait à sortir, lorsque sa porte s'ouvrit sur une mince silhouette.

— Casey ? murmura-t-il, ravi, en la prenant dans ses bras. Quelle merveilleuse surprise ! Je ne vous attendais pas ce soir.

La jeune femme se dégagea d'un bond et alla se placer près de la lumière.

— Bon Dieu! Que faites-vous ici, Mercy?

— Ne soyez pas fâché, chéri, roucoula-t-elle. Je suis venue vous rappeler combien nous sommes en harmonie, afin de vous faire oublier cette stupide idée d'épouser une prisonnière, une femme dont vous ignorez tout.

— Retournez vous coucher! J'aime Casey, et je ne changerai pas d'avis.

— J'arriverai peut-être à vous convaincre... dit-elle, féline, en se débarrassant de son peignoir.

Elle était splendide dans sa nudité. Malgré lui, Dare sentit une poussée de désir au creux de ses reins. Aucun homme n'aurait pu rester insensible devant tant de féminité.

— Vous avez envie de moi, Dare, susurra-t-elle. Prenez-moi. Oubliez cette petite catin qui ne vous arrive pas à la cheville. Elle vous a envoûté, mais je vous pardonne. Il vous faut une épouse comme moi, de votre milieu.

Il ramassa le peignoir et le posa sur ses épaules.

— Je n'ai pas envie de vous faire de peine, Mercy, mais depuis que Casey est entrée dans ma vie, les autres femmes ne m'intéressent plus. Bonne nuit, et oublions tous les deux cet épisode.

Il la poussait résolument dehors, et elle se retrouva bientôt dans le couloir, face à une porte close. Bouillant de rage, elle retourna dans sa chambre.

Dare poussa un long soupir de soulagement et s'ébroua, afin de s'éclaircir les idées et de se débarrasser de l'entêtant parfum qu'elle laissait dans son sillage. Puis il quitta la chambre à son tour, s'étant assuré qu'il avait toujours le paquet dans sa poche.

Casey ne s'était pas enfermée. Il se glissa en silence dans la petite pièce, alluma une bougie.

Elle se réveilla aussitôt.

— Seigneur ! Dare, vous m'avez fait peur !

— Désolé, ma chérie, il fallait que je vous voie.

Il vint s'asseoir au bord du lit.

— Je voulais vous demander pardon. D'habitude, Mercy n'est pas aussi désagréable, mais je pense que je l'ai terriblement blessée.

Casey considérait que « désagréable » était un mot faible pour qualifier l'attitude brutale de Mercy McKenzie !

— Je ne suis peut-être pas l'épouse qui vous conviendrait, risqua-t-elle, lui offrant l'opportunité de revenir sur sa demande en mariage, pendant qu'il en était encore temps.

— Vous êtes la seule femme que je veuille ! protesta-t-il. C'est pour cela que je suis venu vous voir. J'ai un cadeau pour vous.

— Un cadeau de Noël ? Oh, Dare, moi je n'en ai pas pour vous...

— Vous m'avez déjà fait le plus beau cadeau du monde, mon amour.

Il sortit de sa poche le petit paquet, qu'il lui remit. Celui-ci contenait un écrin.

— Ouvrez-le, ma chérie.

Tremblante, Casey obéit, et elle ne put retenir une exclamation de surprise. Nichée dans le velours reposait une émeraude carrée, entourée de diamants. Elle en avait le souffle coupé.

— Dare, c'est... absolument magnifique ! Mais je ne peux pas accepter...

— Elle appartenait à ma mère. Maintenant, elle est à vous.

— Je croyais que les bijoux avaient été volés...

— Pas tous. Cette bague m'a été donnée pour que je l'offre à ma future épouse, et elle n'était pas dans le coffre. Je veux qu'elle soit à vous, désormais.

Il la passa délicatement au doigt de Casey, dont les yeux s'écarquillaient d'émerveillement.

— Je n'ai jamais rien vu de plus beau, murmura-t-elle.

— Moi non plus, répliqua-t-il dans un sourire, sans la quitter des yeux.

— Merci, mon amour, merci ! dit-elle en couvrant son visage de baisers.

Ravi, Dare se dégagea doucement et, à contrecœur, se leva.

— Il vaut mieux que je m'en aille, ma douce, sinon nous ne dormirons ni l'un ni l'autre. Or nous avons besoin de sommeil, après la nuit précédente.

La jeune femme rougit. À l'idée qu'ils auraient des nuits et des nuits d'amour, quand ils seraient mariés, elle frémissait de la tête aux pieds.

— Bonne nuit, mon amour.

Dare déposa un chaste baiser sur son front.

— Dormez bien, ajouta-t-il.

Comme si elle pouvait dormir, après avoir reçu un cadeau pareil !

Les McKenzie s'en allèrent de bonne heure, le lendemain, et leur départ marqua la fin d'une longue amitié.

Casey était tellement heureuse qu'elle ne pensa guère à la hautaine Mercy, au cours des jours suivants. Roy lui avait accordé carte blanche dans la garde-robe de sa défunte épouse : Martha et elle passaient tout leur temps libre à lui fabriquer une robe de mariée digne de ce nom. Elles fixèrent leur choix sur une toilette de basin brillanté, pas trop démodée et assez légère pour une journée de grosse chaleur, comme il y en avait à cette époque de l'année dans l'hémisphère Sud.

Casey et Dare étaient sages, depuis la nuit dans la caverne, et ils commençaient à trouver le temps long. Se voir tous les jours, sans partager davantage que quelques baisers, leur paraissait fort éprouvant. Ils étaient tous les deux sur le point d'exploser, et Casey fut folle de joie quand le jeune homme annonça, une semaine après le Nouvel An, qu'il partait à Sydney chercher un prêtre. Il espérait le ramener à la ferme, afin qu'il procède à la rapide cérémonie qui les unirait pour la vie.

Casey était aux anges. Dans quelques jours, elle serait Mme Dare Penrod! Et elle saurait se montrer la meilleure épouse qui fût, se promit-elle. Ils auraient des enfants, beaucoup d'enfants, leur maison serait pleine d'amour, de rires… Elle ne cessait d'imaginer le bonheur qu'elle connaîtrait avec Dare, la vie heureuse qu'ils partageraient.

Ben avait insisté pour accompagner Dare. Ils devaient rentrer le lendemain. Mais, ne les voyant pas arriver, elle commença à s'inquiéter. Roy également, car une autre journée s'écoula, sans nouvelles de ses fils. Ils étaient peut-être tombés sur des broussards en chemin.

À moins qu'il n'y ait eu une catastrophe en ville…

— Par le diable, que se passe-t-il ici? demanda Ben quand ils entrèrent dans Sydney.

Les hommes du 102° régiment avaient envahi les rues, ivres pour la plupart, et ils semblaient se diriger vers la maison du gouverneur.

— Bon Dieu! pesta Dare. Ils vont attaquer Bligh!… Viens!

Ils suivirent la foule, dans le sillage des soldats. Les insurgés forcèrent la porte de la demeure officielle et se ruèrent à l'intérieur. La seule force capable de rétablir l'ordre était l'armée : sa révolte, menée par le lieutenant-colonel Johnston et inspirée par John Macarthur, laissait Bligh absolument sans défense.

— Que pouvons-nous faire, Dare?

— Que veux-tu faire contre l'armée ?

— Peut-être une partie de la foule se joindrait-elle à nous pour défendre Bligh ?

— Ça m'étonnerait ! Regarde-les, Ben, dit Dare en désignant les ivrognes qui traînaient dans la rue. Tu les imagines se battre à tes côtés ?

Ben n'eut pas le temps de répondre, car déjà les militaires sortaient de la maison en emmenant Bligh. Celui-ci se démenait comme un beau diable, mais on le jeta sans cérémonie dans sa voiture.

Alors, John Macarthur en personne s'installa sur le siège du cocher et, avec les soldats, ils commencèrent une sordide procession à travers la ville, tandis que les citoyens, ivres du rhum qu'on leur avait largement offert, les suivaient avec des huées et des quolibets à l'adresse du gouverneur.

Impuissants, Ben et Dare assistaient à ce navrant spectacle... jusqu'à ce que Bess sorte de chez elle.

La jeune femme, certaine qu'on allait tuer son père, courut derrière la voiture en suppliant qu'on lui laissât la vie sauve. Devant le courage de Bess qui volait seule au secours du gouverneur, Dare lança son cheval dans la mêlée, aussitôt imité par Ben. Le lieutenant Potter chevauchait à côté de la voiture, sans se soucier des cris de détresse de Bess.

— Laissez-la monter dans le carrosse avec son père, Potter ! ordonna Dare.

Le lieutenant lui jeta un regard meurtrier.

— Restez en dehors de cette histoire, Penrod. Vous ne pouvez plus rien pour le gouverneur. La colonie est aux mains de l'armée. À partir de maintenant, c'est nous qui ferons la loi.

Proche de l'évanouissement, Bess reconnut la voix de Dare et tourna vers lui un visage ravagé par l'angoisse.

— Aidez-moi ! Je vous en supplie ! Ils vont assassiner mon père !

Dare sentit la colère flamber en lui comme une torche. Sans se soucier des conséquences, il sauta à terre, lança les rênes de sa monture à Ben. Bess, à bout de forces, s'accrochait à la poignée de la portière, traînée par la voiture qui continuait sa mascarade le long de George Street. Oubliant toute prudence, Dare la saisit à la taille, ouvrit la portière et la poussa à l'intérieur. Cela se passa si vite que le lieutenant et ses acolytes n'eurent pas le temps de s'y opposer.

— Arrêtez cet homme ! rugit Potter en désignant Dare.

Trois soldats lui sautèrent aussitôt dessus. Comme son frère voulait intervenir, Dare l'en dissuada.

— Non ! ordonna-t-il tandis qu'on l'emmenait vers la prison. Ils ne me garderont pas longtemps. Attends-moi chez Drew Stanley… !

Ses paroles se perdirent parmi les cris de la foule, et Ben resta planté là, désemparé.

Toutefois, le sacrifice de Dare n'avait pas été vain, car on permit à Bess de rester auprès de son père. La voiture continua sa tournée triomphale, avant de revenir à son point de départ, puis le gouverneur fut mis aux arrêts dans sa propre demeure en attendant d'être renvoyé en Angleterre.

La colonie de Nouvelle-Galles-du-Sud était désormais à la merci du régiment du Rhum.

Dès le lendemain, Macarthur se prépara à défendre le terrain récemment conquis. Rusé, il se fit lui-même arrêter pour sédition, et fut acquitté par ses amis du tribunal. Il se servit de cette parodie de procès pour humilier le gouverneur, et s'arrangea pour que tous aient connaissance de ses paroles. Il raconta que les soldats, en pénétrant dans la demeure, avaient trouvé Bligh caché sous le lit d'une servante – ce qui portait un coup fatal à l'honneur de ce personnage, renommé pour son courage.

Pendant ce temps, Dare rongeait son frein en prison. Si les chefs du régiment du Rhum voulaient faire un exemple, ils pouvaient le retenir indéfiniment… Mais c'était compter sans le pouvoir de persuasion de Ben. Celui-ci alla trouver Johnston, à qui il vanta les mérites de son frère. Dare, expliqua-t-il, ne supportait pas de voir une femme en détresse. Johnston, tout à l'euphorie de la victoire, se montra magnanime et ordonna que l'on relâchât Dare. Le lieutenant Potter faillit en avoir une attaque !

— Si cela dépendait de moi, vous pourririez en prison pour le reste de vos jours, grommela-t-il en ouvrant la porte de sa cellule. Vous m'avez mis une fois des bâtons dans les roues, mais je ne tarderai pas à trouver la fille O'Cain et à la coller derrière les verrous.

— Vous ne pouvez rien contre elle, rétorqua Dare. Elle est libre. Le gouverneur Bligh l'a émancipée peu avant Noël, vérifiez-le dans ses dossiers. Et elle sera bientôt mon épouse.

— Ça m'étonnerait ! gronda Potter en se passant nerveusement la main dans les cheveux. Le gouverneur a peut-être cédé à vos conspirations, mais désormais, c'est le régiment qui décide. De toute façon, il est trop tard.

— Trop tard ? Que voulez-vous dire ?

— Peu importe le statut de cette fille. Elle a commis un crime en aidant un condamné évadé, elle doit payer. Si elle est une femme libre, elle passera en jugement. Pendant que vous jouiez les preux chevaliers auprès de Bess Bligh, votre… fiancée était arrêtée par le sergent Grimes. J'espère que vous avez bien profité de sa présence, avant de partir, parce que cela aura été la dernière fois ! Lorsqu'elle sera condamnée, elle deviendra ma servante. J'ai déjà tout arrangé. J'ai toujours eu un faible pour cette petite… Et si elle refuse de nous fournir les renseignements que nous cherchons, une série de coups de fouet lui déliera sûrement la langue.

— Salaud! hurla Dare qui se rua sur Potter.

Celui-ci recula prudemment. Si Ben ne s'était précipité pour retenir son frère, Potter aurait vu sa dernière heure arrivée.

— Pour l'amour du Ciel, Dare, n'entre pas dans son jeu! Tu n'aideras guère Casey en te retrouvant derrière les barreaux. Or c'est ce qui va arriver, si tu t'en prends à ce fils de chienne.

Dare serra les dents et, reconnaissant la sagesse des paroles de son frère, parvint à maîtriser sa rage.

— Viens, Ben. Rentrons, et nous verrons bien si ce triste individu ment ou non, dit-il avec un mauvais regard à son ennemi.

Ils reprirent sans tarder la route de Parramatta.

— Qu'est-il advenu de Bligh? demanda Dare tandis qu'ils chevauchaient.

— Aux arrêts de rigueur, assigné à résidence.

— Et Macarthur?

Ben lui expliqua brièvement ce que celui-ci avait fait.

— On dit qu'il va se rendre en Angleterre afin de défendre sa position. Nous restons donc pour l'instant aux mains du régiment du Rhum. Il faudra du temps pour que l'Angleterre nomme un nouveau gouverneur.

— Que Dieu nous vienne en aide! marmonna Dare en poussant sa monture au galop. Et qu'Il aide Potter, si jamais Casey a été maltraitée!

12

Casey n'en pouvait plus d'attendre Dare sans rien faire. Il aurait dû revenir depuis longtemps, et elle avait envie de se rendre à Sydney pour voir ce qu'il en était. Mais Roy l'en empêcha fermement.

— Peut-être le prêtre avait-il quelque tâche à remplir avant de nous rejoindre ici, disait-il afin de l'apaiser, tout en cachant sa propre inquiétude.

— Si c'était le cas, Dare serait revenu nous le dire, insistait Casey, têtue. Non, Roy, je suis certaine qu'il lui est arrivé quelque chose.

— Peut-être...

— Si vous refusez que j'aille à Sydney, allez-y vous-même. J'ai vraiment un affreux pressentiment.

Roy finit par céder aux prières répétées de la jeune femme.

— Vous pouvez rester seules, Martha et vous, jusqu'à mon retour ? Tom et les ouvriers sont dans le Sud, où ils préparent les moutons pour la tonte. Il n'y aura personne auprès de vous.

Il n'aimait pas l'idée d'abandonner les deux femmes.

— Que pourrions-nous craindre, ici ? rétorqua Casey. Rassurez-vous, tout ira bien. Mais je vous en prie, dépêchez-vous !

Un quart d'heure plus tard, à son grand soulagement, Roy prenait la route...

Et une demi-heure à peine après son départ, le sergent Grimes, accompagné de quatre soldats, se dirigeait vers la ferme. Il avait reçu l'ordre du lieutenant Potter d'aller arrêter Casey O'Cain chez les Penrod.

Celle-ci était assise sur les marches du porche afin d'essayer de se rafraîchir un peu, le cœur serré d'angoisse. La chaleur étouffante ajoutait encore à sa détresse. Qu'était-il arrivé aux deux frères ? Avaient-ils été attaqués par des broussards ? À moins qu'ils n'aient eu des ennuis avec le régiment du Rhum. Tout était possible, à Sydney. Peut-être avait-on découvert que Dare avait aidé Tim à s'échapper... Perdue dans ses pensées, elle ne vit pas tout de suite le nuage de poussière qui s'élevait au loin.

Puis elle se dit qu'il s'agissait d'un coup de vent. Mais elle dut se rendre à l'évidence : c'était un groupe de cavaliers.

— Martha ! s'écria-t-elle, tout excitée. Viens vite ! Ils sont de retour !

Roy avait sûrement rencontré ses fils en chemin, et ils rentraient ensemble.

Martha accourut, mais Casey, la main en visière sur les yeux, commençait à s'inquiéter. Une sonnette d'alarme tintait dans sa tête... Les cavaliers étaient en uniforme !

— Seigneur ! murmura Martha, très pâle. Des soldats...

Casey ne pensait pas à sa propre sécurité, seulement à celle des Penrod. L'arrivée des cavaliers signifiait sans doute que Dare avait eu des ennuis...

Les cinq hommes mirent pied à terre, mais seul Grimes s'approcha. Il esquissait un mauvais sourire, et Casey agrippa la main de Martha.

— Que voulez-vous ? demanda-t-elle quand il vint se poster devant elle.

Elle ne le connaissait pas, mais elle se doutait que c'était lui qui était chargé de faire régner l'ordre à

Parramatta. Lui qui avait arrêté Robin et dirigé les recherches contre Tim et elle.

— Je suis le sergent Grimes. Laquelle de vous est Casey O'Cain ?

Il savait parfaitement qu'il s'agissait de la jeune femme rousse, mais il tenait à en avoir confirmation.

— C'est moi ! déclara Martha en avançant d'un pas. Que me voulez-vous ?

— Non, c'est moi que vous recherchez, sergent ! s'interposa Casey, qui refusait d'accepter le sacrifice de son amie.

— Je m'en doutais, ricana Grimes. Vous êtes en état d'arrestation pour avoir aidé un condamné évadé.

Casey haussa les sourcils.

— Comment serait-ce possible ? Ma grâce vient d'être accordée par le gouverneur Bligh.

— Vous semblez l'ignorer, mais il y a eu une rébellion, à Sydney. L'armée a pris le contrôle de la colonie.

— Dare... souffla-t-elle, folle d'inquiétude, avant d'ajouter à haute voix, avec plus d'assurance qu'elle n'en éprouvait : Vous pouvez m'arrêter, mais je vous répète que je suis une femme libre !

— Peu importe que vous soyez émancipée ou non, vous avez agi contre la loi. Un témoin jure que vous avez aidé un prisonnier évadé, et je vous emmène à Sydney pour être jugée.

— Non ! cria Martha. Vous ne pouvez pas l'emmener avant le retour de M. Roy et de ses fils !

Grimes eut de nouveau son sourire matois.

— Vous êtes seules ?

— N... non, mentit Casey, effrayée par son expression avide. Il y a Tom, et les ouvriers...

À l'évidence, il n'y avait personne dans la cour, et Grimes ricana :

— Bien essayé, miss O'Cain.

Il se tourna vers ses hommes.

— J'accompagne cette femme à l'intérieur afin qu'elle prenne quelques affaires. Surveillez celle-ci,

186

ajouta-t-il avec un signe de tête vers Martha, et n'entrez dans la maison sous aucun prétexte. Compris ?

— Non ! hurla Casey, qui avait deviné les intentions du sergent. Je... je n'ai besoin de rien. Je suis prête à vous suivre.

— Allons, ma belle ! Toutes les femmes aiment avoir au moins une brosse à cheveux et un peu de savon.

Il la saisit fermement par le bras et lui fit franchir la porte.

— Où est ta chambre ? demanda-t-il, le regard lubrique, lorsqu'ils furent hors de portée de voix.

Le lieutenant Potter ne se soucierait pas de savoir s'il s'était amusé avec la fille ou non, songea-t-il. Meg ne lui avait pas dit à quel point elle était belle, avec sa chevelure de feu et son teint pâle. Elle paraissait fraîche, innocente. Rien à voir avec les prostituées qu'il avait l'habitude de fréquenter. Meg était appétissante, voluptueuse, mais celle-ci la battait de cent coudées. C'était la plus belle femme de toute la colonie, sans conteste ! Il avait eu une chance du diable en trouvant les deux femmes seules, et il n'allait pas la laisser passer. Il voulait cette fille !

— Où est ta chambre ? répéta-t-il. Bon sang, on n'a pas toute la journée !

Il lui tordit le bras dans le dos, lui arrachant un cri de douleur.

— Alors, ta chambre !

— À... à côté de la cuisine, sanglota Casey.

— Ah, tu deviens enfin raisonnable. Crois-moi, il n'y en a pas pour longtemps. Je suis déjà tout prêt à t'honorer comme tu le mérites !

Casey ne pouvait plus douter de ses intentions. Il allait la violer, avant de l'enfermer en prison.

« Oh, Dare, gémit-elle en silence, où êtes-vous, mon amour ? »

Dare, suivi de près par Ben et Roy, pénétra dans la cour au triple galop. Ils avaient aperçu des chevaux devant la ferme, ainsi que quelques soldats.

Tirant sur les rênes, il vit Martha qui se tordait les mains sur le porche, tandis que les soldats formaient un cercle autour d'elle. Mais Casey n'était pas là... ni le sergent Grimes. Dare en eut des sueurs froides.

Il sauta à terre.

— Où est Casey O'Cain ? tonna-t-il, les sourcils froncés.

— Vous voulez dire la petite rouquine ? répondit un caporal, moqueur. À mon avis, elle est couchée sous le sergent, en ce moment. J'avoue que je l'aurais bien essayée aussi...

Dare se rua vers la porte.

— Hé ! protesta le caporal en lui barrant le passage. Le sergent a dit qu'il fallait pas entrer.

Les trois autres soldats ceinturèrent le jeune homme, afin de l'empêcher de pénétrer dans la maison.

— Qu'est-ce que cela signifie ? demanda Roy avec autorité. Je suis ici chez moi, et mes fils ont le droit d'aller et venir comme bon leur semble. Lâchez Dare immédiatement !

— Le sergent a dit qu'il fallait pas entrer, répéta le caporal, pendant que lui et la fille... préparent ses affaires. Elle est en état d'arrestation, et on a l'ordre de la ramener à Sydney.

— C'est ce que nous allons voir ! gronda Dare en redoublant d'efforts pour se libérer.

À cet instant, dans la maison s'éleva un grand cri, qui explosa comme une bombe dans la tête de Dare. La bile lui monta à la gorge. Aucune force au monde n'aurait pu l'empêcher de voler au secours de Casey. Dans un effort surhumain, il se débarrassa de ses trois agresseurs et s'élança à l'intérieur. Laissant son père et son frère s'occuper des sol-

188

dats, il se précipita vers la chambre de la jeune femme.

Ce qu'il vit acheva de le mettre hors de lui.

Grimes essayait de jeter Casey sur le lit, tandis qu'elle se débattait de toutes ses forces.

Soudain, le sergent traversa la pièce pour s'écraser contre le mur, et Casey se retrouva entre les bras de Dare.

— C'est moi, ma chérie. Tout va bien...

Elle ferma les yeux, les rouvrit. Non, elle ne rêvait pas!

— C'est vous, Dare! Dieu merci! Cet immonde sergent voulait...

— Je sais, chérie, je sais, murmura-t-il avec un regard de dégoût vers l'homme qui gisait à terre, assommé. Il vous a fait du mal? Je le tuerai! Et tant pis pour les conséquences.

— Non! Vous êtes arrivé juste à temps. Mais une minute de plus...

Elle frissonna, et il la serra davantage contre lui.

Lorsque Ben et lui avaient rencontré leur père en chemin et appris que Casey était seule avec Martha, il avait poussé sa monture à la limite de ses forces. Et il avait bien failli arriver trop tard!

Tout à coup, les quatre soldats firent irruption dans la chambre, suivis par Ben et Roy.

— Qu'avez-vous fait au sergent? demanda le caporal en aidant Grimes, encore estourbi, à se relever.

— Il n'a eu que ce qu'il méritait, grinça Dare. Ses supérieurs ne seront sûrement pas contents d'apprendre qu'il essayait de violer une femme sans défense.

— Sortez d'ici, Grimes! ordonna sèchement Roy. Vous avez fait assez de dégâts pour la journée. Comment avez-vous su que Casey était chez nous?

— Je ne m'en irai pas sans la fille, grogna Grimes qui reprenait ses esprits. Je dois la ramener à Sydney… C'est le lieutenant Potter qui a appris où elle était. Le secrétaire du gouverneur lui a parlé du pardon qu'on avait obtenu pour elle, et il en a conclu qu'il la trouverait à la ferme. Il veut l'interroger.

— Le viol faisait-il partie de votre mission ? s'écria Ben avec colère.

Grimes préféra ignorer l'accusation, et se tourna vers ses hommes :

— Emmenez la fille. Nous sommes attendus à Sydney avant la nuit.

Les quatre hommes s'avancèrent, mais Dare se posta résolument devant Casey.

— Vous devrez marcher sur mon cadavre ! prévint-il.

— Ça peut s'arranger… se moqua Grimes.

— Dare, je vous en prie ! supplia Casey. Ne vous en mêlez pas. Mieux vaut que je parte avec eux. Je ne tiens pas à causer davantage d'ennuis.

— Non ! Grimes est une bête sauvage. Je ne veux pas…

Les mots s'étranglèrent dans sa gorge car l'un des soldats, obéissant à un imperceptible mouvement de tête de Grimes, l'avait assommé d'un coup de crosse. Il s'effondra.

— Dare ! cria la jeune femme qui s'agenouilla à son côté.

Ben, la rage au cœur, s'élança, mais Roy le retint fermement.

— Lâchez-moi, père ! Regardez ce que ce salaud a fait !

— On ne peut rien pour Casey en ce moment, Ben. Nous irons demander audience à Sydney, et je suis certain que tout s'éclaircira quand nous nous serons expliqués.

— Écoutez votre père, Ben, intervint Casey en poussant un soupir.

Elle voyait une bosse enfler sur le crâne de Dare, mais il respirait normalement, et elle en fut soulagée.

— Allez, ma fille, ramasse tes affaires, maugréa Grimes. Et vite !

— Sortez de cette pièce pendant que je me change, dit-elle, hautaine. Par votre faute, cette robe est à peine décente.

— Et ainsi, tu pourras te sauver par la fenêtre ? Pas question !

— Vous n'avez vraiment aucune délicatesse, Grimes ! le réprimanda Roy. Accordez cette faveur à Casey.

— Je promets de ne pas tenter de m'échapper, renchérit-elle, mais je refuse de bouger tant que je ne me serai pas changée.

— Alors vas-y, et ne traîne pas ! céda Grimes avant de se tourner vers Dare, toujours inconscient. Sortez-le d'ici.

Ben et Roy se hâtèrent d'obtempérer, et tous les hommes quittèrent la chambre.

— Je reste en poste derrière la porte, avertit Grimes, au cas où tu tenterais je ne sais quelle folie...

Dix minutes plus tard, Casey sortait de la pièce, un sac sous le bras. Dare était très pâle, mais il tenait debout.

— Je suis prête, dit-elle, la voix voilée de larmes retenues.

Grimes la saisit par le bras et l'entraîna vers la porte. Toutefois, il tressaillit quand Dare menaça :

— Si vous touchez un cheveu de sa tête, vous êtes un homme mort. J'y veillerai personnellement.

13

Malheureuse, Casey arpentait sa petite cellule. Quatre pas dans un sens, quatre pas dans l'autre... Une minuscule fenêtre haut perchée fournissait un peu de lumière dans la journée. Le soir, on lui permettait d'allumer une bougie. Elle avait du mal à avaler la soupe immonde qu'on lui servait et, depuis deux semaines qu'elle se trouvait derrière les barreaux, elle avait beaucoup maigri. Une paillasse et une couverture mitée lui tenaient lieu de lit.

Lui interdisait-on volontairement les visites ? La jeune femme l'ignorait, mais elle n'avait vu personne depuis deux semaines, pas même Dare. Sans doute les Penrod étaient-ils tenus à l'écart. La seule personne qui eût le droit d'entrer à sa guise dans sa cellule était le lieutenant Potter. C'était un homme encore jeune, pas désagréable d'aspect, mais Casey n'aimait pas l'avidité de son regard, ni ses remarques insolentes, ni sa façon de la contempler de la tête aux pieds.

Où était Dare ? songeait-elle, au bord du désespoir.

Elle ne pouvait savoir que les trois Penrod séjournaient à Sydney, chez leur ami Drew Stanley. Ils y étaient arrivés presque en même temps qu'elle, car ils avaient suivi le sergent Grimes en ville, afin de protéger la jeune femme dans la mesure du possible.

Ils avaient usé de toute leur influence pour la faire libérer, mais cela semblait être une cause perdue d'avance. Le régiment du Rhum, qui désormais contrôlait la colonie sous la direction de John Macarthur et du lieutenant-colonel Johnston, voulait faire un exemple avec Casey, et montrer ce qu'il en coûtait d'aider les condamnés évadés. Le gouverneur Bligh, toujours assigné à résidence, ne pouvait plus rien pour Dare, qui en était réduit à supplier ceux qu'il haïssait. Et le fait qu'il souhaitât épouser une prisonnière n'améliorait guère la situation...

En se laissant tomber sur son grabat, Casey revécut le trajet jusqu'à Sydney, le jour où elle avait été arrêtée. Le sergent Grimes l'avait obligée à faire la route sur la même monture que lui, et il avait passé son temps à lui murmurer des obscénités à l'oreille, tout en la caressant brutalement. Heureusement, il n'était pas allé plus loin.

Dès leur arrivée à Sydney, c'était le lieutenant Potter qui avait pris les choses en main. Il avait enfermé Casey dans sa cellule, et depuis, il venait souvent la narguer en lui parlant de son avenir plus qu'incertain.

La jeune femme sursauta violemment quand la porte s'ouvrit à la volée sur son ennemi, qui arborait un mauvais sourire.

— Tu aimeras sans doute savoir qu'on a fixé la date de ton procès, l'informa-t-il. Après-demain, le commissaire du gouvernement et des membres du régiment décideront de ton sort.

Casey ouvrit de grands yeux effrayés. Ils n'allaient tout de même pas la pendre ? Elle savait qu'il y avait de nombreux gibets dressés dans George Street, et parfois les victimes étaient des femmes. Mais elle ne voulait pas mourir !

À travers sa détresse, elle se rendit compte que Potter lui parlait toujours.

— J'ai de l'influence, tu sais, disait-il. Tu pourrais améliorer ta position en te montrant gentille avec moi...

Elle n'était pas sûre d'avoir bien compris.

— Vous voulez dire que vous et moi…

— Tu n'es pas idiote, Casey. Tu sais parfaitement de quoi il s'agit. J'ai eu envie de toi depuis le premier jour. Tu n'es pas une oie blanche ! Trois gaillards comme les Penrod ont dû faire bon usage de ce que tu avais à leur offrir, et je ne suis pas plus mauvais qu'eux. Donne-toi à moi, ta peine sera plus légère.

Casey suffoquait de colère.

— Allez au diable ! Vous pouvez me prendre de force, mais tout le monde sera au courant, le jour du procès. Je dirai que vous ne valez pas mieux que le sergent Grimes, qui a tenté de me violer.

Le lieutenant serrait les poings, ses yeux lançaient des éclairs.

— Petite garce ! Je finirai bien par t'avoir, et ça ne sera pas aussi agréable pour toi que si tu l'avais accepté de plein gré, crois-moi !

Sur ce, il tourna les talons, laissant Casey partagée entre la rage et la peur.

Casey espérait de toute son âme apercevoir Dare, mais son souhait n'avait pas été exaucé quand, deux jours plus tard, le lieutenant Potter l'accompagna à la résidence officielle du gouverneur où devait se dérouler le procès.

N'y assistaient que le commissaire du gouvernement et trois membres du régiment, qui joueraient le rôle du jury et décideraient de la sentence. Comme dans un rêve, elle écouta en silence la lecture des charges qui pesaient contre elle.

Elle eut un choc en voyant entrer dans la salle d'audience Robin Fletcher, épuisé par ses longues semaines de captivité. Apparemment, ils allaient être jugés ensemble pour le même crime. Ils n'eurent pas l'occasion de communiquer, mais le regard de Robin était chargé de sympathie.

Casey reprit un peu confiance… jusqu'à ce que l'on introduise Meg en qualité de témoin.

À haute et intelligible voix, celle-ci raconta tout ce qu'elle savait de Tim, et de l'aide que Robin et Casey lui avaient apportée. Quand elle eut terminé, Casey put tout juste protester énergiquement : elle n'avait pas volé ce qu'il y avait dans le coffre de Roy Penrod. Pour le reste, sa culpabilité était évidente, celle de Robin également.

Ils refusèrent tous les deux d'avouer où se trouvait Timothy O'Malley, se contentant de dire qu'il était sans doute mort dans la brousse, des suites de ses blessures. Meg se retira, et Casey se mit à trembler lorsque le commissaire du gouvernement tourna vers elle un visage sévère.

— Les charges qui pèsent contre vous sont sérieuses, miss O'Cain, dit-il d'un ton réprobateur. Vous avez délibérément commis un crime, et je ne peux faire autrement que de…

Il y eut soudain un grand fracas à la porte, et le cœur de Casey s'affola quand elle vit Dare faire irruption dans la salle. Deux soldats ne parvenaient pas à le maîtriser.

— Que signifie ceci ? aboya le juge, stupéfait.

— Miss O'Cain est ma fiancée ! cria Dare. J'exige que vous la relâchiez.

— Vous exigez ? rétorqua le lieutenant Potter sur le même ton. Cette femme a commis un crime, elle doit être punie !

Il avait jusque-là assisté au procès en silence, mais il était contrarié que Dare déclare son intention d'épouser Casey. Comment un pur mérinos pouvait-il souhaiter se marier avec une fille comme elle ?

— C'est moi qui prends les décisions, ici ! dit froidement le commissaire du gouvernement. Le lieutenant Potter a raison : un crime a été commis, qui réclame sanction. Miss O'Cain devra servir la colonie durant sept ans, sous la responsabilité du lieutenant Potter.

— Mais elle a obtenu son pardon ! explosa Dare. Le gouverneur Bligh l'a émancipée, et nous allons nous marier !

— Je viens d'annuler cette décision en la punissant pour un nouveau délit, décréta le juge.

— Alors je demande qu'elle soit assignée à la ferme Penrod et reprenne son ancien poste de cuisinière.

— Trop tard ! dit Potter avec un rictus inquiétant. J'ai déjà réclamé miss O'Cain. J'ai récemment acheté une maison, et j'ai besoin d'une gouvernante.

— Ou d'une compagne de lit ! grinça Dare. Si vous la touchez, je vous tue !

— Ça suffit ! dit le juge en se levant. Emmenez cet homme, et qu'il ne s'approche pas de miss O'Cain. Elle sera placée chez le lieutenant. Sous son égide, elle sera complètement réhabilitée dans sept ans.

On fit sortir Dare, qui se débattait comme un beau diable. Casey était sous le choc. Elle allait devoir vivre sous le même toit que le lieutenant Potter ! Et elle savait exactement ce que cela signifiait...

Le commissaire du gouvernement avait repris la parole :

— Votre pardon est aussi révoqué, Robin Fletcher. Vous êtes condamné à sept ans de travaux forcés, et vos biens seront confisqués. Vous travaillerez aux mines de charbon pendant tout le temps de votre condamnation.

Robin vacilla, sembla se tasser sur lui-même. Cela équivalait à une sentence de mort.

— Je suis désolée, Robin, sanglota Casey. C'est ma faute...

Robin n'eut pas le temps de répondre car déjà on l'emmenait, mais son visage ravagé ne fit qu'attiser l'atroce sentiment de culpabilité de la jeune femme.

Elle suivit Potter en traînant les pieds, convaincue qu'elle avait perdu Dare pour toujours.

Comme ils sortaient de la maison du gouverneur, elle vit les Penrod qui attendaient en bas des marches.

— Une minute! cria Roy. Je veux parler à Casey!

— Alors parlez, et vite! grommela Potter.

Roy fronça les sourcils, furieux de ne pouvoir s'entretenir avec elle en privé. Dare et lui s'approchèrent de la jeune femme, sous le regard soupçonneux de Potter. Leurs paroles d'encouragement ne firent qu'augmenter son regret de ne pas repartir avec eux.

Tandis que les deux hommes lui parlaient à voix basse, Ben était parvenu à déjouer la surveillance de Potter. Il se retrouva tout contre Casey, glissant dans sa main un objet froid. Elle referma la main sur la lame et cacha l'arme dans les plis de sa jupe.

Elle entendait encore la voix de Dare, quand le lieutenant Potter l'emmena dans sa petite maison du centre ville.

— Courage, ma chérie, avait-il dit. Je vous sortirai de là, je le promets...

Son désespoir était sans fond. Elle avait déjà provoqué la chute d'un homme, elle ne voulait pas que celui qu'elle aimait suive le même chemin...

Potter la fit entrer dans sa demeure, qui se composait d'un salon au mobilier rudimentaire, d'une chambre et d'une salle à manger. Celle-ci ouvrait sur un étroit couloir au bout duquel se trouvaient une cuisine, un bureau et une chambre de service. Une petite maison de célibataire.

— Tu devras faire la cuisine, le ménage, indiqua Potter, et veiller à mon bien-être. Tu verras, je sais me montrer généreux quand je suis satisfait. Sept ans, cela paraît long, mais tu t'apercevras que je ne suis pas un maître trop désagréable.

Brûlant de rage impuissante, Casey savait exactement ce qu'il faudrait faire pour satisfaire Potter !

— Je me chargerai de mes tâches au mieux, dit-elle, les dents serrées. Les tâches domestiques seulement.

— Tu feras ce que je te demanderai ! tracha-t-il. Et nous allons commencer tout de suite ! Il y a assez longtemps que j'attends...

Avant qu'elle pût réagir, il la poussa dans la chambre où il la jeta sur le lit, sa jupe virevoltant autour d'elle. Il se rua sur elle et prit ses seins à pleines mains. Il jura entre ses dents, devant les nombreux boutons qui l'empêchaient de toucher sa peau. Exaspéré, il glissa un doigt dans l'encolure et déchira le corsage jusqu'à la taille.

— Seigneur ! Les plus beaux seins que j'aie jamais vus ! gronda-t-il en mordant méchamment un petit bouton rose.

Casey cria, puis se souvint qu'elle tenait toujours le couteau que Ben lui avait remis, caché sous sa jupe. Dans une situation aussi désespérée, un crime lui semblait préférable aux assauts de Potter. Doucement, elle posa la pointe contre le ventre du lieutenant. Éperdu de désir, celui-ci ne s'en rendit compte que lorsque la lame entama sa peau.

Il bondit en arrière.

— Par le diable !

— Lâchez-moi, ou je l'enfonce davantage, menaça-t-elle, les yeux brillant de haine.

— Petite garce ! Où as-tu eu cette arme ?

— Ça ne vous regarde pas. Mais rappelez-vous, j'ai déjà tué un homme, je suis capable de recommencer. On dit que c'est plus facile, la deuxième fois.

— Je pourrais te désarmer. Tu n'es pas de taille à lutter contre moi !

— C'est vrai, vous êtes plus fort, concéda-t-elle, doucereuse. Mais si vous me violez, je jure que je trouverai un moyen de vous tuer. Je me procurerai une autre arme, je vous attaquerai pendant votre sommeil, ou bien je vous sauterai dessus quand vous rentrerez dans la maison, ou encore… Il existe mille possibilités.

— J'ai eu tort d'introduire une meurtrière chez moi, se plaignit Potter.

Convaincu que Casey était capable de mettre sa menace à exécution, tout désir oublié, il se leva mal-adroitement.

— Je devrais te fouetter jusqu'au sang !

— Allez-y ! le défia Casey, le menton levé. Ça ne changera rien. Si vous me laissez tranquille, j'accomplirai convenablement mes tâches. Mais si vous me touchez…

Les semaines se succédaient avec une sombre monotonie. Les journées n'étaient pas trop pénibles, car la jeune femme vaquait à ses occupations, tandis que Potter était à son travail. Bien qu'il n'eût pas essayé de la molester de nouveau, il ne cessait de la suivre des yeux. Il avait toujours envie d'elle, de toute évidence, mais en même temps il craignait de se faire égorger.

Dès qu'il rentrait, le soir, elle lui servait le souper, puis elle rangeait la cuisine et se retirait dans sa chambre. Parfois il la provoquait méchamment, d'autres fois il demeurait morose et silencieux, se contentant de la contempler d'un regard lourd. Casey redoutait ces moments, surtout lorsqu'il avait bu. Toutefois, il continuait à garder ses distances, et elle s'en félicitait grandement, car elle ne savait pas si elle serait capable de tuer un homme de sang-froid, même s'il le méritait.

C'était dans le silence de sa chambre que Casey se sentait le plus menacée. Non par Potter, mais par ses propres pensées. Ses souvenirs se mêlaient à ses rêves tandis qu'elle évoquait le visage bien-aimé de Dare, et elle brûlait de désir nostalgique. Leur passion avait été réelle, violente, comme leur amour, et son corps se révoltait à l'idée d'être possédé par un autre.

Pourtant, elle savait qu'il n'y avait plus aucun avenir pour eux. Quel homme, fût-il amoureux, attendrait une femme pendant sept ans ?

Où était-il, à présent ? se demandait-elle. Était-il rentré chez lui ? Pensait-il parfois à elle ?

Elle aurait été surprise, et ravie, si elle avait su que les pensées de Dare suivaient un chemin parallèle aux siennes...

Dare n'avait pu se résoudre à quitter Sydney tout de suite après le procès. Comment aurait-il repris son existence quotidienne, alors que la femme de sa vie était en danger ? Il n'avait eu aucun mal à découvrir où habitait le lieutenant Potter, et il venait souvent se poster à proximité, dans l'espoir d'apercevoir Casey. Mais elle ne sortait jamais. Il ignorait qu'elle avait interdiction de se servir de la porte principale, et n'avait que le droit d'aller dans la cour arrière, cernée de murs. Elle n'allait pas faire les courses, car c'était Potter qui ramenait tous les jours ce dont ils avaient besoin, et personne d'autre n'entrait dans la maison.

En dehors des moments où il surveillait la demeure, Dare n'était pas resté inactif. Il était allé voir John Macarthur, le lieutenant-colonel Johnston, tous les officiers supérieurs du régiment du Rhum, mais personne ne voulait l'écouter. Finalement, on lui interdit même l'entrée de la demeure officielle du gouverneur. Épuisé, désespéré, il dut se rendre à l'évidence : il ne pouvait rien faire pour Casey dans l'immédiat. Mieux valait retourner à la ferme, reprendre des forces, et mettre sur pied son prochain plan d'action.

Mais une conversation surprise dans la rue le fit changer d'avis.

Deux soldats bavardaient près de la maison du gouverneur, et Dare ralentit le pas en entendant prononcer le nom de Potter.

— Tu pars en patrouille avec Potter demain, Moore ? demandait l'un des deux.

— Oui. Et toi, Smith ?

— Moi aussi, hélas ! se plaignit le dénommé Smith. Ces condamnés ont le chic pour disparaître dans la brousse, où on ne les retrouve jamais. Ils n'en sortent que pour dépouiller les braves gens ou voler du bétail. C'est une plaie pour la colonie, et il est normal de vouloir les attraper.

— Je comprends pourtant que ça ne t'emballe pas de partir en patrouille... Le lieutenant Potter n'est pas très chaud non plus ! Depuis qu'il a cette fille chez lui, il ne sort pas beaucoup. À l'en croire, elle est tellement amoureuse qu'ils passent tout leur temps libre au lit. Ça ne m'étonne pas qu'il renâcle, quand il s'agit de la laisser seule.

— Il n'a pas le choix, cette fois, pouffa Smith. Et il restera absent plusieurs jours. Qu'est-ce qu'elle va faire, la petite, sans lui ? Peut-être qu'elle essaiera de séduire le caporal Frederick, que Potter a chargé de veiller sur elle ?

— Le pauvre !

Les deux hommes, sur un rire gras, s'éloignèrent, laissant Dare bouillant de rage. Était-il possible que Casey fût devenue de son plein gré la maîtresse de ce porc ? Non ! Il refusait d'y croire. S'il ne voulait pas devenir fou, il ne devait surtout pas imaginer la jeune femme avec Potter comme elle avait été avec lui. Or, malgré le danger, il y avait une seule manière d'apprendre la vérité. Il fallait qu'il la voie. Alors seulement, il déciderait si Potter aurait la vie sauve…

Il rongea son frein toute la journée du lendemain. De loin, il vit le lieutenant partir de bonne heure avec la patrouille. Il espérait que leur traque les entraînerait dans la brousse pendant de longs jours. Il lui fallait du temps, beaucoup de temps… Mais pour l'instant, il attendait la nuit, caché près de la maison.

Quand le soir fut enfin tombé, il se dirigea prudemment vers l'arrière de la demeure, où il escalada le mur sans trop de peine. Une lampe était allumée dans la cuisine. Par la fenêtre, il vit Casey déposer une assiette devant un soldat aux manières efféminées. Malgré sa forte carrure, Dare comprit tout de suite ce qui avait déclenché l'hilarité de Smith et Moore, quand ils avaient évoqué le caporal Frederick. Potter avait trouvé le meilleur garde pour Casey : visiblement, il ne s'intéressait pas aux femmes, mais il était assez robuste pour dissuader d'éventuels intrus.

Le caporal termina son repas avant de passer au salon, tandis que la jeune femme rangeait rapidement la cuisine et se retirait dans sa chambre. Dare n'eut aucun mal à repérer sa fenêtre, et il attendit que la lumière fût éteinte pour se glisser sans bruit par la croisée…

Casey avait tout de suite senti que le caporal ne représentait pas une menace pour elle. Elle avait entendu parler d'homosexuels, mais elle les imaginait frêles et aux traits féminins, alors que le caporal était bel homme et costaud. Seuls ses manières et son regard le trahissaient.

Il était là pour la garder, et d'ailleurs elle ne songeait plus à s'évader. Où irait-elle ? Certainement pas chez Dare. Elle avait déjà ruiné la vie d'un homme, elle n'allait pas en mener un autre à sa perte !

Elle se déshabilla et se mit au lit. Il faisait si chaud qu'elle se coucha nue – un luxe qu'elle ne se serait pas autorisé, si Potter avait été dans la maison.

Agitée, elle se tournait et se retournait entre ses draps, si bien qu'elle n'entendit pas le léger bruit de pas sur le parquet. D'abord, elle crut que les mots murmurés n'étaient que le fruit de son imagination, puis elle sentit un souffle tiède sur sa joue, ainsi que le parfum qu'elle aimait tant.

— Dare… murmura-t-elle d'une voix étranglée.

— Casey, mon amour…

— Oh, Dare, si seulement vous étiez réel !

— Je le suis, ma chérie. Attendez.

Il craqua une allumette, afin qu'elle puisse juger par elle-même.

— Vous voyez ? Vous ne rêvez pas…

Les ressorts du matelas grincèrent quand il s'allongea près d'elle, et il prit ses lèvres avec une passion proche du désespoir. Elle lui répondit avec fougue. C'était tellement merveilleux de retrouver ses bras, sa chaleur, son amour !

Brusquement il recula, repoussa les draps afin de la contempler, parfaite et nue devant lui.

— Qu'y a-t-il, Dare ?

Il la caressait doucement, son ventre, ses jambes, ses seins…

— Il ne vous a pas fait de mal, n'est-ce pas ? Ce salaud ne vous a pas violée ? Je ne vois aucune marque sur votre peau.

— Il ne m'a pas touchée, Dare. C'est un lâche. Je l'ai menacé avec le couteau que m'avait donné Ben, et je lui ai promis que je trouverais un moyen de le tuer, s'il posait la main sur moi. C'est étonnant, mais il m'a crue.

— Dieu merci ! souffla Dare.

Ignorant le danger que représentait le caporal, il se déshabilla vivement et, avec toute la passion qui bouillonnait en lui, s'empara des lèvres de Casey, éveillant chez elle une fièvre semblable à la sienne.

Bien vite, sous ses caresses, elle se mit à gémir, à le supplier, mais il ne voulait pas céder tout de suite.

Des mains, de la bouche, il l'emporta vers l'extase avant de plonger en elle, fort, doux, puissant, et elle s'ouvrit pour lui.

Enfin il la fit basculer et elle se retrouva sur lui, menant le jeu. Ses cheveux lui caressaient la poitrine tandis que Casey, d'abord doucement, puis enhardie, les amenait à son tour vers l'explosion magique, presque douloureuse dans son intensité.

— Je vous aime, Casey, chuchota-t-il, flottant dans un océan de béatitude. Ne doutez jamais de mon amour, quoi qu'il arrive.

Elle se lovait contre lui, comblée, trop heureuse pour penser à autre chose qu'à cette déclaration.

— Je vous ai toujours aimé, Dare, et je vous aimerai toujours, dit-elle d'une voix ensommeillée.

Il la sortit aussitôt de sa torpeur :

— Pas question de dormir, mon amour. Nous devons être loin d'ici avant le lever du jour.

— Loin ? répéta-t-elle, déconcertée. Que voulez-vous dire ?

— Je vous emmène. Je ne supporte pas de vous laisser à la merci d'un monstre comme Potter. Savez-vous ce qu'il raconte ? Que vous... partagez son lit, et que vous y prenez plaisir.

Elle se redressa d'un bond.

— Mais c'est faux !

— Je vous crois, ma chérie. Toutefois, je ne supporte pas de vous savoir près de lui... Habillez-vous, nous partons.

— Où irons-nous ? Il n'y aura aucun lieu sûr, pour nous.

— Nous nous cacherons dans la grotte.

Casey secoua la tête, navrée.

— Non, Dare, je ne le veux pas. Je refuse de vous attirer dans une situation semblable à la mienne. Vous avez trop à perdre... Non, répéta-t-elle, je ne partirai pas avec vous.

Il fronça les sourcils.

— Bon sang, Casey, cela vous plaît de vivre avec ce porc ? Ce qu'il raconte est-il vrai ?

— Dare ! Comment pouvez-vous imaginer...? C'est à vous que je pense, à Ben, à Roy ! Voudriez-vous que le régiment confisque ce que votre père a mis tant de temps à obtenir, cette terre qui est sienne et qu'il aime ? Une telle responsabilité me hanterait toute ma vie.

Il soupira.

— Alors, que voulez-vous que je fasse ? demanda-t-il, à l'agonie.

— Oubliez-moi, dit-elle dans un sanglot. Je n'ai pas le droit de vous demander de m'attendre sept ans.

— Je vous aime. Vous ne pouvez pas rester ici. Un jour, Potter cessera d'avoir peur, et il vous prendra de force, vous le savez comme moi... Je vous en prie, Casey, ne discutez pas davantage, et dépêchez-vous de vous habiller.

Persuadé qu'il avait gagné, Dare se leva et se vêtit rapidement. Mais il vit, en se retournant, que la jeune femme n'avait pas bougé.

— Casey...

— Partez avant que l'on ne vous découvre, Dare.

Ses propres paroles la torturaient.

— Je vous en prie...

Une voix s'éleva derrière la porte :

— Qui est là ? demanda le caporal. Qui est avec vous, petite ?

— Personne, répondit Casey d'une voix ensommeillée. Vous m'avez réveillée, caporal. Que voulez-vous ?

— J'ai entendu des voix, maugréa-t-il. J'entre !

— Non ! Attendez ! Laissez-moi enfiler un peignoir. Elle se tourna vers Dare.

— Partez, je vous en supplie, chuchota-t-elle.

Dare n'avait pas le choix. Avant de se glisser par la fenêtre, il dit doucement :

— Je reviendrai, mon amour, et je saurai vous persuader que rien ne m'importe autant que votre sécurité. Je donnerais tout ce que j'ai pour vous.

Puis il disparut, aussi silencieusement qu'il était arrivé.

Deux secondes plus tard, le caporal Frederick faisait irruption dans la chambre, où il trouva Casey assise sur son lit, le drap remonté jusqu'au menton.

14

Le lieutenant rentra dès le lendemain soir. Le malheureux condamné avait été capturé avant de pouvoir disparaître dans la brousse, et Potter était euphorique lorsqu'il poussa la porte de sa demeure. L'aborigène employé par l'armée avait montré son extraordinaire talent de pisteur en les menant tout droit au fuyard, qui avait tué un homme dans sa tentative d'évasion et serait pendu quelques jours plus tard...

Dare comprit bien vite qu'il n'avait aucune chance de revoir Casey, car Potter veillait sur elle comme un aigle sur sa proie. Pourquoi avait-elle refusé de le suivre, quand ils en avaient l'opportunité ? se demandait-il. Craignait-elle qu'il ne fût pas capable de la protéger ? Pourtant, il aurait tout donné pour elle... À moins qu'elle ne l'aime pas suffisamment ? Non ! Cette pensée était indigne de leur amour. C'était simplement parce qu'elle ne voulait pas le mêler à tout cela...

Il ne lui restait plus qu'à rentrer à la ferme, afin d'élaborer un nouveau plan d'action. Un jour ou l'autre, Potter mettrait la menace de Casey à l'épreuve, et elle n'avait pas la force physique de lui résister.

La semaine suivante, ni Ben ni Roy ne purent le dérider. Il travaillait jusqu'à la limite de ses forces, disparaissait tout de suite après le souper, emportant une bouteille avec lui, et passait la nuit à boire en arpentant sa chambre. Il semblait ne plus dormir du tout.

Ben était très inquiet pour son frère. Il en parlait souvent avec Roy.

— Ne pouvons-nous rien faire pour alléger sa souffrance, père ? demanda-t-il un jour. Il ne doit pas continuer à vivre de cette manière !

— Dieu sait que j'ai parlé à tous ceux qui auraient été susceptibles de nous aider, répondit Roy en secouant la tête. Toutes les portes se sont fermées devant moi. Les militaires considèrent les émancipés comme des citoyens de seconde zone, et les déportés comme des esclaves. Ils tiennent à la ségrégation qui s'est instaurée. Dare a indigné tous les gens bien-pensants en déclarant son intention d'épouser une condamnée.

— Mais l'amour ignore ce genre de détail, père ! Casey et Dare s'aiment, ils ont le droit de vivre ensemble. Nous savons tous que Casey est incapable de tuer un homme. Elle a été victime d'une erreur judiciaire... Oh, je me sens tellement impuissant !

— Moi aussi, mon fils...

— Et Thad McKenzie ? Il a démissionné de l'armée, il y a quelques années, mais il possède encore quelques amis influents. Le lieutenant-colonel Johnston, entre autres... Et puis, c'est aussi un fervent défenseur de John Macarthur.

— Thad ne m'a pas adressé la parole depuis que Dare a annoncé son futur mariage avec Casey. Il me tient pour responsable de la présence de Casey dans notre maison. En outre, il soutient le régiment du Rhum et sa politique... Non, Ben, nous ne pouvons attendre aucune aide de sa part. Ni de personne d'autre, je le crains.

Dare, morose, regardait au loin. Il aimait cette terre, ravagée par le vent et le soleil. C'était une région dure, impitoyable, brûlée par les intempéries, mais dès que les pluies revenaient, les collines se couvraient d'herbe grasse et de fleurs multicolores. C'était son pays. Pourtant, il l'abandonnerait sans un regret pour avoir Casey auprès de lui...

Il vit le soleil basculer à l'horizon, dans une symphonie de rouges et d'ors, puis la nuit plonger le paysage dans l'ombre. Il était temps de rentrer, de retrouver la solitude de sa chambre, et l'illusoire consolation de l'alcool.

Une surprise l'attendait au salon : Thad et Mercy McKenzie leur rendaient visite. L'atmosphère était tendue, et un mauvais pressentiment s'empara de Dare. Les hommes étaient sombres, mais la jeune femme arborait un air malicieux de chaton qui vient de laper un bol de crème.

— Bonsoir, dit-il. Que se passe-t-il ?

— Je laisse à Mercy le soin de vous expliquer, répondit Thad, embarrassé. Sachez que je n'approuve pas entièrement ce qu'elle propose, mais je ferais n'importe quoi pour la voir heureuse...

— De quoi s'agit-il, Mercy ? demanda Dare, soupçonneux.

Thad se leva de son fauteuil.

— Laissons ces jeunes gens discuter entre eux... Roy, Ben, offrez-moi donc un verre de votre fameux cognac.

— Dare, commença Ben, je...

— Venez, Ben ! insista Thad d'un ton sans réplique. La décision ne nous appartient pas.

Ben suivit son père et McKenzie à contrecœur, non sans avoir jeté un regard compatissant à son frère.

— Asseyez-vous, Dare, suggéra doucement la jeune femme.

— Je ne sais pas de quoi vous voulez me parler, Mercy, mais si vous ne me le dites pas rapidement, je vais vous étrangler !

— Vous êtes toujours tellement impatient, Dare ! minauda-t-elle. D'accord, je vais être directe.

— Ce sera bien la première fois, ironisa-t-il. Je vous écoute.

— D'abord, laissez-moi vous dire que je suis navrée pour votre ami Robin. Il était coupable, certes, mais la punition est excessive.

Il acquiesça d'un simple signe de tête. Mercy prit son élan.

— Je peux vous aider, Dare. Je peux obtenir une peine plus légère pour Robin Fletcher, et le pardon pour Casey O'Cain.

Le regard gris de Dare trahissait une douleur mêlée d'incrédulité.

— Pourquoi ? demanda-t-il d'une voix altérée. Pourquoi feriez-vous ça ? Et de quelle manière ? Père a tout essayé…

— Je vous aime, Dare. Quel meilleur moyen aurais-je de vous le prouver ?

— Vous savez que j'ai l'intention d'épouser Casey, dès qu'elle sera libre. Alors quel intérêt retireriez-vous de cette « bonne action » ? Et qu'est-ce qui me prouve que vous pourrez obtenir ce que vous promettez ?

— Je répondrai d'abord à la deuxième question, dit Mercy avec un sourire rusé. Père a déjà parlé au lieutenant-colonel Johnston, qui est un de ses vieux amis, et qui lui doit une faveur. Il a donc, à la demande de papa, accepté d'émanciper Casey O'Cain. Pour Robin, il a promis qu'il n'irait pas dans les mines de charbon. C'est déjà une amélioration, reconnaissez-le.

— Pourquoi votre père se donnerait-il la peine de venir au secours de Casey et Robin ? Il ne cache pas son opinion sur les déportés, émancipés ou non.

— Il l'a fait pour moi, Dare. Parce que je lui ai demandé, parce qu'il veut que je sois heureuse.

— Et vous seriez heureuse de me voir épouser une autre femme?

Un silence s'installa.

— Vous me connaissez bien, reprit-elle. Je ne le ferais pas, si je ne voulais en tirer quelque récompense. Or la récompense, c'est vous, mon chéri. Casey obtient sa liberté, Robin ne meurt pas dans les mines, et moi… je vous ai.

— Bon sang, Mercy, soyez un peu plus claire, je vous prie!

— Papa n'était pas très chaud, dans cette histoire, mais j'ai insisté. Il sait que je vous aime, alors il accepte d'user de ses relations dans l'armée pour exaucer mes souhaits. Or je désire vous épouser, Dare. À la minute où vous répondrez «oui», Casey sera une femme libre.

Écœuré, il secoua la tête.

— C'est du chantage, Mercy! Vous vous rendez compte de ce que vous exigez?

— Je m'en rends compte.

— Comment pouvez-vous avoir envie de m'épouser, sachant que j'en aime une autre?

— Je compte justement sur cet amour pour gagner. Je sais que vous détestez la savoir sous le toit du lieutenant Potter, et je joue mon avenir sur l'idée que vous feriez n'importe quoi pour qu'elle soit libre… Même vous marier avec moi.

— Je n'en crois pas mes oreilles! s'exclama Dare qui tremblait de rage. Je serais un bien piètre époux pour vous…

— J'en accepte le risque. Nous nous entendions bien, à une époque, mon chéri. Pourquoi ne pas nous donner une seconde chance? Vous m'auriez sûrement épousée, si Casey n'était arrivée dans votre vie… Marions-nous, Dare. Je parie qu'avec le temps, vous finirez par m'aimer autant que je vous aime.

Aimer cette femme ? Jamais !

— Vous vous faites des illusions, Mercy, répondit-il d'une voix impitoyable. Si je vous épousais – et j'insiste sur le « si » –, ce serait uniquement pour sauver Casey et Robin.

Son mépris piqua la colère de la jeune femme.

— Doucement, chéri, sinon je retire mon offre. Réfléchissez bien, je vous le conseille…

Dare se dirigea vers la fenêtre, où il laissa son regard errer dans la nuit. Mercy avait-elle réellement le pouvoir d'accorder ce qu'elle promettait ? Oui, probablement, grâce aux relations de son père. Mais lui, était-il capable de vivre le reste de ses jours avec une femme qu'il n'aimait pas, dans l'intérêt de Casey et Robin ? La réponse était « oui ». Aucun sacrifice n'était trop lourd pour sauver la femme qu'il aimait.

Il fit brusquement volte-face.

— Qu'est-ce qui me prouve que vous tiendrez votre parole ? aboya-t-il.

— Je vous apporterai la grâce de Casey et le changement d'affectation de Robin, le jour de notre mariage.

— Et vous êtes certaine que votre père en a le pouvoir ? Après tout, le mien jouit aussi de quelque influence, et il a échoué.

— Je ne serais pas là s'il subsistait le moindre doute à ce sujet. Seul votre orgueil risque de tout gâcher. Mais vous êtes assez intelligent pour comprendre que je représente le seul espoir de Casey.

Anéanti, Dare baissa la tête. Puis un sourire amer se dessina sur ses lèvres tandis qu'il s'inclinait en demandant :

— M'accorderez-vous l'honneur de devenir ma femme, miss McKenzie ?

Elle réprima un frisson. L'expression de Dare lui serrait le cœur, mais il était trop tard. Pour le meilleur ou pour le pire, elle s'était engagée dans cette voie douloureuse. Est-ce que le fait de vivre avec l'homme qu'elle aimait compenserait le mépris qu'elle lisait dans son regard ?

— Je vous rendrai heureux, Dare chéri. Et vous m'aimerez un jour. Je vous le promets.

Roy et Ben échangeaient des coups d'œil inquiets. Depuis le départ des McKenzie, Dare, le regard vide, buvait du rhum en silence.

— Tu n'es obligé à rien, lui rappela Roy. Imagine toutes ces années auprès d'une femme que tu n'aimes pas…

— Les mariages d'amour sont rares, de nos jours, fit remarquer Dare d'un air absent.

— Mais que pensera Casey, quand elle entendra parler de ton sacrifice ? risqua Ben.

Dare reprit soudain vie, les yeux brillant de fièvre.

— Il n'est pas question que tu le lui dises, Ben ! Ni vous, père. Casey se sent suffisamment coupable d'avoir entraîné Robin dans cette histoire. Savoir que je me marie afin de la sauver ne ferait qu'augmenter ses remords. Racontez-lui ce que vous voudrez, mais surtout pas la vérité.

— Quand elle apprendra que tu te maries, elle te détestera si elle ne sait pas tout. C'est ce que tu souhaites ?

— Peut-être cela vaut-il mieux… Je n'aurai plus rien à lui offrir, une fois que j'aurai épousé Mercy. Il est inutile qu'elle continue à m'aimer, s'il n'y a plus d'espoir pour nous.

— Alors, tu as vraiment l'intention d'aller jusqu'au bout, murmura Roy, bouleversé par la douleur de son fils.

— Mercy McKenzie sera mon épouse légale dans deux jours. La cérémonie sera présidée par le commissaire du gouvernement, dans la demeure officielle du gouverneur. Après quelques jours passés chez les McKenzie à l'issue des noces, je rentrerai ici. Mercy m'accompagnera ou non, je m'en moque, mais je refuse d'habiter ailleurs que dans notre ferme.

— Et Casey ? De quoi vivra-t-elle, une fois libre ? Tu y as pensé ? Nous ne pouvons l'abandonner dans une ville comme Sydney, elle y serait pourchassée par des individus sans scrupules comme Potter ou Grimes.

Cette éventualité lâcha la bride à la colère de Dare.

— Bon sang ! Il n'est pas question de la livrer à ces fauves enragés ! Vous la ramènerez à la maison, père. Elle y sera notre invitée, ou n'importe quoi, plutôt que de la laisser à Sydney.

Roy secoua la tête.

— Le supporteras-tu, Dare ? Auras-tu la force de la voir tous les jours, sans souffrir davantage encore ? Et je ne parle pas des objections de Mercy !

— Casey me détestera à tel point qu'elle refusera certainement de m'adresser la parole. Quant à Mercy, je ne lui laisserai pas le choix : il faudra bien qu'elle accepte sa présence. Mais il est certain que, de toutes les façons, chaque jour de ma vie sera un calvaire.

Roy se dit que Mercy ferait un véritable scandale, quand elle rentrerait de lune de miel pour trouver Casey installée chez les Penrod... À condition qu'il parvienne à la convaincre de venir à la ferme, ce qui n'était pas gagné d'avance !

Après que Dare eut quitté Sydney, les conditions de vie de Casey s'améliorèrent sensiblement. Elle avait désormais le droit de quitter la petite maison, afin de faire quelques courses avec l'argent que lui remettait le lieutenant Potter. Mais elle ne nourrissait aucune illusion : que Dare revienne en ville, et elle se retrouverait enfermée comme avant.

Les jours qui suivirent sa visite nocturne furent particulièrement éprouvants. Lui en voulait-il d'avoir refusé de le suivre, sans comprendre qu'elle l'aimait trop pour faire de lui un hors-la-loi ?

Seuls ses souvenirs l'aidaient à supporter les interminables journées. Ses mains, ses lèvres, son regard... La nuit, elle l'imaginait à son côté, elle le cherchait, l'attendait, se languissait de lui...

Un soir, deux semaines après le départ de Dare, le lieutenant rentra chez lui fin soûl. Casey s'en inquiéta, d'autant plus qu'il la regardait d'un œil torve pendant qu'elle lui servait son repas. Il avait quelque chose à lui annoncer, elle s'en doutait à la mauvaise lueur qui brillait dans son regard. Pourtant, il prenait plaisir à la tourmenter par son silence...

Après tout, qu'il aille au diable ! Elle refusait d'être le jouet de son amusement pervers. Sans un mot, elle tourna les talons et se réfugia dans sa chambre.

Mais il n'y avait pas de refuge pour elle, dans la petite maison. Potter, poussé par l'alcool, enfonça la porte, le regard fou.

Instinctivement, la jeune femme chercha le couteau qu'elle gardait toujours sur sa table de nuit. Mais il n'y était pas. Elle chercha encore, regarda par terre... Rien.

— C'est ça que tu veux ? demanda-t-il d'une voix pâteuse.

Il tenait le couteau à la main, et il alla le jeter par la fenêtre.

— Je l'ai récupéré pendant que tu préparais le dîner. Je ne veux pas que tu l'aies à portée de main, au moment où je t'annonce la nouvelle...

— La nouvelle ?

— La ville célèbre un grand mariage. Du rhum gratuit pour tout le monde, hé hé!

— Vous êtes ivre, marmonna Casey, dégoûtée.

— Peut-être bien, répondit Potter dans un hoquet. Mais comment j'aurais pu refuser de boire à la santé des mariés? C'était une belle cérémonie. Le vieux McKenzie sait y faire, quand il marie sa fille.

— Mercy? Mercy McKenzie s'est mariée aujourd'hui? demanda Casey, soudain glacée.

— C'est le commissaire du gouvernement qui a officié, et le jeune couple est aussitôt parti pour sa lune de miel, pendant que le rhum coulait à flots. Je dois dire que j'aurais fait comme Penrod: j'aurais immédiatement emmené la fille au lit. C'est un joli petit morceau!

— Penrod? répéta Casey, incrédule. Ben a épousé Mercy McKenzie?

Le ricanement de Potter ne fit que confirmer ce qu'elle redoutait.

— Non! cria-t-elle. Non!

— Mais si, ma belle. Ton amant a épousé une autre femme. Tu n'imaginais tout de même pas qu'il t'attendrait pendant sept ans! Je suis seul, maintenant, pour m'occuper de toi. À condition que tu t'occupes de moi aussi...

Chancelante, Casey eut l'impression que le monde s'écroulait autour d'elle. Elle ne reprit ses esprits que lorsqu'elle sentit les lèvres humides de Potter sur son visage.

— Non! hurla-t-elle en le repoussant de toutes ses forces. Ne me touchez pas! Vous êtes répugnant!

— Vraiment? dit-il avec un rire lubrique. Attends un peu, je vais te montrer que je suis un meilleur amant que Penrod. J'en ai par-dessus la tête de tes minauderies, Casey. Je te veux, et je n'ai pas peur de toi. J'étais stupide de croire que tu pouvais me faire du mal...

216

Heureusement, le destin frappa une fois encore au bon moment. Une clameur à la porte fit pester le lieutenant, qui tenta d'ignorer le vacarme. Mais celui-ci se fit plus insistant : des voix autoritaires exigeaient d'entrer. Sur une bordée de jurons, il sortit de la chambre en claquant la porte derrière lui.

— Tu ne perds rien pour attendre, garce ! lança-t-il.

Roulée en boule sur son lit, Casey ne distinguait qu'une rumeur de voix.

Soudain, quelque chose en elle se réveilla. Du diable si elle allait rester là, immobile, à attendre le retour de Potter comme l'agneau que l'on mène au sacrifice ! Malgré le choc causé par le mariage de Dare, elle ne laisserait pas son geôlier abuser d'elle !

Elle rajusta sa tenue, rassembla vivement quelques affaires... Elle était encore dans un état second. Certes, elle avait dit à Dare de l'oublier, pourtant sa trahison l'anéantissait.

Les voix s'étaient tues, et elle se précipita vers la fenêtre. Que ferait Potter, s'il la surprenait en train de s'enfuir ? L'attacherait-il, la ferait-il fouetter ?

Une jambe déjà à l'extérieur, elle gémit en entendant la porte s'ouvrir à la volée.

— Casey ! Dieu soit loué !

— Ben !

Surprise, la jeune femme perdit l'équilibre et retomba lourdement sur le plancher.

Ben l'aida à se relever, les yeux plissés. Le visage paniqué de Casey et sa pâleur en disaient long sur les épreuves qu'elle venait d'endurer.

— Qu'est-il arrivé ? demanda-t-il en l'attirant dans ses bras.

Elle s'accrocha à ses solides épaules.

— Je n'arrive pas à croire que vous êtes là... sanglota-t-elle.

— Répondez-moi, Casey ! Potter a-t-il...

— N… non. C'est un lâche. Vous êtes arrivé à temps, mais il recommencera dès que vous serez parti. Je n'ai plus la force de résister. Je… j'avais décidé de m'enfuir.

— Ce n'est pas la peine, Casey, dit-il doucement en la menant vers la porte. Nous rentrons à la maison. Père est là aussi.

— Mais… je ne peux pas ! Jamais le lieutenant ne le permettra !

Il sourit.

— Votre grâce a été accordée.

— Ma… Comment est-ce possible ? Que… que s'est-il passé ?

— Disons que des officiels haut placés ont été persuadés de revenir sur le jugement, et qu'ils ont décidé que vous méritiez une remise de peine, biaisa Ben en détournant le regard.

Maudit soit Dare, pour lui avoir fait jurer de ne pas dire la vérité !

— C'est votre père qui a tout arrangé ? insista Casey.

Elle se mordit la lèvre. Si Dare savait que Roy tentait de la faire libérer, pourquoi avait-il épousé Mercy, le jour même où elle obtenait son pardon ? La réponse était d'une douloureuse évidence : Dare ne l'avait jamais aimée… Ses déclarations d'amour n'étaient qu'un moyen de l'attirer dans son lit !

— Finissez de remplir votre sac, disait Ben. Nous parlerons plus tard.

Il fallut retenir Potter de force, quand Casey quitta la maison. Malgré son âge, Roy était dans une excellente forme physique, et il n'eut guère de mal à empêcher le lieutenant ivrogne de se jeter sur elle. Celui-ci refusait de croire qu'on lui eût accordé sa grâce, même après avoir lu le papier officiel.

Comme en rêve, Casey monta dans la voiture qui avait amené les Penrod en ville pour le mariage de Dare.

— Où allons-nous ? demanda-t-elle d'une toute petite voix.

— Nous passerons la nuit chez Drew Stanley, et nous retournerons à la ferme dès demain, répondit gentiment Roy.

Elle eut du mal à articuler la deuxième question.

— C'est vrai ? Dare a… réellement épousé Mercy McKenzie ?

Seule une légère crispation des lèvres de Roy trahit sa peine.

— Oui, Casey, c'est vrai. Voyez-vous… Dare…

Il s'interrompit, muselé par la promesse faite à son fils.

La lueur d'espoir qui avait illuminé le regard de Casey s'éteignit aussitôt, et ses yeux émeraude se firent de glace.

Comment pourrait-elle retourner à la ferme, être témoin du bonheur de Dare avec une autre ? Impossible ! Ce serait une torture insupportable ! Après tout, elle était libre, elle pouvait décider de son sort.

— Non ! déclara-t-elle d'une voix ferme. Je ne rentre pas avec vous.

Son avenir serait peut-être difficile, mais Dare Penrod n'y aurait aucune place. Elle reconstruirait sa vie.

Cependant, c'était compter sans l'obstination que les Penrod mettaient à la protéger, au mépris de son orgueil.

15

Chez les McKenzie, Dare s'attarda longtemps au salon, après que Mercy se fut retirée afin de se préparer pour sa nuit de noces. Elle avait déployé tout son charme, pourtant il n'avait pas envie d'elle. Sa femme! Le mot avait un goût amer. Casey aurait dû être celle qui partagerait son nom...

Comment pouvait-il espérer que son corps réagisse, quand il n'éprouvait aucun désir? Il ne pensait qu'à Casey, s'inquiétait pour sa sécurité, craignait que Roy ne puisse la convaincre de revenir à la ferme.

Il se leva en titubant de son fauteuil, où il était resté un bon moment à absorber de l'alcool, afin d'ouvrir une autre bouteille. S'il lui fallait absolument faire l'amour à son épouse, au moins espérait-il être assez ivre pour n'en garder aucun souvenir. Or il se sentait encore beaucoup trop lucide. Et d'ailleurs, se dit-il avec une satisfaction perverse, pourquoi lui faire l'amour? Un mariage forcé ne poussait guère au romantisme!

Il resta donc vissé à son siège, l'esprit occupé de tout sauf de sa femme... Aussi sursauta-t-il quand il l'aperçut sur le seuil, sa voluptueuse silhouette nettement discernable sous la soie et la dentelle.

— Venez vous coucher, Dare chéri, ronronna-t-elle. N'avez-vous pas assez bu?

Il lui lança un regard de biais, puis choisit la brutale franchise :

— Je n'ai pas l'intention de dormir avec vous, Mercy. Vous m'avez obligé à vous épouser, mais je n'ai jamais promis de partager votre lit. À dire vrai, je ne vous désire pas.

— Mais moi, j'ai envie de vous, chéri, murmura-t-elle d'une voix de gorge. Et nous savons tous les deux que j'ai assez d'expérience pour vous faire changer d'avis…

Elle s'approcha et entreprit de le caresser hardiment, ravie de le sentir réagir. Les muscles de ses épaules roulaient sous ses doigts, son ventre se creusait, et quand elle descendit plus bas, elle eut le plaisir de constater que sa réponse était immédiate.

— J'ai respecté ma part du marché, et j'exige que nous consommions notre union. Casey est libre, Robin échappera aux mines de charbon. Vous me devez cette nuit, insista-t-elle sans cesser de caresser son sexe. Faites-moi l'amour, Dare… Vous en avez envie, vous aussi.

Il la saisit brusquement à la taille, la renversa sur le tapis et lui arracha sa chemise. Ultime injure, il ne prit pas la peine de se déshabiller, se contentant d'ouvrir son pantalon.

— Attendez ! Je ne suis pas prête ! se plaignit-elle en se tortillant sous lui.

Fouetté par les caresses de Mercy, Dare plongea en elle et, malgré ce qu'elle venait de dire, la trouva prête à l'accueillir. Elle noua les jambes à sa taille, enfonça les ongles dans sa nuque. Nauséeux, il s'aperçut que sa grossière intrusion avait excité la jeune femme qui haletait, au bord de l'extase. Peu soucieux du plaisir de sa partenaire, il ne cherchait que son assouvissement, et le plus vite possible. En fait, Mercy prenait un plaisir fou à cette bestialité qui n'avait rien à voir avec l'amour, et il fut choqué de la sentir jouir quelques secondes avant lui. Quant à elle, si elle fut choquée, ce fut lorsque Dare se retira aussitôt.

— Que faites-vous ? cria-t-elle.

— C'est clair, il me semble. Je ne veux pas d'enfant de vous, répliqua-t-il en se levant pour la contempler froidement.

Elle grimaça. Elle avait espéré qu'un enfant l'attacherait à elle pour toujours…

— Vous pensez encore à cette fille, n'est-ce pas ? Vous n'avez pas compris qu'elle est perdue pour vous ? C'est à moi que vous êtes uni.

— Vous portez mon nom, Mercy, mais c'est tout ce que vous aurez de moi. Vous savez à qui appartient mon cœur, or je suis l'homme d'un seul amour. Il est sans doute trop tard pour Casey et moi, mais nous n'aurons pas d'enfant ensemble. Notre mariage a été consommé une fois pour toutes, nous ne partagerons plus jamais ce genre d'intimité.

Mercy était abasourdie. Elle ne s'était pas attendue à une telle punition. Il aimait Casey plus qu'elle ne l'avait imaginé… Pourtant, le temps jouait en sa faveur. Dare finirait par s'adoucir. C'était un homme, et elle avait toute confiance en ses talents de séductrice.

— C'est ce que nous verrons, dit-elle.

À chaque excuse que Casey invoquait pour ne pas rentrer à la ferme, Ben et Roy opposaient des arguments tout aussi convaincants. Elle ne pouvait vivre à Sydney sans protection, elle n'avait ni argent ni travail, elle n'était pas préparée à se débrouiller seule au beau milieu d'une colonie pénitentiaire… Tout cela respirait le bon sens, mais n'aidait pas Casey à résoudre son problème. Jamais elle ne supporterait de côtoyer chaque jour Dare et son épouse. Comment pouvait-on exiger cela d'elle ?

Ben et Roy comprenaient parfaitement son dilemme, d'autant qu'ils savaient que Dare subirait le même. Pourtant, ils ne voyaient pas d'autre solution. Ils avaient promis de veiller sur Casey, et le retour à la maison était la seule réponse possible.

Ils passèrent la première nuit chez Drew Stanley. Mais la jeune femme ne ferma pas l'œil, partagée entre sa haine de Dare et le désir insensé de l'avoir auprès d'elle.

Au matin, les yeux battus, elle prit le petit déjeuner en compagnie de Ben et Roy, qui campaient toujours sur leurs positions. Drew Stanley, avec tact, s'était excusé.

Comme elle recommençait à discuter, Ben l'interrompit :

— C'est décidé, Casey, votre place est parmi nous.

— Mais vous ne comprenez pas à quel point cela me sera pénible ? Dare et... sa femme ! Il vaudrait mieux pour tout le monde que je reste à Sydney, que je trouve du travail...

— Du travail ! répéta Ben, ironique. Comme prostituée ? Avec les condamnés qui fournissent toute la main-d'œuvre dont a besoin la colonie, il vous resterait deux alternatives : vous marier ou monnayer vos charmes.

Elle pâlit, blessée par ces paroles.

— N'en rajoute pas, le réprimanda Roy. Elle est au courant des possibilités.

— Il y en a une autre, risqua Ben. Elle peut m'épouser. Elle aura alors tous les droits de vivre chez nous...

Les grands yeux verts de la jeune femme se noyèrent de larmes.

— Oh, Ben, dit-elle, la voix étranglée d'émotion, vous êtes l'homme le plus merveilleux que je connaisse. Pourtant, je ne puis accepter. J'ai gâché suffisamment de vies sans ajouter la vôtre à la liste. Je vous aime beaucoup, mais comme une sœur aime un frère, et je suis certaine que vous éprouvez un sentiment semblable. Un jour, vous rencontrerez une femme que vous aimerez suffisamment pour l'épouser.

Ben rougit légèrement. Casey avait deviné juste : il éprouvait pour elle des sentiments purement fraternels, et si elle avait été d'accord pour l'épouser, jamais il n'aurait tenté de lui faire l'amour. Elle appartenait à Dare, et il l'aurait protégée. Il ressentait la plus grande compassion à leur égard, et il était prêt à sacrifier son propre avenir pour son frère qui, il en était certain, aurait fait de même pour lui.

— Mon offre est sincère, Casey, reprit-il. Je serais heureux de ce mariage.

Roy retenait sa respiration en attendant la réponse de Casey. Il était surpris par la générosité de Ben, mais il considérait qu'un mariage raté suffisait et, bien qu'il aimât la jeune femme comme sa fille, il savait que cette union serait une erreur. Heureusement, elle ne tarda pas à le rassurer.

— Je suis désolée, Ben, mais je ne peux pas vous épouser. Nous savons tous les deux que Dare… que Dare et moi… Enfin, c'est impossible, voilà tout. Cependant, votre proposition me fait comprendre que Roy et vous prenez mes intérêts à cœur, et je ne peux davantage refuser la protection que vous m'offrez. Je rentrerai à la ferme avec vous.

Ben, enthousiaste, bondit sur ses pieds et assena une tape dans le dos de son père.

— À une condition, ajouta Casey.

— Laquelle ? demanda Ben, soudain inquiet.

— Je ne veux pas de charité. Je tiens à travailler. Vous me fournirez le gîte et le couvert ainsi qu'un peu d'argent de poche, en rémunération des tâches domestiques que j'accomplirai. Et je serai libre de partir quand je le déciderai.

Ben laissa à son père le soin de répondre.

— C'est entendu! dit Roy en se levant à son tour. Robin a reçu la permission de quitter les mines de charbon, et il ne tardera sans doute pas à nous rejoindre.

— Robin? s'écria Casey. Seigneur, Roy, comment avez-vous obtenu tout cela? D'abord moi, puis Robin...

Roy rougit, mal à l'aise. Quelle explication fournir, sans trahir la promesse faite à Dare?

— Quelqu'un de très haut placé est intervenu pour vous accorder la liberté, répondit Ben, volant au secours de son père. Peu importent les détails.

Avant que Casey puisse insister, Roy déclara :

— Allons, mes enfants, j'ai hâte de me retrouver à la maison...

La route jusqu'à Parramatta fut longue mais paisible, et Casey eut tout loisir d'observer le paysage sauvage. La route poussiéreuse était bordée de rochers roux, les buissons grimpaient à l'assaut des collines, desséchés par le manque d'eau et la brûlure du soleil. Le vent charriait une fine poussière de sable rouge qui collait à la peau.

Comme sa verte Irlande lui manquait! Pourtant, il y avait une austère beauté dans ce pays riche de promesses. Jusqu'à présent, on n'avait pas trouvé le moyen de traverser les Blue Mountains, mais un jour on les franchirait, la colonie s'étendrait de l'autre côté des sommets.

Casey, malgré ses efforts, finit par ruminer le sujet qu'elle aurait voulu éviter : Dare... Dieu merci, il ne reviendrait pas à la ferme avant plusieurs jours. Thad McKenzie était resté à Sydney afin de laisser les mariés à leur lune de miel, et la jeune femme espérait qu'ils décideraient d'habiter chez McKenzie. Cette perspective la rasséréna quelque peu, alors qu'ils arrivaient à la ferme. Elle eut d'ailleurs l'étonnante impression de rentrer chez elle.

Refusant d'occuper la chambre d'amis à l'étage, elle préféra retrouver la petite chambre qui avait été la sienne, près de la cuisine. L'accueil de Martha lui réchauffa le cœur.

Elle fut stupéfaite des changements qui s'étaient produits chez son amie. Une alimentation digne de ce nom avait transformé la maigre jeune femme en une créature aux courbes douces et féminines, qui paraissait à présent tout juste son âge. Bien qu'elle ne fût pas belle au sens classique du terme, c'était une personne avenante d'une trentaine d'années. Elle avait repris confiance en elle, sa chevelure châtaine brillait de santé, et son regard brun avait un nouvel éclat.

Casey en fut ravie, car Martha était la seule femme qu'elle pût appeler son amie…

Les jours s'écoulèrent dans une routine monotone, tandis que Casey s'attelait aux devoirs qu'elle avait elle-même choisi d'accomplir. Pendant son absence, Martha était devenue assez bonne cuisinière, et elle s'efforçait de composer chaque jour des menus différents. Mais Casey n'abandonna pas cette tâche qu'elle affectionnait, et elle enseigna à Martha ce qu'elle connaissait en art culinaire. Toutes les deux s'occupaient aussi du linge et du ménage.

Absorbée par le travail, Casey essayait de ne pas penser à Dare, ni au moment où il reviendrait.

Mais il fallait bien que cela se produise un jour.

Afin de satisfaire Thad McKenzie, Dare resta quelques jours à la ferme avec Mercy, avant d'annoncer brusquement, un matin :

— Je rentre chez moi.

Il en avait assez de passer le plus clair de son temps à cheval jusqu'à ce qu'il fût épuisé, l'esprit vide, et de noyer ensuite son chagrin dans l'alcool.

Mercy ne savait plus quoi inventer, pour le tirer de cette humeur morose qui gâchait leur lune de miel.

Une lune de miel ? Il n'avait fallu que quelques jours à la jeune femme pour comprendre qu'elle s'était lourdement trompée, en imaginant que Dare oublierait Casey sans tarder. Ce qui lui avait semblé une idée de génie, lui laissait un goût de cendre dans la bouche. Pourtant elle refusait d'accepter sa défaite. Elle n'avait pas dit son dernier mot, elle avait des années devant elle pour gagner l'amour de Dare.

— Et moi ? demanda-t-elle lorsqu'il lui eut annoncé sa décision de partir.

— Faites ce qui vous plaira, répondit-il en haussant les épaules. La ferme est mon foyer, et j'ai perdu suffisamment de temps ici, à respecter je ne sais quelles stupides convenances. Notre lune de miel est une mascarade.

— Vous êtes parfois exaspérant, Dare, grinça Mercy. Ma place est à vos côtés, et je partirai avec vous. Quand dois-je être prête ?

— Dans une heure. N'emportez que le strict nécessaire, votre père fera suivre le reste plus tard.

Il allait sortir mais elle le rappela, et il s'arrêta sans se retourner.

— Attendez ! dit-elle. Ne pouvons-nous au moins être amis ? Êtes-vous obligé de me traiter aussi grossièrement devant nos familles ? Vous feriez mieux d'apprécier ce que j'ai fait pour vos amis, au lieu de me détester parce que je vous ai forcé à m'épouser. Vous auriez pu refuser, après tout.

Dare fronça les sourcils. Elle avait raison, d'une certaine manière. Il n'avait pas été obligé d'accepter. Cela ne signifiait certes pas qu'il devait l'aimer, ni lui faire l'amour. Néanmoins elle était sa femme et, en tant que telle, elle méritait un minimum de respect, en particulier devant les autres. En outre, s'il voulait que Casey pense qu'il s'était marié de son plein gré, il allait devoir modifier son attitude vis-à-vis de Mercy.

— Vous marquez un point, Mercy. Je vous suis reconnaissant de ce que vous avez fait pour Casey et Robin…

Une vague de joie envahit la jeune femme, bien vite chassée par ce qui suivit :

— J'essaierai de vous traiter avec courtoisie, mais je ne partagerai pas votre lit pour autant.

Le glapissement furieux de Mercy le suivit tout au long du couloir.

Comme elle balayait énergiquement, Casey n'entendit pas la porte s'ouvrir, ni les pas s'arrêter derrière elle.

Roy et Ben avaient quitté la maison de bonne heure, et Martha et elle s'étaient attelées à un grand ménage. Vêtue de sa plus vieille robe, un foulard sur les cheveux, elle s'attaquait vigoureusement à la poussière.

— Demandez à votre domestique de monter mon bagage dans notre chambre, chéri ! décréta Mercy d'une voix qui pétrifia Casey.

Le balai lui échappa des mains.

De prime abord, Dare ne reconnut pas la frêle silhouette. Il crut que Roy avait engagé une nouvelle condamnée pour aider Martha dans les tâches ménagères. Mais la jeune femme redressa les épaules en entendant la voix de Mercy, et cette attitude fière lui fut soudain familière.

— Bon sang ! explosa-t-il. Que faites-vous, Casey ?

Jamais il n'aurait pensé qu'elle serait de nouveau une servante chez lui !

Elle fit volte-face pour contempler Dare et son épouse, avec une expression proche de l'horreur. Elle avait une folle envie de s'enfuir en courant. Elle avait imaginé que Dare serait surpris de la trouver chez lui, mais visiblement Mercy était la seule choquée par sa présence.

— Je fais mon travail, monsieur, rétorqua-t-elle avec une pointe d'amertume. Je vais monter les bagages de votre… épouse. Elle doit être épuisée par le voyage et… le reste.

— Mais enfin, que fait-elle ici ? cria Mercy d'une voix haut perchée. Cela n'entrait pas dans notre…

Dare lui lança un coup d'œil menaçant.

— Suffit ! gronda-t-il. Nous parlerons plus tard. Montez vous rafraîchir, pendant que je m'entretiens avec Casey.

— Renvoyez-la, chéri…

— Cette demeure appartient à mon père, Mercy, et il a le droit d'employer qui bon lui semble… Maintenant, montez, je vous suis dans une minute.

Mercy foudroya Casey du regard, saisit son sac et se dirigea vers l'escalier.

Dès qu'il eut entendu la porte de la chambre se fermer, Dare reprit la parole.

— Père a-t-il perdu l'esprit ? Vous deviez être invitée dans cette maison, pas servante !

Casey était en pleine confusion. Dare savait-il que Roy avait l'intention de la ramener à la ferme ? De toute évidence, ce n'était pas le cas de Mercy, qui semblait profondément contrariée.

— Vous pensiez que j'allais vivre de la charité de votre père ? riposta-t-elle. J'ai décidé de travailler en échange du vivre et du couvert, ainsi que d'un peu d'argent. Lorsque j'aurai amassé quelques économies, je partirai. Je me doute que ma présence ici irrite votre… femme, mais je n'ai pas d'autre endroit où aller, et votre père a eu la bonté de m'offrir un honnête travail.

Dare était déchiré. Il mourait d'envie de la prendre dans ses bras, de chasser sa peine, sa rancune.

— Casey…

— Si vous voulez bien m'excuser, monsieur, j'ai à faire.

— Je suis désolé, Casey… Sincèrement désolé.

Curieusement, ces mots attisèrent la colère de la jeune femme.

— Ne le soyez pas. J'ai été folle de croire que vous aviez de l'affection pour moi. Trop de choses nous séparent, et je ne peux vous reprocher d'avoir choisi une épouse qui appartient à votre milieu… Mais, ajouta-t-elle dans un sanglot, étiez-vous obligé de me mentir ? De dire que vous m'aimiez ? Vous m'avez trompée, et je vous déteste pour cela, Dare Penrod.

Dare baissa les yeux. S'il la regardait, il craquerait et lui avouerait la vérité. Mieux valait que l'amour qu'elle lui avait porté s'évanouisse de lui-même. Et pourtant… Comme il aurait souhaité tout lui dire, la supplier de rester sienne, de ne permettre à aucun autre homme de la toucher ! Mais elle méritait mieux qu'un rôle de maîtresse. Alors il garda le silence, tandis qu'elle ramassait le balai et passait devant lui, des larmes au bord des cils…

Elle aurait été surprise d'apprendre qu'un peu plus tard, Dare affrontait une Mercy hors d'elle, à laquelle il proposa d'occuper la chambre d'amis. Cette suggestion fut accueillie par un silence outré. La chambre de Dare était beaucoup trop masculine, mais elle l'aménagerait à son goût. Son mari et elle feraient-ils un jour l'amour dans ce grand lit ? se demandait-elle. Puis elle repensa à Casey, qui vivait sous le même toit, et sa fureur ne connut plus de limites.

— Que fait cette traînée dans votre maison, Dare ? Vous vouliez me parler, et j'ai hâte de savoir ce que vous aviez à me dire. Il n'était pas question, dans notre marché, que cette... fille vive ici.

Il eut du mal à maîtriser sa voix.

— Assez d'insultes. C'est père qui prend les décisions, ici.

— Eh bien, demandez à Roy de la chasser. Je suis votre épouse, et il est insultant pour moi de vivre sous le même toit que votre maîtresse.

— Si cela ne vous convient pas, vous pouvez toujours partir, suggéra-t-il avec une pointe d'espoir.

— Cela vous arrangerait, n'est-ce pas ?

— La décision vous appartient...

— Bon sang, Dare, vous pourriez au moins faire un effort !

Sans prendre la peine de répondre, il tourna les talons en déclarant, avec une politesse excessive :

— Excusez-moi, *ma chère femme*, mais je dois rejoindre père et Ben. Je vous verrai au dîner.

Sur ce, il sortit.

Mercy se mit à arpenter la chambre rageusement, tout en imaginant une nouvelle stratégie adaptée à la situation. Au bout d'un moment, un sourire rusé lui monta aux lèvres. Casey en voulait certainement à Dare d'avoir épousé une autre femme. Pourquoi ne pas exacerber ce sentiment, jusqu'à le transformer en véritable haine ?

Pressée de mettre son projet à exécution, elle se rua hors de la chambre... et heurta de plein fouet Casey, qui nettoyait le couloir.

— Regardez où vous mettez les pieds, maladroite !

— Excusez-moi, marmonna Casey, les dents serrées.

— Enfin, puisque vous êtes là, autant vous rendre utile, reprit Mercy d'un ton sec. Papa a promis de me choisir à Sydney une camériste, qui arrivera dans quelques jours avec mes malles. En attendant, je devrai me contenter de vous… Venez.

Elles rentrèrent dans la chambre de Dare.

— Qu'attendez-vous de moi ? demanda Casey.

— Que vous me fassiez de la place. Il me faut la moitié de la garde-robe et plusieurs tiroirs.

— Êtes-vous sûre que Dare acceptera que l'on bouge ses affaires ?

Mercy secoua ses boucles blondes.

— Dare tient à ce que je partage sa chambre… et son lit. Je peux faire ce que bon me semble. Commencez par la penderie.

Casey ouvrit l'armoire, le cœur lourd.

— Dare est si séduisant ! continua Mercy. Nous avons eu une lune de miel follement romantique !

Consciente de la provocation, Casey se mordit la lèvre afin de ne pas répondre.

— Peut-être un jour trouverez-vous un amant de sa qualité… si cela est possible. Il est tellement viril, tellement fort ! Avec lui, je me sens…

— Assez ! cria Casey, à bout de forces. Ce que vous faites avec Dare dans l'intimité ne me regarde pas, et je me moque de savoir s'il est le meilleur amant du monde !

— Oh, il l'est, soupira Mercy, langoureuse. Mais… j'avais oublié : vous le savez, n'est-ce pas ? En outre, Dare souhaite avoir un enfant. Il est peut-être déjà en route… Sinon, ce ne sera pas faute d'avoir essayé !

Cette fois, Casey claqua la porte de la penderie, avec une telle violence que les cloisons vibrèrent.

— Dare ferait mieux d'installer une autre garde-robe pour vous, dit-elle. Celle-ci est trop exiguë pour deux. Et j'ai mieux à faire que de vous écouter raconter les prouesses sexuelles de votre mari.

Elle se dirigea résolument vers la porte.

— Casey, encore une chose !

La jeune femme s'immobilisa.

— Dorénavant, vous vous adresserez à moi sur un autre ton. Vous m'appellerez « madame », et Dare sera « monsieur ». Compris ?

— Parfaitement… *madame*.

L'intonation de Casey était une insulte en soi.

Ce fut Martha qui, afin d'épargner Casey, servit le repas du soir. Et, d'après elle, ce ne fut pas franchement gai. Seule Mercy semblait de charmante humeur, et elle anima la conversation, jusqu'à ce que le manque de réponse l'oblige à se taire. Elle se retira tout de suite après le repas, en jetant à Dare un regard chargé de promesses. Mais – toujours selon Martha – celui-ci ignora délibérément l'invite de son épouse et accompagna son père et son frère dans la bibliothèque…

Casey ne savait pas à quelle heure il irait retrouver sa femme, et elle s'en moquait. Du moins voulait-elle s'en persuader…

Elle aurait été bien étonnée d'apprendre qu'il passait la nuit dans la chambre d'amis. Quand il en sortit, le lendemain matin, le lit refait ne gardait pas trace de son passage.

Les nuits suivantes se déroulèrent de la même manière, et Mercy sentait sa tension monter au paroxysme. Tout cela n'avait aucun sens ! Dare continuait à lui résister, bien que Casey l'évitât comme la peste !

En effet, celle-ci effectuait ses tâches avec discrétion et efficacité, mais elle disparaissait dès que Dare mettait le pied dans la maison. Elle tentait de se convaincre qu'elle le haïssait… et elle y parvint, un certain temps. Les rares moments où elle était obligée de le croiser, elle sentait son regard sur elle, si lourd de désir et de remords qu'elle ne comprenait plus rien. Une femme ne lui suffisait-elle pas ?

Un jour, alors que les hommes venaient de partir au travail, Casey entendit frapper à la porte de service. Elle s'épanouit en découvrant Robin sur le seuil.

Elle se jeta dans ses bras.

— Vous voilà enfin de retour !

Il la serrait contre son cœur avec autant de fougue.

— On m'a permis de quitter la mine, Casey, et je suppose que c'est grâce à Roy. Je peux travailler où bon me semble, alors je suis venu tout droit ici. Heureusement que j'ai de solides bottes, car j'ai fait la route à pied !… Mais racontez-moi. Vous avez été libérée, vous aussi ?

— Roy a accompli un miracle : j'ai été émancipée. Mais venez vous asseoir. Voulez-vous manger quelque chose ?

— Je meurs de faim ! avoua Robin.

— Je vais vous préparer un en-cas, intervint Martha. Du pain, du gigot froid et un reste de tarte aux framboises.

Robin, qui n'avait pas remarqué Martha, faillit ne pas la reconnaître. Ce fut son sourire un peu timide qui le mit sur la voie.

— Martha ? Mon Dieu, que vous est-il arrivé ? Vous n'êtes plus la même !

La femme anguleuse et triste était devenue une fort avenante jeune personne, qui rougit délicieusement, car elle n'était guère habituée aux compliments. Son cher Jerry n'était pas très porté sur la galanterie !

— Je goûterai volontiers votre repas, Martha, dit Robin pour la mettre à l'aise.

Elle le servit copieusement. Elle le trouvait beaucoup trop maigre.

Casey était également de cet avis. Il n'avait plus que la peau sur les os, son beau hâle avait viré au gris, et sa peau avait un aspect maladif. De toute évidence, les dernières semaines avaient été éprouvantes. Pas étonnant que Tim eût préféré risquer la mort, plutôt que de dépérir dans ces mines de charbon.

Robin eut un petit soupir de bien-être quand Martha déposa devant lui une large part de tarte croustillante.

— Vous me gâtez, petite ! dit-il dans un sourire.

— Dare sera heureux de vous voir, déclara Casey.

— Moi aussi ! rétorqua-t-il, la bouche pleine. J'imagine qu'il est comblé, avec vous comme épouse... Moi, à sa place, je le serais en tout cas.

Il y avait une pointe de regret dans ses paroles. Pourquoi n'était-ce pas lui qui avait conquis le cœur de la jeune femme ?

Casey se raidit.

— Robin, je ne suis pas...

Elle fut interrompue par l'irruption de Dare dans la cuisine.

— Robin ! Sapristi, comme c'est bon de te retrouver ! Burloo t'a vu arriver, et il m'a aussitôt prévenu... Martha et Casey se sont occupées de toi, je vois, dit-il avec un coup d'œil à la tarte. Il ne vous en resterait pas un morceau, Martha ? Et j'aimerais aussi une tasse de thé, s'il vous plaît.

— Tout de suite ! répondit joyeusement la jeune femme.

C'était à Martha que Dare s'adressait, pourtant il ne quittait pas Casey des yeux. Robin esquissa un sourire : visiblement, il était fou de sa jeune épouse.

— Martha est devenue une excellente cuisinière, dit-il. Mais je dois te féliciter, je suppose. Lorsque tu m'as rendu visite en prison, tu m'as annoncé ton intention d'épouser Casey. Quand cela s'est-il passé ?

Dare rougit. Si seulement il pouvait parler à son ami en privé ! Mais Casey était là, et elle allait encore souffrir davantage.

— Robin, commença-t-il d'un ton mal assuré, Casey et moi ne sommes pas…

Il ne put continuer, car Mercy entrait à son tour dans la pièce en claironnant :

— Il me semblait bien avoir entendu des voix. Que faites-vous à la maison à cette heure-ci, chéri ?… Oh, Robin ! Vous êtes de retour !

Elle s'approcha de la table et embrassa son mari à pleine bouche.

Robin n'en croyait pas ses yeux. Dare et Mercy ? Il chercha Casey du regard, en quête d'explication, mais la jeune femme avait disparu. Alors il tourna vers son ami un regard réprobateur.

Mercy remarqua sa confusion.

— Avez-vous annoncé la bonne nouvelle à Robin, chéri ?

— J'allais le faire quand vous m'avez interrompu, lança Dare, irrité.

— La bonne nouvelle ? répéta Robin. Mercy et toi… ?

— Nous nous sommes mariés il y a presque un mois, expliqua-t-elle fièrement.

— Je suis certain que vous êtes très occupée, trancha Dare d'un ton sec. Si vous me laissiez seul avec Robin ? Nous avons à parler.

— Très bien, murmura la jeune femme avec une moue chagrine. À ce soir, chéri.

Elle sortit de la cuisine dans un envol de jupe soyeuse.

— Bon Dieu, Dare, j'espère que tu as une bonne raison ! s'exclama Robin. Je croyais que Casey et toi…

D'un froncement de sourcils, Dare lui imposa le silence.

— Sortons, Robin. Nous dérangeons Martha dans son travail…

Dès qu'ils furent dans la cour, Robin assomma son ami de questions.

— C'est vrai ? Tu as épousé Mercy ? Je croyais que tu aimais Casey ! Et si Mercy est ta femme, que fait Casey ici ? Elle n'est tout de même pas ta domestique ! Seigneur, que t'est-il passé par la tête ?

Dare avait décidé une fois pour toutes que seule sa famille connaîtrait la vérité au sujet de ce mariage. Ce qui excluait Robin autant que Casey. Si celui-ci était au courant, il en éprouverait un violent sentiment de culpabilité. Dare n'avait plus qu'à espérer garder malgré tout son amitié.

— Je ne te dois aucune explication, Robin, dit-il. Je suis marié avec Mercy, et père a persuadé Casey de revenir habiter ici, malgré la situation. Elle a sagement compris qu'elle ne pouvait vivre seule à Sydney. Père voulait qu'elle soit notre invitée, mais elle a insisté pour travailler.

— As-tu épousé Mercy avant ou après que Casey a obtenu sa grâce ?

— Le même jour.

— Mon Dieu ! Tu ne pouvais pas attendre ? Casey t'aime, et je sais que tu l'aimes aussi. Quel genre d'homme es-tu donc ?

Dare tressaillit.

— Les choses ne sont pas toujours ce qu'elles paraissent, Robin...

Sur ces paroles énigmatiques, Dare s'empressa de changer de sujet :

— Tu arrives au bon moment. Tom a économisé suffisamment pour s'acheter une petite ferme, et il nous a quittés il y a deux jours. Tu surveilleras le travail des ouvriers. J'aimerais t'offrir une chambre dans la maison, mais il n'y en a pas de libre. Tu devras te contenter provisoirement de la cabane de Tom. Naturellement, tu prendras tes repas avec nous.

— Bien, *monsieur*, lâcha Robin, sarcastique.

Dare en fut cruellement blessé.

— Considère la demeure Penrod comme la tienne, Robin. Nos relations ne seront pas celles d'un patron à un employé... Tu es mon ami.

Robin eut soudain honte de la façon dont il s'était adressé à Dare. Il poussa un soupir.

— Merci... Je me suis toujours senti en famille, chez vous. Et si Casey accepte ton mariage de bonne grâce, je ne vois pas de raison d'en être choqué.

16

Bien que Ben et Roy s'efforcent d'adoucir la vie de Casey, ils étaient dans l'incapacité de lui faire oublier que Dare était aussi inaccessible pour elle que la lune et les étoiles. Chaque soir, lorsque Mercy montait l'escalier, elle avait le cœur brisé en songeant que, bientôt, Dare lui ferait l'amour... Même les fréquentes visites que Robin lui rendait à la cuisine, ne pouvaient alléger sa peine. Au fil des jours, il devenait évident que l'intérêt du jeune homme se précisait, maintenant que Dare ne se présentait plus comme un rival.

Un soir, après avoir terminé son travail, elle alla prendre l'air dans la cour. Appuyée au tronc d'un gros eucalyptus, elle écoutait la sérénade des insectes. Elle sursauta quand Robin s'approcha d'elle en silence, pour lui murmurer à l'oreille :

— Vous êtes si belle, Casey, avec vos cheveux de feu sous la lune...

— Vous m'avez fait peur, Robin !

— J'allais me coucher, quand je vous ai vue... Me permettez-vous de vous tenir compagnie un moment ? Il y a longtemps que nous n'avons pas parlé en toute tranquillité.

— Avec plaisir, dit-elle, heureuse de cette distraction. Je n'ai même pas eu l'occasion de vous remercier réellement, pour l'aide que vous avez apportée à Tim. Vous êtes un véritable ami.

— J'aimerais être davantage, Casey… si vous m'y autorisiez. Mais je ne pourrais vous proposer de m'épouser que dans sept ans, or je doute que vous m'attendiez tout ce temps.

Elle tressaillit.

— Ne parlez pas de ça, Robin ! Je… j'ai beaucoup d'affection pour vous, mais ce n'est pas de l'amour.

— À cause de Dare, n'est-ce pas ? Vous l'aimez encore, bien qu'il vous ait trahie en épousant Mercy.

— Je n'y peux rien, avoua Casey dans un sanglot. J'ai essayé de le haïr, en vain…

Elle fondit en larmes. À cet instant, Robin aurait volontiers étranglé son ami ! Il prit la jeune femme dans ses bras, et elle s'y réfugia avec gratitude. Alors, tout naturellement, il l'embrassa. Pas avec passion. Il lui dit des paroles apaisantes, il déposa de petits baisers sur ses joues, ses yeux, ses lèvres, jusqu'à ce qu'elle se détende enfin contre lui. Puis, à contre-cœur, il la repoussa doucement.

— Merci, Robin, dit-elle dans un sourire tremblant. Je… je ne sais pas combien de temps je supporterai encore cette douleur. J'envisage sérieusement de partir et de chercher du travail à Sydney.

Elle l'embrassa sur la joue et s'éloigna.

Bouleversé, il la suivit des yeux dans l'obscurité. Comment Dare avait-il pu épouser Mercy, alors que Casey l'aimait tant ? Les jeunes mariés ne lui semblaient pas respirer la joie de vivre !

Soudain, une silhouette sortit de l'ombre. Le visage grave de Dare apparut dans un rayon de lune.

— Dare ! Que fais-tu là, caché dans le noir ?

— Je te poserais la même question si je n'avais déjà la réponse ! rétorqua son ami, déchiré. Tiens-toi à l'écart de Casey, Robin. Elle n'est pas pour toi.

— Je ne vois pas en quoi cela te regarde ! lança Robin, qui avait du mal à garder son calme. Tu ferais mieux de t'occuper de ton épouse. J'ai vu la façon dont tu contemples Casey. Si tu la désires à ce point, pourquoi avoir épousé Mercy ? Je ne t'ai jamais vu méprisant envers les déportés, mais c'est la seule raison que je puisse imaginer à ton mariage précipité.

Dare crispa les mâchoires.

— Je ne tiens pas à en discuter avec toi, Robin, et je n'ai pas à me justifier à tes yeux. Sache seulement qu'une relation entre Casey et toi est impossible. Tu n'es pas libre de te marier, et je ne veux pas que tu t'amuses avec elle.

— Tu es parfois incompréhensible, Dare ! Casey ne veut pas de moi, et je la consolais, rien de plus. Elle souffre, elle est perdue, et c'est ta faute. Lui as-tu seulement parlé, expliqué ton attitude ? Elle le mérite, Dare. Tu es mon employeur, mon ami, mais je ne supporterai pas que tu abuses d'elle. Or c'est ce qui va se passer, si je comprends bien…

— Tu es injuste ! protesta Dare, furieux.

— Possible, néanmoins je te mets en garde. Casey a sans doute raison : si elle s'en va, tu seras débarrassé de la tentation.

Dare tressaillit.

— Elle songe à partir ? Comment le sais-tu ?

— Elle vient de me confier qu'elle projetait de chercher du travail à Sydney.

— Mon Dieu ! Tu sais aussi bien que moi ce qui lui arrivera, si elle s'en va d'ici !

— Tu me prends pour un imbécile ? Bien sûr, je le sais. Mais Casey est déterminée… Je te conseille de réfléchir à ce que je viens de te dire. Bonsoir.

Pensif, Dare vit son ami se fondre dans la nuit. Il aurait dû se douter que la fierté de Casey l'empêcherait de rester sous le même toit que Mercy et lui. Elle était persuadée qu'il partageait le lit de son épouse, qu'il l'aimait. Ce qui était faux, malgré tout le charme que déployait Mercy.

Il ne supportait pas l'idée que Casey pût partir. Elle avait besoin de la protection des Penrod. S'il le fallait, ce serait lui qui quitterait la ferme, afin de lui permettre de rester. D'ailleurs, il y réfléchissait depuis quelque temps déjà…

Sa décision prise, il rentra dans la maison. Un rai de lumière filtrait sous la porte de Casey.

Sachant qu'elle lui refuserait l'entrée de sa chambre, il tourna doucement le bouton et se glissa sans bruit à l'intérieur.

Nerveuse, incapable de dormir, Casey avait fait sa toilette, puis elle avait enfilé une légère chemise et s'était assise près de la fenêtre afin de se brosser longuement les cheveux. Elle espérait que ce mouvement monotone la distrairait de ses sombres pensées.

Était-il possible d'aimer un homme et de le détester en même temps ? Elle oscillait dangereusement à la frontière de ces deux sentiments extrêmes. Si elle demeurait davantage chez les Penrod, elle y perdrait la raison… Pas une fois, au cours des semaines écoulées, Dare n'avait essayé de lui expliquer pourquoi il avait épousé Mercy, le jour même où elle obtenait sa grâce. Que s'était-il passé ? Il n'était pas lâche, il ne craignait pas les critiques de la société bien-pensante. Ben et Roy demeuraient muets sur le sujet, refusant obstinément d'évoquer le mariage de Dare. Les deux hommes traitaient Mercy avec une froide politesse, et cela ne faisait que renforcer le malaise de Casey : il fallait qu'elle parte.

Perdue dans ses méditations, elle n'entendit pas Dare entrer dans sa chambre. Pourtant quelque chose l'alerta. Un fourmillement de tout son être, une force inexplicable…

Tous ses sens en éveil, elle pivota.

Il s'était arrêté à quelques pas. La lumière de la bougie, combinée à celle de la lune, la faisait ressembler à une apparition féerique. La chevelure de feu formait un écrin pour ses traits délicats, ses lèvres pleines, ses pommettes hautes, ses épaules d'albâtre. Elle était fine, souple, féminine, et il la désirait avec une folle intensité. S'il ne pouvait avoir Casey, jamais il ne toucherait une autre femme.

Elle se leva lentement pour lui faire face, et il resta fasciné par cette créature de rêve qui baignait dans le clair de lune, sensuelle, et pourtant presque irréelle dans sa beauté.

Ils demeurèrent ainsi immobiles un long instant, avant de se jeter dans les bras l'un de l'autre, mus par un désir qui les dépassait, les submergeait, brisait les derniers vestiges de leur volonté. Le destin exigeait cette rencontre explosive qui les menait à la limite de la folie…

Dare répétait son nom, la caressait, l'embrassait, plongeait dans les profondeurs du regard lumineux, tandis qu'elle cherchait une réponse dans ses yeux gris assombris par le désir. Elle n'y trouvait plus aucune froideur, plus de réserve : seulement de l'amour, de la tendresse, de la chaleur.

Que faisait-il là ? Était-il venu chercher un assouvissement que ne lui offrait pas sa femme ? Ou expliquer pourquoi il avait épousé Mercy ? Étouffée par la violence de ses émotions, Casey s'en moquait. Seule comptait la présence de Dare, cette présence qui la consumait jusqu'au plus profond de son âme.

Il tenait son visage entre ses mains et baisait son front, ses paupières, ses lèvres, la faisant frémir de bonheur. Ils se collaient l'un à l'autre, unis comme jamais malgré la barrière des vêtements. Leurs doigts se cherchaient, leurs souffles se mêlaient.

Dare la débarrassa de sa chemise et tomba à genoux devant elle, enfouit le visage contre sa peau si douce, au cœur de sa féminité, lui arrachant des soupirs d'un plaisir si intense qu'elle en avait mal.

— Dare... Dare...

Un gémissement montait en elle tandis qu'elle ondulait sous sa caresse. Puis elle retint son souffle : il sut qu'elle était proche de l'extase et il revint vers sa bouche.

— Pas encore, mon amour, murmura-t-il d'une voix tremblante. Je veux vous donner ce soir plus de plaisir que vous n'en avez jamais eu...

« Car ce sera la dernière fois », ajouta-t-il en pensée.

Mais comment serait-ce possible ? Elle fondait déjà, elle devenait folle de désir. Et tant pis si Dare était marié, elle aurait tout le temps ensuite pour les remords.

Il suivait avec amour les lignes de son visage, afin de les mémoriser à travers ses doigts pour les longs jours de solitude à venir, il buvait à ses lèvres avec la fièvre du désespoir...

La passion montait, inexorable, et Casey arracha les vêtements de Dare afin de le sentir nu contre elle. Il n'y avait plus d'hier, plus de demain. Seulement le présent, cette chambre, cet homme et cette femme.

Enfin il la souleva, l'allongea sur le lit, s'étendit près d'elle.

— Caressez-moi, supplia-t-il en prenant sa main pour la poser sur son sexe.

Elle caressa la colonne palpitante, d'abord doucement, puis avec plus de hardiesse, lui arrachant un feulement de satisfaction, jusqu'à ce qu'il n'en puisse plus.

Alors, enfin, il pénétra en elle, lent, sensuel. Elle épousa son rythme, de plus en plus vite, de plus en plus fort, et ils furent propulsés dans les étoiles, corps et âmes intimement joints, dans une explosion magique, infinie...

Ils revinrent sur terre, le goût de leurs larmes sur les lèvres, encore étourdis par leur incroyable voyage.

Ils s'assoupirent fugitivement dans les bras l'un de l'autre. Mais Dare avait tant à dire, et si peu de temps…

— Vous êtes réveillée, mon amour ? demanda-t-il en effleurant ses lèvres.

Casey n'avait pas envie de rompre le charme, pourtant elle finit par répondre :

— Oui.

— Je suis désolé, Casey. Ce n'était pas prémédité. Je ne veux pas vous faire de mal…

— Je ne souhaitais pas non plus que cela se produise.

— Je ne me contrôle plus, quand je suis seul avec vous. Je désirais seulement vous parler, vous dire qu'il n'était pas indispensable que vous partiez. Mais toutes mes bonnes intentions se sont envolées dès que je vous ai vue. Et je pense que c'est la même chose pour vous.

Casey baissa les yeux.

— C'est la raison pour laquelle il faut que je m'en aille. Ce qui existe entre nous est tellement fort… Mais vous avez choisi d'épouser Mercy, et je n'ai plus aucun droit. Je refuse d'être votre maîtresse. Je ne veux pas passer ma vie à attendre que vous veniez me voir la nuit, et m'offrir ce qui appartient à votre femme. Cette nuit était la dernière.

— Je sais, mon amour. Vous méritez mieux. Mais vous ne pouvez vous en aller, c'est trop dangereux. Bien que nous ne soyons pas liés officiellement, je vous protégerai. C'est pourquoi j'ai décidé de partir. Je sais combien ma présence vous est pénible, et je ne supporte pas de vous voir souffrir…

— Non, Dare ! C'est votre foyer ! Si quelqu'un doit fuir, c'est moi. Vous ne pouvez abandonner votre famille. Et Mercy? Si elle attendait un enfant de vous?

Dare eut un rire amer.

— Impossible!

Elle fronça les sourcils.

— Vous en êtes certain?

— Croyez-moi, jamais elle ne portera mon enfant.

Renonçant à toute prudence, Casey demanda :

— Vous n'aimez pas Mercy?

— L'aimer? Mes sentiments pour elle sont bien loin de ça!

— Alors… pourquoi l'avez-vous épousée?

La jeune femme rougit soudain et se reprit bien vite :

— Non, ne répondez pas. Je n'étais pas digne de devenir votre femme. Une ancienne condamnée pour meurtre ne peut épouser un pur mérinos. Je vous comprends. L'amour n'a rien à y voir.

— Vous vous trompez, ma chérie! protesta énergiquement Dare. Ce mariage avec Mercy est le résultat d'un marché que nous avons conclu, elle et moi. Elle a rempli sa part du contrat, j'ai jugé de mon devoir d'assumer la mienne. Or elle exigeait le mariage, même si j'ai l'impression qu'elle commence à comprendre son erreur. Mon nom est tout ce qu'elle obtiendra jamais de moi.

Il se rendit compte qu'il en avait déjà trop dit, et renonça à aller plus loin.

— Croyez-moi, ma chérie, lorsque je vous dis que je n'ai pas choisi d'épouser Mercy. Je ne l'aime pas et je ne dors pas avec elle. Vous êtes la seule femme que j'aie jamais aimée.

Casey mourait d'envie de le croire, mais il lui était difficile d'imaginer Dare obligé d'agir contre son gré… Pourtant, elle ne regrettait pas un instant d'avoir fait l'amour avec lui. Ce serait un souvenir à chérir… quand elle n'aurait plus que cela.

— Je suis désolée, Dare, il m'est impossible de vous croire. Je suis reconnaissante de ce que vous et votre famille avez fait pour moi. J'ai eu envie de vous, ce soir, et si vous ne m'aviez pas fait l'amour, j'aurais été terriblement déçue. J'y penserai jusqu'à la fin de ma vie... Mais je partirai demain.

— Non, Casey ! C'est moi qui m'en vais. J'ai entendu parler d'une expédition qui va explorer les Blue Mountains. Il n'y a plus assez de terres exploitables en Nouvelle-Galles-du-Sud, alors des gens comme Macarthur cherchent à s'étendre vers l'ouest. Ils financent l'expédition, et j'ai décidé de me joindre à eux. Nous avons largement le temps, avant l'arrivée de l'hiver, de trouver un moyen de franchir les montagnes et de revenir.

— Mais on se perd, dans ces montagnes, Dare ! s'écria Casey, inquiète. Beaucoup d'hommes ont disparu là-bas !

— Ma décision est prise, Casey. Je deviendrai fou, si je reste ici avec Mercy. Il faut que je m'en sorte.

— En avez-vous parlé à votre père ? À Mercy ?

— À père, oui. Il n'est pas ravi, mais il me comprend. Quant à Mercy, je vais lui en parler dès demain matin.

La conversation avec Robin avait renforcé sa résolution. L'idée qu'un autre homme pût toucher Casey le rendait ivre de jalousie, pourtant il n'avait pas le droit de s'en mêler, d'exiger son amour.

— Dare, je voudrais... je souhaite...

— Chut ! Ne dites rien, mon amour. Nous avons cette nuit. Seulement cette nuit. Laissez-moi la passer près de vous.

La jeune femme était fascinée par les yeux gris si changeants qui pouvaient refléter le bleu du ciel, ou devenir nuages d'orage, ou lames d'acier.

— Aimez-moi encore, Dare...

Instantanément, les mains et les lèvres de Dare pratiquèrent leur magie, et bien vite elle gémit, déjà au bord du gouffre.

Tout au long de la nuit, il l'aima tendrement, doucement, violemment, avec exigence, avec désespoir... jusqu'à ce que l'aube les emportât brièvement sur les ailes d'un sommeil bienheureux.

17

Le jour se leva avec sa soudaineté coutumière. Dare s'était réveillé quelques instants auparavant, auprès de Casey, et l'avait regardée dormir. Même ainsi, elle le troublait infiniment. Tout en elle était gracieux, féminin : ses seins ronds, sa taille fine, ses longues jambes…

Il pesta entre ses dents. S'il ne partait pas immédiatement, il serait incapable de se détacher d'elle…

Il se leva avec précaution, s'habilla sans bruit. Puis il ôta sa chevalière, la posa dans la paume de la jeune femme, referma ses doigts. Elle s'agita légèrement, mais n'ouvrit pas les yeux.

Il entra dans la cuisine, sans se rendre compte que Martha et Robin, installés à table, buvaient leur tasse de thé matinale avant de commencer le travail. C'était une habitude que Casey partageait avec eux, mais ce jour-là elle était en retard. Et à l'instant où Dare sortit de sa chambre, ils comprirent pourquoi.

Perdu dans ses pensées, Dare ne se serait pas aperçu de leur présence, si Martha n'avait étouffé un petit cri de surprise.

Il blêmit et maudit intérieurement son manque de chance. Martha s'était détournée, mais le visage de Robin exprimait tout son mépris. Les mots étaient inutiles, et Dare n'essaya pas de s'expliquer. Il sortit sur un bref signe de tête.

Mercy dormait encore, lorsque Dare fit irruption dans la chambre qu'il n'avait jamais partagée avec elle, et se mit à ouvrir armoire et tiroirs.

Elle se redressa contre les oreillers pour l'observer en silence, les yeux plissés. Comme il ne faisait pas mine de parler, elle prit l'initiative.

— À quoi dois-je le bonheur de cette visite, Dare ? demanda-t-elle d'un ton mielleux qui dissimulait mal sa colère. C'est la première fois que vous entrez dans cette chambre pendant que j'y suis. Seriez-vous enfin revenu à la raison ?

— Je rassemble mes affaires, comme vous pouvez le constater, dit-il sans se retourner. Je quitte la ferme.

— Pardon ? Mais... pour aller où ? Et moi ?

— Je vais me joindre à l'expédition des Blue Mountains. Avec un peu de chance, je serai de retour en juillet, mais n'y comptez pas trop. Si nous trouvons un passage vers l'ouest, j'y resterai peut-être, afin de participer à la fondation d'une nouvelle colonie.

Elle se dressa comme un diable sortant de sa boîte.

— Par le Ciel, Dare, d'autres hommes ont essayé et ils ont laissé leur vie dans ces satanées montagnes ! N'y allez pas !

— Ma décision est irrévocable, répliqua-t-il en lui faisant face. Notre mariage est un échec, nous sommes tous les deux malheureux, et Casey également.

— Alors renvoyez-la, chéri, supplia Mercy, gagnée par la panique. Elle partie, tout s'arrangera entre nous. Accordez-nous cette chance...

— Désolé, Mercy. D'un côté, je vous suis reconnaissant de ce que vous avez fait pour elle et Robin, mais d'un autre côté je vous déteste d'avoir détruit autant de vies en exigeant ce mariage.

— Non! Ne dites pas ça! cria la jeune femme, se précipitant pour se jeter dans ses bras. Ne me quittez pas!

Dare la repoussa sans ménagement, et Mercy remarqua enfin ses yeux cernés, son menton ombré de barbe, ses vêtements froissés...

— Vous sortez de chez elle! accusa-t-elle. Je le sens! Au lieu de passer votre dernière nuit ici, dans mon lit, vous étiez dans le sien... Salaud!

— J'étais où j'avais envie d'être.

— Et moi? Que vais-je devenir en votre absence?

— À vous de décider. Votre père sera sûrement ravi de vous recevoir pour une longue visite. Mais si vous préférez rester ici, père s'occupera de vous comme il convient. À condition que vous vous comportiez correctement, ajouta-t-il, sévère.

Rassemblant toute sa dignité, Mercy redressa les épaules.

— Au revoir, Dare, dit-elle, décidée à ne pas s'effondrer devant lui. Et bonne chance. Bien que vous ne soyez pas de cet avis, j'ai toujours eu vos intérêts à cœur. Peut-être finirez-vous un jour par m'apprécier à ma juste valeur...

Casey s'étira, langoureuse de la nuit qu'elle venait de passer. La plus merveilleuse de toute sa vie. Dare avait fait de leurs adieux un moment de joie inoubliable, et elle ne pouvait plus douter de son amour.

Pourtant elle sut tout de suite, intuitivement, qu'il était parti. Non seulement de sa chambre, mais de la ferme. De sa vie.

Elle se hâtait de se lever lorsqu'elle sentit un objet dur dans sa main. La bague... la chevalière que Dare ne quittait jamais! Encore une preuve d'amour... Si seulement il avait eu assez confiance en elle pour lui expliquer la raison de son mariage avec Mercy, au lieu de se contenter d'allusions énigmatiques!

Un peu plus tard, elle entra dans la cuisine, ignorant bien sûr que ses amis avaient vu Dare sortir de sa chambre. Martha était seule, en train d'éplucher des légumes.

— Je ne me suis pas réveillée, dit Casey, penaude, en baissant les yeux.

— Peu importe. Tout le monde a droit à une grasse matinée de temps en temps, dit gentiment Martha. Assieds-toi, je te sers une tasse de thé. Roy et Ben sont déjà aux champs, et Dare...

— Dare est parti, termina Casey d'une voix étranglée.

— Je suis navrée.

— La vie n'est pas une allée de roses, je l'ai appris il y a longtemps...

— J'ai vu Dare sortir de ta chambre ce matin, avoua Martha sur le ton de la confidence. Et je n'étais pas seule : Robin était là aussi. Mais ne t'inquiète pas, il ne dira rien. Pourtant il était furieux. Si Dare n'était pas parti en toute hâte, il lui aurait dit sa façon de penser.

— Je suis désolée que vous ayez tous les deux été témoins de notre... écart de conduite. Mais j'aime Dare, et rien ne me fera changer, ni son mariage, ni son départ.

— Si cela peut te rassurer, Robin et moi ne te tenons pas pour responsable... Robin ne comprend rien au mariage précipité de Dare. Et je suis étonnée aussi, d'autant qu'il n'a jamais dormi avec elle. L'autre jour, il m'a demandé de changer les draps de la chambre d'amis, et visiblement ils étaient utilisés. Cela ressemble-t-il à l'existence d'un jeune marié?

Une joie indicible envahit Casey. Dare n'avait pas menti ! Il ne faisait pas l'amour à sa femme !

— J'aurais aimé qu'il se confie à moi avant de s'en aller, réfléchit-elle tout haut. Je ne saurai sans doute jamais pourquoi il s'est marié. À moins que Mercy ne me le dise…

— Ce qui m'étonnerait fort ! Roy et Ben sont-ils au courant, à ton avis ?

— Sans doute.

— À propos, Ben était horriblement déçu que Dare refuse de l'emmener dans cette expédition. Il a menacé de s'y joindre quand même, mais Roy a fini par le persuader qu'on avait besoin de lui à la ferme. Ben envie son frère de se lancer dans une telle aventure.

— Une dangereuse aventure, fit remarquer Casey, angoissée.

— Dare sait ce qu'il fait, la rassura Martha avant de retourner à son travail.

Casey se mit également à ses occupations, mais elle avait l'esprit en ébullition. Il fallait absolument qu'elle découvre pourquoi Dare avait épousé Mercy contre son gré.

Ben demeura sombre pendant quelque temps. Il en voulait à son frère de l'avoir privé d'une passionnante aventure. Pourtant, son heureuse nature ne tarda pas à reprendre le dessus. L'automne s'annonçait, et les nuits fraîchissaient agréablement. Ce serait le premier hiver australien de Casey. Ben lui avait expliqué que le mois le plus rude était juillet, mais il ne neigeait que sur les sommets des Blue Mountains. Cependant, bien que la température restât à peu près clémente sur la côte, il gelait parfois à l'intérieur des terres.

Un jour, Roy revint de Sydney avec des vêtements chauds pour Martha et Casey. En fait, la jeune femme avait hâte de connaître des journées et des nuits plus fraîches.

L'absence de Dare continuait à la torturer. Elle se rappelait ses mains sur elle, ses lèvres qui la menaient vers l'extase... Plus jamais elle ne connaîtrait ce bonheur parfait, car dès qu'il rentrerait – s'il rentrait – elle devrait s'en aller, qu'il le veuille ou non.

Dès le jour où Dare était parti, l'attitude de Mercy avait radicalement changé. Elle ne se montrait plus autoritaire ni exigeante vis-à-vis de Casey : au contraire, elle était presque amicale, et c'était tellement loin de son caractère que Casey se méfiait. En quoi le départ de Dare aurait-il pu modifier à ce point sa façon d'être ? Il y avait forcément une raison cachée à cet étonnant revirement.

Cependant, cette énigme devint rapidement le cadet de ses soucis. Au bout de deux mois, ses soupçons se révélèrent fondés...

Elle était enceinte !

Pourquoi justement cette nuit-là ? se lamentait-elle. Rien n'était arrivé, les autres fois. Était-ce la force de leur attirance qui l'avait rendue plus réceptive ? En tout cas, elle porterait l'enfant de Dare dans la honte... Non ! Pas dans la honte, dans l'amour.

Une seule chose était sûre : elle tiendrait la famille à l'écart. Dès que son état serait évident, elle s'en irait.

Le problème devint plus encore d'actualité, le jour où Mercy vint trouver Casey au potager. À cette époque, Ben commençait à parler du retour proche de Dare.

— J'aimerais m'entretenir avec vous, Casey, dit-elle d'un ton léger.

— De quoi pourrions-nous bien parler ? rétorqua la jeune femme qui n'était pas d'humeur à discuter.

Elle venait de subir une violente nausée et en avait encore les jambes tremblantes.

— Rentrons, il fait froid. Il n'y a personne au salon, et nous y serons plus confortablement installées…

Sans attendre de réponse, elle tourna les talons. Exaspérée, Casey n'eut d'autre choix que de la suivre.

Mercy se dirigea vers la cheminée où brûlait un bon feu.

— Vous savez que Dare va bientôt rentrer, n'est-ce pas ? attaqua-t-elle. Et vous n'ignorez pas qu'il lui est fort pénible de vivre sous le même toit que vous.

— Soyez plus claire, Mercy. Où voulez-vous en venir ?

— À ceci : il est temps que vous partiez. Vous me devez au moins ça, Casey…

— Je ne vous dois rien, à ma connaissance !

Mercy haussa les sourcils.

— Dare ne vous a rien dit ? J'en suis surprise. Eh bien, il est temps que vous soyez au courant. Visiblement, mon mari avait… d'autres occupations quand il était auprès de vous. C'est un magnifique amant, non ?

Casey s'empourpra. Dare avait-il raconté à sa femme leur fabuleuse nuit d'amour ?

— Vous pensiez que je l'ignorais ? reprit méchamment Mercy. Je ne suis pas idiote, quoi que vous en pensiez ! Dare est extrêmement viril, et assez peu porté sur le célibat. Comme il n'était pas dans mon lit, j'ai supposé qu'il était dans le vôtre. C'est votre présence qui a gâché notre mariage.

Casey songea que leur union était condamnée dès le départ, mais elle préféra changer de sujet.

— Vous disiez tout à l'heure que j'avais une dette envers vous. De quoi s'agit-il ?

— De votre liberté. À ma demande, mon père s'est arrangé pour obtenir votre grâce et faire sortir Robin des mines. Il est ami avec le lieutenant-colonel Johnston, qui ne peut rien lui refuser.

Casey en resta bouche bée.

— Votre... votre père a obtenu mon pardon ? Vous en êtes sûre ?

— Absolument.

— Et la possibilité pour Robin de travailler où il le souhaitait ? Mais... pourquoi Dare ne me l'a-t-il pas dit ?

— Il faudrait le lui demander.

Soudain, Casey comprit, et le poids le la vérité lui tomba sur les épaules. Le mariage avec Mercy était une partie du contrat auquel Dare avait fait allusion... La liberté de Casey, contre les noces ! Dieu, il n'avait pas menti ! Or rien de tout ceci ne serait arrivé sans elle, si elle n'avait pas trouvé Tim près de la ferme, si elle n'avait pas demandé l'aide de Robin...

Si elle avait été au courant, jamais elle n'aurait accepté le sacrifice de Dare. Était-ce la raison pour laquelle il ne lui en avait pas parlé ?

Oui, elle avait une dette envers Mercy, une énorme dette ! Et il existait un seul moyen de s'en acquitter : partir, sortir de leur vie. D'ailleurs, sa grossesse était déjà à elle seule une raison suffisante...

— Vous avez raison, Mercy, dit-elle enfin. Je vous dois plus que je ne pourrai jamais vous rendre. Si j'avais su, je n'aurais pas laissé Ben et Roy me persuader de venir ici. Croyez-le ou non, j'avais décidé de m'en aller avant le retour de Dare. C'est ce que je vais faire sur-le-champ.

Mercy fronça les sourcils, étonnée de gagner si facilement. Afin de s'assurer que Casey ne changerait pas d'avis, elle mit de l'eau dans son vin.

— Ne me croyez pas plus dure que je ne le suis, Casey... Je veux seulement que Dare m'aime, or c'est impossible tant que vous êtes là. Mais je tiens à vous aider... Que diriez-vous d'ouvrir une boutique à Sydney ? Je peux vous en offrir les moyens. Je sais que vous serez en mauvaise posture, seule en ville, sans ressources. Dare m'en voudrait à mort s'il vous arrivait quelque chose de fâcheux.

— Vous êtes trop bonne, murmura Casey, sarcastique. Je ne veux pas de votre argent. Je saurai m'en sortir.

— J'insiste ! déclara fermement Mercy. C'est le moins que je puisse faire.

— Non... je...

Casey se tut, prise d'une subite angoisse. Pourquoi ne pas accepter l'aide de Mercy ? Bientôt, elle aurait un enfant à charge. Que leur arriverait-il si elle ne trouvait pas de travail ? Il était hors de question de demander l'appui des Penrod, qui en avaient déjà fait bien assez pour elle...

Elle ravala son orgueil.

— Si vous y tenez tant, Mercy, j'accepte. Il est normal que vous me demandiez de m'en aller, et je vous dois ma liberté. Dorénavant, peut-être parviendrez-vous à vous... entendre avec Dare.

— Bravo, Casey ! Vous êtes une fille intelligente. Je ne vous en veux pas d'avoir... aimé mon mari. Et si vous avez besoin de moi, à l'avenir, n'hésitez pas à venir me trouver. Maintenant, ajouta-t-elle joyeusement, il ne nous reste plus qu'à réunir les fonds promis. Dès demain, vous m'accompagnerez chez mon père, car c'est lui qui gère l'argent que j'ai hérité de ma mère.

Cette nuit-là fut la pire de toutes.

Robin était-il au courant du sacrifice que Dare avait consenti pour eux deux ? Sans doute pas, car jamais il n'aurait accepté.

Casey était écrasée par le poids de sa culpabilité. La vie était tellement injuste ! Dare l'aimait, mais sans l'intervention de Mercy, elle serait restée captive du lieutenant Potter. Cette femme méritait une chance de gagner l'amour de Dare.

Une seule lumière l'éclairait dans cet abîme : l'enfant qui grandissait en elle. Personne ne pourrait le lui enlever !

Durant sa longue insomnie, elle décida de ne pas annoncer son départ à Ben ou à Roy, avant le jour où elle s'en irait. En attendant, elle accompagnerait Mercy McKenzie chez son père. Ensuite, elle prendrait son destin en main...

Martha protesta énergiquement, au matin, lorsqu'elle lui annonça son intention d'accompagner Mercy chez elle.

— Cette femme te hait, Casey. Je n'ai aucune confiance en elle. Emmène Robin avec toi, si tu tiens absolument à y aller.

— Tu es injuste envers elle, répliqua Casey, à la stupéfaction de son amie. Elle... elle a des raisons de ne pas m'aimer. Elle a toujours été gâtée, habituée à ce que tout le monde cède devant elle. Mais sa vie n'a pas été très gaie, depuis que Dare l'a amenée ici...

— Tu es folle ? Elle prend plaisir à te tourmenter. Qu'a-t-elle donc fait, pour gagner ton indulgence ?

— Je ne peux pas t'expliquer, Martha. Mais j'irai avec elle.

— Vous ne devriez pas partir seules toutes les deux, insista Martha. Hier encore, Ben parlait de broussards qui rôdent dans la région. Il y a des gens détroussés chaque jour.

— Tu te tracasses pour rien, assura Casey en prenant son châle avant de se diriger vers la porte. Nous serons rentrées avant que tu aies le temps de t'inquiéter.

18

Le ciel bas et gris n'aidait guère Casey à voir la vie sous un meilleur jour, tandis que Mercy conduisait habilement le chariot sur la route poussiéreuse qui longeait la rivière. Savoir qu'elle était responsable du mariage de Dare avec une femme qu'il n'aimait pas lui déchirait le cœur, et cette culpabilité la rongerait toute sa vie. Heureusement, il lui resterait l'enfant, pour se rappeler la passion qu'ils avaient partagée. Et l'argent de Mercy serait le bienvenu afin de l'élever convenablement.

— Écoutez-moi, ordonna celle-ci. Lorsque nous arriverons chez moi, vous attendrez dans la voiture pendant que je parlerai à père. Cela ne devrait pas être long.

Casey acquiesça en silence.

La route qu'elles suivaient était déserte, bordée d'un côté par la rivière, de l'autre par une forêt dense. Le bœuf de trait n'était guère rapide, et une pluie fine se mit à tomber, les transperçant jusqu'aux os.

— Bon sang ! marmonna Mercy. Nous avions bien besoin de ça ! Si seulement cet animal voulait accélérer l'allure, nous...

Elle s'interrompit dans un hurlement, et Casey suivit la direction de son regard. Des hommes hirsutes avaient surgi de la brousse et les encerclaient.

— Hé, regardez qui voilà, les gars !

Casey aperçut le malfrat qui avait par deux fois tenté de la violer, celui que Dare avait blessé.

— Non ! cria-t-elle.

— Ah, tu m'as reconnu ! grinça Bert. J't'ai attendue assez longtemps, garce !

— Vous… vous connaissez cet homme, Casey ? balbutia Mercy, paniquée.

— Lui et ses acolytes nous ont attaqués entre Sydney et Parramatta. Ils avaient maîtrisé Roy, mais Dare et Ben sont arrivés juste à temps pour… les empêcher de nous molester, Martha et moi. Et une autre fois…

— Ferme-la et descends ! grommela Bert en saisissant Casey par le bras.

Artie faisait de même avec Mercy, qui protesta en se débattant.

— Ne me touchez pas ! Je suis Mercy McKenzie Penrod, l'épouse de Dare Penrod !

— Joli petit morceau, apprécia Bert, lubrique. Dommage que ton mari soit pas là, je lui dois un chien de ma chienne ! J'ai pas pu m'asseoir pendant des semaines, la dernière fois qu'on s'est rencontrés…

— J'ignore de quoi vous parlez ! s'affola Mercy.

— La rouquine, elle, elle le sait, dit Bert en couvrant Casey d'un regard lascif. Je croyais que c'était toi, la femme de Penrod. Mais t'étais pas assez bonne pour lui, sans doute. Ou alors il lui faut plus d'une femme dans son lit ? Pourquoi ton amant a épousé cette pimbêche de McKenzie ?

— Ne parlez pas de ce que vous ne connaissez pas ! s'indigna Casey.

— J'ai des oreilles. Artie était en ville, au moment de ton procès. Penrod disait à qui voulait l'entendre qu'il allait t'épouser. Et puis il s'est marié avec la fille du vieux McKenzie. Ce salaud sait pas la chance qu'il a, avec deux belles filles comme ça à sa disposition !

— Comment osez-vous proférer de telles insanités ? s'écria Mercy, outrée.

— Joli petit chat sauvage, hein, Artie ? ricana Bert. Je te la laisse, vieux. La rouquine est à moi. Évidemment, il faudra partager avec les autres, mais on verra ça plus tard…

— Et Big John ? demanda Artie qui se léchait déjà les babines. Il nous rejoindra, comme convenu.

Bert fronça les sourcils.

— La brute ! Il va nous les abîmer, s'il les prend en premier.

— J'suis pas un dégonflé, mais j'ai pas envie de me colleter avec ce géant ! Vaut mieux qu'on s'occupe des femmes avant qu'il arrive.

— J'aimerais bien les honorer tout de suite, mais c'est trop dangereux, sur cette route. En plus, on est près de la ferme de McKenzie. On va les emmener avec nous… Allons-y, les gars !

— Qu'est-ce qu'on fait du chariot et du bœuf ? demanda l'un des autres bandits.

— On les abandonne. La carriole est en mauvais état et le bœuf trop vieux pour qu'on le mange… Vous deux, continua Bert à l'intention des femmes, suivez-nous.

Accrochées l'une à l'autre, elles ne bougeaient pas, mais Casey réagit quand Bert l'attrapa rudement par le bras.

— Vous êtes fou ! Nous n'irons nulle part ! Vous verrez ce qui se passera, quand les Penrod et M. McKenzie apprendront ce que vous avez fait !

Mercy retrouvait un peu de courage.

— Casey a raison ! Le lieutenant-colonel Johnston est un ami de père, et le régiment du Rhum va écumer la brousse dès qu'on apprendra notre disparition.

— Cette garce a pas tort, Bert, dit Artie en se grattant le menton.

— Personne peut nous trouver, là où on va, se vanta Bert. Depuis qu'on a avec nous Big John et ses copains, c'est pas ces pauvres types de l'armée qui nous feraient du mal. Et je veux pas laisser les petites. Il est temps qu'on ait nos catins avec nous. Même Big John sera d'accord. Il aime bien prendre son plaisir, lui aussi, ajouta-t-il avec un rire gras, tandis que les hommes disparaissaient dans les fourrés.

Comme Artie et Bert continuaient d'argumenter, Casey vit une opportunité de fuite. Elle saisit la main de Mercy en criant :

— Courez !

Poussées par l'énergie du désespoir, elles avaient des ailes aux pieds. Si elles parvenaient à se perdre dans les buissons, elles seraient peut-être sauvées... Elles entendaient leurs poursuivants derrière elles, pourtant Casey n'osait pas se retourner.

Elles atteignaient un bouquet d'arbres – qui signifiait peut-être la liberté – quand Mercy, à la limite de ses forces, trébucha et s'écroula.

— Mercy ! Levez-vous !

— Je ne peux pas, sanglota la jeune femme. Sauvez-vous, vite !

— Non ! Je vais vous aider. Nous sommes presque en sécurité...

Casey la remit sur ses pieds, mais sa générosité causa sa perte. À peine Mercy était-elle de nouveau debout que Bert et Artie leur tombaient dessus.

— Garce ! pesta Bert, haletant. Tu croyais que tu m'échapperais comme ça ?

Il enfonçait douloureusement les doigts dans la chair de son bras, et elle en eut les larmes aux yeux. Quand il la gifla, elle vit trente-six chandelles, crut s'évanouir, mais elle reprit ses esprits et se débattit de toutes ses forces. En vain.

On les traîna, Mercy et elle, plus profondément dans la brousse.

Qu'allait-il leur arriver, lorsque les malfrats auraient retrouvé le dénommé Big John ? Ce devait être un véritable monstre, pour impressionner ainsi Bert et Artie !

Elle était épuisée, Mercy aussi. Leur tentative d'évasion avait eu raison de leurs forces, et elle se demandait ce que ferait Bert, quand elles ne pourraient plus suivre le rythme soutenu qu'il imposait. Déjà, il la bousculait rudement chaque fois qu'elle trébuchait, et elle sentait la bile lui monter à la gorge.

Enfin, ils atteignirent une petite clairière.

— Nous y sommes ! annonça Bert.

Casey regarda autour d'elle avec inquiétude. D'autres broussards étaient déjà là, assis dans l'herbe mouillée.

— Où est Big John ? leur demanda Bert.

— Pas encore arrivé.

Casey fut brutalement jetée à terre.

— Repose-toi pendant que t'en as la possibilité. Quand Big John sera là…

— Faut vraiment qu'on l'attende ? gémit Artie qui ne quittait pas les femmes de son regard chassieux. Je sais que tu veux la rousse, et moi la blonde me va parfaitement. J'suis déjà tout prêt à lui faire sa fête !

— Il faudra d'abord me tuer ! les défia Casey.

Bert avait violemment envie de Casey, pourtant il envisageait pour elle quelque chose de plus pervers. Depuis que Big John s'était joint à eux, il avait perdu le contrôle de son gang, et ça ne lui plaisait guère. Il cherchait donc un moyen d'obtenir la gratitude de l'Irlandais. Or ces femmes allaient lui être fort utiles. Il proposerait à Big John de choisir entre les deux. Et la rouquine verrait, d'une manière ou d'une autre, ce qu'il en coûtait de lui résister ! Il gardait encore le souvenir du jour où l'un de ses hommes, peu expert en médecine, avait extrait la balle de son arrière-train !

— On attend Big John! décréta-t-il. Il doit avoir autant envie d'une femme que nous, depuis le temps, et notre «cadeau» devrait l'empêcher de nous casser les pieds.

— Si tu veux, Bert, accepta Artie de mauvaise grâce, mais on aura du mal à patienter... Et s'il les veut toutes les deux? Gros comme il est, il doit avoir un appétit d'ogre!

— Alors, on prendra ce qu'il voudra bien nous laisser, et sans discuter. Faut pas le contrarier.

Casey frémit tandis que Bert s'éloignait. Mercy et elle disposaient d'un répit, mais pour combien de temps? Quel genre de monstre était ce Big John?

— Vous avez entendu, Mercy? demanda-t-elle doucement à sa compagne.

— Bien sûr, et je jure que jamais je ne laisserai cette brute poser ses sales pattes sur moi!

— Je ne pense pas que nous aurons notre mot à dire. Sauf si nous trouvons un moyen de nous échapper avant l'arrivée de Big John.

— Vous croyez que c'est possible?

— Difficile, mais à nous deux, nous devrions trouver une solution. Soyez prête à agir rapidement.

Hélas, elles étaient sous surveillance constante.

Le soir, on alluma un feu de camp, et l'un des malfrats leur apporta un bol de bouillon. Mais il n'y avait toujours pas de nouvelles du fameux Big John. Après le repas, les hommes se passèrent une bouteille de rhum, et les deux femmes furent bien vite oubliées dans les vapeurs de l'alcool.

Casey esquissa un sourire.

— C'est le moment, Mercy, murmura-t-elle, sortant la jeune femme d'un demi-sommeil.

Celle-ci sursauta.

— Quand?

— Tout de suite, pendant qu'ils s'enivrent. Partez d'abord. Enlevez votre manteau, je vais le bourrer d'herbe, comme si vous dormiez. Quand vous aurez disparu sous les arbres, je ferai pareil avec le mien et je vous suivrai. Si... si quelque chose m'empêchait de partir, filez, et envoyez-moi des secours. Burloo est un excellent pisteur, il retrouvera aisément la trace... Maintenant, Mercy, ils ne regardent pas !

Mercy se débarrassa de son manteau et, sur un dernier regard à Casey qui déjà amassait de l'herbe, elle se dirigea en rampant vers le couvert des arbres.

Après avoir constaté qu'elle avait presque disparu, Casey se préparait à en faire autant, lorsque Bert s'approcha.

— Tu dors ? demanda-t-il.

Silence.

— Ces imbéciles sont soûls comme des barriques, et j'ai envie de parler un peu...

Toujours pas de réponse.

— Réveille-toi !

Il lui envoya dans les côtes un coup de pied qui lui arracha un gémissement, et elle ouvrit les yeux comme si elle était tirée d'un profond sommeil.

— Laissez-nous tranquilles. J'ai sommeil.

— Je me fiche de l'autre, dit-il d'une voix avinée, c'est toi que je veux. Et je te prendrai dès que Big John en aura fini avec toi. Je voudrais pas le contrarier en te lutinant avant lui. J'espère seulement que cette grosse brute t'aura pas définitivement abîmée...

Il s'allongea près d'elle et posa la tête sur son ventre. Pleurant de frustration, elle tenta de le faire bouger.

— Je veux dormir !

— Moi aussi, ma belle, soupira-t-il. Moi aussi...

Pour la première fois de sa vie, Casey fut heureuse de l'effet que l'alcool provoquait sur l'être humain ! Mais le problème demeurait entier. Avec Bert qui ronflait bruyamment sur elle, il était impossible de s'enfuir ! Il ne lui restait plus qu'un seul espoir : que Mercy parvienne sans encombre à la ferme de son père et lui envoie de l'aide.

Les six hommes, abrutis par le rhum, commençaient à se réveiller. Bert n'avait pas bougé de la nuit, et il avait posé la main sur la cuisse de Casey, l'empêchant définitivement de tenter le moindre geste. En outre, avec ses ronflements sonores, elle n'avait pu fermer l'œil.

Elle se demandait avec effroi ce qui allait se passer, lorsqu'ils découvriraient la disparition de Mercy.

— Seigneur, j'ai un marteau dans la tête, grogna Bert en se redressant péniblement, les yeux injectés de sang. T'es pas mal comme oreiller, ma belle… Maintenant, bouge-toi et va me chercher à manger. Tu trouveras tout ce qu'il faut dans mon sac, sous l'arbre, là-bas. Demande à la pimbêche de t'aider.

Casey hésitait sur la conduite à suivre. Bert se leva en titubant.

— Qu'est-ce qu'elle a, ta camarade ? Trop paresseuse, ou alors elle se croit au-dessus de ça ?

Il prit son élan pour lancer un coup de pied à Mercy, mais le manteau vola et il reçut sur la tête une pluie d'herbe et de brindilles.

19

Furibond, Bert explosa.

— Où est-elle ? Espèce de garce ! hurla-t-il en envoyant Casey au sol d'un revers de main. Réponds, bon Dieu ! Depuis combien de temps elle est partie ?

— Assez longtemps pour être loin, à l'heure qu'il est ! rétorqua Casey qui avait du mal à reprendre ses esprits.

— Tu vas payer pour elle ! On se moque pas de Bert comme ça. Mes copains et moi, on va s'amuser avec toi, et sans attendre !

Les autres broussards s'approchaient, intéressés. Artie encouragea son acolyte.

— Vas-y, Bert ! Montre-lui ce que tu vaux, et après ça sera mon tour. Ça fait deux jours que j'en peux plus !

— Ne me touchez pas ! cria Casey en se relevant maladroitement. Je ne vous laisserai pas faire du mal à mon bébé !

— Un bébé ? répéta Bert, ahuri. Et auquel des Penrod tu dois ce petit bâtard ?

Comme elle ne répondait pas, il ajouta :

— Peu importe. Quand on en aura fini avec toi, y aura plus de rejeton !

Casey ne songeait plus qu'à s'échapper, au péril de sa vie. Il s'agissait de son enfant, elle n'allait pas se soumettre à ces brutes. Plutôt mourir ! Et que se passerait-il à l'arrivée de Big John ?

Dans un effort surhumain, elle se précipita vers la forêt, son seul espoir.

— Reviens ! rugit Bert. T'iras pas loin !

Casey, tête baissée, accéléra encore l'allure… mais elle se heurta de plein fouet à une véritable montagne.

Deux mains comme des battoirs la saisirent aux épaules, pour l'arrêter dans son élan et la maintenir en équilibre. Elle leva les yeux sur une vaste poitrine, solide comme un mur. Elle remonta ensuite vers de larges épaules, un cou de taureau, et le visage barbu d'un homme comme elle n'en avait jamais vu auparavant. Un véritable géant !

Big John… comprit-elle, désemparée.

Ses yeux brillants parcoururent la jeune femme de la tête aux pieds, puis il demanda d'une voix tonitruante :

— Qui est cette fille ?

— On l'a trouvée qui voyageait avec une autre femme, et on a pensé à toi. Mais son amie s'est sauvée, la nuit dernière. J'allais punir celle-ci pour s'être moquée de moi.

— Il me semble que tu voulais la violer, déclara Big John, méprisant. Tu abîmerais une future mère ? T'as pas entendu la petite dire qu'elle était enceinte ?

— Euh… eh bien… c'est pas ça qui allait m'arrêter, admit Bert. Mais tu peux l'avoir en premier, si tu veux. Je la gardais pour toi, de toute façon. Moi et les potes, on s'en fiche d'avoir tes restes.

— Je vais la ramener d'où elle vient ! déclara Big John, à la stupéfaction générale.

Le géant était accompagné de trois autres broussards.

— T'es fou ? protesta Bert. Cette fille ne vaut pas plus qu'une autre. On pourrait la garder comme catin de la troupe, tout le monde s'en moquerait.

— Et le père de l'enfant ?

— Il s'agit d'un bâtard. Les Penrod seront ravis d'en être débarrassés. L'aîné des fils est marié, et elle a sûrement couché avec les trois.

Big John baissa les yeux sur Casey.

— C'est vrai, petite ?

Elle ravala sa terreur. Le colosse ne semblait pas lui vouloir de mal.

— Mon... mon bébé n'a qu'un père, et il m'aime.

— Alors pourquoi il t'a pas épousée ? intervint Bert, cruel.

Ce monstre semblait lire dans l'âme de la jeune femme.

— Vous ne pouvez pas comprendre, se défendit-elle. Dare a épousé Mercy McKenzie pour des raisons qui ne vous regardent pas.

Bert s'irritait.

— Et après ?... Big John, cette femme est à nous, et on la veut. Hein, les gars ?

Il y eut quelques acquiescements, mais Big John remarqua le manque d'enthousiasme. À vivre avec des malfrats désespérés, il s'était endurci. Le naïf garçon qui se battait pour l'indépendance de l'Irlande avait appris à survivre parmi des truands, des voleurs, des assassins, mais il n'avait jamais oublié ses humbles origines, ni le respect de la maternité que lui avait enseigné sa mère.

— Je la ramène chez elle, répéta-t-il avec une froide détermination.

Bert plissa les yeux. Il craignait le géant, pourtant il refusait de renoncer à la fille. Il eut soudain une idée, pour le faire changer d'avis.

— Quand tu nous as rejoints, Big John, toi et tes copains vous avez accepté de vous rallier à la majorité. On n'a qu'à voter, et on verra quelle décision on prend.

Piégé, Big John fit la grimace. Ses camarades se rangeraient de son côté, mais cela ne suffisait pas.

Or si la petite était obligée de leur servir de catin, elle perdrait son bébé, et peut-être même sa vie.

Il regarda les visages des malfrats qui l'entouraient. Ils ne pouvaient pas tous être mauvais... Aussi décida-t-il de s'adresser directement à eux :

— Combien d'entre vous auraient envie de violer une femme enceinte, mes amis ? Vous avez des mères, des sœurs... Pensez à elles.

— Big John a raison ! cria l'un des broussards. J'tiens pas à violer une fille qui attend un bébé.

— Ouais ! renchérit un autre. J'suis peut-être un vaurien, mais j'ai encore de l'honneur.

Il y eut un murmure d'assentiment.

Bert perdait du terrain. Big John avait une carrure impressionnante, mais il était surprenant que cet énergumène témoigne d'une certaine délicatesse et qu'il sache se montrer convaincant. Jusqu'à présent, il avait été taciturne, plutôt secret... Malgré tout, Bert ne s'avouait pas vaincu ! La fille pourrait leur être utile, d'une manière ou d'une autre.

— D'accord, Big John, concéda-t-il. Dans son état, la petite ne supporterait pas ce que j'avais l'intention de faire avec elle. Mais on pourrait voir les choses autrement...

— Où tu veux en venir ? demanda le géant.

— On pourrait obtenir quelque chose d'elle, puisqu'elle est responsable de la fuite de son amie.

— Continue...

— Eh bien, voilà. On va envoyer un homme chez Penrod pour réclamer une rançon.

— Stupide ! lança Big John. Personne n'a d'argent liquide, en Nouvelle-Galles-du-Sud.

— C'est là l'astuce ! plastronna Bert, tout content de lui. On demandera du rhum en échange de la fille. Plein de rhum.

Ce mot magique éveilla l'attention des broussards, qui approuvèrent bruyamment.

270

— On envoie quelqu'un à la ferme de Penrod, poursuivit Bert, et on lui donne un délai pour revenir avec le rhum.

— Mince ! grommela Artie. Combien de litres de rhum un seul homme peut porter ?

— Pas assez ! grommela un dénommé Dan.

Bert fronça les sourcils devant cette objection, puis un sourire éclaira son visage.

— On se cachera près du chemin où on a pris les deux femmes. Penrod remplira un chariot de rhum, et il le laissera sur la route. On est assez nombreux pour décharger, et la fille rentrera à la ferme en conduisant le chariot.

Fier de son intelligence, Bert regardait ses acolytes les uns après les autres, et il fut heureux de les voir approuver sans retenue. Big John était sombre, mais il ne pouvait rien dire avant qu'un vote ait eu lieu. De toute façon, se raisonna-t-il, personne ne ferait de mal à la jeune femme.

— Qui portera le message ? demanda-t-il néanmoins, persuadé qu'aucun des malfrats n'était capable de mener cette mission à bien. Et l'autre femme ? Ils voudront la récupérer aussi.

— Elle a dû rentrer chez elle, supposa Bert. Quand elle aura raconté son histoire, ils sauront qu'on blague pas.

Toujours aussi content de lui, il passait sa petite troupe en revue, ignorant délibérément Big John... Il fallait en choisir un. Il élimina Artie, trop stupide, et fixa son choix sur un individu à la tête de furet. Agile de corps et d'esprit, Dan était tout désigné, malgré sa propension à servir ses intérêts avant ceux des autres.

— Ça sera Dan, annonça-t-il. Tu es d'accord, vieux ?

Le torse bombé, Dan avança d'un pas.

— J'suis ton homme, Bert. Explique-moi ce qu'il faut dire, et je répéterai mot pour mot.

Dan était né dans les bas quartiers de Londres. Sa mère était une prostituée. Il avait grandi dans la rue, où il était vite passé maître dans l'art de détrousser les honnêtes citoyens.

Son succès lui avait permis de s'adonner à sa drogue favorite : les femmes. Il avait de gros besoins sexuels, et depuis qu'il avait été déporté, il était en manque...

Après avoir soigneusement appris par cœur le message destiné à Penrod, il prit sa besace et se mit en route. S'il n'avait craint Big John et sa force, il aurait préféré oublier le rhum et prendre la fille !

Casey le vit disparaître dans les fourrés avec un intense soulagement. Les Penrod n'hésiteraient pas à fournir l'alcool demandé : elle serait bientôt libre !

— T'inquiète pas, petite, dit Big John. Dans quelques jours, tu seras de retour dans ta famille.

Sa famille...

Oui, malgré tout, les Penrod étaient devenus une véritable famille pour elle. Les seules personnes en Australie à se soucier de ce qui lui arrivait.

Mercy marchait depuis des heures, quand elle s'aperçut qu'elle tournait en rond. Une pluie glaciale s'abattait sur elle, les épineux et les branches mortes lui rentraient cruellement dans la peau, s'accrochaient à ses cheveux dénoués.

Épuisée, elle finit par se laisser tomber à terre et s'endormit aussitôt. Elle ignorait qu'elle était proche de la ferme Penrod...

Sifflotant gaiement, Dan suivait les traces de Mercy. Son sens inné de l'orientation le menait tout droit vers la rivière et la ferme, tandis qu'il se répétait les termes du message. En pestant contre les arbres qui gouttaient sur lui, il remonta le col de sa veste.

Puis il repensa aux femmes. Toutes les deux lui plaisaient. La rousse était spectaculaire, mais l'autre avait des atouts certains…

Soudain, il trébucha sur une forme allongée sur le sol et faillit tomber, avant de comprendre de quoi il s'agissait.

— Bon Dieu! C'est mon jour de chance, on dirait!

Il poussa Mercy du pied. Elle gémit. Encouragé, il recommença et, cette fois, elle sortit de sa torpeur.

Elle ouvrit les yeux, effarée, et reconnut tout de suite Dan comme l'un des broussards. Allait-elle être capturée de nouveau?

— Que… que voulez-vous? Vous m'avez suivie?

Dan ricana. Se débattrait-elle s'il essayait de la prendre, là, tout de suite? Oui. Et quand elle arriverait chez Penrod et raconterait ce qui s'était passé, Dan serait abattu avant d'avoir pu délivrer son message. Ou alors, il faudrait qu'il l'étrangle après s'être servi d'elle, cependant il n'aimait guère cette idée. Il préférait tuer les femmes de plaisir…

— Je vais chez Penrod, porter un message de la part de Bert, dit-il. On pensait que tu y étais déjà, d'ailleurs, et je te trouve endormie tout près de la ferme.

— Tout près? Je me suis perdue… Que voulez-vous aux Penrod? Et où est Casey?

— Bert la garde en otage. Je vais demander du rhum en échange de sa liberté.

— Ils veulent une rançon? s'étonna Mercy. Je croyais que Big John…

Le voyou eut un mauvais rire.

— On le croyait tous, mais cette armoire à glace a des scrupules quand il s'agit d'une femme enceinte.

— Enceinte? hurla Mercy. Casey est… enceinte?

— C'est ce qu'elle dit. Elle dit aussi que le père l'aime… Elle parlerait pas de ton mari, par hasard? ajouta-t-il, rusé, en voyant la jeune femme toute rouge de colère.

— La garce ! La sale petite garce ! Elle voulait me voler mon époux, mais elle ne l'aura pas !

Soudain pensive, elle se tourna vers le malfrat.

— Que faudrait-il, monsieur…

— Dan, coupa-t-il.

— Que faudrait-il, Dan, pour que vous retourniez auprès de vos amis en leur annonçant que les Penrod refusent de payer la rançon ?

— Bon Dieu, tu perds pas le nord, toi ! dit-il avec un sifflement d'admiration. Sans rhum à se partager, c'est pas Big John qui pourra empêcher Bert et les autres de sauter sur la petite… C'est ce que tu veux ?

Mercy réfléchissait. Était-elle capable de condamner Casey à un sort pire que la mort ? De condamner en même temps l'enfant de Dare ? La réponse ne lui plaisait guère, mais elle n'avait pas le choix. Et tant pis si elle brûlait en enfer pour l'éternité ! Si Casey était enceinte, Mercy ne croyait plus à sa promesse de disparaître de leur existence. Un jour ou l'autre, Dare apprendrait qu'il était père, et tout serait perdu.

Elle regarda Dan dans les yeux et répéta sa question :

— Que faudrait-il pour que vous n'alliez pas chez les Penrod ?

Dan fronça les sourcils. La jeune femme tremblait de tous ses membres, elle avait les lèvres bleues de froid, mais ses joues étaient enflammées, sa voix rauque. La lueur qui brillait dans ses yeux le convainquit qu'elle ne parlait pas à la légère.

— Qu'est-ce que tu proposes ? lança-t-il avec un sourire qui découvrit des dents gâtées.

La tension en lui devenait intolérable.

— Je demanderai de l'argent à mon père, ou du rhum… Vous aurez tout ce que vous voudrez.

— Tout ?

— Dans la mesure du raisonnable, rectifia-t-elle, soudain inquiète.

Dan la saisit par les bras et l'attira à lui, afin de la serrer contre son ventre. Il aurait tout donné pour l'avoir nue sous lui.

— Tu sais bien ce que je veux, femme, murmura-t-il d'une voix enrouée avant de prendre sa bouche.

Mercy eut un haut-le-cœur, ses poumons brûlaient, elle avait la gorge douloureuse.

Elle se dégagea.

— Si... si je cède à vos exigences, ferez-vous ce que je demande ? Direz-vous aux autres que les Penrod se moquent de l'avenir de la fille, et qu'ils refusent de payer la rançon ?

Il fronça les sourcils, considérant la proposition de Mercy. Le rhum ne signifiait pas grand-chose pour lui. C'était parfois agréable, mais ça rendait les pensées confuses, et l'appétit sexuel en était diminué. Tandis qu'une femme consentante... Quelques expéditions en ville et ils auraient du rhum, mais il était plus difficile de trouver une femme dans ce fichu pays. Finalement, la décision était évidente.

— Ouais, dit-il. Quand j'aurai pris mon plaisir, tu pourras t'en aller, et je dirai à mes camarades que les Penrod refusent de donner du rhum.

— C'est... promis ?

Mercy n'était pas certaine de pouvoir lui faire confiance.

— Je viens de te le dire, non ? lança-t-il, vexé. Déshabille-toi !

— Il fait froid ! protesta Mercy.

— J'vais te réchauffer.

Comme elle hésitait, il ajouta :

— Tu veux que l'autre fille sorte de ta vie, hein ? Je ferai ma part du boulot, mais fais la tienne aussi.

Claquant des dents, Mercy se dévêtit. Dan la caressa brutalement avant de l'allonger à terre où il la prit rapidement, au grand soulagement de la jeune femme. Lorsqu'il eut fini, elle le repoussa.

— Levez-vous ! grinça-t-elle, dégoûtée.

Mais elle découvrit bien vite que Dan était insatiable.

— J'ai dit : quand j'aurai pris mon plaisir, lui rappela-t-il sèchement. J'ai encore envie de toi. J'ai pas eu de femme depuis des mois.

Il la prit de nouveau, par deux fois. Ensuite, épuisé, il laissa Mercy se dégager et enfiler ses vêtements trempés. Elle était malade, physiquement et moralement.

— Ne trahissez pas votre promesse, Dan, dit-elle d'une voix rauque tandis qu'il suivait des yeux le moindre de ses mouvements.

Pour la première fois depuis une éternité, une femme l'avait pleinement satisfait, et il avait l'intention de respecter sa parole.

— J'oublierai pas, dit-il, regrettant de ne plus avoir la force de la prendre encore.

Mercy se détourna et s'éloigna en titubant. Elle n'était pas fière de ce qu'elle venait de faire, mais elle ne pensait qu'à sa survie. Elle avait agi comme le lui ordonnait son cœur. Après tout, Casey était une ancienne condamnée, et Mercy n'avait aucun scrupule à l'abandonner aux griffes des broussards.

20

Thad McKenzie grimpa les marches du perron et ouvrit la porte à la volée sans prendre le temps de frapper, interrompant le dîner de Roy et Ben. Il venait juste d'apprendre de Robin, avec qui il avait parlé au corral, que Mercy et Casey avaient pris le chariot la veille et n'étaient pas rentrées. Tout le monde, chez les Penrod, avait naturellement pensé qu'elles étaient restées chez McKenzie pour la nuit.

— Thad!... Que se passe-t-il? s'inquiéta Roy. Mercy et Casey ne sont pas avec vous?

— Non, et j'aimerais savoir où elles se trouvent, gronda Thad en passant une main dans ses cheveux grisonnants. Il est arrivé quelque chose à ma fille, je le sens!

— Calmez-vous, Thad, intervint Ben d'un ton apaisant. Martha nous a dit que Mercy avait exprimé le désir de vous rendre visite et d'emmener Casey avec elle. Si elle nous en avait parlé, quelqu'un les aurait accompagnées. Nous avons pensé que le mauvais temps les avait forcées à passer la nuit chez vous...

— Elles ne sont pas arrivées à la maison, Ben. Ce matin, l'un de mes ouvriers a découvert votre chariot à quelques kilomètres de là, sur la route. Je n'ai pas imaginé une seconde que c'était Mercy qui le conduisait, jusqu'à ce que Fletcher me dise à l'instant que les deux femmes étaient parties avec. Si j'avais su, je n'aurais pas pris le temps de vous le rapporter… Vous êtes inconscient, si vous leur avez permis de s'en aller seules !

Roy, en pleine confusion, essayait de donner un sens aux paroles de Thad. Il avait été persuadé que Mercy était simplement restée avec son père.

— Dites-nous précisément où on a repéré le chariot, Thad. Votre employé n'a-t-il rien remarqué d'autre ? Aucun indice ?

— Où est ma fille, Roy ? demanda Thad d'une voix étranglée. Elle est toute ma vie. Je ferais n'importe quoi pour la retrouver.

Il se moquait bien du sort de Casey ! Seule Mercy comptait.

— C'est votre faute ! insista-t-il. Vous n'auriez jamais dû la laisser partir seule !

— Asseyez-vous, Thad, dit Roy calmement. Je ne sais pourquoi, Mercy a préféré ne pas nous avertir de son départ. Sinon, l'un de nous l'aurait accompagnée. D'après Martha, elle a pris sa décision brusquement, alors que nous étions aux champs, Ben et moi.

Thad avala une gorgée de thé et reprit plus posément :

— Le chariot a été découvert à trois kilomètres environ de chez moi, mais je ne l'ai appris que tard dans la journée. Je me suis rendu sur place, cependant rien n'indiquait l'identité du conducteur, ni pourquoi il avait été abandonné. Comme je l'avais reconnu, je vous l'ai ramené.

— Et vous n'avez rien observé qui puisse nous aider à comprendre ce qui s'est passé ?

— Rien. Il faut organiser une battue. Dans combien de temps pouvez-vous être prêts ?

— Pensez-vous que les broussards…

Ben se tut, incapable d'en dire davantage.

— Je refuse d'y penser, bien que cette éventualité

soit probable. Deux femmes ne disparaissent pas ainsi comme par enchantement… Or les broussards écument la région.

— Je vais rassembler quelques hommes, déclara Roy. Accordez-moi une heure.

Thad aurait préféré partir plus vite, mais il ne put qu'acquiescer.

Moins d'une heure plus tard, plusieurs hommes dont Burloo, le pisteur indigène, Robin, et deux condamnés de confiance, se préparaient à se lancer à la recherche des deux femmes.

Ils allaient se mettre en route lorsqu'ils virent une petite silhouette avancer péniblement sur la route. Ses vêtements déchirés, son attitude lasse, ses cheveux ébouriffés et sa démarche titubante laissaient penser qu'elle avait traversé de rudes épreuves.

— Mercy! cria Thad en sautant à terre pour se précipiter vers sa fille.

— Papa!

Il arriva sur elle à l'instant où ses forces l'abandonnaient, et il la reçut dans ses bras avant qu'elle ne heurte le sol. Affolé, il regardait autour de lui.

— Par là, indiqua Roy. Martha va la déshabiller et la mettre au lit.

— Elle brûle de fièvre!

Pendant que Thad et Roy s'occupaient de la jeune femme, Ben et Robin scrutaient la route, espérant voir Casey arriver à son tour. Hélas, l'horizon restait désespérément vide… Ils regagnèrent la maison où l'on venait de porter Mercy : elle seule pourrait expliquer pourquoi Casey n'était pas avec elle.

Mais quand Ben voulut entrer dans sa chambre, Thad lui en interdit l'accès, avant que sa fille soit installée au lit. De toute évidence, elle était malade.

Les quatre hommes firent les cent pas devant la porte. Puis Martha sortit de la chambre.

— Comment va-t-elle ? interrogea Thad, angoissé.

— Est-elle consciente ? insista Roy.

Martha secoua la tête. Elle n'aimait guère Mercy, pourtant elle ne lui souhaitait aucun mal.

— Elle est gravement atteinte, monsieur. Elle parle à peine et sa respiration est difficile. Y a-t-il un médecin par ici ?

— À Sydney, répondit Robin. J'y vais immédiatement, si vous voulez, monsieur McKenzie.

— Merci. Et prions pour qu'il n'arrive pas trop tard…

— Pouvons-nous parler à Mercy, Martha ? demanda Roy. Est-elle en état de comprendre, de répondre ? Il est indispensable que nous apprenions ce qui s'est passé, et pourquoi Casey n'est pas rentrée.

— Elle entend, elle comprend, monsieur, mais je ne sais pas si elle répondra…

— Il faut essayer ! déclara Roy, la main sur la poignée de la porte.

— Attendez ! protesta Thad. Je ne veux pas que l'on tourmente ma fille. Elle a besoin de repos.

La patience de Roy était à bout.

— Écoutez, Thad, il y a une autre vie en jeu. Vous avez oublié l'existence de Casey ?

Thad eut la bonne grâce de rougir. À la vérité, il ne se souciait guère de l'ancienne condamnée, mais les Penrod semblaient tenir beaucoup à elle.

— D'accord, acquiesça-t-il à contrecœur. Mais juste une minute !

Ils trouvèrent Mercy agitée, les joues en feu, la respiration rauque. Elle tourna la tête vers eux, en entendant la porte s'ouvrir, et se prépara à affronter leurs questions.

Son père repoussa tendrement une mèche de cheveux de son visage.

— Roy voudrait te parler, ma chérie. Si tu es trop lasse, nous reviendrons plus tard, mais moi aussi j'aimerais savoir ce qui s'est passé. Peux-tu nous le dire ?

Mercy rassembla le peu de forces qui lui restait.

— Je… je vais essayer, papa…

— Où est Casey ? intervint Ben.

Elle ferma les yeux, et une grimace de douleur passa sur son visage.

— Casey est morte, dit-elle dans un murmure. Les broussards l'ont tuée.

Ben sursauta, et elle ressentit un bref remords, mais le chassa bien vite en songeant à l'enfant que portait sa rivale.

— Morte ? Vous êtes sûre ? demanda le jeune homme, terriblement secoué. Comment avez-vous réussi à vous échapper, et pas elle ?

Il y avait un amer reproche dans sa voix, et Thad vola au secours de Mercy.

— Que sous-entendez-vous, Ben ? Que Mercy est responsable de la mort de cette fille ?

Ben se crispa.

— Certainement pas ! Je veux seulement savoir comment elle est morte…

— Nous avons été attaquées par des broussards, à quelques kilomètres de la propriété de papa, répondit faiblement Mercy. Ils nous ont emmenées dans les fourrés avec l'intention de… de nous violer. Ils gardaient Casey pour un dénommé Big John. Il devait les rejoindre plus tard. C'était… atroce !

— Ils t'ont… fait du mal ? tonna Thad.

— Non. À la nuit tombée, ils ont commencé à boire, alors Casey et moi avons décidé de nous enfuir. Je suis partie la première, mais quand ça a été le tour de Casey, Bert, le chef, l'a empêchée de partir. Il est devenu violent en s'apercevant que j'avais disparu, et je l'ai vu frapper Casey. Ils ont tous pris leur plaisir avec elle… Elle ne pouvait survivre, il y avait tellement de sang ! Je n'ai pas voulu en voir davantage et je suis partie en courant.

Elle termina sa tirade par un sanglot.

— Vous ne pouvez pas vous tromper ? insista Roy. Elle est peut-être seulement blessée...

— Si nous partons immédiatement, père, nous trouverons ces salauds sans peine, avec l'aide de Burloo.

— Non ! s'écria Mercy. Elle est morte, je vous assure. J'ai entendu Bert le dire à ses acolytes. Il est inutile de vous lancer à sa recherche...

Elle était tellement bouleversée que Thad chassa tout le monde de la chambre.

— Qu'en pensez-vous, père ? demanda Ben lorsqu'ils furent seuls.

— L'état de Mercy est sérieux, mon fils. J'espère que le médecin arrivera à temps.

— Je ne parlais pas d'elle, mais de Casey.

— Je sais, Ben, et j'essaie de ne pas y penser... Casey était comme une fille pour moi, nous l'aimions tous. Si Mercy affirme qu'elle est morte, c'est sûrement vrai.

— Oui... convint Ben. Pourtant j'ai l'intention d'en apprendre davantage. Robin m'accompagnera quand il rentrera de Sydney.

La fièvre de la jeune femme empira. De toute évidence, elle était entre la vie et la mort. D'après Martha, qui ne quittait pas son chevet, elle appelait sans cesse Dare, et dans son délire elle faisait allusion à ses ravisseurs.

Thad, hors de lui, refusait de sortir de sa chambre.

Quant à Roy et à Ben, qui redoutaient le pire, ils restèrent à la maison en espérant qu'elle se remettrait.

Dans la soirée, le père et le fils s'étaient préparé une collation, lorsqu'ils entendirent du bruit à l'extérieur.

— Robin est de retour! cria Ben, bondissant sur ses pieds.

— C'est trop tôt... protesta Roy qui le suivit vers la porte.

Thad était à l'étage, dans la chambre de sa fille.

Un grand homme maigre, soutenu par un autre en aussi mauvais état, entrait en claudiquant dans la cour. Tout d'abord, ils ne reconnurent pas l'individu barbu en haillons, qui s'appuyait lourdement sur son compagnon. Mais comme ils approchaient, Ben s'écria :

— Dare!... Seigneur, Dare est revenu!

Ils se précipitèrent à la rencontre des deux hommes.

— Que s'est-il passé, fils? demanda Roy. Nous pensions te voir rentrer il y a plusieurs semaines, quand la neige a commencé à tomber sur les montagnes!

— Je vais bien, père, répondit Dare avec une grimace de douleur qui démentait ses paroles. J'ai eu la malchance de me casser la jambe, au bout de quelque temps. Brad Turner, le chef de l'expédition, a réduit la fracture, puis il a laissé Milt veiller sur moi jusqu'à ce qu'ils reviennent. Seulement, ils ne sont jamais revenus... Je crains qu'ils ne soient définitivement perdus dans les montagnes, et je serais avec eux si je n'avais été blessé.

— Dieu merci! s'exclama Ben. Bien des hommes errent dans les montagnes depuis des mois, des années... Nous sommes reconnaissants à Milt d'être resté auprès de toi.

— J'avoue que je n'en étais guère heureux, sur le moment, expliqua le dénommé Milt avec un sourire d'excuse en direction de Dare. Mais finalement, nous avons eu de la chance.

— Soyez le bienvenu dans notre maison, déclara Roy avec gratitude. Vous pouvez rester avec nous autant que vous le désirerez.

— Merci, monsieur Penrod, mais je dois me rendre sur-le-champ à Sydney afin d'avertir les autorités. Au printemps, j'espère monter une expédition pour retrouver nos camarades.

— Prenez tout de même le temps de vous restaurer et de faire un brin de toilette, suggéra Roy. Ensuite, l'un de mes hommes vous accompagnera à Sydney avec le chariot.

Milt esquissa un sourire.

— J'accepte avec plaisir, monsieur. J'ai l'impression d'avoir suffisamment marché pour le reste de mes jours !

Tandis que Dare et Milt dévoraient leur repas, Roy hésitait à parler à son fils de la mort de Casey et de la fièvre de Mercy. Ce serait un coup cruel, après l'épreuve qu'il venait de traverser… Mais ce fut Dare qui aborda le sujet.

— Où est Casey, père ? Elle n'a pas quitté la ferme, j'espère ?

Durant tout ce temps passé dans la nature, ce n'était pas pour lui qu'il s'était inquiété, mais pour Casey. Il craignait qu'elle ne se fût mis en tête de partir.

Le regard qu'échangèrent son père et son frère le glaça. Milt, sentant que les Penrod avaient besoin d'être seuls, s'excusa et alla se changer, grâce aux vêtements que Roy lui avait fournis.

Dare brisa le silence qui suivit son départ :

— Que me cachez-vous, père ?

Tandis que Dare apprenait l'horrible tragédie, Mercy, dans un sursaut de lucidité, se rendit compte qu'elle était mourante… et que ses mensonges n'avaient servi à rien.

— Papa… ? souffla-t-elle.

— Oui, chérie, je suis là, répondit-il en ravalant ses larmes.

— Est-ce que je vais mourir ?

— Le médecin sera bientôt là, biaisa Thad.

— Dites-moi la vérité, père. Je n'ai pas peur.

— Je ne suis pas Dieu, ma chérie. Si je l'étais, tu ne serais pas en train de souffrir… Qu'est devenu le chaud manteau que je t'avais acheté ? Tu ne le portais pas, quand tu es arrivée.

Épuisée, Mercy ferma les yeux. Elle était bourrelée de remords. Elle ne voulait pas se présenter devant son Créateur avec un péché mortel sur la conscience. Il fallait qu'elle dise la vérité, tant qu'elle en avait encore la force.

— Pour Casey, père…

— Ne te fatigue pas, ma chérie. Tu parleras à un autre moment.

— Il n'y aura peut-être pas d'autre moment. Je suis désolée pour tout…

Thad crut qu'elle faisait allusion à son mariage et au chantage qu'elle avait exercé sur Dare.

— Tu as été bonne avec cette femme, Mercy. On lui a accordé sa grâce, et elle a connu un peu de liberté avant de mourir.

— Non, papa… Elle… elle n'est pas…

Déjà, elle ne parvenait plus à parler. Si seulement Dare était près d'elle, songea-t-elle vaguement.

Comme par miracle, son souhait se trouva exaucé. Dare était agenouillé, à son chevet ! Il était barbu, hirsute, mais elle reconnaissait ce visage tant aimé. Si elle ne se trompait pas, sa vie lui filait entre les mains, et il lui restait juste le temps de tout avouer à Dare. Il avait le droit d'être au courant.

— Dare… Vous êtes revenu.

— Je suis là, Mercy. Et vous allez vous remettre, dit-il, ému par son piètre état.

— Je... crains qu'il ne soit... trop tard. Il faut que... vous me pardonniez.

— Je vous pardonne, Mercy.

— Casey...

— Quoi ? Qu'y a-t-il ?

— Pour l'amour du Ciel, intervint Thad, ne la tourmentez pas davantage ! Ne voyez-vous pas que...

— Ça... ça va, papa. Je... il faut que je dise... Casey n'est pas...

— Casey n'est pas quoi ? la pressa Dare.

— Je... suis désolée. Allez...

Soudain elle s'étouffa. Sans la respiration hachée qui franchissait péniblement le seuil de ses lèvres bleuies, on aurait pu la croire morte.

— Qu'a-t-elle voulu dire ? demanda Dare au père de la jeune femme.

Thad haussa les épaules.

— Elle délire. Je crois qu'elle regrette de vous avoir forcé à l'épouser, alors que vous aimiez Casey.

Lorsque Roy avait raconté à Dare tout ce qu'il avait appris de Mercy, le jeune homme avait refusé de croire que la femme qu'il aimait fût morte. Il l'aurait senti, au fond de son âme, et sa première impulsion avait été de courir auprès de Mercy afin de lui arracher la vérité. Mais Roy lui avait révélé le triste état de son épouse, atteinte sans doute de pneumonie. Elle avait toujours été fragile des poumons.

Constatant que Mercy avait perdu conscience, Dare quitta la chambre à contrecœur, non sans avoir fait promettre à Thad de l'appeler, dès qu'elle serait revenue à elle...

Il prit un bain, se changea et se jeta sur son lit afin de s'accorder un peu de repos. Sa jambe le taraudait, après la longue marche, et il savait qu'il lui faudrait du temps pour guérir complètement...

Roy avait été contrarié de constater que son fils refusait d'accepter la mort de Casey, et qu'il avait l'intention de se lancer à sa recherche dès qu'il aurait repris quelques forces. Il partirait avec Robin, Ben et Burloo.

Pendant des mois, Dare n'avait pensé qu'à Casey, à leur dernière rencontre, magique dans sa splendeur. Après tous ces jours et ces nuits passés dans la montagne, à souffrir de la faim et du froid, il avait pris une décision.

Il ne pouvait vivre sans Casey. Même si cela signifiait quitter la ferme, refaire sa vie ailleurs, il emmènerait la jeune femme et vivrait avec elle, en marge de la société. Il ne se souciait guère d'être rejeté par ses pairs, du moment qu'il avait son amour près de lui. Peut-être retourneraient-ils en Angleterre, si elle était d'accord. Ils iraient vivre chez le grand-père de Dare, qui les accueillerait avec joie, il en était sûr…

Sa dernière pensée, avant de plonger dans le sommeil, fut que Casey était vivante quelque part et qu'elle avait désespérément besoin de lui.

Robin arriva au matin avec le médecin – un prisonnier en liberté conditionnelle, déporté pour avoir opéré un aristocrate alors qu'il était en état d'ébriété. L'homme était mort et sa famille, furieuse, avait accusé le docteur de meurtre. Après un procès rondement mené, l'homme avait été exilé. Il était arrivé en Australie six mois plus tôt.

Malgré les efforts du médecin, Mercy mourut peu après, dans les bras de son père, sans avoir repris connaissance.

Et avec elle disparaissait la vérité sur Casey.

Dare était ravagé de douleur. Bien qu'il déplorât le décès prématuré de Mercy, c'était pour Casey qu'il se rongeait. C'était elle qui avait besoin de lui – si elle était vivante, comme il en avait l'intime conviction.

Il resta chez lui le temps qu'on enterre Mercy auprès de sa mère, puis s'en alla avec Ben, Robin et Burloo, malgré l'insistance de Roy qui souhaitait le voir d'abord récupérer ses forces.

Les quatre hommes prirent donc la route, le lendemain des funérailles, et s'enfoncèrent à pied dans la brousse, à partir de l'endroit où l'on avait retrouvé le chariot vide.

21

Casey tremblait chaque fois que le regard salace de Bert se posait sur elle. Bientôt, ils retrouveraient Dan, et elle serait libérée pour toujours de la présence du malfrat. Artie et lui étaient les êtres les plus répugnants qu'elle eût rencontrés. Heureusement, Big John la protégeait contre le viol, ou pire. Et elle avait décidé de se tuer, plutôt que de laisser l'un des bandits la toucher.

Enfin on leva le camp, et Casey resta tout près de Big John et ses amis. Il faudrait presque toute la journée pour gagner le point de rencontre fixé avec Dan, mais elle serait bientôt libre, elle en était certaine. Mercy avait dû arriver chez les Penrod, à présent, et raconter leur mésaventure. Bien qu'elle eût résolu de quitter la ferme, Casey serait heureuse de retrouver ces gens qui tenaient à elle. Au moins, le temps de leur dire convenablement adieu...

— Ça va, petite ? lui demanda Big John en la voyant trébucher sur une racine.

— Ça va, répondit-elle. J'ai seulement hâte de me retrouver à la maison. Et je vous remercie infiniment de veiller sur moi, ajouta-t-elle afin de ne pas offenser le géant.

— Je te comprends, petite. Tu n'aurais jamais dû te trouver dans cette situation. Ne t'en fais pas, tu seras bientôt avec ton homme.

— Ce n'est pas mon homme, protesta Casey.

— Pourtant, tu portes son bébé, non? Sois patiente, tout finira par s'arranger.

La jeune femme se tut. Inutile d'expliquer que tant que Mercy vivrait, il n'y aurait pas d'avenir pour Dare et elle.

Soudain, le groupe s'arrêta net en voyant Dan jaillir des fourrés.

— Bon sang, Dan, qu'est-ce que tu fais là? rouspéta Bert. Tu devais nous attendre avec le rhum!

— Y a pas de rhum, répondit Dan en prenant l'air désolé.

— Qu'est-ce que tu racontes? demanda Artie, agressif. Bien sûr que si, y en a!

— Je te répète que non.

— Tu ferais mieux de nous dire ce qui s'est passé, grommela Bert, menaçant. Et si tu mens, tu vas voir de quel bois je me chauffe!

— Je mens pas, se défendit Dan. J'ai transmis ton message aux Penrod, mais ça les a pas intéressés.

— C'est impossible! s'écria Casey, déconcertée.

— La ferme! lança Bert par-dessus son épaule. Laisse-le continuer, c'est moi qui jugerai s'il ment ou non… À qui t'as parlé, vieux? Tu as vu la fille McKenzie?

— Je l'ai vue, mais c'est à Dare Penrod que j'ai parlé, expliqua Dan, suivant à la lettre les instructions de Mercy. Il a récupéré sa femme : le reste, il s'en fiche. Il dit que la rouquine est une catin.

— Dare est parti en expédition dans les Blue Mountains, rétorqua la jeune femme. Vous n'avez pas pu le voir.

— Il est rentré, assura Dan. Et je dis la vérité. Le père ne veut pas de toi non plus. En tout cas, il refuse de donner du rhum pour que tu reviennes.

— Tu leur as dit qu'elle était enceinte? intervint Big John, outré par l'attitude des Penrod.

— Ouais, mais ça leur est égal. Ils veulent pas de bâtard dans la famille.

Casey titubait, glacée de chagrin et d'humiliation. Elle avait l'impression qu'on venait de la frapper en plein visage. Si Big John ne l'avait tenue par le bras, elle se serait effondrée.

— Bon Dieu ! jura Bert, fou de rage. Tu veux dire qu'y a pas de rhum ?

— Je suis venu tout de suite annoncer la nouvelle, au lieu d'attendre au point de rendez-vous. Je savais que tu serais furieux…

— C'est ta faute ! hurla Bert à Casey en brandissant le poing. Et tu vas me le payer ! J'aurais dû me douter que les Penrod se fichaient pas mal d'une catin ! Maintenant, tu vas payer, répéta-t-il.

Il s'élançait sur elle, mais Big John s'interposa.

— Tu devras d'abord me déloger de là, dit-il en se plaçant devant la jeune femme, bien planté sur ses énormes jambes.

Bert, dans sa colère aveugle, ne tenait plus compte de la force du géant. Il ne songeait qu'à punir Casey, et assouvir en même temps ses instincts bestiaux.

— Tu m'arrêteras pas, espèce de salaud ! gronda-t-il en sortant le poignard glissé à sa ceinture. J'ai pas peur de toi !

Big John repoussa durement Casey, qui tomba par terre. Il était sidéré que Bert ose le provoquer ainsi ouvertement. Il devait avoir perdu l'esprit !

Casey, retenant son souffle, vit Big John, avec une étonnante agilité, éviter le premier coup de Bert. Celui-ci se lança une seconde fois à l'assaut, manqua son but. Enragé, il prit son élan pour recommencer, mais il tomba lourdement au sol, un bras tendu, l'autre replié sous lui.

Casey fit mine de s'approcher, mais Big John l'en empêcha.

— Reste à l'écart, petite. C'est peut-être une ruse…

Elle en doutait, car le corps de Bert était agité de faibles soubresauts. Du bout de sa botte, Big John le retourna, et Casey ne put retenir un cri d'horreur.

La lame du poignard l'avait transpercé au niveau du cœur. Big John se laissa tomber à son côté, retira l'arme et fit la grimace en voyant le sang gicler dans l'herbe. Instinctivement, la jeune femme déchira le volant de son jupon et le tendit à Big John.

— Il est mort? demanda-t-elle.

— Pas encore, mais ça va pas tarder, marmonna-t-il, tandis que l'autre continuait à se vider de son sang.

Enfin, il rendit le dernier soupir.

— C'est fini, dit Artie avec un regard meurtrier à Big John. C'est toi qui l'as tué.

— Non, c'est lui tout seul.

— Qu'est-ce qu'on va faire, maintenant? gémit Artie. C'était le chef.

— Que Big John prenne sa place, suggéra Dan. Y a personne parmi nous d'assez intelligent, à part lui.

— Ouais, approuva l'un des acolytes de Big John. Moi, c'est à lui que je veux obéir. Et vous, les gars?

Tout le monde acquiesça, sans qu'Artie protestât davantage, et Casey en fut grandement soulagée.

— D'accord, déclara le géant. Maintenant, enterrons ce pauvre diable.

Casey se débarrassa du reste de son jupon afin d'ensevelir le corps.

— Et moi? demanda-t-elle tandis que les broussards creusaient un grand trou à l'aide de leurs coutelas.

— Je vais te ramener chez toi, petite. Il faut quelqu'un pour s'occuper de toi et du bébé.

— Non! protesta-t-elle vigoureusement. Je ne retournerai pas là où on ne veut pas de moi. Vous avez entendu ce qu'a dit Dan : les Penrod se moquent de moi, et mon bébé ne signifie rien pour

Dare… Non, Big John, répéta-t-elle. J'élèverai mon enfant sans l'aide de cette famille.

Le géant secoua la tête.

— Sois raisonnable, petite. Sydney n'est pas un endroit pour une femme seule, surtout si elle est enceinte. De quoi tu vivras ?

— Je me débrouillerai, s'entêta Casey. Je ne veux pas dépendre des Penrod.

Pendant qu'ils discutaient, les autres avaient fini de creuser. Le corps de Bert enveloppé dans le jupon fut déposé au fond du trou, que l'on recouvrit vivement de terre, puis de pierres, afin d'empêcher les bêtes sauvages de le déterrer.

— J'ai quelques économies, déclara Big John, renonçant à convaincre Casey de suivre son conseil. Tu les prendras, sinon j'irai voir les Penrod et je leur ordonnerai de s'occuper de toi et du bébé. Peut-être qu'il y aura assez d'argent pour que tu puisses rentrer en Angleterre. Tu as de la famille, là-bas ?

— Pas à ma connaissance, répondit Casey. Mais il est sans doute préférable que je quitte l'Australie. Plus je serai loin de Dare, mieux je me porterai.

— Alors tu dois accepter mon cadeau.

Elle rougit en songeant que cet argent était le fruit de mauvaises actions.

— Je sais à quoi tu penses, petite, reprit-il. De l'argent malhonnêtement gagné… Et tu as raison, ou presque. Je ne vole pas les bons fermiers, si c'est ce que tu imagines. Seulement les membres du régiment et les spéculateurs. C'est eux qui ont le plus d'argent.

— Merci de me le dire.

— Alors, c'est d'accord ?

— Je n'ai guère le choix, murmura Casey, amère.

— Tu iras en Irlande ?

— Peut-être… À moins que je ne m'arrête en Angleterre.

— Je t'accompagnerai jusqu'aux faubourgs de Sydney, mais après tu devras t'en sortir toute seule, parce que je suis recherché par le régiment. Avec ma stature, je ne passe pas inaperçu... S'il n'y a pas de navire dans le port, tu sauras où aller en attendant ?

— Non, je ne...

Elle s'interrompit. Il y avait M. Stanley... Cet homme affable lui offrirait certainement l'hospitalité, jusqu'à ce qu'elle ait trouvé un moyen de rentrer en Europe, ce qui ne devrait pas demander trop de temps.

— Alors ? Tu vois quelqu'un, petite ?

— Oui. Un ami de Roy Penrod, Drew Stanley. Je suis allée chez lui, une fois, quand Dare et moi... Enfin, j'ai déjà séjourné chez lui.

— Bon ! Alors c'est réglé, conclut Big John, rassuré.

Les broussards, désorientés par la mort de Bert, s'agitaient en attendant les directives. Dan, de son côté, se demandait s'il devait avouer qu'il n'avait pas vu les Penrod, maintenant que Bert n'était plus là. Mais Big John serait tout aussi furieux que Bert, même si c'était pour d'autres raisons... Non, il était trop tard. Et puis, ses comparses seraient jaloux d'apprendre qu'il avait eu la fille blonde. Parler ne lui apporterait que des ennuis, et Big John pouvait lui briser le cou d'une seule main !

Casey et Big John mirent presque deux jours pour arriver à Sydney, car il ne fallait pas fatiguer la jeune femme. Une fois dans les faubourgs, le géant prit une bourse dans son sac et la remit à Casey, balayant ses protestations d'un geste.

— À quoi ça me servirait ici, petite ? La nature me fournit tout ce dont j'ai besoin... Prends ça, et pense à moi de temps en temps, quand tu seras rentrée au pays.

— Au revoir, Big John. Je ne vous oublierai jamais, répondit Casey, émue.

— Bonne chance à toi et à ton bébé, petite.

Elle le regarda s'éloigner, en se demandant si elle le reverrait un jour. Sans doute pas…

Elle se rendit directement au port, où elle fut déçue de constater qu'il n'y avait pas de bateau amarré. Heureusement, elle apprit qu'un cargo n'allait pas tarder à arriver.

Que faire en attendant ? Drew Stanley semblait être le seul recours, car il n'y avait pas d'auberges en ville. Les gens qui devaient se rendre à Sydney et n'y possédaient pas de maison, résidaient chez des amis. Or Casey ne connaissait personne d'autre que M. Stanley. Ravalant son orgueil, elle alla frapper à sa porte.

Il vint ouvrir lui-même, un peu essoufflé, ses yeux de myope plissés, jusqu'à ce qu'il la reconnaisse et se détende dans un grand sourire.

— Casey O'Cain ! Entrez, ma chère. Quel plaisir de vous voir ! Vous êtes avec les Penrod ? Je croyais que c'était la période de tonte, en ce moment…

— Je… je suis seule.

— Alors vous allez me raconter ce qui vous amène à Sydney.

Casey l'ignorait, mais Drew Stanley était la seule personne – en dehors des Penrod – qui sût pourquoi Dare avait épousé Mercy.

Confortablement installée sur un sofa, elle choisit d'aller droit au but. Soit Drew accepterait de l'héberger, soit il refuserait.

— J'ai décidé de rentrer en Irlande, annonça-t-elle, et j'ai besoin de me loger en attendant le bateau. Je ne connais personne d'autre que vous, à Sydney, et j'espérais que…

— Plus un mot, Casey, coupa Drew afin de la mettre à l'aise. Je n'ai pas besoin de vous demander pourquoi vous partez, car je le sais. Et je vous comprends… Dare est mon ami, alors je vais vous offrir plus qu'une chambre. Je veillerai à ce que vous arriviez sans encombre en Europe.

Elle fronça les sourcils.

— Je… je ne vois pas…

— C'est pourtant simple. Mais laissez-moi d'abord vous expliquer ce qui s'est passé ici. Le gouverneur Bligh a été renvoyé en Angleterre, et les citoyens de Nouvelle-Galles-du-Sud m'ont demandé de m'y rendre également, afin d'expliquer la situation au gouvernement. Principalement en ce qui concerne le régiment du Rhum et la révolte.

— La colonie sera-t-elle gérée par l'armée, jusqu'à l'arrivée d'un nouveau gouverneur ? John Macarthur est-il toujours le chef incontesté ?

— Macarthur est prudent. Il a décidé de se rendre en Angleterre pour se justifier devant le Parlement. Il partira par le prochain bateau, laissant la colonie provisoirement aux mains de l'armée.

— Ce qui signifie que Macarthur et vous voyagerez sur le même navire…

— En effet. Cependant, avec ma présence en Angleterre, il aura les coudées moins franches. Je serai là pour défendre le gouverneur Bligh et représenter les honnêtes colons. J'espère seulement que mes vieux os supporteront la traversée.

Casey le souhaitait aussi. Drew semblait trop faible pour entreprendre un tel voyage.

— N'y a-t-il pas quelqu'un que vous pourriez envoyer à votre place ? demanda-t-elle.

Il poussa un soupir.

— Hélas, la plupart des colons sont des fermiers, et ils ne peuvent pas laisser leur exploitation pendant une année ou davantage. Alors que je suis fonctionnaire, sans responsabilité d'aucune sorte. En outre, je possède des terres en Angleterre, et une maison à

Londres… Vous voyez donc, ma chère, pourquoi je pourrai veiller sur vous durant la traversée. Je suis certain que les Penrod m'en seront reconnaissants.

Casey ne prit pas la peine de le détromper, et de lui dire que les Penrod se moquaient bien de son avenir, comme de celui de son enfant. Elle se contenta de remercier le brave homme et de lui proposer de payer pour le gîte et le couvert, ce dont il ne voulut pas entendre parler…

La jeune femme profita de son temps libre pour faire quelques emplettes, avant le voyage. En compagnie de Drew, le temps passait vite. Pourtant elle fut soulagée quand, un jour, il lui annonça que la *Croix du Sud* était arrivée au port. Elle redoutait toujours que Dare ne vînt en ville et ne tombât sur elle.

Lorsqu'elle aurait quitté le sol australien, tout lien avec l'homme qu'elle aimait serait définitivement brisé.

En fait, elle se sentait glacée intérieurement, depuis qu'elle avait appris à quel point les Penrod se désintéressaient de sort. Et elle souffrait de penser que son enfant serait un bâtard, tandis que Mercy donnerait à la famille des enfants légitimes. Comment les Penrod pouvaient-ils ainsi abandonner la chair de leur chair ?

Pourquoi Dare avait-il si radicalement changé ? À moins que ses déclarations d'amour n'aient été que des mensonges… Il paraissait tellement sincère qu'elle s'était laissée prendre à sa magie, elle avait succombé à son charme. Sans doute avait-il été forcé d'épouser Mercy, mais il avait fini par l'oublier entre ses bras !

L'avait-il jamais aimée ? se demandait-elle, torturée. Non. Elle flattait ses sens, rien de plus. Mais alors, pourquoi ne parvenait-elle pas à oublier les instants merveilleux où il prenait ses lèvres, son corps ? La réponse lui venait aussitôt, éclatante : elle aimait Dare. Il était arrogant, sûr de lui, orgueilleux, égoïste... mais elle l'aimait.

Trois jours plus tard, Casey et Drew montaient à bord de la *Croix du Sud*. Macarthur avait déjà dû embarquer, car ils ne le virent pas. Le capitaine, Chad Bailey, les accueillit, leur assigna deux petites cabines et les informa qu'il n'y avait pas d'autres passagers qu'eux et Macarthur.

Le prix du voyage laissa un gros trou dans le pécule de Casey. Cependant, en faisant attention, il lui resterait assez d'argent pour subsister jusqu'à la naissance du bébé. Drew proposa galamment de payer son billet, mais elle refusa.

À présent commençait la longue traversée, durant laquelle elle s'efforcerait d'oublier Dare et l'amour qu'ils avaient partagé.

Burloo, le pisteur indigène, repéra aisément le chemin qu'avaient emprunté les broussards, après avoir enlevé les deux femmes.

Avec sa jambe douloureuse, Dare avait du mal à suivre le rythme soutenu de l'aborigène. Toutefois, il n'envisagea pas une seconde de rebrousser chemin, car il savait, au fond de lui, que Casey était vivante. Dès qu'il l'aurait trouvée, il l'épouserait.

À quelques mètres devant les autres, Burloo s'arrêta net, afin d'examiner une petite butte couverte de cailloux. En s'approchant, Dare eut un coup au cœur. Cela ressemblait à une tombe ! Robin blêmit, et Ben lâcha un juron.

— Qu'est-ce que c'est ? demanda Robin, le cœur battant.

Ben finit par formuler à voix haute ce qu'ils pensaient tous :

— C'est peut-être Casey… Nous n'avons aucune raison de douter de la parole de Mercy.

Dare se laissa tomber à genoux et, comme un possédé, il débarrassa la terre des cailloux.

Robin posa une main sur son épaule.

— Attends! Laisse-nous faire…

Dare recula, tandis que Ben et Robin prenaient sa place et se mettaient à creuser le sol à mains nues.

— Seigneur! gémit Ben au bout d'un moment en s'asseyant sur ses talons, le visage décomposé.

— Non! cria Dare. Non… pas Casey!

Comme son frère ne répondait pas, il se tourna vers Robin:

— C'est elle?

— Peut-être, Dare. Nous avons découvert un jupon… Veux-tu que nous allions plus loin?

S'apprêtant à affronter le pire, Dare s'approcha. Il vit un morceau de tissu blanc et, étouffé par le chagrin, se laissa tomber sur le sol.

— On continue, Dare? demanda doucement Ben. À toi de décider…

Le tissu blanc était de toute évidence un jupon, et la tombe avait été fraîchement creusée. Mais cela signifiait-il qu'elle contenait le corps de Casey? Une autre femme, peut-être… Non. Il n'avait pas entendu parler d'une disparition récente. Les faits étaient irréfutables: Mercy n'avait pas menti, Casey gisait dans cette tombe rudimentaire. Et Dare devait l'accepter, même si sa propre vie se terminait avec la mort de celle qu'il aimait.

— Il ne servirait à rien de profaner sa dernière demeure, dit-il d'une voix à peine audible. Remettez tout en place et laissons-la reposer en paix.

— Mais… tu ne veux pas savoir…

— Je sais tout ce que j'ai besoin de savoir, Robin. Je n'en supporterais pas davantage.

— Tu es certain? insista doucement Robin.

— Laisse-le, intervint Ben tandis que son frère s'éloignait en claudiquant. Il est au bout du rouleau. Il a enfin admis que la femme qu'il aimait était morte.

— Quelle femme ? demanda Robin, sarcastique. Mercy est son épouse, et elle est morte aussi...

S'assurant que Dare était hors de portée de voix, Ben décida qu'il était temps de dire la vérité à leur ami.

— Écoute-moi bien, Robin, je vais te révéler pourquoi Dare a épousé Mercy...

Ben, tout en refermant la tombe, raconta toute l'histoire. Quand il eut terminé, Robin en était malade de remords.

— Dare a fait cet immense sacrifice pour Casey et moi ?

— Oui. Il vous aime tous les deux, et il aurait accepté n'importe quoi afin de vous voir libres.

— Casey était-elle au courant ?

— Dare a préféré vous cacher la vérité à tous les deux. Il pensait que la vie de Casey serait plus simple, si elle le détestait.

Robin soupira, sincèrement navré.

— Je suis désolé de l'avoir si mal jugé. Je ne sais pas comment je vais supporter cet affreux sentiment de culpabilité. Sans moi...

— N'y pense plus. C'est pour cela que Dare ne voulait rien te dire... Maintenant, viens. Ramenons-le à la maison, il n'en peut plus.

Six mois plus tard, Dare ne s'était toujours pas remis du choc causé par la mort de Casey. Sa jambe était à peu près guérie, mais Roy était désespéré de constater qu'il avait perdu toute son énergie, et il cherchait en vain un moyen de le distraire. Dare était irritable, lointain. Ni les singeries de Ben, ni l'amitié chaleureuse de Robin ne parvenaient à le dérider.

Puis, un jour, arriva une lettre d'Angleterre. Ce fut Thad McKenzie qui l'apporta aux Penrod, car il se trouvait à Sydney au moment où le bateau du courrier était arrivé.

Anthony Winston, le grand-père maternel de Dare, venait de mourir en Angleterre, léguant sa fortune à l'aîné de ses petits-fils. Outre une propriété à la campagne et une maison à Londres, il y avait plusieurs milliers de livres en argent liquide, et le notaire du vieux monsieur demandait à Dare de se rendre à Londres, afin d'entrer en possession de son héritage.

La nouvelle était de taille, car la famille de Dare, bien que vivant confortablement, n'était pas riche à proprement parler, et surtout pas en liquidités. Selon les règles du régiment du Rhum, le gouvernement payait les récoltes et la viande en barriques de rhum, jamais en espèces sonnantes et trébuchantes. Grâce à la fortune de son grand-père, Dare pourrait s'acheter une terre à lui, importer des mérinos comme John Macarthur, et pratiquer des croisements, ce qui l'avait toujours intéressé. Avec de l'argent, tout devenait possible. Bientôt, on trouverait une voie pour franchir les Blue Mountains, et il avait l'intention d'être parmi les premiers à profiter de cette extension de la colonie...

Dare sembla reprendre un peu goût à la vie, ce qui enchanta Roy. Thad leur dit que le vaisseau qui avait apporté le courrier restait deux semaines au port, le temps de vendre ses marchandises, avant de mettre les voiles vers l'Angleterre. Dare décida de retenir une cabine à bord.

Le soir précédant son départ pour Sydney, les hommes bavardèrent dans la bibliothèque. Roy tenait à ce que son fils rende visite à quelques amis de la famille, particulièrement sir Donald Hurley, qui habitait près de la demeure londonienne d'Anthony

Winston. Et, bien sûr, Drew Stanley, parti six mois plus tôt représenter la colonie en Angleterre.

— Donald Hurley t'accueillera avec joie, dit Roy, et il te présentera à la bonne société de la capitale. Si je ne me trompe, il a un fils de ton âge et une fille un peu plus jeune.

— Je ne vais pas à Londres pour les mondanités, père, objecta Dare avec un soupçon de reproche. C'est un voyage d'affaires.

— Tu pourrais quand même prendre un peu de bon temps, suggéra Robin. On n'a pas tous les jours l'occasion de faire un tel voyage…

— Et puis, tu trouveras peut-être une femme, là-bas, renchérit Ben avec un clin d'œil.

— C'est peu probable ! rétorqua Dare.

Il ne voulait pas d'autre épouse que Casey. Au bout de six mois, la blessure n'était toujours pas cicatrisée. Il mangeait, dormait, travaillait, mais il n'avait pas l'impression d'exister. Aucune femme sur terre ne pourrait prendre la place de sa fougueuse Irlandaise aux yeux verts. S'il se remariait un jour, ce serait uniquement pour avoir un héritier, à qui léguer l'empire qu'il avait l'intention de fonder en Australie.

— Il ne faut jamais dire « jamais »… fit remarquer Roy avec une pointe d'espoir.

— D'autres recommandations, père ? demanda Dare, changeant adroitement de sujet.

— Non, mon fils. Essaie quand même de t'amuser un peu.

— Tu veux que je te rapporte quelque chose, Ben ?

— J'aimerais bien une paire de bottes.

— Tu en auras plusieurs, et les plus belles ! Toi aussi, Robin, ainsi que d'autres choses que l'on ne trouve pas ici… D'ailleurs, Ben, j'ai décidé de partager la fortune de grand-père avec toi. Il y en a largement assez pour deux !

— Je... je ne sais que dire, Dare, répondit Ben d'une voix chargée d'émotion.

— « Merci » suffira, petit frère, répliqua-t-il avec un sourire qui rappelait le Dare des jours heureux. Robin et toi allez devoir aider père, en mon absence. N'en profitez pas pour tomber amoureux et vous marier !

— Mais toi, je t'autorise à te marier en Angleterre, déclara gaiement Ben.

Deux jours plus tard, le *Courageux* mettait les voiles.

Accoudé au bastingage, Dare regardait Sydney disparaître à l'horizon, en se demandant ce que lui réservait ce voyage en Angleterre, la patrie de ses ancêtres.

Troisième partie

FAROUCHES RETROUVAILLES

1809-1810

22

La *Croix du Sud* accosta à Londres le jour même où Dare quittait l'Australie, à des milliers de kilomètres de là.

La première personne à franchir la passerelle fut John Macarthur. Dès qu'il eut récupéré ses bagages, il héla un fiacre et s'en alla, sans même prendre la peine de saluer le couple qui se tenait encore sur le pont. Durant le voyage, il était souvent resté seul, à préparer sa défense concernant le rôle qu'il avait joué dans la révolte contre le gouverneur Bligh.

Lorsqu'ils s'étaient rencontrés sur le pont ou pour les repas, Macarthur se montrait courtois envers Casey, mais il ignorait résolument Drew, dont il connaissait la mission.

Sans Drew, la jeune femme n'aurait probablement pas supporté cette interminable traversée. Les premières semaines, le temps avait été épouvantable, et le navire dansait comme un bouchon sur l'océan déchaîné. Casey était persuadée qu'elle ne survivrait pas, son estomac se révoltait à toute prise de nourriture ou de boisson. Drew était sans cesse près d'elle, affectueux et attentionné.

Quand la tempête s'apaisa enfin, Casey ne se sentit guère mieux, et Drew devina d'où venaient ses malaises permanents. Comme elle ne semblait pas vouloir se confier à lui, il aborda carrément le sujet.

Honteuse, elle avoua qu'elle portait l'enfant de Dare.

— Mais que ferez-vous, une fois en Angleterre ? demanda Drew, sincèrement inquiet. De quoi vivrez-vous ? Avez-vous de la famille pour prendre soin de vous ?

— Je me débrouillerai ! rétorqua-t-elle avec une pointe de défi.

— Dare est-il au courant ? Je suis certain qu'il vous aurait aidée, si c'était le cas. Les Penrod sont des hommes d'honneur.

Afin de ne pas gâcher l'opinion qu'il avait de ses amis, la jeune femme s'abstint de lui raconter comment ils s'étaient conduits envers elle, l'abandonnant à un sort pire que la mort. Et peu leur importait qu'elle portât un enfant, l'enfant de Dare !

Le menton levé, elle déclara :

— Il valait mieux pour tout le monde que je quitte l'Australie. Ça ira.

— Vous êtes courageuse, ma chère ! la complimenta Drew. Mais je ne pense pas que vous vous rendiez compte des difficultés que vous aurez à affronter. Surtout avec la charge d'un enfant...

Casey savait qu'il avait raison. Rien ni personne ne pouvait améliorer la situation dans laquelle elle se trouvait. Elle était enceinte, célibataire, abandonnée par son amant, et livrée à elle-même sans moyen d'existence. Serait-elle capable de faire face ? Capable ou pas, décida-t-elle, il faudrait bien survivre...

Puis Drew augmenta encore sa détresse en disant :

— Je suis un vieil homme, Casey, et ma santé décline. Je ne suis pas certain de revoir l'Australie un jour...

— Je vous en prie, ne dites pas ça, Drew ! protesta-t-elle, sans trop de conviction.

Depuis quelques semaines, en effet, elle l'avait vu vieillir sous ses yeux.

— C'est pourtant la vérité, et je ne le dis pas pour susciter votre pitié. J'éprouve pour vous la tendresse que j'aurais pour ma propre fille, et je ne supporte pas l'idée que vous éleviez votre enfant dans une atmosphère de réprobation. Un Penrod ne doit pas vivre avec l'étiquette de bâtard sur le front. Pour ma tranquillité d'esprit, comme pour votre bien-être, j'ai une proposition à vous faire.

Elle ouvrit de grands yeux.

— Drew… non…

— Ne m'interrompez pas, Casey. Je vous propose de m'épouser. Un mariage blanc, évidemment… Je tiens à ce que votre bébé ait un nom, un nom respecté. À ma mort, tout ce que je possède vous reviendra, à vous et à lui. Je ne suis pas l'homme le plus riche de la terre, mais je ne suis pas non plus sans ressources. Accordez-moi ce plaisir, ma chère enfant. Si vous acceptez, le capitaine Bailey peut nous marier sur-le-champ.

— Je… je ne sais que dire, murmura Casey, étranglée par l'émotion.

— Un simple « oui » conviendra.

— Mais ce n'est pas juste !

— Comme il n'est pas juste que votre bébé n'ait pas de père. Vous auriez pu être l'épouse de Dare, votre enfant serait alors légitime. Bien des sacrifices ont été faits, et le mien sera une joie et un honneur.

Casey ne trouva pas d'objection à opposer au vieux monsieur. De toute façon, jamais plus elle ne tomberait amoureuse, et elle serait soulagée d'être prise en charge par cet homme, pour qui elle éprouvait une véritable affection. En outre, son enfant méritait bien l'amour d'un père, et il en profiterait, tant que Dieu garderait Drew en vie…

Finalement, le capitaine les maria le jour même. S'il eut quelques scrupules à unir une jeune femme à un homme qui aurait pu être son grand-père, il n'en manifesta rien. Il en avait vu bien d'autres, dans son existence de baroudeur !

Rien ne changea dans leur façon de vivre, et Drew respecta sa promesse. Leur relation restait purement platonique, à cette différence près que désormais elle portait son nom.

Les malaises de Casey cessèrent avec le temps. Son ventre grossissait, malgré les repas peu alléchants qu'on leur servait. Drew se montrait de plus en plus prévenant, et elle remerciait la Providence de l'avoir remise entre ses mains.

Elle essayait de ne pas penser à Dare, qui filait le parfait amour avec Mercy. Cependant, ses rêves la harcelaient. Chaque nuit, elle sentait les lèvres de Dare sur elle, entendait les mots tendres qu'il lui susurrait à l'oreille. Jusqu'à ce que l'aube la ramenât à la cruelle réalité… et aux larmes.

Ils étaient quelque part au large des côtes françaises, fin décembre, quand le travail commença. Ce n'était pas vraiment inattendu, même si Casey avait espéré que la naissance aurait lieu à Londres. Avec l'aide du médecin du bord, un robuste garçon vint au monde, en criant de toute la force de ses petits poumons. L'accouchement se déroula sans incident.

Le lendemain, tous les officiers vinrent lui offrir leurs félicitations, y compris John Macarthur, qui nourrissait cependant quelques doutes sur la paternité de Drew.

Casey mit presque une semaine à choisir un prénom, et elle finit par se décider pour Brandon. Brandon Stanley… Mais à son insu, le capitaine, sur la demande de Drew, ajouta le nom de Penrod avant celui de Stanley, quand il nota l'heureux événement sur son journal de bord. Le médecin signa aussi un certificat de naissance.

Deux semaines plus tard, la *Croix du Sud* pénétrait dans l'estuaire de la Tamise, et ils accostèrent au port de Londres le 7 janvier 1809...

Casey avait du mal à se rendre compte qu'elle était mariée, et mère de famille. Jamais elle ne s'était imaginée avec un autre époux que Dare. Mais au moins avait-elle son fils, songeait-elle en caressant avec amour la petite tête brune.

Elle se tenait sur le pont et protégeait le bébé du vent glacial. Sans le capitaine, qui avait fourni de quoi l'habiller, Brandon aurait été tout nu !

Drew, vif malgré son âge, aida son épouse à franchir la passerelle et à monter dans le fiacre qu'il avait loué. Ils attendirent, à l'abri de la voiture, que l'on eût fixé leurs bagages sur le toit.

— Vous êtes bien installée, ma chère ? s'enquit Drew avec sollicitude. Le bébé n'a pas froid ?

— Tout va bien, assura-t-elle dans un sourire.

Comment aurait-elle survécu, sans lui ?

— J'ai demandé qu'on nous conduise à la meilleure auberge de la ville, mais nous y resterons seulement le temps que ma demeure soit prête à nous accueillir. Elle a été fermée pendant des années, et je veux que tout soit parfait pour votre arrivée. Elle est située dans un quartier résidentiel. Cela vous ira ? Je possède également une ancienne propriété de famille en Cornouailles, mais elle est trop isolée à mon goût.

— Ce que vous décidez me convient, Drew, répondit Casey qui se moquait de savoir où elle vivrait, à condition d'avoir son fils auprès d'elle.

Elle s'était juré de rendre Drew aussi heureux que possible, mais sa propre vie ne lui importait guère.

L'auberge, à l'enseigne du Lion rouge, était en effet un établissement de luxe, et elle y occupa avec son fils une chambre spacieuse, d'une propreté irréprochable. Les parties communes – salon et salle à manger – étaient élégamment décorées, et le personnel s'acquittait de ses tâches avec une charmante courtoisie.

Casey, encore fatiguée par l'accouchement, préférait prendre ses repas dans ses appartements, souvent en compagnie de son époux. Brandon se portait à merveille et la jeune maman, avec un plaisir douloureux, devait bien reconnaître qu'il ressemblait de plus en plus à son père...

Deux semaines après leur arrivée, Drew l'informa que la maison était prête à les recevoir. Ils se rendirent dès le lendemain dans la demeure confortable, proche de Grosvenor Square, où les attendait une armée de domestiques compétents. Casey n'avait plus qu'à donner des ordres, et elle s'installa bien vite dans cette nouvelle existence, où elle passait le plus clair de son temps à s'occuper de son fils.

Drew avait insisté pour lui offrir une garde-robe complète, y compris une superbe robe de bal de soie verte. La jeune femme songea qu'elle n'aurait jamais l'occasion de la porter, mais cela faisait un tel plaisir à Drew qu'elle n'eut pas le cœur de lui refuser cette coûteuse folie.

— Vous me gâtez trop, protesta-t-elle cependant lorsqu'il engagea une nurse afin de la soulager. Je n'ai plus rien à faire !

— Vous n'êtes pas censée travailler, ma chère, répliqua-t-il avec un clin d'œil. Reposez-vous, c'est tout ce que je vous demande. Vous avez eu une vie beaucoup trop pénible, jusqu'à présent. Allez rendre visite à des voisines, courez les boutiques, brodez... enfin, amusez-vous comme une jeune femme de votre âge.

— En parlant de se reposer, lui reprocha doucement Casey, vous feriez bien de suivre vos propres conseils. Vous partez tôt le matin et vous rentrez tard le soir, exténué.

Il sourit, heureux de voir Casey s'inquiéter de sa santé. Certes, il outrepassait quelque peu ses forces, mais il n'y pouvait rien. Trop de gens dépendaient de lui.

— C'est à cause de ces infernales auditions, se défendit-il. Les colons et les émancipés comptent sur moi pour convaincre le Parlement d'envoyer en Nouvelle-Galles-du-Sud un gouverneur à poigne, capable de maîtriser le 102e régiment. Cela fait trop longtemps que le régiment du Rhum mène le jeu. Macarthur est presque parvenu à persuader le gouvernement que l'armée s'était révoltée contre Bligh pour l'empêcher de détruire la colonie, et que c'était dans l'intérêt de l'État !

— Et vous pourrez les convaincre du contraire ?

— C'est dans ce but que je me donne tant de mal. Pour notre colonie, je ne peux pas laisser Macarthur avoir le dernier mot.

— A-t-on déjà désigné un nouveau gouverneur ?

— Je n'en suis pas certain, mais je pense que cet honneur reviendra à Lachion Macquarie. Si c'est le cas, il n'arrivera en Australie qu'à la fin de cette année. En attendant, il faut que je continue à contrecarrer Macarthur.

— Je me reposerais plus volontiers si vous preniez un peu soin de votre santé, dit Casey avec une sincère affection.

Le regard de Drew s'embua.

— Vous n'imaginez pas combien il m'est doux de voir quelqu'un s'inquiéter pour moi, Casey. Ces dernières semaines ont été les plus heureuses de ma vie. Brandon et vous êtes comme mon petit-fils et ma fille. J'aime savoir que ce garçon héritera de ce que je possède, quand je serai dans la tombe.

— Ne parlez pas ainsi, Drew! protesta Casey. Nous avons besoin de vous!

Bien qu'il fût conscient de son état de santé précaire, Drew avait trop à faire pour suivre le conseil de la jeune femme. Les douleurs qu'il ressentait parfois dans la région du cœur, ou ses essoufflements, ne l'empêchaient pas d'accomplir son devoir au mieux. Trop d'honnêtes gens dépendaient de lui...

Les mois suivants furent une période de calme pour Casey. Plusieurs dames étaient venues la voir, mais elle ne s'était pas encore rendue à leurs invitations : elle préférait passer ses journées avec Brandon, qui occupait la majeure partie de son temps. Drew était toujours d'une humeur charmante, même s'il continuait à mener un train d'enfer.

Un soir, il annonça en rentrant que Lachion Macquarie avait quitté l'Angleterre pour l'Australie, où il allait exercer les fonctions de gouverneur. Il semblait heureux de ce choix, car Macquarie disperserait le régiment du Rhum dès son arrivée. Les longues journées au tribunal avaient usé les forces de Drew, pourtant il était parvenu à ses fins. John Macarthur n'avait pas gagné, et il pouvait enfin prendre un repos bien mérité, en savourant sa victoire.

Le nouveau gouverneur était déjà parti lorsque Dare arriva à bord du *Courageux*, le 10 juin 1809. La traversée avait été agréable, le temps clément et les vents favorables.

À Londres, il eut le plaisir de trouver la demeure de son grand-père en excellent état. Le notaire s'était même occupé de lui trouver des domestiques.

La première semaine fut occupée essentiellement par de la paperasserie, des signatures, transferts de fonds. Une fois tout cela réglé, il chercha à contacter les anciens amis de la famille, en particulier sir Donald Hurley. Il voulait également voir Drew Stanley, et pensait que sir Donald aurait peut-être de ses nouvelles...

Il lui fallut quelques jours pour trouver le temps de se rendre chez sir Donald, où il fut accueilli par une accorte servante en tablier amidonné. Elle le conduisit au salon. Il admirait les tableaux sur les murs, quand un jeune homme qui devait avoir environ son âge fit irruption dans la pièce.

— Oh, pardon ! s'excusa-t-il. J'ignorais qu'il y avait quelqu'un...

Dare le trouva immédiatement sympathique et lui sourit.

— Je suis Dare Penrod, et j'arrive d'Australie, se présenta-t-il en tendant la main. Je suis venu voir sir Donald à la demande de mon père, Roy Penrod.

— Penrod ! Mon père parle souvent de votre famille. Les colons, comme il vous appelle... Je suis Edgar Hurley, mais mes amis disent Eddie. Qu'est-ce qui vous amène à Londres ?

— La mort de mon grand-père. Je suis venu régler ses affaires.

— Je suis désolé... Vous avez voyagé seul ?

— Oui. Mon père et mon frère, Ben, sont restés à la ferme.

— On a beaucoup parlé de la colonie, ces derniers temps. John Macarthur a été débouté de sa plainte contre le gouverneur Bligh, qu'il voulait rendre responsable des problèmes qui règnent en Australie. Un nouveau gouverneur est parti afin de le remplacer, et on va dissoudre le régiment de Nouvelle-Galles-du-Sud.

— J'ai appris cette bonne nouvelle. Il était grand temps de réagir ! Le régiment du Rhum fait la loi depuis trop longtemps, et les fermiers seront nettement plus tranquilles sans lui.

Dare et Eddie continuèrent à bavarder amicalement, jusqu'à l'arrivée de sir Donald. Celui-ci interrogea leur visiteur au sujet de Roy, Ben, le gouverneur Bligh, l'état de la Nouvelle-Galles-du-Sud… Le temps filait, et il offrit à Dare de rester souper, ce qu'il accepta volontiers.

Ce fut le premier de nombreux et délicieux repas qu'il partagea avec la famille Hurley. Il devint rapidement ami avec Eddie, et ils se rendaient ensemble au club afin de boire et de jouer.

Et il y avait Lydia, la fille de sir Donald, âgée de dix-neuf ans, qui s'enticha immédiatement de lui…

Elle était absolument ravissante, et Dare devait reconnaître que s'il avait cherché une épouse, elle aurait représenté le choix idéal. D'ailleurs, elle ne manquait pas de prétendants. Pourtant elle préférait la compagnie de Dare, qui l'escortait souvent à des soirées et trouvait sa conversation distrayante.

Plus elle voyait Dare, plus Lydia était amoureuse. Les autres hommes ne comptaient plus à ses yeux. Aucun d'eux n'était aussi beau, aussi viril, aussi mystérieux que lui. Elle savait qu'il était veuf, mais avait-il aimé sa femme au point de ne pas envisager de se remarier? Ses yeux sombres brillaient de détermination quand elle décida de le séduire. Son père n'y verrait sûrement aucune objection, puisque leurs familles étaient amies et qu'il était suffisamment fortuné…

Un jour, Dare demanda à sir Donald :

— Avez-vous des nouvelles de Drew Stanley?

— Le pauvre homme, il n'a pas arrêté depuis son arrivée en Angleterre. Son témoignage a été capital pour que le régiment du Rhum soit supprimé, et il a pris la défense du gouverneur Bligh de façon remarquable.

— Est-il encore ici?

— À ma connaissance, oui. Sa santé laisse à désirer, et maintenant qu'il a une épouse et un enfant, il se pourrait bien qu'il reste définitivement en Angleterre.

— Drew est marié? s'étonna Dare. Il a un enfant? ajouta-t-il, incrédule. Mais… quand est-ce arrivé? Bon sang, j'aurais juré que c'était un célibataire endurci!

— On ne connaît pas bien les circonstances de ce mariage, mais on sait qu'il est arrivé d'Australie avec une jeune femme et un bébé. Le petit doit avoir six mois, à présent, et ceux qui ont rencontré son épouse disent que c'est une beauté.

— Sacré Drew! s'écria Dare, à la fois amusé et ravi. Il faut que j'aille le féliciter… Où habite-t-il?

— Pas très loin d'ici. Mais vous pourriez attendre quelques jours. Lydia et sa mère m'ont persuadé de donner un bal, samedi prochain, et les Stanley sont invités. J'ai reçu leur réponse positive aujourd'hui même.

Dare hocha la tête. De toute façon, il lui fallait s'absenter quelques jours, et il ne rentrerait à Londres qu'à la fin de la semaine. Il avait décidé de vendre la propriété de son grand-père, or il devait la visiter et emporter ce qu'il souhaitait garder, avant la signature finale. Il se leva pour prendre congé.

— Dare… commença sir Donald, un peu gêné.

Il se rassit poliment.

— J'espère que vous ne m'en voudrez pas, mais j'aimerais que nous parlions de Lydia, reprit son hôte après une brève hésitation.

— Lydia? C'est une charmante jeune fille, sir Donald… De quoi s'agit-il?

— Vous avez compris qu'elle est amoureuse de vous, naturellement. Elle s'en est ouverte à moi, et je lui ai donné ma bénédiction, si vous êtes d'accord.

— Mais nous nous connaissons à peine! protesta Dare, contrarié.

— Bien des mariages se nouent dans ces conditions, insista sir Donald. Elle possède une fort jolie dot.

— J'en suis certain, mais je n'aime pas Lydia d'amour, et elle est encore trop jeune pour savoir ce qu'elle désire vraiment.

— Vous la sous-estimez. Elle est parfaitement capable de choisir celui qui partagera sa vie... Votre premier mariage était-il un mariage d'amour ?

La question surprit Dare, et il fut incapable de dissimuler son amertume. Attentif, sir Donald avait la réponse qu'il cherchait.

— Ne vous fermez pas à l'idée de Lydia, reprit-il. En tout cas, elle compte sur vous comme cavalier pour le bal.

— J'en suis ravi, dit aimablement Dare. Et... je réfléchirai sérieusement à votre proposition. Mais je ne vous promets rien...

De retour chez lui, il avait l'esprit en ébullition. Avait-il tort de repousser Lydia ? Peut-être... Seule Casey pouvait lui inspirer de l'amour. Pourtant, l'idée d'avoir un enfant qui porterait son nom l'attirait. Lydia accepterait-elle de vivre le reste de ses jours sur la terre sauvage d'Australie ? Certes, ils ne seraient pas obligés d'y retourner immédiatement, mais lorsqu'elle aurait mis au monde un ou deux bébés...

— Dieu, à quoi est-ce que je pense ? s'écria-t-il à voix haute.

Il ne voulait d'enfants que ceux nés de l'amour qu'il avait partagé avec Casey, or elle n'était plus de ce monde.

Une idée terrifiante lui vint soudain à l'esprit. Et si elle avait été enceinte, au moment de sa mort ? Il en fut glacé jusqu'aux os.

— Devons-nous vraiment aller à ce bal, Drew ? demanda Casey avec un regard implorant. Je n'en ai aucune envie...

— Il est temps de faire votre entrée officielle dans le monde, la réprimanda-t-il gentiment. Vous vous enfermez derrière ces murs depuis trop longtemps. Brandon a six mois, il est assez robuste pour être remis à la garde de sa nurse. En outre, je ne vous ai jamais vue dans votre belle robe verte.

Drew finit par avoir gain de cause, et finalement, Casey se surprit à se réjouir de cette soirée, éprouvant une excitation de petite fille...

Le fameux soir, alors qu'elle tournoyait devant son époux, son cœur battait la chamade.

— Vous êtes magnifique, dit-il, béat d'admiration. Vous allez éclipser toutes les autres femmes.

— Vous êtes partial! Je suis certaine qu'il y en aura des quantités plus jolies que moi.

Casey ne se rendait pas compte qu'elle était véritablement ravissante, avec la robe de soie verte aux reflets argent dont le large décolleté dégageait ses épaules, comme le voulait la mode. La couleur rehaussait l'éclat de sa chevelure et de son teint, le corsage moulait ses seins parfaits et sa taille de guêpe qui s'arrondissait doucement aux hanches.

Drew regretta fugitivement que tant de beauté fût gâchée, avec un vieillard comme lui. Mais un jour ou l'autre, plus tôt qu'il ne le souhaitait, elle serait débarrassée de lui... Dare Penrod lui avait obtenu la liberté, mais son sacrifice avait été vain. Casey était perdue pour tout autre homme. Bien qu'elle ne parlât jamais de lui, Drew savait qu'elle avait définitivement donné son cœur au jeune homme, qu'elle ne l'oublierait jamais. Et son fils était un souvenir constant de l'amour qu'ils avaient connu ensemble.

La soirée battait son plein, lorsque Drew et Casey arrivèrent, et ils furent aussitôt pris dans un tourbillon de présentations, de félicitations. Casey ne tarda pas à être entraînée sur la piste de danse par un jeune homme, puis un autre, et un autre encore, sous l'œil ravi et fier de son époux.

Dare fit son entrée fort tard, accueilli par une Lydia fâchée mais radieuse, dans sa robe couleur or. Avant qu'il pût protester, elle l'avait entraîné sur la piste. À la fin de la danse, elle déclara qu'elle aimerait se reposer un instant dans un coin tranquille.

— Ne manquerez-vous pas à vos invités ? objecta-t-il.

— Nous ne resterons pas longtemps, promit-elle, mais je suis vraiment lasse. Vous êtes arrivé bien tard, méchant ! Je n'en pouvais plus de tous ces idiots qui m'invitaient à danser, alors que je vous attendais avec impatience. Je vous en prie, Dare... insista-t-elle en battant des cils.

— Entendu.

Pourquoi aurait-il refusé ? Lydia était belle, et il n'avait pas approché une femme depuis la mort de Casey.

— Il n'y a personne dans la bibliothèque, en ce moment. Nous y serons tranquilles.

Cela dût-il lui coûter sa réputation, elle était prête à tout pour gagner l'affection de Dare.

— J'insiste toutefois pour que nous ne nous attardions pas, Lydia. Je voudrais voir quelqu'un qui assiste à ce bal.

— Quelqu'un ? Une femme ? demanda-t-elle, jalouse.

— Non ! répondit Dare en riant, plutôt flatté de sa réaction. Un vieil ami de Sydney.

Ils se rendirent à la bibliothèque, dont Lydia ferma la porte avant de s'installer près de Dare dans un petit sofa, posant avec un soupir d'aise ses pieds sur un tabouret.

— Ah, ça va mieux !

Dare apercevait ses chevilles fines, gainées de soie, et la naissance de son mollet.

Elle posa la tête contre son épaule et leva vers lui des yeux enamourés.

— Vous m'aimez bien… n'est-ce pas, Dare ?

Avec cette douceur pressée contre lui, il l'aimait bien, en effet… Il l'aimait même beaucoup. Une poussée de désir lui vrilla les reins, et il prit la jeune fille dans ses bras.

— Oui, murmura-t-il dans son cou délicatement parfumé.

Il y avait si longtemps qu'il n'avait éprouvé de désir ! Il avait oublié combien c'était délicieux…

— Embrassez-moi, Dare.

Elle le devinait si près de la reddition que, perdant toute prudence, elle se serra davantage contre lui et se réjouit de le sentir répondre.

Il n'avait pas besoin de plus ample encouragement. Il prit avec fougue ses lèvres consentantes.

Pourtant, une petite voix l'avertissait que l'on ne jouait pas avec une jeune personne comme Lydia, si on n'avait pas une idée de mariage derrière la tête…

Tout en virevoltant dans les bras de son cavalier, Casey souriait. Elle appréciait le fils de sir Donald, Edgar, malgré les compliments extravagants dont il la couvrait. Il était beau, léger, il aimait s'amuser, et il devait avoir à peu près le même âge que Dare. Cela faisait deux fois qu'il l'invitait à danser, et à chaque fois, il parvenait à la faire éclater de rire. Il lui rappelait Ben… mais cette époque était révolue !

Elle se souvint soudain que sir Donald avait aussi une fille et qu'elle ne la connaissait pas encore.

— Votre sœur est-elle là, ce soir ? demanda-t-elle. Je ne pense pas avoir eu le plaisir de la rencontrer.

— Elle est quelque part dans le coin, dit-il en riant, comme s'il s'agissait d'une plaisanterie. Et j'aimerais que vous m'appeliez Eddie, madame Stanley.

— Pourriez-vous me la montrer, monsieur... Eddie ?

— Ça ne sera pas facile, parce que je connais ma sœurette : elle a dû entraîner son nouveau soupirant à l'écart. Elle s'attend à une demande en mariage, d'ailleurs je suis certain que cela ne tardera pas. Dare n'est pas insensible aux charmes de Lydia, et elle est folle de lui.

Casey eut l'impression que son cœur s'arrêtait de battre. Dare... ? Non ! Pourtant, le nom était inhabituel... Ses genoux se dérobèrent, et elle serait tombée si Eddie ne l'avait retenue fermement.

— Madame Stanley... Casey, vous ne vous sentez pas bien ?

— Si... si, excusez-moi. Le nom que vous venez de prononcer a éveillé en moi de mauvais souvenirs.

— Dare Penrod ? Il vient d'Australie. Un diablement beau garçon ! En tout cas, c'est l'avis de ma sœur, et de toutes les femmes qui croisent son chemin, à vrai dire.

Bouleversée, la jeune femme vacilla.

— Casey, que se passe-t-il ? Je vous ai contrariée ? Si vous êtes malade, laissez-moi...

Elle n'avait qu'une envie : disparaître, avant que Dare ne l'aperçoive !

— Oui. Oui, je ne me sens pas bien... Emmenez-moi dans un endroit où je pourrai me reposer, s'il vous plaît, et appelez mon mari.

— Bien sûr.

Inquiet, Eddie la conduisit avec soin à travers la foule.

— La bibliothèque est sûrement déserte, ajouta-t-il.

Il vit Drew qui se dirigeait vers le salon de jeu avec son père, mais il ne put accrocher son regard.

Devant la porte de la bibliothèque, Casey murmura :

322

— Je peux y entrer seule, Eddie. Je vous en prie, allez chercher mon époux.

Le jeune homme parti, elle appuya sa tête contre le battant, en proie à une intense confusion. Que faisait Dare à Londres ? Depuis combien de temps s'y trouvait-il ? Où était Mercy, et pourquoi courtisait-il une autre femme ? Oh mon Dieu, il fallait qu'elle parte d'ici au plus vite… Pourvu que Drew ne tarde pas ! En attendant, elle allait s'asseoir et reprendre ses esprits.

La porte tourna sans bruit sur ses gonds, et Casey pénétra dans la pièce, seulement éclairée par le feu qui crépitait joyeusement dans la cheminée. Elle allait se laisser tomber dans un fauteuil lorsque de légers sons, provenant d'un sofa, attirèrent son attention. Elle dérangeait un intermède amoureux !

L'homme tournait la tête et tenait dans ses bras une femme, dont le corsage dévoilait une peau très blanche. Ses soupirs et ses gémissements sortirent Casey de sa torpeur. Elle s'apprêtait à battre en retraite, quand la femme gémit :

— Dare… oh, Dare…

Lydia était douce sous ses mains, et plus que consentante ! Dare avait envie de la prendre sur-le-champ, sans se soucier de l'exiguïté du sofa. Il y avait si longtemps qu'il n'avait pas fait l'amour ! Mais ce qu'il voulait faire avec elle ne pouvait s'appeler «amour». C'était du désir à l'état pur.

Pourtant, quelque chose le retenait, malgré les encouragements de la jeune fille. Une fois franchie la limite, il n'y aurait pas de retour possible, car elle était certainement vierge. Il serait obligé de l'épouser.

Avec un effort de volonté, il parvint à la repousser doucement.

Dût-il vivre cent ans, il ne saurait jamais ce qui l'incita, à cet instant, à regarder vers la porte. Une force plus puissante que la vie, plus puissante que le désir qui l'avait possédé un moment. Un magnétisme, un charme, qu'il associait à l'amour qu'il avait perdu... Casey lui manquait-elle tellement, pour qu'il sentît sa présence dans cette pièce, alors qu'une autre femme gémissait dans ses bras ?

Muet, complètement désorienté, Dare contemplait cette image née de son imagination. Un fantôme ! Les grands yeux verts le fixaient. De la chevelure flamboyante jusqu'aux pieds, elle était la réplique exacte de son amour défunt.

— Qu'y a-t-il, Dare ? se plaignit Lydia, consciente de sa distraction.

Il se raidit, se mit à trembler, et elle crut qu'elle lui avait déplu. Peu expérimentée, elle avait pris grand plaisir à ses baisers, et elle avait envie qu'il continue...

Comme en rêve, Casey voyait les yeux de Dare virer au gris nuage.

— Dare... souffla-t-elle.

Il se leva, hésitant, et tendit les bras vers l'apparition.

— Ma chère ? Vous êtes là ?

Bien que prononcés doucement, ces mots éclatèrent comme un coup de feu. Casey se retourna vers la porte qui venait de s'ouvrir, et sortit dans le couloir, pour se jeter dans les bras de son mari.

— Drew ! Dieu merci !... Ramenez-moi vite à la maison !

Alerté par Eddie, Drew avait pensé à prendre avec lui le châle de Casey, qu'il posa sur ses épaules. Il savait ce qui bouleversait la jeune femme, car sir Donald venait de l'informer que Dare Penrod était à Londres, et qu'il assistait au bal. Il était sûr que son épouse était tombée par hasard sur lui, et qu'elle en avait le cœur brisé. Maudit soit-il, pour être venu la tourmenter jusqu'ici !...

Dare fut long à réagir. Il était impossible que deux femmes se ressemblent à ce point! Il avait certainement imaginé cette similitude entre Casey et la jeune femme qui s'était enfuie de la bibliothèque.

Lydia le tirait par la manche, et il fronça les sourcils. Il se rappelait à peine qui elle était, et ce qu'elle faisait là.

— Je n'ai jamais vu cette femme auparavant, Dare, disait-elle. Qui est-ce? Que représente-t-elle pour vous?

— Je... je n'en sais rien, Lydia, mais... je vais le découvrir. Elle... elle me rappelle quelqu'un que j'ai connu, autrefois...

Il tourna les talons.

— Attendez, Dare! Vous ne pouvez pas m'abandonner ainsi!

— Pardonnez-moi, Lydia, dit-il, sincèrement désolé. J'ai perdu la tête. Vous êtes ravissante, malheureusement vous n'êtes pas pour moi. Je suis navré.

— Dare! Vous ne...

Mais déjà, il avait quitté la pièce.

Il souhaitait à tout prix revoir cette beauté rousse qui venait de faire basculer son univers. Casey était morte, il le savait. Pourtant elle le hantait, l'obsédait sans relâche...

Dans le couloir, il heurta Eddie.

— Dare, que vous arrive-t-il? Seriez-vous souffrant, vous aussi?

— Cette femme, Eddie! Qui est-ce?

— Une femme? Quelle femme? Il y en a des dizaines, ce soir.

— Je parle de celle qui est entrée dans la bibliothèque, il y a quelques minutes. Rousse, avec une robe verte... Il ne doit pas y en avoir beaucoup comme elle! Bon sang, comment s'appelle-t-elle?

Eddie leva les mains.

— Du calme, mon ami ! Je sais de qui vous voulez parler. C'est l'épouse de Drew Stanley.

— L'épouse de Drew Stanley... ? Son nom, vite !

— Casey. Mais... que vous arrive-t-il ? Vous la connaissez ?

— Casey, répéta Dare, de plus en plus pâle. Comment est-ce possible ?

— Je vous ai demandé si vous vous sentiez bien ? insista Eddie, alerté.

— Il se passe quelque chose d'étrange, et j'ai bien l'intention de résoudre cette énigme, répondit Dare qui reprenait ses esprits. Jamais ma Casey n'aurait épousé un homme assez âgé pour être son grand-père.

— *Votre* Casey ? Je croyais que votre femme s'appelait Mercy.

— Un jour, je vous expliquerai tout... Les Stanley sont-ils encore ici ?

— Non. Ils sont partis comme s'ils avaient le diable aux trousses.

— Pouvez-vous me dire où Drew et... et Casey habitent ?

Eddie hésita. Son ami leur voulait-il du mal ? Jamais il ne se le pardonnerait, si c'était le cas. Le regard fou de Dare ne l'encourageait guère à répondre.

Celui-ci comprit son hésitation.

— Rassurez-vous, Eddie, je veux juste parler à Casey. Il faut que j'apprenne ce qui s'est passé.

— Qui est cette femme, et pourquoi sa présence ici vous bouleverse-t-elle autant ? Vous l'avez connue en Australie ?

— C'est la femme que j'aime, répondit simplement Dare, qui s'éloigna brusquement, laissant Eddie bouche bée.

Il était trop tard pour se rendre chez Drew, et il ne se sentait pas en état d'affronter une femme qu'il avait crue morte pendant des mois.

Pourtant, une fois de retour chez lui, il ne parvint pas à trouver le sommeil. L'image de celle qui hantait ses rêves ne cessait de le torturer.

L'aurore teintait le ciel de rose, quand une idée le fit littéralement bondir. Sir Donald avait dit que Casey et Drew avaient un enfant d'environ six mois ! Il n'était pas besoin de calculer longtemps pour deviner qui en était le père. La femme qu'il aimait appartenait à un autre, mais il y avait cet enfant, pour preuve de l'amour qu'ils avaient partagé…

Cette pensée le ravissait.

Il sauta de son lit, bien décidé à faire face à cet étrange coup du sort. Miraculeusement, le destin avait épargné Casey. Comment était-elle arrivée à Londres avec Drew ? C'était un mystère qu'il était bien décidé à élucider au plus vite.

Mais, pour l'instant, il se contentait de la joie de la savoir en vie… et mère de leur enfant.

23

Casey se réveilla de bonne heure et nourrit Brandon, avant de le remettre entre les mains de la nurse. Elle était trop perturbée pour s'occuper convenablement de lui.

Elle avait passé la majeure partie de la nuit à arpenter sa chambre, et son petit visage las trahissait la souffrance qu'elle endurait. Pourtant, il y avait de la détermination dans son regard, et de la dignité dans son port de tête...

Drew avait également subi le choc de la présence inattendue de Dare, et le retour en voiture s'était effectué dans un silence tendu. Éperdue de chagrin, Casey ne se rendait pas compte de la douleur de son mari. Une fois seul dans sa chambre, il s'était laissé aller à sa peine, en songeant aux troubles que Dare allait apporter dans leur existence.

De toute évidence, Mercy ne l'accompagnait pas, se disait-il. Sinon, sir Donald n'aurait pas laissé entendre qu'une union était possible entre Dare et sa fille. Drew ne voulait pas voir Casey souffrir de nouveau. Pourtant, Dare comprendrait vite que Brandon était son fils, et il ne tarderait pas à venir en réclamer la paternité.

Et Casey, alors ? Dare ignorait-il que Mercy n'était pas femme à accepter l'enfant d'une autre ? Il n'y avait rien de généreux en elle...

Drew sortit de la maison pendant que Casey nourrissait son bébé, avertissant les domestiques qu'il ne rentrerait pas avant le soir. Il s'arrêta d'abord chez sir Donald, où il dut attendre, car celui-ci était encore au lit. Après avoir obtenu l'adresse de Dare, il prit rapidement congé, sans que sir Donald ait eu le temps de le questionner. Il lui fallait absolument trouver Dare et apprendre quelles étaient ses intentions.

Dare, assis à table, s'efforçait de prendre un petit déjeuner, en attendant une heure décente pour se présenter chez Drew. Il quitta enfin sa maison, à l'instant même où Drew sortait de chez lui. Un quart d'heure plus tard, il se tenait devant sa porte, partagé entre la crainte et l'espoir. Pourquoi Mercy lui avait-elle dit que Casey était morte ? Et comment celle-ci était-elle arrivée à Londres, en portant le nom de Drew ?

Il était mortellement blessé à l'idée qu'elle eût préféré quitter la colonie plutôt que de l'avertir qu'elle attendait un enfant. Il y avait un seul moyen d'en avoir le cœur net, se dit-il, la main sur le heurtoir.

Une soubrette vint lui ouvrir. Lorsqu'il apprit que Drew était sorti, Dare exigea de voir Mme Stanley. De mauvaise grâce, la domestique l'introduisit au salon, puis se hâta d'aller dire à sa maîtresse qu'un rustre voulait la voir…

Casey prit la nouvelle avec calme. Elle savait que Dare viendrait la trouver, mais elle aurait aimé avoir plus de temps pour s'y préparer. Elle descendit néanmoins l'escalier, les jambes en coton. Jamais elle n'avait espéré le revoir, or il se trouvait à présent sous son toit ! Ils étaient tous les deux mariés, désormais, leurs vies avaient pris des chemins opposés.

Casey priait intérieurement pour avoir le courage de protéger son fils et Drew.

Elle entra sans bruit dans la pièce et s'immobilisa, hésitante.

— Dare, souffla-t-elle d'une voix tremblante.

Un silence suivit, qui parut durer une éternité. Il la dévisageait comme un illuminé.

— Casey, dit-il enfin dans un murmure.

La jeune femme se secoua et parvint à reprendre calmement :

— Bonjour, Dare. Quel bon vent vous amène à Londres ?

Il se crispa.

— C'est tout ce que vous trouvez à dire, Casey ? répliqua-t-il d'un ton de reproche. Alors que je vous ai crue morte durant tout ce temps, vous m'accueillez comme une vieille connaissance ? Bon Dieu ! Avez-vous la moindre idée de ce que j'ai enduré, ces derniers mois ?

D'abord, Casey ne comprit pas ce qu'il disait, tant elle était fascinée par sa seule présence. Il était plus séduisant que jamais, malgré une sorte de tristesse latente et quelques rides nouvelles. Elle se rappelait avec acuité ses lèvres, ses mains sur elle… Et elle frissonna au souvenir de la scène de la veille, quand il était sur le point de faire l'amour à une femme qui n'était pas la sienne. Combien lui en fallait-il donc ?

— Répondez-moi, Casey, insistait-il. Pourquoi m'avez-vous laissé croire que vous étiez morte ?

Elle était diaboliquement belle, désirable, là, debout devant lui ! Il avait envie de la prendre dans ses bras, de l'embrasser à lui faire tourner la tête… Au prix d'un louable effort, il parvint à se maîtriser. Tant de questions sans réponses flottaient entre eux !

Casey tressaillit.

— Pardon ? Vous saviez que je n'étais pas morte, rétorqua-t-elle, glaciale. Demandez à votre femme.

J'étais bien vivante lorsqu'elle a échappé aux broussards… Au fait, où est-elle? Comment réagit-elle quand elle vous voit courtiser de jeunes personnes?

— Vous ne savez pas?

— Que devrais-je savoir?

— Mercy a succombé à une pneumonie, après son retour à la ferme.

La jeune femme secoua la tête.

— Mercy est morte…? Mais… pourquoi ne vous a-t-elle pas parlé de moi? Était-elle trop malade pour vous expliquer dans quelle dangereuse situation je me trouvais, l'endroit où j'étais?

— Casey, mon amour, mon seul amour, dit Dare avec la conviction d'un homme qui aperçoit soudain une lumière dans les ténèbres. Mercy a juré que vous étiez morte. Elle nous a dit que Bert vous avait tuée, après que lui et ses acolytes… après en avoir terminé avec vous. Elle a parlé d'un certain Big John. Il est évident qu'elle a menti… et nous savons pourquoi.

— Non! cria Casey, aveuglée par ses larmes. Ce n'est pas possible! Elle n'a pas fait ça!

— Je crains que nous n'ayons mésestimé sa cruauté, soupira Dare, accablé de tristesse.

— Et Dan? insista-t-elle avec reproche. Pourquoi l'avez-vous renvoyé? Vous avez clairement montré, vous et votre famille, que vous vous moquiez de moi. Vous vouliez que je sorte de votre vie, alors vous avez refusé de payer la rançon qu'exigeaient les malfrats en échange de ma liberté. Jamais je ne vous aurais crus aussi dénués de cœur! Sans Big John, je serais morte, en effet, et notre enfant avec moi…

Il l'arrêta d'un geste.

— Je ne comprends rien à ce que vous dites, mon amour. Avez-vous vraiment pensé que Ben, père ou moi, nous pourrions vous abandonner ainsi? Vous ignorez pourquoi je me suis marié, je le sais, mais je n'ai jamais aimé personne d'autre que vous.

— Que pouvais-je imaginer, quand Dan est revenu en disant que les Penrod ne se souciaient pas de ce qui pouvait m'arriver ? S'il n'y avait pas eu Big John...

— Qui est ce satané Big John ? grommela Dare. Que représente-t-il pour vous ?

— Il m'a sauvé la vie.

En tremblant, elle lui parla du géant au cœur tendre.

— Si je le rencontre un jour, je l'assurerai de mon indéfectible gratitude, dit-il lorsqu'elle eut terminé son récit.

Comme sortant d'un rêve, Casey remarqua qu'il était tout proche d'elle, ses yeux gris emplis d'amour. Il allait la prendre dans ses bras, elle en était certaine, et elle se sentait incapable de résister à sa passion...

— Dare, non... Je suis un peu perdue. Je... Comment pourrais-je vous faire confiance ?

— Peut-être devrais-je vous expliquer pourquoi j'ai épousé Mercy.

— Je le sais. Elle me l'a dit elle-même. Et elle m'a aussi demandé de quitter la ferme, espérant que votre mariage aurait alors une chance de survie.

Il poussa un soupir de dégoût.

— Dieu ! Il est fou de constater jusqu'où cette femme était capable d'aller pour arriver à ses fins... Ainsi, vous savez que j'ai été obligé de l'épouser afin d'obtenir votre liberté et d'épargner la mine à Robin. Je ne vous en ai pas parlé, parce que je ne voulais pas que vous vous sentiez responsable. Je n'ai rien dit non plus à Robin. J'avais pris ma décision sans me soucier de mon propre bonheur. Seuls Robin et vous m'importiez.

— Je veux bien vous croire, Dare, mais lorsque j'ai pensé que vous ne vouliez ni de moi ni de l'enfant, mon univers s'est écroulé.

— Que je ne voulais pas de vous ? Quelle absurdité ! Il s'agissait d'un vil complot pour nous séparer. Mais oublions Mercy, et parlez-moi de vous, mon amour... de votre mariage avec Drew.

Une des servantes venait d'entrer au salon, et Casey s'aperçut brusquement qu'ils étaient à portée des oreilles indiscrètes. Elle renvoya la jeune fille à ses tâches.

— Allons dans le bureau, nous n'y serons pas dérangés. Je ne tiens pas à ce que les domestiques soient au courant.

Dare la suivit avec joie, et ils fermèrent les portes derrière eux... avant de se jeter dans les bras l'un de l'autre.

— Je ne parviens pas à croire que vous soyez en vie, mon amour, chuchota-t-il. C'est un miracle, un rêve devenu réalité ! J'ai envie de vous toucher, de sentir votre cœur battre sous ma main... Oh, ma chérie, j'ai surtout envie, désespérément envie de vous faire l'amour !

Ils se laissèrent tomber sur le tapis. Soudain, Casey ne pouvait plus réfléchir, plus protester. Toute sa volonté s'était enfuie, volée par le seul homme au monde qui eût le pouvoir de contrôler son esprit et son âme. Il y avait trop longtemps qu'elle n'avait pas goûté la joie d'être contre lui. Elle le désirait avec une force inouïe, et elle n'aurait pu le repousser, tout comme elle n'aurait pu cesser de respirer. Chacun de ses regards était une déclaration d'amour qui la faisait trembler, qui la brûlait.

Et Dare se disait qu'il n'avait jamais vu de créature plus belle, plus incroyablement sensuelle. Il embrassait son visage, ses lèvres, il se perdait dans la douceur de ses cheveux, glissait les mains dans son corsage.

— Je vous aime, Casey...

— Moi aussi, je vous aime. Même quand je le refusais, cela faisait partie de moi. Je ne pouvais croire, tout au fond, que vous m'ayez trahie...

— Je ne vous ai jamais trahie, mon amour. C'est le destin qui a conspiré contre nous. Le destin, et la cruauté de Mercy. Mais n'y pensons plus. Nous sommes ensemble, cela seul compte. Laissez-moi vous aimer.

Tout en parlant, il la débarrassait habilement de sa robe, de son jupon, de sa chemise, et il baisait tendrement chaque nouveau morceau de peau découverte. Casey se laissait aller à ce bonheur, elle ne pouvait nier le désir qui la poussait vers lui, vers ses caresses.

Quand il prit un sein entre ses lèvres brûlantes, elle laissa échapper un cri de plaisir. Impatiente de le sentir nu contre elle, elle lui arracha sa chemise, et Dare eut un petit rire tandis qu'il l'aidait à le déshabiller.

— Ça va mieux, ma gourmande ? demanda-t-il avant de reprendre ses caresses.

Il avait trouvé son intimité et la pénétrait du doigt, faisant naître en elle des vagues d'extase, alors qu'elle sentait contre son ventre son sexe d'homme, palpitant.

— Dare, je vous en prie...

— Oui, mon amour. Oui.

Il la prit enfin, tremblant de bonheur, puis il accéléra le mouvement. Elle roulait sous lui, elle recevait, elle donnait. Plus rien n'existait que Dare, sa chaleur, son odeur, sa bouche.

Le plaisir la submergea, inéluctable, et les spasmes de la divine agonie la firent gémir. Dare attendit qu'elle se fût apaisée, pour jaillir à son tour vers le septième ciel.

Ils redescendirent très doucement sur terre, refusant de laisser la réalité troubler leur béatitude...

Jusqu'à ce que Dare brise le silence bienheureux.

— Ai-je une fille, ou un garçon?

— Vous savez!

— Sir Donald m'a dit que Drew était arrivé à Londres avec une jeune femme et un nouveau-né. Si je n'étais pas venu ici, je n'aurais peut-être jamais su que j'avais un enfant... Mais vous ne m'avez pas répondu, mon amour. Est-ce une fille, ou un fils?

— Un fils, que j'ai appelé Brandon. Il est né quelque part au large des côtes françaises, deux semaines avant l'arrivée à Londres.

— Pourquoi avez-vous quitté l'Australie sans me prévenir de votre état? Pensiez-vous que je ne m'en soucierais pas?

Elle se redressa et rassembla ses vêtements.

— On m'avait dit que vous ne vouliez rien savoir de moi et du bébé... Comment aurais-je pu réagir? En venant mendier? Il ne me restait que mon orgueil, et j'ai voulu mettre autant de distance que possible entre nous. Big John a insisté pour que j'accepte son argent et que je rentre en Angleterre. Alors j'ai préféré cela, plutôt que de venir vous demander de l'aide. Je ne comprends toujours pas ce que Dan a pu gagner par son mensonge...

— Nous ne le saurons sans doute jamais, dit Dare, pensif. Mais je parierais qu'il y a là-dessous une intervention de Mercy... Et Stanley, que vient-il faire dans cette histoire? Je ne connais pas de couple plus mal assorti que vous deux!

— Ne dites pas un mot contre lui! le défendit Casey, qui finissait de s'habiller. Il me fallait un endroit où habiter en attendant le prochain navire en partance, et Drew était la seule personne que je connaisse à Sydney. Il m'a accueillie sans poser de questions, il a refusé que je paye une pension. Il devait lui aussi se rendre à Londres, afin de défendre les colons australiens et demander au Parlement d'envoyer un gouverneur à poigne. Nous avons donc effectué la traversée ensemble. J'ignore comment j'aurais survécu, sans lui...

— Pourquoi l'avez-vous épousé ? Vous l'aimez ?

— Bien sûr, c'est comme un...

— Je ne veux pas en entendre davantage, Casey ! coupa Dare, l'air sombre. Drew est trop vieux pour vous. Je comprends que vous ayez de tendres sentiments à son égard, et je lui suis infiniment reconnaissant de l'aide qu'il vous a apportée, mais vous m'appartenez. Je quitte l'Angleterre avant la fin du mois, et je vous emmène avec moi.

— C'est impossible, Dare, murmura Casey d'une voix étranglée.

Drew était malade, il ne lui restait plus longtemps à vivre, bien qu'il s'efforçât courageusement de le cacher. Il avait besoin de la jeune femme, et elle ne l'abandonnerait pas, malgré tout l'amour qu'elle portait à Dare. Elle resterait, elle s'efforcerait de rendre heureux les derniers moments de son bienfaiteur.

— Je suis mariée, reprit-elle, et je ne déserterai pas mon foyer. N'avez-vous aucune gratitude envers lui ? Il m'a épousée pour que votre fils ait un nom.

Il soupira, agacé.

— Nous nous aimons, Casey. Nous avons un enfant. Drew est raisonnable, il comprendra. Un homme de son âge ne peut... enfin... Bon sang, Casey, il ne peut vous combler comme je le fais !

— Il n'est pas question de cela, Dare. Drew est...

— Votre mari, je sais. Et je respecte votre loyauté envers lui. Néanmoins, je le connais depuis des années, et je suis sûr qu'il sera le premier à me donner raison. Je lui suis reconnaissant, mais pas au point de lui offrir la femme que j'aime et mon fils !

— Un jour peut-être, nous serons réunis, s'entêta Casey. Mais pas tant que Drew a besoin de moi. Il n'a personne au monde, à part Brandon et moi.

— Sacrebleu, Casey, je n'ai pas l'intention de perdre mon temps à discuter ! s'irrita Dare. Quand je quitterai l'Angleterre, ce sera avec Brandon et vous !... Maintenant, je veux voir mon fils. J'ai attendu assez longtemps pour faire sa connaissance, me semble-t-il.

— Espèce d'arrogant, de...

Les mots lui manquaient ! À quoi bon tenter de raisonner un homme qui refusait d'écouter ? Furieuse, elle se dirigea vers la porte en lançant par-dessus son épaule :

— Je vais le chercher. Attendez ici.

Tandis qu'il arpentait rageusement la pièce, la jeune femme décida de changer d'abord le bébé, afin de laisser Dare se calmer...

Drew rentra plus tôt que prévu. Il avait attendu Dare chez lui pendant plus d'une heure, avant de comprendre que le jeune homme était peut-être allé voir Casey... Il arriva à la maison alors que celle-ci était encore dans la nursery avec Brandon. Une domestique l'informa qu'un monsieur patientait dans la bibliothèque, et Drew s'y rendit directement.

— Bonjour, Dare, dit-il d'une voix teintée de tristesse.

— Drew ! Je voulais justement vous voir...

Le vieil homme sourit.

— Ravi de vous voir aussi, Dare. Comme je ne vous ai pas trouvé chez vous, je me suis douté que vous étiez ici.

— Vous me cherchiez ?

Las, Drew se laissa tomber dans un fauteuil, et Dare lui trouva l'air exténué.

— Avez-vous vu mon épouse ?

Bien qu'il n'eût pas fait exprès d'employer ce terme, Drew vit son interlocuteur esquisser une grimace.

Dare s'était crispé. Oui, il venait de faire l'amour à une femme mariée, bien qu'il ne pût se résoudre à l'idée que Casey appartînt à un autre.

— J'ai vu Casey, répondit-il un peu sèchement.

— Et votre fils? Je suppose que vous avez reçu un sacré choc, en apprenant que vous étiez père.

— Le choc a été plus grand encore quand j'ai constaté que Casey était vivante, alors que je la croyais morte depuis des mois!

— Pourquoi avez-vous pensé qu'elle était morte?

— Que vous a-t-elle raconté?

— Pas grand-chose, à la vérité.

— Alors je vais éclairer votre lanterne...

Dare expliqua à son vieil ami le rôle que Mercy avait joué dans ce drame.

— Elle est morte sans nous avoir révélé la vérité, conclut-il. Nous avons été convaincus que la tombe trouvée dans la brousse contenait le corps de Casey. Pendant des mois, j'ai touché le fond du désespoir. Puis père m'a persuadé de venir en Angleterre et, Dieu merci, j'ai cédé...

— Je comprends mieux pourquoi Casey tenait tellement à quitter l'Australie. Mais si j'avais su que Mercy était morte, jamais ne l'aurais laissée partir. Je ne l'aurais pas non plus épousée. Je l'ai fait seulement pour les protéger, elle et votre enfant. Cependant, je l'aime sincèrement, Dare, comme une...

— Drew! Vous êtes rentré!

Les deux hommes se tournèrent vers Casey qui venait d'ouvrir la porte, un petit paquet blanc dans les bras. Ému, Dare s'approcha aussitôt. Il tendit les mains et, un peu à contrecœur, Casey lui remit le bébé. Brandon fixait gravement son père de ses yeux gris, si semblables aux siens. Puis il dut aimer ce qu'il voyait, car il se mit à gazouiller avec un grand sourire édenté, ce qui acheva de séduire Dare. Ce fut un véritable coup de foudre, et il sut que jamais il ne se séparerait de cette petite partie de lui-même, quelles que soient les circonstances.

Drew ne put manquer de remarquer la complicité entre le père et le fils. Ces deux-là s'appartenaient. Il se tourna vers Casey, qui regardait Dare avec tant d'amour qu'il en eut mal. Malgré la tristesse qu'il éprouvait, il savait qu'il était temps pour lui de s'effacer. Il fallait que Dare retrouve sa famille...

Cette idée lui était tellement insupportable qu'il ressentit une violente douleur au cœur. Il mit un moment à retrouver une respiration normale. Si seulement... Non. Il ne devait pas se montrer égoïste. Il avait eu la chance de profiter de Casey pendant quelques mois : à présent, il devait s'éclipser. Il avait consulté récemment un médecin qui, après l'avoir examiné, avait secoué la tête. Son cœur pouvait lâcher d'un moment à l'autre. On lui avait donné des médicaments pour apaiser la douleur, mais il ne restait guère d'espoir.

Dare eut du mal à rendre le petit à sa maman, qui le ramena à la nursery pour sa sieste.

Dès que la mère et le bébé eurent quitté la pièce, il se tourna vers Drew.

— Vous savez pourquoi je suis ici... n'est-ce pas ?

Drew se décomposa.

— Je ne veux pas vous priver d'eux, Dare, mais je dois avouer que ce sera pour moi une déchirure. J'aime profondément Casey et son fils. Néanmoins, je ferai le nécessaire pour la rendre libre. Cela demandera un certain temps, vous vous en doutez...

— Je croyais avoir été claire, Dare ! intervint Casey qui se tenait sur le seuil, toute droite, ses yeux verts lançant des éclairs.

Elle vint s'agenouiller près de son mari, lui prit la main.

— Vous avez besoin de moi, Drew, dit-elle, je ne vous quitterai pas.

Ce geste intime attisa la fureur de Dare.

339

— Drew est entièrement d'accord avec moi, Casey, et je ne tolérerai aucun refus. J'ai besoin de vous et de notre fils.

— Drew aussi a besoin de nous, insista-t-elle, agressive.

Était-il aveugle, pour ne pas voir à quel point le malheureux était diminué ?

— Dare a raison, ma chère, dit Drew. Je suis un vieil homme, et vous lui appartenez, ainsi que Brandon. Nous allons demander un divorce discret.

Il ne le disait pas, mais il serait certainement mort avant que le divorce fût prononcé.

— Vous allez retourner en Australie, avec ma bénédiction, ajouta-t-il. Personne n'aura besoin de savoir que vous n'êtes pas mariée avec Dare.

— Non ! Il n'en est pas question ! Je resterai près de vous, tant que vous aurez besoin de moi !

— Et moi ? cria Dare, hors de lui.

— Lydia Hurley aimerait peut-être l'Australie… rétorqua Casey, pincée.

Dare tressaillit.

— C'est bien possible !

— Casey… Dare… soyez raisonnables, implora Drew dans l'espoir de les calmer.

Ces deux jeunes entêtés risquaient d'en venir aux mains !

— Il existe forcément un moyen de régler tout ceci en bonne entente, reprit-il.

— Je ne comprends pas pourquoi elle est si butée ! grogna Dare. Il n'y aurait pas de discussion si elle acceptait de nous laisser décider, nous, les hommes.

— Les hommes ! se moqua-t-elle. Les hommes ne sont pas parfaits, et surtout pas vous !

Elle se tourna vers son mari pour ajouter :

— Je me demande pourquoi Dare se croit obligé d'être arrogant et autoritaire ! Il est aveugle, pour ne pas voir que vous avez besoin de moi !

— Casey… soupira Drew. Votre fidélité m'enchante, mais nous savons tous deux que notre mariage a été dicté par les circonstances, nous n'avons jamais été mari et femme. Je vous aime comme un père, ma chérie, et je dois vous laisser partir, comme un père le jour où il marie sa fille.

Dare sentit une grande joie l'envahir.

— Vous… vous me renverriez ? s'étonna-t-elle.

— Vous renvoyer ? Jamais ! Si vous partez, ce sera de votre plein gré. Par amour pour Dare… Car vous l'aimez, n'est-ce pas ?

Le long silence qui suivit fut éprouvant pour le jeune homme.

— Alors, vous m'aimez ou vous ne m'aimez pas, Casey ? Quelle que soit la réponse, j'ai bien l'intention de garder mon fils avec moi.

— Je vous aime, Dare, souffla-t-elle enfin, mais j'aime aussi Drew. Bien que vous ne vous en rendiez pas compte, il a plus besoin de moi que vous, en ce moment.

— Bon sang de bon sang ! Restez donc près de Drew, femme de devoir. Mais préparez mon fils pour un long voyage. Je l'emmène avec moi.

Sur ce, il sortit comme un fou, en claquant la porte derrière lui.

— Je ne peux pas vous obliger à partir, ma chère, dit Drew. Mais Dare a raison, vous êtes faits l'un pour l'autre. Et s'il persiste à vouloir son fils, je ne ferai rien contre lui.

— Vous m'êtes aussi cher que l'a été mon père, Drew, et bien que vous tentiez de me le cacher, je sais que vous êtes gravement malade. Dare est déraisonnable quand il insiste pour que je m'en aille avec lui… Maintenant, dites-moi la vérité au sujet de votre santé.

Le vieux monsieur soupira.

— Vous avez le droit de savoir, je suppose, Casey…

C'est mon cœur. J'ai vu un docteur, mais on ne peut plus rien. C'est une question de jours, peut-être...

— Je le savais! s'écria Casey, catastrophée. Je savais que vous me cachiez quelque chose. Je n'ai pu aider mon père, quand son heure est venue, mais je serai là pour vous. Il faut que Dare le comprenne.

Il esquissa un sourire attendri.

— C'est un jeune homme fougueux, il a le sang chaud... Mais si quelqu'un peut le convaincre, c'est vous.

Les jours suivants, Dare fut trop occupé par ses préparatifs de départ – et encore trop en colère – pour envisager une nouvelle confrontation avec Casey. Il prit des dispositions pour convertir son héritage en or, qu'il fit expédier en Nouvelle-Galles-du-Sud. Il acheta des vêtements, des bottes, des meubles, des marchandises que l'on ne trouvait pas à la colonie. Et surtout, il organisa une expédition de moutons mérinos, qu'on livrerait à Sydney.

Il avait follement envie de voir Casey et Brandon, pourtant il se tint à l'écart, sachant que s'ils se rencontraient, ils se disputeraient de nouveau. Leur amour n'était pas remis en question, mais elle s'entêtait à vouloir rester auprès de son vieil époux – avec une fidélité déplacée, estimait-il. Certes, Drew était devenu pour Casey un père de substitution, et il était visiblement malade. Mais Dare était déterminé à ce que rien ne vienne plus les séparer. Fort de cette résolution, il refusait de reconnaître la gravité du mal qui menaçait Drew.

Quand tout fut prêt pour son voyage de retour, il décida de louer un bateau, plutôt que d'attendre qu'il y en eût un disponible. Il se rendit au port plusieurs jours d'affilée, cherchant le navire et l'équipage qui l'amèneraient en Australie avec sa petite famille.

Un homme aussi large qu'une armoire à glace, un peu plus âgé que lui, l'aborda alors qu'il arpentait le quai en observant les bateaux. L'homme portait les insignes de capitaine, pourtant il semblait mal à l'aise dans son uniforme flambant neuf.

— Excusez-moi, monsieur, dit-il. C'est bien vous qui cherchez à louer un navire ?

Dare contempla son visage avenant, criblé de taches de rousseur, qu'il trouva sur-le-champ sympathique.

— C'est bien moi, capitaine. Vous en connaissez un à louer ?

— Et comment ! Capitaine Jeremy Combs, à votre service. Mon bateau est l'un des plus sûrs que vous pourriez trouver.

— Jeremy Combs… répéta Dare, songeur. Est-ce que nous nous connaissons, capitaine ? Votre nom me semble familier… Je suis Dare Penrod, de Nouvelle-Galles-du-Sud, en Australie, ajouta-t-il en tendant la main.

— Je ne pense pas que nous nous soyons rencontrés, monsieur Penrod.

— Appelez-moi Dare. Pourrions-nous discuter dans un endroit tranquille ? Si votre bateau est disponible, j'ai une offre à vous faire.

— Le *Martha C.* vous emmènera où vous voulez dans le monde, plastronna Jeremy, tout fier. Même en Australie. Et appelez-moi Jeremy, s'il vous plaît.

Martha C. ! Le nom éveillait quelque chose dans la mémoire de Dare…

Sans se soucier de son air pensif, le capitaine poursuivit :

— Il y a une taverne non loin d'ici, où nous pourrons bavarder devant une pinte de bière.

— Je vous suis.

Lorsqu'ils furent confortablement installés devant leurs chopes, Dare expliqua à Jeremy ce qu'il attendait de lui.

343

— Êtes-vous prêt à vous absenter d'Angleterre pendant un an ? conclut-il.

— Oui, répondit son interlocuteur avec une pointe de tristesse. Vous avez sûrement deviné que je ne suis pas capitaine depuis longtemps, bien que la mer soit toute ma vie. J'ai fait naufrage au large de l'Amérique du Sud, et il m'a fallu un an pour rentrer en Angleterre. L'avantage de cette mésaventure est que j'y suis revenu en homme riche. Nous avons trouvé de l'or et des pierres précieuses.

— J'aime les histoires qui se terminent bien ! déclara Dare.

Jeremy soupira.

— Je voudrais que ce soit le cas… Lorsque j'ai commencé ce voyage, j'ai laissé mon épouse derrière moi, et quand je suis revenu, elle n'était plus là. Ses parents étaient morts, et ma Martha avait disparu. Je l'ai cherchée en vain pendant des mois. J'ignore ce qui lui est arrivé, après que mon bateau a été déclaré perdu corps et biens. J'ai fini par abandonner les recherches et j'ai acheté ce bâtiment, que j'ai baptisé en souvenir de ma Martha. Alors si cela vous convient, Dare, je suis votre homme.

Soudain, la lumière se fit dans l'esprit de Dare : Martha Combs ! Jeremy Combs !

— Content que vous soyez assis, vieux, dit-il avec un clin d'œil, car j'ai une nouvelle qui va vous assommer ! Votre épouse se porte bien. Elle travaille pour mon père, en Australie.

Jeremy pâlit.

— En Australie ? N… non, vous devez vous tromper… Que ferait-elle là-bas ?

Dare lui expliqua pourquoi Martha avait été condamnée à la déportation. Les yeux de l'homme s'emplissaient de larmes à la pensée des souffrances de sa chère épouse, durant son emprisonnement et le voyage jusqu'en Nouvelle-Galles-du-Sud. Il y eut un long silence, tandis qu'il essayait de retrouver ses esprits et l'usage de la parole.

— Merci, mon Dieu, murmura-t-il enfin. Rien ne pourrait m'empêcher de me rendre en Australie, dorénavant. Que vous louiez mes services ou non. Et même si cela doit me coûter le reste de mes économies, j'achèterai la liberté de Martha.

— Je vous y aiderai dans la mesure du possible, promit Dare. Et je louerai volontiers le *Martha C.* si nous parvenons à nous entendre sur un prix.

Ils se mirent rapidement d'accord, et la date du départ fut fixée deux semaines plus tard.

— Nous aurons à bord ma femme et mon bébé, précisa Dare.

Il ne tenait pas à mettre Jeremy au courant de la situation inhabituelle dans laquelle Casey et lui se trouvaient.

— Vous verrez, Dare, vous aurez la meilleure cabine, avec tout le confort souhaitable. Mon navire est moderne et fiable.

— Je vais m'arranger pour que la cargaison à embarquer arrive bientôt, dit Dare, qui scella le marché d'une solide poignée de main.

Et, de gré ou de force, Casey et son fils seraient avec lui, le jour où il monterait à bord !

— Ne vous inquiétez pas si nous ne nous voyons pas pendant quelques jours, ajouta-t-il. Je dois me rendre à la campagne, afin de sélectionner quelques chevaux et du bétail que je veux emporter en Australie.

24

Drew Stanley décéda paisiblement dans son sommeil, le lendemain du départ de Dare pour la campagne. Il avait dû sentir sa fin proche car, la veille, il avait dressé pour Casey une liste des biens qu'il lui léguait. Elle fut surprise d'apprendre que cela incluait une terre de cinq mille acres en Nouvelle-Galles-du-Sud, ainsi qu'une autre de la même dimension qu'il venait d'acheter. S'il ne les avait pas exploitées jusqu'à présent, c'était à cause de son âge et de sa santé fragile.

On le porta dans sa dernière demeure, en présence de son épouse et de quelques-uns de ses vieux amis. Dare ne se montra pas.

Plus tard dans la journée eut lieu la lecture du testament : Drew léguait tous ses biens à sa femme et à son fils. Casey était devenue riche. Mais Dare ne venait toujours pas lui offrir ses condoléances et son réconfort...

Son refus de le suivre, tant que Drew était malade, l'avait-il détourné d'elle ? Comment pouvait-il ne pas comprendre sa loyauté vis-à-vis du vieil homme, qui lui avait sans doute sauvé la vie ? Il se comportait en enfant gâté qui ne supporte pas d'être contrarié ! S'il avait montré un peu de patience et de pitié, il aurait fini par obtenir ce qu'il désirait... À supposer que Casey et son fils soient ce qu'il désirait réellement.

S'il l'avait aimée sincèrement, se disait-elle, il aurait été près d'elle, en ces moments douloureux. Il n'avait tout de même pas renoncé à elle ? Non. Dare ne renonçait pas facilement. Mais alors, pourquoi n'était-il pas en train de lui demander de faire ses bagages pour partir avec lui ?

Au bout d'une semaine, sans nouvelles, Casey ravala son orgueil et décida d'aller chez lui. Ce fut une terrible inquiétude qui la poussa à agir. Et s'il était malade… s'il avait besoin d'elle ? Drew lui avait donné son adresse, quelque temps plus tôt. Laissant Brandon aux soins de sa nurse, elle se rendit chez Dare en se répétant mentalement tout ce qu'elle avait à lui dire.

Dare rentra de la campagne, épuisé mais satisfait. Il avait acheté dix vaches, deux taureaux et quatre pur-sang. Il s'était également arrangé pour qu'on lui envoyât vingt mérinos, peu après la nouvelle année, ainsi que d'autres vaches et un taureau supplémentaire. Son voyage avait donc été fort productif, et il lui restait encore quelques jours pour convaincre son amour obstiné qu'il ne pouvait vivre sans elle. Il fallait absolument qu'elle fût à bord avec leur fils, lorsque le *Martha C.* mettrait les voiles. Au besoin, ils emmèneraient Drew avec eux.

Il avait pris un bain et s'habillait, lorsqu'une femme de chambre vint le prévenir qu'une dame l'attendait au salon. Casey était revenue à la raison ! se dit-il avec bonheur. Il accorda sa journée à la servante interloquée, ainsi qu'aux autres domestiques. Il voulait être seul pour accueillir l'amour de sa vie.

Elle se tenait au milieu du salon, son capuchon rabattu sur son visage, comme si elle voulait dissimuler son identité. Il la comprenait, d'ailleurs. Elle était mariée, et les mauvaises langues se déchaîne-raient si on apprenait sa visite.

— Casey…

Elle se retourna et lui fit face. Ce n'était pas Casey.

— Lydia… Par le Ciel, que faites-vous ici ?

— Eddie m'a dit que vous quittiez bientôt Londres, et je ne pouvais pas vous laisser partir sans… sans vous voir une dernière fois. J'ai attendu que vous me rendiez visite, mais… rien. C'est à cause de cette femme, n'est-ce pas ? Oubliez-la, Dare. Je… je vous aime depuis le premier instant.

— Vous ne devriez pas être ici, Lydia, la répri-manda-t-il sévèrement. Vous êtes ravissante, et vous n'avez pas besoin de vous jeter à la tête d'un homme. N'importe quel gentleman serait heureux de vous avoir pour épouse. Je vous l'ai déjà dit, je ne suis pas fait pour vous.

En enfant gâtée, Lydia refusait l'évidence. Elle voulait Dare. Il représentait un défi, qu'elle avait bien l'intention de relever. D'ailleurs, elle se croyait sin-cèrement amoureuse de lui.

— J'ai plus à vous offrir que n'importe quelle autre femme, insista-t-elle.

— J'aime Casey, et je ne veux pas la quitter, répon-dit-il, afin de la décourager sans trop la blesser.

C'était une délicieuse femme-enfant au corps de séductrice, et elle ferait un jour un brillant mariage.

— Vous ne m'avez pas accordé ma chance, Dare, gémit-elle.

— Seriez-vous prête à abandonner les salons lon-doniens pour les terres sauvages d'Australie ? Pour-riez-vous renoncer à ce luxe auquel vous êtes habituée ? Ma demeure est rustique, le climat rude, il y a des moustiques, des inondations, de la poussière, la chaleur est souvent étouffante… Et l'Angleterre se trouve à six mois de traversée. Croyez-vous que vous seriez heureuse, dans ce pays lointain ?

— Avec vous, oui ! s'obstina-t-elle, le menton levé.

Il allait la contrer, lorsque l'on frappa à la porte d'entrée.

— Bon sang ! pesta-t-il, irrité. J'avais bien besoin qu'on vous trouve là, seule, quand tous les domestiques sont sortis… Ne bougez pas, Lydia. Je vais me débarrasser de ce visiteur importun. Ne vous montrez surtout pas ! Et priez pour que ce ne soit pas votre frère !

— Mais…

— Obéissez ! ordonna-t-il fermement.

Casey dansait d'un pied sur l'autre, en attendant qu'on lui ouvrît. Avait-elle eu raison de venir ?

Elle fut stupéfaite de le voir ouvrir lui-même.

— Casey !

— Bonjour, Dare… dit-elle dans un sourire hésitant.

Il semblait embarrassé, et elle mit cela sur le compte de la surprise. Comme il la regardait d'un air un peu hébété, elle demanda, nerveuse :

— Puis-je entrer ?

Elle commençait à regretter d'être venue !

— Bien sûr, excusez-moi, dit-il en jetant un coup d'œil par-dessus son épaule. Je… Ma foi, je ne m'attendais pas à vous voir chez moi…

— Je vous dérange ? Je peux partir, si vous voulez…

— Non ! J'allais vous rendre visite, justement. J'étais à la campagne, et je viens de rentrer.

— Alors… vous ne savez pas ?

— Savoir quoi ?

— Drew est décédé. On l'a enterré il y a quelques jours, dit-elle d'une voix tremblante qui trahissait son chagrin.

Il aurait dû se trouver près d'elle pour la soutenir, la consoler, se dit-il.

— Mon Dieu, Casey, je suis navré ! Je l'ignorais… Venez, mon amour, nous avons à parler.

Il la prit aux épaules et la conduisit dans la bibliothèque, dont il ferma soigneusement la porte. Il ne fallait pas qu'elle vît Lydia. Avec un peu de chance, la jeune fille se lasserait et partirait d'elle-même...

Il aurait été furieux de constater que celle-ci n'avait aucune intention de se comporter sagement ! Cachée derrière la porte du salon, elle avait vu Dare emmener Casey vers la bibliothèque. Elle enrageait de le savoir seul avec la jolie rousse qui lui avait volé son amour, qui la privait de l'homme le plus séduisant qu'elle eût connu. Brusquement, un sourire malin lui vint aux lèvres...

Dans la bibliothèque, Dare avait ouvert les bras à Casey, qui s'y précipita.

— J'aurais été près de vous si j'avais su, ma chérie... J'ignorais que Drew était aussi gravement malade.

— Si vous m'aviez écoutée, vous l'auriez su, lui reprocha-t-elle. Mais vous ne pensiez qu'à vous. Vous comprenez, maintenant, pourquoi je ne pouvais pas partir ?

— J'ai été égoïste et entêté, reconnut-il. Vous retrouver vivante et mariée à un autre, a perturbé ma raison. Sans compter l'existence de mon fils... Me pardonnerez-vous ?

— Les gens se comportent parfois bizarrement, sous l'emprise de l'amour, concéda Casey. Je vous pardonne et je vous aime. Brandon et moi avons besoin de vous. Nous serons prêts à retourner en Australie, dès que vous le souhaiterez.

Dieu, comme il l'aimait !

— Comment va mon petit garçon ? Il me manque terriblement... Nous embarquerons bientôt, mon amour.

Il prit ses lèvres, et elle se laissa aller avec bonheur à la douceur de ses caresses, les mains dans ses cheveux. Il parcourait son corps, s'attardait sur ses seins, le creux de sa taille, la courbe de ses hanches. Elle gémit doucement tout en caressant à son tour ses épaules, son dos, ses fesses qui se crispèrent sous ses doigts.

Il la serra davantage contre son désir évident, tout souvenir de Lydia effacé de sa mémoire. Rien n'existait plus que Casey et la passion qui les poussait l'un vers l'autre. Savoir qu'il passerait le reste de ses jours avec cette splendide et sensuelle créature, le rendait fou de désir.

— J'ai envie de vous, ma chérie.

D'un commun accord, ils commencèrent à se débarrasser de leurs vêtements. Leur désir était si fort qu'ils auraient été nus en quelques secondes... si la porte ne s'était ouverte à la volée.

— Dare chéri, qu'est-ce qui vous retient si longtemps loin de moi ? demanda une voix boudeuse. En quittant la chambre, vous avez dit que vous en aviez pour deux minutes...

Puis, comme si elle apercevait seulement Casey, Lydia ouvrit de grands yeux innocents.

— Mon Dieu... Quelle perversité, chéri ! Deux femmes à la fois... Est-ce normal ?

Dare sentit Casey se raidir entre ses bras et il étouffa un juron.

— Monstre ! cria-t-elle, tandis qu'elle regardait la jeune fille dont la toilette était dans un désordre charmant.

Le corset, sous la fine chemise, laissait voir la naissance de ses seins, et cette semi-nudité donnait obligatoirement à penser que Dare et Lydia étaient en plein intermède amoureux, lorsqu'elle était arrivée...

Avant que Dare pût prononcer un mot, elle fit volte-face et s'enfuit en courant.

— Bon Dieu, qu'avez-vous fait ? rugit-il.

Terrorisée, Lydia se tassa sur elle-même. Peut-être était-elle allée trop loin... Mais, après tout, il l'avait bien mérité !

— Rhabillez-vous, petite teigne, et sortez de cette maison ! Je devrais vous donner une bonne fessée, ou pire ! Que diraient votre père et votre frère, s'ils vous voyaient dans cette tenue ?

La jeune fille fut tout à coup bourrelée de remords. Une telle attitude ne lui ressemblait pas, et elle avait terriblement honte. D'ailleurs, cela ne lui avait servi à rien, car elle n'avait lu sur le visage de Dare que mépris pour sa lamentable comédie. En outre, s'il disait vrai au sujet de l'Australie, elle n'aurait jamais accepté de vivre dans un tel pays ! Au début, elle l'avait trouvé si beau, si romantique, si mystérieux qu'elle en avait perdu la tête. Elle était ravie de rendre ses amies jalouses… À présent, elle aurait tout donné pour revenir sur ces dernières minutes. Elle comprenait enfin que la jolie rousse était importante pour Dare.

Elle s'humecta les lèvres avant de déclarer, piteuse :

— Je suis désolée. Je ne voulais pas… Vous n'en parlerez pas, j'espère ? Je me suis comportée de façon odieuse, mais c'est la jalousie qui m'a fait oublier ma bonne éducation.

Dare fit la grimace. Il avait envie de lui tordre le cou, même si son repentir semblait sincère. Lydia était une toute jeune fille sentimentale, qui testait son pouvoir sur les hommes. Elle s'était entichée de lui et avait tenté de le séduire. Cela aurait sans doute marché, s'il n'avait été amoureux de Casey.

— Je n'en parlerai à personne, Lydia, répondit-il, si vous me promettez de vous tenir correctement à l'avenir. Maintenant, filez avant que je ne change d'avis. Il est grand temps pour vous de grandir et d'affronter les conséquences de vos actes.

— Merci, Dare, murmura-t-elle. Je… je vous souhaite d'être heureux avec votre amie, ajouta-t-elle avant de disparaître sans demander son reste.

Dare attendit d'avoir entendu la porte d'entrée se refermer pour quitter la bibliothèque. Il allait avoir bien du mal à convaincre Casey de son innocence !

Casey avait couru tout au long du chemin, et elle arriva chez elle hors d'haleine, toujours aussi furieuse. Combien de femmes lui fallait-il ? Apparemment, il les aimait jeunes car, malgré ses formes voluptueuses, Lydia semblait à peine sortie de l'adolescence. L'avait-il séduite avec les mêmes mots d'amour, les mêmes promesses ?

— Il ne m'aime pas, se dit-elle à haute voix.

Il ne tarda pas à se présenter à sa porte, mais elle commença par refuser de le recevoir. Les domestiques furent choqués de la trouver plantée en haut de l'escalier, en train de crier comme une poissonnière :

— Retournez voir votre jeune maîtresse et n'essayez pas de… m'amadouer avec vos belles paroles ! Brandon et moi n'avons pas besoin de vous. Drew a largement assuré notre avenir !

— Bon Dieu ! pesta Dare en grimpant les marches quatre à quatre. C'est faux : vous avez besoin de moi ! Autant que j'ai besoin de vous.

Il fut sur elle avant qu'elle eût le temps de s'enfuir.

— Que dois-je faire, madame ? se lamenta une petite voix, au bas de l'escalier.

La jeune servante qui avait ouvert à Dare se tordait les mains, angoissée. Casey fut tentée de lui dire d'appeler à l'aide, mais Dare la devança :

— Je suis le père de Brandon, et Mme Stanley et moi devons discuter. Je ne lui ferai pas de mal, ni à vous, à condition que vous ne vous mêliez pas de cette histoire. Vaquez à vos occupations.

— Madame… c'est vrai, ce que prétend ce monsieur ? demanda la petite qui regardait Dare comme s'il était le diable en personne.

— Bon sang, Dare, chuchota Casey, aviez-vous besoin de lui dire ça ? Oui, c'est vrai, Maddie, reprit-elle à haute voix. Vous pouvez disposer…

Il n'était pas question que les domestiques soient au courant de ses affaires personnelles !

— Bien, madame, répondit la servante qui avait hâte de disparaître.

Elle vit Dare soulever Casey dans ses bras et la porter dans la pièce la plus proche, qui se trouvait être la chambre de sa maîtresse.

— Posez-moi par terre, Dare ! protesta la jeune femme, furieuse. Vous n'avez pas le droit de donner des ordres à mes domestiques, ni de vous comporter comme si je vous appartenais !

Il la remit sur ses pieds, sans la lâcher pour autant.

— J'ai tous les droits, répliqua-t-il. Vous êtes à moi, et je veux que mon fils connaisse son père. Vous rendez-vous compte que je l'ai à peine vu ?

— Combien de femmes faut-il pour satisfaire vos bas instincts ? grinça-t-elle.

— Une, ma chérie, une seule. Je n'en ai pas eu d'autre, depuis que nous nous sommes rencontrés, à part ma nuit de noces quand Mercy a insisté pour que notre mariage soit consommé. Et croyez-moi, c'était un accouplement sans amour.

Elle avait du mal à le croire. N'avait-elle pas vu Lydia en petite tenue ?

— Vous mentez fort bien, Dare. Vous comprenez, j'imagine, que vous avez compromis une jeune fille et que sa famille exigera réparation.

— Vous parlez trop, mon amour, dit-il d'une voix enrouée. Mieux vaudrait reprendre où nous en étions, lorsque nous avons été interrompus.

— Quel genre d'homme êtes-vous donc pour sauter ainsi d'un lit à l'autre ?

La rage la consumait tout entière, la brûlait de l'intérieur.

— Les apparences sont parfois trompeuses, Casey. Jamais je n'ai fait l'amour à Lydia. Elle s'était présentée chez moi, mais sa tentative de séduction a échoué. J'essayais de la renvoyer quand vous êtes arrivée. Malheureusement, elle nous a vus ensemble, et elle a inventé cette petite comédie dictée par la jalousie. Maintenant, calmez-vous… et laissez-moi vous aimer.

— Non… je…

Ses mots furent étouffés par les lèvres de Dare. Ce qu'il éprouvait pour cette sorcière aux yeux verts était plus que de la passion. C'était une obsession !

La jeune femme tremblait, en pleine confusion. Elle avait tant souffert à cause de cet homme qui lui donnait tellement de plaisir !

Quand il entreprit de la déshabiller, elle n'était plus que désir et soumission. Pourquoi avait-il sur elle cet effet dévastateur ? Dès qu'il la touchait, elle était incapable de lui résister.

Elle se tenait debout devant lui, et il se réjouissait de la voir ainsi dans sa glorieuse nudité, sa chevelure de feu croulant sur ses épaules. Ses seins se dressaient sous la chaleur de son regard.

Elle le vit se dévêtir à son tour et ne se détourna pas lorsque sa virilité jaillit dans toute sa splendeur. Il la serra contre lui, et il sut qu'elle le désirait aussi de tout son être. Il l'enleva dans ses bras, pour la déposer sur le lit et s'allonger près d'elle.

Elle soupira de bien-être tandis qu'il couvrait son visage de baisers aériens. Puis il descendit le long de son corps, allumant des petites étincelles de désir, partout où ses lèvres passaient. Quand il arriva à son jardin secret, il la taquina d'un souffle léger, sans la toucher. Elle se tendit vers lui, ivre de désir.

Enfin, il joua avec elle de la langue, sans cesser de caresser ses seins.

— Dare, je vous en prie…

— Dites que vous avez besoin de moi.

— Non... Non, je ne peux pas, haleta-t-elle.

Ses lèvres, ses mains la menaient au-delà du plaisir, dans un univers presque douloureux.

Il enfouit de nouveau son visage dans la douce toison, la tenant aux hanches pour l'empêcher de bouger. Et tout à coup, elle ne se soucia plus que Dare eût besoin de plusieurs femmes pour assouvir ses appétits, ni qu'il lui eût menti. Elle l'aimait, elle avait envie de lui. Et même si cela ne durait pas, elle allait profiter pleinement de cet instant magique.

— J'ai besoin de vous, Dare! capitula-t-elle.

La jouissance montait, et elle eut l'impression d'exploser. Mais déjà Dare entrait en elle, et elle épousait ses mouvements, sans se rendre compte qu'elle caressait ses cheveux, ses épaules, qu'elle poussait de petits cris de plaisir. Jamais elle n'aurait cru pouvoir atteindre de nouveau l'extase si vite, pourtant elle fut emportée par la magnifique tornade...

— Vous êtes vraiment une femme exceptionnelle, Casey, souffla-t-il en roulant sur le côté, sans la lâcher. Le mariage ne sera jamais ennuyeux, avec vous!

— Le mariage ne sera jamais possible avec vous, contra-t-elle, encore pantelante de plaisir. Gardez votre proposition pour quelqu'un qui saura l'apprécier, et sortez de ma chambre.

Elle s'écarta, pour lui tourner ostensiblement le dos.

Il eut un sourire diabolique en contemplant le ravissant spectacle de ses hanches. Et elle se raidit, indignée, quand il caressa ses fesses.

— Ça ne vous suffit pas? demanda-t-elle sèchement. Vous n'êtes jamais assouvi?

— Pas avec vous près de moi!

Il vint mouler son corps à celui de la jeune femme, et elle sentit son sexe vibrant contre elle.

— Non ! protesta-t-elle.

— Si, mon amour...

Il la saisit à la taille, l'assit sur lui et la pénétra sans peine.

Une fois de plus, elle se perdit dans l'univers de ses sens enivrés...

Le soir tombait, lorsque Dare se leva enfin.

— Je reviendrai, promit-il. Préparez vos bagages.

Il jugea préférable de ne pas lui donner la date exacte du départ car, dans son état d'esprit, elle se rebellerait sûrement. Il ne l'avait pas convaincue qu'il ne s'était rien passé avec Lydia. Les apparences se liguaient contre lui, et il songeait sérieusement à l'enlever pour la faire monter à bord du *Martha C.*

— Comment cet arrogant individu ose-t-il se présenter ici, me faire l'amour, et me donner des ordres ? fulminait Casey en arpentant rageusement sa chambre.

Il avait suffisamment prouvé qu'on ne pouvait lui faire confiance !

Elle allait lui montrer qu'elle était capable de résister. Au fond, elle avait envie de croire qu'elle était son unique amour, mais elle craignait qu'il ne la trahît de nouveau. Il devait y avoir une façon de le mettre à l'épreuve. S'ils devaient vivre ensemble, ce serait parce qu'elle le désirait, et non parce que Dare l'exigeait.

Il voulait son fils, c'était évident. Et il aimait lui faire l'amour. Ainsi qu'aux autres, se dit-elle, amère. Eh bien, elle lui montrerait. Elle allait prendre son fils et...

Et quoi ?

La réponse vint, lumineuse, accompagnée d'un sourire pervers.

— Attendez un peu, Dare Penrod… siffla-t-elle. Vous allez apprendre que Casey O'Cain sait ce qu'elle veut. Il y a trop longtemps que vous imposez votre loi!

25

Le lendemain, Casey se leva de bonne heure, nourrit Brandon, et quitta la maison vêtue d'une simple robe grise et d'un manteau assorti, dont la capuche masquait en partie son visage et ses boucles flamboyantes. Elle héla un fiacre pour se faire conduire au port, où elle demanda au cocher de l'attendre. Ensuite, déterminée, elle plongea parmi la foule.

Elle fut aussitôt assaillie par des bruits, des odeurs exotiques. Le parfum du sel se mêlait à celui des épices, mais aussi à la puanteur des animaux que l'on chargeait sur les cargos, et elle plissa le nez. Il y avait tellement de bateaux ! se dit-elle, un peu perdue. Allait-elle trouver ce qu'elle cherchait à l'ancre, quelque part dans le port – ou, mieux encore, prêt à mettre les voiles ?

Consciente des regards qui s'attardaient sur elle, Casey scruta les environs à la recherche d'un marin capable de la renseigner. Elle fut heureuse d'avoir l'air d'une dame, car cela lui évitait les réflexions salaces lancées aux prostituées qui exerçaient déjà leur commerce à cette heure matinale.

Elle trouva enfin un jeune homme rasé de près et plus propre que les autres marins, qui la regardait, l'air interrogateur. Il fut séduit par sa voix mélodieuse, et son visage se fendit d'un grand sourire. Quel plaisir de rendre service à une si ravissante personne !

— Il y a un seul bateau en partance pour l'Australie, m'dame. Le *Martha C.* On est en train de le charger.

Il désignait un joli trois-mâts, qui dansait sur l'eau.

— Et le capitaine est sur le quai pour surveiller la cargaison. Si le *Martha C.* ne fait pas l'affaire, il y en aura sans doute un autre d'ici quelques semaines.

— Celui-ci me semble parfait, dit Casey. Et si le capitaine accepte des passagers, il me conviendra à merveille.

Sur un sourire de remerciement, elle contourna barils et caisses, pour rejoindre l'endroit où était amarré le *Martha C.*

Le cœur battant, elle se dirigea vers le capitaine, se demandant si elle ne commettait pas une bêtise… Puis elle se rappela l'arrogance de Dare et reprit courage. S'il tenait vraiment à elle, il la rejoindrait en Nouvelle-Galles-du-Sud. Certes, en constatant sa disparition, il déciderait peut-être de rester à Londres afin de profiter des charmes de la capitale… et ceux de Lydia Hurley. Mais si le départ de Casey lui apprenait qu'elle n'était pas à sa disposition, cela en valait la peine.

— Êtes-vous le capitaine du *Martha C.*? demanda-t-elle à l'homme qui se tenait sur le quai et donnait de brèves instructions.

Jeremy toucha sa casquette.

— Oui, madame.

— J'ai appris que vous partiez pour Port Jackson, en Australie, et j'aimerais réserver une cabine pour moi et mon petit garçon.

Jeremy adorait sa Martha, pourtant jamais il n'avait vu de femme aussi belle que celle-ci, avec les boucles rousses qui s'échappaient de sa capuche, ses grands yeux verts si lumineux et les minuscules taches de rousseur sur son nez. Il fut ennuyé de la décevoir.

— Navré, madame, mais je ne prends pas de passagers pour cette traversée.

Casey en eut le cœur serré. Dare ne pouvait en aucun cas voyager sur le *Martha C.*, puisque ce navire ne prenait pas de passagers : donc elle ne risquerait pas de se trouver nez à nez avec lui. Mais, d'un autre côté, le refus du capitaine bouleversait tous ses projets.

— Vous ne voudriez pas revenir sur cette décision ? insista-t-elle. Il faut absolument que je quitte l'Angleterre sur-le-champ, afin de prendre possession des terres de mon défunt mari en Nouvelle-Galles-du-Sud. Je paierai ce que vous demanderez, dans les limites du raisonnable, évidemment.

Jeremy souhaitait sincèrement venir en aide à cette ravissante veuve, mais il ne pouvait le faire sans prendre l'avis de Dare. Si celui-ci acceptait, on trouverait bien une cabine pour cette dame et son petit garçon. En outre, se dit-il, ce pourrait être une compagne agréable pour l'épouse de Dare. Néanmoins, il ne pouvait pas s'engager.

— Madame…

— Stanley. Casey Stanley.

— Je ne peux rien vous promettre, madame Stanley, mais il existe peut-être une possibilité. J'en saurai bientôt davantage. Où puis-je vous joindre, au cas où cela marcherait ?

Ravie, Casey lui donna son adresse.

— Quand aurez-vous la réponse définitive, capitaine ?

Jeremy réfléchit un moment. Dare lui avait fait savoir, la veille, qu'il était rentré à Londres et passerait le voir. Il lui poserait la question à ce moment-là.

— Peut-être dans la journée. Je vous enverrai un message demain matin.

— Merci, capitaine, dit-elle avec son plus charmant sourire. Merci infiniment.

Caché derrière des ballots, Dare observait Jeremy et Casey qui conversaient. Qu'avait-elle encore inventé ? Il s'était rendu chez elle et avait appris qu'elle était déjà sortie. Il avait alors insisté pour voir Brandon et, après s'être assuré que le petit allait bien, il avait décidé d'aller au port afin d'informer Jeremy que le bétail arriverait le lendemain.

Il attendit que le fiacre de Casey se fût éloigné, pour rejoindre le capitaine.

— Par le diable, que voulait Casey, Jeremy ?

— Vous voulez dire Mme Stanley ? Vous la connaissez ?

— Si je la connais ! Que voulait-elle ?

— Louer une cabine pour elle et son fils.

— Que lui avez-vous répondu ?

— Que je ne prenais pas de passagers.

— Avez-vous prononcé mon nom ?

— Non. Cependant, si vous êtes d'accord, nous pourrions avoir la jeune veuve à bord.

Dare eut un sourire satisfait.

— C'est tout à fait possible ! Mais je crois qu'il est temps que vous et moi ayons une petite conversation, Jeremy…

Dans le calme de la cabine du capitaine, Dare lui raconta tout au sujet de Casey et de leurs relations.

— Ma foi, vous avez eu une vie plutôt… mouvementée, déclara Jeremy. Et que comptez-vous faire, à présent ?

— Demain, vous enverrez un message à Casey pour lui dire que vous acceptez de la prendre à bord. Dites-lui quel jour elle doit se présenter, et laissez-moi me charger du reste. Si ma jolie chipie veut me jouer un tour, elle trouvera un adversaire à sa mesure… Je l'aime trop pour la perdre maintenant.

— Vous êtes sûr, Dare ? C'est un peu méchant…

— Pas plus que ce qu'elle voulait me faire. Suivez mes instructions, Jeremy, je vous promets que tout se passera bien. Et… j'espère que vous savez célébrer un mariage.

— Grands dieux! s'écria Jeremy, rayonnant. Ce sera mon premier!

Dès que Casey reçut le message de Jeremy, elle fut prise d'une activité frénétique. Elle n'avait pas vu Dare, la veille, donc il viendrait sûrement ce jour-là, or elle ne voulait pas qu'il devinât son projet.

Lorsqu'il se présenta, en effet, son attitude arrogante l'irrita au plus haut point.

— J'attends un bateau qui nous amènera en Australie, déclara-t-il. Il peut arriver d'un jour à l'autre, alors vous devez vous tenir prête à embarquer.

— Et qu'est-ce qui vous fait croire que je pars avec vous? rétorqua-t-elle, agressive.

— Je suis un homme déterminé, mon amour. Je vous veux, vous m'appartenez. Quand je quitterai Londres, ce sera avec vous et mon fils.

Casey ravala un sourire, mais s'abstint de le contredire.

— Et Lydia? Ne lui manquerez-vous pas?

— Je l'emmènerai peut-être aussi, répliqua-t-il, taquin.

— Bon sang, Dare, tout est matière à plaisanterie, avec vous!

Elle était tellement adorable, avec ses yeux verts qui lançaient des éclairs, qu'il ne put résister à l'envie de la prendre dans ses bras. Mais elle se raidit et, dans un soupir, il la lâcha. Il ne la forcerait pas. Une fois oubliée sa rancœur au sujet de Lydia, elle serait plus réceptive… De toute façon, un jour, elle serait définitivement sienne, il en était certain.

Il joua un instant avec son petit garçon, puis il prit congé, après avoir informé Casey qu'il serait fort occupé les jours suivants.

La jeune femme accueillit la nouvelle avec soulagement. Le *Martha C.* quitterait le port avec la marée de midi, dans trois jours. Si la chance était de son côté, elle serait en haute mer avant que Dare ne revînt frapper à sa porte. Naturellement, elle dirait au notaire de Drew où elle se trouvait, au cas où il la désirerait *suffisamment* pour se lancer à sa poursuite…

Trois jours plus tard, Casey attendait la charrette qui devait l'emmener au port avec tous ses bagages.

Heureusement, elle avait eu le temps d'acheter le nécessaire pour rendre le long voyage confortable, y compris de nombreux vêtements de rechange pour Brandon et elle. Le sort lui avait souri : Dare, fidèle à sa parole, n'avait pas mis les pieds chez elle. Tant mieux, car elle n'aurait pas supporté sa suffisance. Ni la façon exaspérante qu'il avait de la faire fondre, d'un simple regard ! Un baiser, et elle devenait molle comme une poupée de chiffon ! Elle le désirait, mais pas au prix de son indépendance. Elle serait un être humain à part entière, non une sorte de prolongement de son mari, si elle l'épousait. Et puis, il lui fallait d'abord la preuve qu'il l'aimait – qu'il l'aimait assez pour la vouloir, même en étant furieux contre elle…

La voiture arriva. Pendant qu'on la chargeait, Casey demanda aux domestiques de fermer la maison. Si elle se décidait à la vendre, elle en informerait le notaire de Drew. Enfin, tout fut prêt. La nurse, en larmes, remit à contrecœur le petit Brandon à sa maman.

Le cocher allait fouetter les chevaux, quand une silhouette brune héla Casey. Celle-ci reconnut aussitôt Lydia, et elle fut tentée de l'ignorer. Mais elle se ravisa et demanda au conducteur d'attendre un instant.

— Je suis heureuse d'arriver à temps, madame Stanley! déclara la jeune fille, à bout de souffle. J'ai eu votre adresse grâce à mon frère... Avez-vous quelques minutes à m'accorder? Je suis Lydia Hurley.

— Je sais qui vous êtes, répliqua froidement Casey.

Lydia devint rouge comme une tomate.

— Vous avez toutes les raisons de me détester. Je... je me suis ridiculisée. Ce que vous avez vu l'autre jour n'avait rien à voir avec Dare.

— Pourquoi me dites-vous ça?

— Parce que j'ai honte de mon comportement. En outre, mon frère m'a dit combien Dare vous aimait, et les difficultés que vous avez dû surmonter pour vous retrouver enfin. Je n'aurais jamais pu être heureuse en Australie, bien que cela m'ait semblé sur le moment follement romantique. Ce n'étaient que des fantasmes de petite fille sentimentale.

— Vous n'êtes pas obligée de me raconter tout cela, protesta Casey, un peu radoucie.

— Si!... Si vous partez à cause de moi, à cause de ce que vous avez vu chez Dare, l'autre jour, je considère que vous devez connaître la vérité.

— Et quelle est-elle?

— J'étais arrivée quelques minutes avant vous. Dare a résisté à mes avances en me traitant d'enfant gâtée, ce que je méritais largement! Puis vous avez frappé, et il m'a demandé d'attendre au salon, sans savoir que c'était vous. Je ne supportais pas l'idée qu'une autre puisse l'avoir. Alors, sans réfléchir plus loin que le bout de mon nez, je me suis à moitié déshabillée puis... Vous connaissez la suite. Dare est complètement innocent.

— Qu'est-ce qui vous a décidée à venir tout m'avouer maintenant?

— Il m'a fallu du temps pour en trouver le courage, admit Lydia, penaude. Et puis, Eddie m'a parlé de vous deux...

Brandon pleurnichait, et la jeune fille regarda le bébé aux yeux gris.

— C'est l'enfant de Dare, n'est-ce pas ? dit-elle avec un grand sourire.

Casey acquiesça. Inutile de nier : Brandon était le portrait de son père.

— Je… je vous souhaite tout le bonheur du monde, conclut Lydia dans un soupir.

— Merci, Lydia. Merci de m'avoir dit la vérité. Cela ne changera pas mes projets immédiats, mais peut-être mon avenir… Vous êtes ravissante. Un jour, vous rencontrerez l'homme de votre vie. Comme cela m'est arrivé… Je l'ai aimé dès le premier instant.

Casey, accoudée au bastingage du *Martha C.*, regardait Londres disparaître au loin sans trop de regret. Après avoir vécu dans la splendeur sauvage de l'Australie, elle ne se sentait plus attirée par l'Angleterre, ni même par son Irlande natale. Son avenir se trouvait sur ces terres nouvelles, imprévisibles, et celui de Brandon aussi. Elle possédait désormais, près de la rivière, un riche domaine de plusieurs milliers d'acres, et si Dare ne voulait plus d'elle, elle aurait de quoi vivre confortablement avec son fils. Elle était jeune, robuste, capable de forger son propre destin.

Toutefois, elle était certaine que Dare ne resterait pas en Angleterre, lorsqu'il découvrirait qu'elle était partie. Il l'aimait, elle l'avait toujours su. Et elle n'avait aucune raison de douter de l'histoire que lui avait racontée Lydia. Cependant, il entrerait dans une colère noire… Tant mieux. Ça lui apprendrait à ne pas considérer qu'elle lui appartenait, à ne pas donner d'ordres sans se soucier de son avis. Elle voulait être la partenaire de Dare, elle voulait que son opinion eût le même poids que la sienne…

Jeremy observait la jeune femme, se demandant si elle pensait à Dare. Il étouffa un petit rire. Pourtant, il n'aimerait pas être à la place de Dare, quand elle s'apercevrait qu'il se trouvait à bord ! D'après lui, Casey n'était pas une frêle créature passive qui laissait les autres décider de son sort ! Il eut une pensée nostalgique pour sa douce Martha. Ce n'était pas un prix de beauté, mais elle lui convenait à merveille…

Casey, sentant son regard sur elle, se retourna et lui sourit. Elle se rendit compte qu'elle n'avait même pas songé à lui demander son nom. Comme il approchait, elle décida d'y remédier sur-le-champ.

— Me voici à bord de votre navire, capitaine, dit-elle gaiement, et je ne sais même pas comment vous vous appelez !

— Combs, madame Stanley. Jeremy Combs, à votre service.

Elle haussa les sourcils.

— J'ai une amie, en Australie, qui porte le même nom… Oh, non ! Ce serait une telle coïncidence ! Vous ne seriez pas l'époux de Martha, par hasard, cet époux qu'elle croyait noyé ?

— Si, madame, je suis le mari de Martha, répondit le capitaine en souriant. J'ai appris récemment ce qui lui était arrivé, et je pars pour l'Australie afin d'essayer de l'émanciper.

— Je… je n'arrive pas à y croire, murmura Casey. Elle parlait si souvent de vous que j'ai l'impression de vous connaître ! Elle vous croyait perdu en mer.

— Je suis bien content de rencontrer une amie de ma femme. Il n'est pas étonnant qu'elle m'ait cru disparu à jamais, car mon navire a fait naufrage au large de l'Amérique du Sud, et il m'a fallu plus d'une année pour regagner l'Angleterre. Comment allait-elle, la dernière fois que vous l'avez vue ?

— Elle se portait le mieux possible, capitaine.

— Appelez-moi Jeremy. Les amis de Martha sont mes amis.

— Seulement si vous m'appelez Casey.

— Marché conclu. Parlez-moi de Martha, s'il vous plaît. Elle a dû en voir de toutes les couleurs...

— Elle travaille pour la famille Penrod, et elle est bien traitée. Elle a radicalement changé, depuis son arrivée en Australie.

— J'espère qu'elle sera heureuse de me voir... et qu'elle m'aime toujours, ajouta Jeremy avec une pointe d'anxiété.

Son devoir l'appelait ailleurs et il s'éloigna, laissant la jeune femme s'émerveiller sur les caprices du destin.

La cabine de Casey était vaste, confortable, et elle se dit qu'on lui avait sûrement attribué celle du capitaine. Merveille des merveilles, elle contenait un berceau pour Brandon, et on lui assura que le bébé aurait du lait frais pendant tout le voyage. C'était une excellente nouvelle, car il atteignait l'âge d'être sevré. Naturellement, la jeune femme ignorait qu'elle devait tout cela aux bons soins de Dare, qui tenait à ce que sa petite famille ne manque de rien.

Casey dîna seule dans sa cabine, ce soir-là. Elle écrasa un peu de sa nourriture pour le petit garçon, qui voulait avaler quelque chose de plus solide que le lait. Bientôt, elle pourrait cesser de lui donner le sein. Elle le coucha et il s'endormit aussitôt, tellement semblable à son père qu'elle en eut le cœur serré.

Ces mois sans lui seraient les plus longs de toute sa vie, se dit-elle. Il n'y avait pas d'autres passagers, et son unique compagnon serait Jeremy. Une fois en Nouvelle-Galles-du-Sud, elle retrouverait Martha, Roy, Ben... puis Dare, si tout se passait bien.

La nuit était chaude, et elle enfila sa plus légère chemise avant de se glisser entre les draps. C'était l'été en Angleterre, et elle atteindrait l'Australie en été également, songea-t-elle avant de s'endormir, pour rêver de l'homme qu'elle aimait...

Le rêve prit une réalité insensée. Elle entendait le souffle de Dare à son oreille, elle sentait ses mains sur sa peau, ses lèvres tendres contre les siennes. Il la caressait sous sa chemise. Elle se laissa aller à son rêve, s'y adonna tout entière.

Il fit courir ses lèvres sur son cou, le haut de sa poitrine, s'arrêta...

Soudain le rêve vola en éclats, tandis que la chemise de Casey lui était arrachée. Elle ouvrit de grands yeux sur la nuit noire, mais ne distingua qu'une ombre menaçante, penchée sur elle.

— Qui... qui est-ce ? demanda-t-elle, terrorisée, résistant à l'envie de hurler de peur de réveiller Brandon.

Si le bébé se mettait à crier, l'intrus risquait de lui faire du mal.

L'homme, sans répondre, prit ses lèvres, posa la main sur un de ses seins, profana sa bouche avec une tendre passion. Puis il descendit, saisit un petit bouton rose entre ses dents, alors que sa main cherchait plus bas d'autres trésors.

Casey balbutia son nom. Aucun autre homme ne pouvait éveiller ainsi sa sensualité.

— Dare...

Il eut un petit rire.

— Cela vous étonne ?

Il s'allongea près d'elle. Bouleversée par ses baisers, elle ne s'était même pas rendu compte qu'il s'était déshabillé, et elle se réjouit du contact de sa peau tandis qu'il continuait à la caresser, à faire irrémédiablement monter le plaisir en elle. Il lui ouvrit les jambes, enfouit la main dans les plis délicats de sa féminité, lui arrachant de doux gémissements.

Enfin il pénétra en elle, lentement, puis plus vite, plus fort. Elle l'accueillit avec joie.

— Je t'aime, Casey, et toi seule, dit-il d'une voix altérée par le désir. Tu es ma vie, mon amour, mon âme. Sans toi, je ne suis rien, je n'existe pas. Faisons ce voyage ensemble.

Parlait-il du voyage vers l'Australie, ou du voyage de l'amour? Casey n'en savait rien, car à cet instant l'univers se limitait à leurs corps réunis... Et vint la récompense, cette jouissance extrême qui les laissa épuisés, émerveillés.

Elle fut la première à retrouver sa voix.

— Comment avez-vous su où je me trouvais? murmura-t-elle tout bas, afin de ne pas réveiller leur fils.

— Vous pensiez pouvoir m'échapper si aisément? Je me moque bien de Lydia, ou de toute autre femme. C'est vous que j'aime.

— Je sais.

— Vous savez? Vous me croyez?

— Bien sûr.

— Bon sang! Imaginez-vous l'enfer que vous m'avez fait traverser? Pourquoi insistiez-vous pour me quitter, alors que vous connaissiez mes sentiments pour vous?

— Chut, Dare... Brandon a un excellent sommeil, mais si vous continuez, il finira par se réveiller et se mettre à pleurer.

— Avouez que j'ai des raisons de m'énerver! Auriez-vous l'amabilité de répondre à mes questions?

— J'ai reçu une visite, à l'instant où je partais pour le port. Lydia m'a tout expliqué. Elle s'est même excusée de sa conduite.

— Dans ce cas, pourquoi me quittiez-vous quand même? Décidément, je ne vous comprends pas...

— Me voudriez-vous différente ? le taquina-t-elle en jouant avec la toison de sa poitrine.

— Cessez, petite sorcière, ou je n'entendrai jamais vos explications !... Maintenant, dites-moi clairement pourquoi vous vouliez me fuir, tout en sachant combien je vous aime.

— C'est à cause de vos manières dominatrices.

— Quoi ? Moi, dominateur ? Mais de quoi parlez-vous ?

Le bébé s'agita dans son berceau, et il baissa le ton :

— Expliquez-moi...

— En partant, j'espérais vous faire comprendre que je ne suis pas votre chose. Vous ne pouvez me donner des ordres et attendre que je les exécute comme la dernière des sottes. Avez-vous une seule fois songé à me demander ce que je voulais faire ? Non. Vous avez exigé que je retourne en Australie, sans vous soucier de ce que j'en pensais.

— Bon sang, Casey, nous nous aimons, et je ne pense qu'à votre bien-être ! Vous devriez souhaiter les mêmes choses que moi.

Elle grimaça.

— Raisonnement typiquement masculin ! J'ai un cerveau, et je peux m'en servir. Je... je savais que vous me suivriez. À vrai dire, je l'espérais. Mais je voulais aussi que vous compreniez que j'ai mon mot à dire, en ce qui concerne mon existence.

Dare digérait lentement ces paroles. Dans le principe, il était d'accord, pourtant il avait du mal à le reconnaître. Il souhaitait passer le reste de ses jours auprès d'elle, il désirait qu'ils élèvent leur enfant, leurs enfants, ensemble, avec amour et tendresse. Et il le lui dit.

— Mais moi aussi, Dare ! avoua-t-elle en ravalant un sanglot. Pourtant, je tiens également à être votre partenaire, à participer à tout ce qui concernera notre famille. Et si vous ne parvenez pas à le comprendre...

— Je comprends, mon amour. Il faut simplement que je m'y habitue. J'étais un peu... autoritaire vis-à-vis de vous, mais je ne supportais pas l'idée de vous perdre de nouveau. Si je vous promets de ne plus jamais me comporter ainsi, me pardonnerez-vous ?

— Je ne demande que cela, à condition que vous ne me considériez pas uniquement comme un objet sexuel et une poulinière.

Il pouffa.

— Si c'était le cas, n'importe quelle femme ferait l'affaire. Je n'ai jamais pensé à vous comme à un objet sexuel... encore que vous remplissiez parfaitement ce rôle. Vous êtes tout ce que j'attends d'une femme, ma chérie.

— Vous êtes aussi tout ce que je désire, Dare... Mais vous ne m'avez toujours pas raconté comment vous avez su que je me trouvais à bord du *Martha C.*

Dare eut un rire de gorge.

— J'ai rencontré Jeremy par hasard il y a deux semaines, et j'ai loué son navire pour rentrer en Australie.

— Et moi, je suis tombée dans le panneau ! dit Casey en riant. Qu'auriez-vous fait, si je n'avais pris les devants ?

— Je vous aurais enlevés, Brandon et vous.

Le ton était léger mais déterminé, et Casey n'eut pas de doute : il aurait mis sa menace à exécution sans l'ombre d'un remords.

— Vous êtes insupportable de suffisance, Dare Penrod, mais je vous aime comme ça !

— Quant à moi, je vous prends volontiers comme vous êtes. D'ailleurs, je crois que je vais vous prendre tout de suite...

— Encore ?

— Encore et encore, et toujours...

— Sauf si c'est moi qui vous prends d'abord, répliqua-t-elle, taquine, en promenant les mains sur son grand corps viril.

Sa bouche parcourut la peau légèrement salée, s'attarda sur le ventre, et quand elle le prit entre ses lèvres, il fut secoué d'un énorme frisson. Mais il ne voulait pas en terminer tout de suite, et il se dégagea à regret pour la placer au-dessus de lui.

— Ma petite sorcière ! dit-il avant de la faire basculer, prenant de nouveau le rôle dominant, pour leur plus grand plaisir à tous les deux.

26

Un Brandon ensommeillé assista, dans les bras de son père, à la brève cérémonie qui unissait ses parents pour la vie. Il protesta néanmoins lorsque Dare déposa un baiser sonore sur les lèvres de Casey. Sans doute considérait-il que sa mère lui appartenait exclusivement. S'il n'avait guère envie de la partager, il s'était pris d'affection pour cet homme immense qui le protégeait de sa tendresse. Et, puisque sa mère l'aimait, il pouvait bien lui accorder une chance… Il offrit aux deux adultes le plus délicieux des gazouillis, accompagné d'un beau sourire.

En six mois, Brandon apprit à aimer autant son père que sa mère. Il apprit aussi à marcher, ce qui fournit une occupation de tous les instants à ses parents. Il aimait le doux parfum de sa mère, mais il aimait aussi les robustes bras de son père, et le jour où le bateau accosta à Port Jackson, il les ravit tous les deux en prononçant son premier mot. Il s'agissait de « papa », naturellement…

Ils franchirent la passerelle le 10 janvier 1810, sous un soleil éblouissant. Ils étaient partis depuis plus d'un an, et des changements radicaux s'étaient effectués en Nouvelle-Galles-du-Sud. Les constructions s'étaient multipliées autour du port, il y avait de nouvelles routes, plusieurs bateaux étaient à l'ancre, anglais, américains ou français.

— Je vais vous emmener dans la maison que Drew vous a léguée, mon amour, dit Dare quand ils eurent débarqué. Il faudra plusieurs jours pour décharger le navire, et organiser le transport des marchandises ainsi que du bétail jusqu'à la ferme. Dieu merci, nous ne sommes pas à la rue !

La demeure était dans l'état où Drew l'avait laissée, et bien qu'il eût congédié les domestiques avant de partir, Dare s'assura que tout serait pris en charge. En effet, deux déportés firent leur apparition une heure plus tard, avec tout le nécessaire.

Dare rejoignit son épouse en fin de journée.

— Le gouverneur Macquarie est arrivé l'année dernière, accompagné de ses propres troupes, et il a dispersé le régiment du Rhum. Beaucoup de ses membres sont retournés en Angleterre, mais ceux qui avaient acquis des terres sont restés. J'ai appris également que Macquarie n'était pas enchanté de constater qu'un petit groupe de purs mérinos tenait les postes clés. Il a juré que cela changerait.

— Ce ne sera pas facile !

— C'est un début. Macquarie a l'intention d'utiliser la main-d'œuvre des prévenus pour construire des édifices publics, des routes, une banque, et il a l'intention de remplacer le rhum par de la monnaie. Si ses projets se réalisent, nous aurons bientôt un hôpital, des logements convenables pour les déportés, une église. Et je suis sûr qu'un jour, nous découvrirons ce qui se cache derrière les Blue Mountains.

Quelques jours plus tard, ils se mirent en route pour Parramatta. Une partie des marchandises que Dare avait achetées en Angleterre, avait été chargée dans un chariot que conduisait Jeremy, Casey et Brandon à ses côtés, tandis que Dare chevauchait près d'eux. Le trajet se déroula dans le plus grand calme, et la jeune femme eut tout loisir d'admirer le paysage.

Elle avait oublié combien la nature était grandiose, en Australie, avec ses eucalyptus géants, ses fleurs multicolores, les kangourous, les cacatoès. Jeremy en était béat d'admiration.

Mais il était surtout au septième ciel car, durant la semaine passée à Sydney, il avait obtenu une entrevue avec le gouverneur et l'avait persuadé d'accorder sa grâce à Martha. Une victoire remportée de haute lutte, mais qui valait bien les heures passées à faire antichambre devant le bureau du gouverneur ! Que Martha l'aimât encore ou non, elle serait libre !

Lorsqu'ils franchirent la barrière de la ferme, Casey eut l'impression que rien n'avait changé. Dans la cour, les condamnés s'affairaient, comme toujours.

Dare indiqua à ses compagnons de rester dans le chariot, pendant qu'il allait annoncer leur arrivée.

Il trouva Ben et Roy à table, en compagnie de Robin. Tous trois bondirent sur leurs pieds en le voyant pénétrer dans la salle à manger, et l'accueillirent comme un héros. Ils ne savaient pas exactement à quoi s'attendre, car l'homme qui les avait quittés était brisé par le chagrin...

— Bienvenue à la maison, Dare ! cria Ben, tout excité.

— Heureux de te revoir, fils, ajouta Roy. Tu nous as manqué !

— On peut le dire ! renchérit Robin en lui assenant de grandes tapes amicales dans le dos. Tu as fait bon voyage ?

— Comment était ton séjour en Angleterre ? s'enquit Ben, avide d'entendre tous les détails.

— Productif au-delà de toute espérance, répondit Dare avec un sourire énigmatique. Et la traversée a été particulièrement agréable...

— Je retrouve enfin notre bon vieux Dare ! s'écria joyeusement Robin. On dirait que le voyage t'a fait du bien !

— Plus que tu ne l'imagines. J'ai suivi vos conseils, et j'ai ramené une épouse. Je suis même le père d'un petit garçon.

Les trois hommes en restèrent bouche bée. Roy n'en revenait pas du changement qui s'était produit chez son fils. C'était un miracle ! Quelle que fût la femme responsable de cette transformation, il la bénissait.

— Je suis heureux pour toi, Dare, dit-il. Après la mort de Casey, je craignais que tu ne sois plus jamais capable d'aimer.

— Casey est la seule femme que j'aimerai de ma vie, déclara Dare, provoquant un nouveau choc.

— Dare ! le reprit Roy, sévère. Ne nous dis pas que tu as épousé une femme dont tu n'es pas amoureux ! Cela ne te ressemble pas...

— Croyez-moi, père, j'aime tendrement mon épouse.

— Mais... tu as dit...

Ben ne comprenait plus rien.

— Que je n'aimerais jamais que Casey, et c'est la vérité.

— Bon sang, tout cela n'a aucun sens !

Dare eut un large sourire.

— Il est temps que je vous présente ma petite famille, dit-il. Vous comprendrez mieux ensuite. Mais asseyez-vous, d'abord...

Il quitta la pièce, sous le regard inquiet des trois hommes qui se demandaient s'il n'avait pas perdu la raison. Il revint quelques secondes plus tard, en compagnie de Casey et Brandon.

— Seigneur, elle ressemble comme deux gouttes d'eau à...

Ben s'étrangla en contemplant la superbe jeune femme rousse que son frère tenait par la main.

— C'est elle! s'écria Roy. Dare l'a retrouvée… et épousée! Et c'est mon petit-fils qu'elle tient dans ses bras!

— Bon Dieu! jura Ben. Vous avez raison, père. Il n'y a que Dare pour réaliser l'impossible…

Robin, silencieux, regardait Casey avec une infinie tendresse.

Elle eut un petit rire enchanté, mais bien vite son fils lui vola la vedette.

— Allez-vous enfin nous expliquer comment tout cela a pu se produire? demanda Roy. Nous vous avons crue morte, Casey.

— C'est une longue histoire, répondit-elle, mais nous avons encore une surprise en réserve.

— Je crois que je n'en supporterai pas davantage! gémit Ben en portant dramatiquement la main à son cœur.

— Cela concerne Martha. Est-elle à la cuisine?

— Je vais la chercher, proposa Robin, encore bouleversé par le retour de Casey.

Pendant qu'ils attendaient, Brandon se lança dans l'exploration de la pièce, mais son oncle le saisit dans ses bras et le lança en l'air, au milieu des éclats de rire.

Puis Robin revint avec Martha, qui serra Casey dans ses bras avec effusion, avant de s'attendrir devant le petit bonhomme que son grand-père avait pris sur ses genoux.

— Il paraît que vous vouliez me parler, Dare… dit-elle ensuite, curieuse.

Il acquiesça.

— Il s'agit de Jeremy, Martha.

— Jerry, mon mari? Il est mort, vous le savez…

— Non, Martha, intervint doucement Casey. Il est bien vivant. Il a fait naufrage et il est rentré en Angleterre au bout d'un an, mais vous aviez disparu. D'ailleurs, il vous racontera tout cela lui-même.

Martha devint pâle comme un linge.

— Il est ici ? En Nouvelle-Galles-du-Sud ?

— Dans la cour, précisa Dare. J'ai pensé que vous aimeriez que vos retrouvailles soient privées…

Martha fixa un instant la porte, avant de sortir comme dans un rêve.

Elle revint peu après, accompagnée d'un Jeremy rayonnant de bonheur. Quand Martha eut appris qu'elle était libre, l'heureux couple s'excusa et se retira dans sa chambre.

Dare se lança alors dans le récit du calvaire qu'avait vécu Casey, et tout le monde fut choqué par la trahison de Mercy.

— Surtout, n'en parlons pas à Thad McKenzie, suggéra Roy. Il adorait sa fille.

— En effet, cela ne servirait à rien, admit Casey.

— Je suis désolé d'apprendre la mort de mon vieil ami Drew, reprit Roy. C'était un homme de qualité.

— Le meilleur des hommes ! approuva la jeune femme, les larmes aux yeux. Je ne sais pas ce que je serais devenue, sans lui…

Dare acquiesça d'un vigoureux hochement de tête, avant d'étouffer un bâillement.

— La journée a été longue, et il est l'heure de coucher Brandon. Nous avons encore mille choses à vous raconter… mais cela attendra demain.

Sagement endormi dans le berceau que l'on avait apporté à la ferme, Brandon ne se rendait pas compte qu'il avait bouleversé l'existence des Penrod. Le petit garçon avait séduit tous les cœurs en quelques minutes.

Dans la chambre voisine, Dare allongeait Casey sur le lit. Les lèvres entrouvertes de la jeune femme l'invitaient à savourer leur douceur.

Il ne tarda pas à l'amener au bord de l'extase et lorsqu'il entra en elle, doux, tendre, elle l'accueillit avec une joie sans mélange. Ils ondulaient ensemble, un seul corps, un seul cœur, une seule âme… La jouissance les saisit au même instant puis les rejeta sur la grève, épuisés et ravis.

— Je t'aime, Casey, et je ne te quitterai plus des yeux une seule seconde, dit Dare en lui mordillant l'oreille. Tu es ma vie, je ne suis rien sans toi.

— Pourquoi voudrais-je m'en aller ? répondit-elle d'une voix engourdie. Je n'ai pas regardé un autre homme depuis que je te connais. Je t'aime, Dare.

— Mais tu es une riche propriétaire, désormais, ma chérie. Que vas-tu faire de la terre que t'a léguée Drew ?

— Nous nous y installerons, dès qu'on aura construit une maison. Cette terre t'appartient aussi.

— Tu es sûre ?

— Tout à fait. Nous pratiquerons l'élevage avec les mérinos que tu as commandés en Angleterre. Et nous regarderons grandir nos enfants. Des tas d'enfants !

— Tu crois que nous venons d'en mettre un en route ?

Casey pouffa de rire. Pincé, il lui jeta un regard noir.

— Qu'est-ce qui t'amuse ?

— Même si tu me faisais l'amour toutes les nuits pendant les six prochains mois, tu ne pourrais y arriver !

— Casey !

Cette fois, il était carrément offensé. Insinuait-elle qu'il n'était pas assez viril ?

Le rire cristallin de la jeune femme balaya toute angoisse.

— De quoi veux-tu parler, enfin ?

— Garçon ou fille ?

— Comment ?

— Tu préfères un autre fils, ou une fille ?

— Tu veux dire que… tu es déjà…

— Ta virilité n'a jamais été mise en doute, mon amour. Nous ne nous sommes pas quittés depuis six mois, sans rien d'autre à faire sur le bateau que nous occuper de notre fils et… de nous. Alors, tu ne devrais pas t'étonner que nous attendions un autre enfant !

Casey noua les bras autour de son cou et l'attira à elle.

— Venant de toi, rien ne peut me surprendre ou me choquer, ma sorcière, dit Dare qui céda bien volontiers à sa tendre invitation.

Rendez-vous au mois d'octobre
avec trois nouveaux romans de la collection

Aventures et Passions

Le 1ᵉʳ octobre 2001
La justice de Maddie
de Leslie LaFoy (n° 5993)

Texas, XIXᵉ siècle. Jeune institutrice pour Indiens défavorisés, Maddie surprend un Blanc en train de violer une des élèves, et le tue. Elle est condamnée par un juge crapuleux, qui voit là l'occasion rêvée de neutraliser cette femme gênante qui dénonçait les fraudes et les malhonnêtetés dans la réserve. Conscient que Maddie est victime d'une injustice, le marshall Rivlin Kilpatrick va tout faire pour la libérer...

Le 8 octobre 2001
La perle d'Orient
de Bertrice Small (n° 5994)

Angleterre, Terre sainte, XIIIᵉ siècle. Rhonwyn, la fille du prince de Galles, a quinze ans lorsque son père la marie à un lord anglais, Edward. Elle rêve d'aventures, aussi décide-t-elle de suivre son mari en croisade. Mais elle est enlevée par un calife, qui en fait sa seconde épouse au sein de son harem. Avec lui, elle découvre l'amour physique...

Le 23 octobre 2001
Une passion en Afrique
de Linda Francis Lee (n° 5995)

Afrique, Boston, XIXᵉ siècle. À la mort de son père, Finnea Winslet quitte l'Afrique et la plantation de caoutchouc où elle a grandi. Elle part retrouver sa mère et son frère à Boston. Le régisseur demande à un guide d'accompagner Finnea en train jusqu'au port où elle doit embarquer pour l'Amérique. C'est Matthew Hawthorne, surnommé « l'homme sauvage », un Américain exilé en Afrique, qui est chargé de l'escorter...

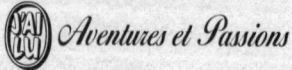 *Aventures et Passions*

Quand l'amour s'aventure très loin, il devient passion

Ce mois-ci, découvrez également
deux nouveaux romans de la collection

Amour et Destin

Le 3 septembre 2001
La trame de l'ombre
de Meryl Sawyer (n° 5827)

Claire Holt tient une galerie d'art dans une petite ville du Nouveau-Mexique. Elle mène une vie paisible, jusqu'au jour où son concurrent, Duncan Morrell, est retrouvé assassiné. Car aux yeux de la police, la jeune femme est la suspecte idéale. Elle rencontre bientôt le shérif chargé de l'enquête, qui n'est autre que Zach Coulter, l'homme que Claire a aimé lorsqu'elle était adolescente...

Le 24 septembre 2001
Lieutenant Eve Dallas –7 : Les bijoux du crime
de Nora Roberts (n° 5981)

Quelques jours avant Noël, le lieutenant Eve Dallas se remet tranquillement d'une blessure auprès de son mari, Roarke. Pourtant, l'heure n'est pas encore aux retrouvailles familiales et à la joie des fêtes de fin d'année. Eve doit résoudre une nouvelle enquête : on a retrouvé le cadavre d'une jeune femme violée et étranglée. Le meurtrier a maquillé le visage de la victime, peint son corps et déposé un bijou sur son cou, qui rappelle une fameuse chanson de Noël...

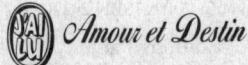 Amour et Destin

Quand l'amour donne aux femmes le choix de leur destin

5983

Composition Chesteroc International Graphics
Achevé d'imprimer en Europe (France)
par Maury-Eurolivres – 45300 Manchecourt
le 10 août 2001.
Dépôt légal août 2001. ISBN 2-290-31244-4

Éditions J'ai lu
84, rue de Grenelle, 75007 Paris
Diffusion France et étranger : Flammarion